Mattias Edvardsson
Die Wahrheit

MATTIAS
EDVARDSSON

DIE WAHRHEIT

ROMAN

Deutsch von Annika Krummacher

LIMES

Die Originalausgabe erschien 2021 unter dem Titel »En Familjetragedi«
bei Forum, Stockholm.

FSC www.fsc.org MIX Papier | Fördert gute Waldnutzung FSC® C014496

Klimaneutral* Druckprodukt ClimatePartner.com/14044-1912-1001

Penguin Random House Verlagsgruppe FSC® N001967

2. Auflage 2023

Redaktion: Friederike Arnold
Umschlaggestaltung: www.buerosued.de
Umschlagmotive: mauritius images/Christian Bäck;
www.buerosued.de
JaB · Herstellung: DiMo
Satz: Uhl + Massopust, Aalen
Druck und Bindung: GGP Media GmbH, Pößneck
Printed in Germany
ISBN 978-3-8090-2758-4

www.limes-verlag.de

Für Kajsa, Ellen und Tove.
Für immer und ewig.

Bericht der ersten Polizeistreife am Tatort

Die Streife Larsen und Hemström fährt zur angegebenen Adresse in Lund, nachdem der Bewohner des Hauses nicht an seinem Arbeitsplatz erschienen ist.

Das große Backsteingebäude liegt ein wenig zurückgesetzt, auf der Einfahrt parkt ein Auto der Marke Tesla. Ich öffne das Gartentor und betätige die Klingel neben der Haustür, während PM Hemström das Autokennzeichen des Teslas überprüft.

Ich spähe durch die verglaste Haustür. Im Flur hängen ein Sakko und ein paar Jacken. Auf einem niedrigen Regal steht ein Paar Schuhe. Ich klingele mehrmals, doch niemand öffnet.

Zusammen mit PM Hemström gehe ich einmal ums Gebäude. Wir haben den Eindruck, dass niemand zu Hause ist. Alle Lampen sind ausgeschaltet und sämtliche Jalousien heruntergelassen, doch dann bemerke ich am Küchenfenster einen Spalt zwischen den Lamellen der Jalousie.

PM Hemström hilft mir, ein paar Äste zur Seite zu schieben, damit ich das Blumenbeet betreten kann. Ich recke mich, um besser zu sehen. Als ich mit meiner Taschenlampe durch den Spalt zwischen den Lamellen leuchte, fällt mein Blick auf eine perfekt aufgeräumte Küche. Zwei Gläser stehen auf der Arbeitsplatte, über einer Stuhllehne hängt eine Strickjacke.

Erst als ich den Lichtkegel auf den Fußboden richte, entdecke ich eine Person, die in stabiler Seitenlage neben dem Tisch liegt. Nur die Umrisse sind zu erkennen, das Gesicht ist von mir abgewandt. Ich klopfe an die Fensterscheibe und versuche, Aufmerksamkeit zu erregen, doch niemand reagiert.

PM Hemström gibt über Funk durch, dass wir eine Person angetroffen haben, zu der wir keinen Kontakt bekommen, woraufhin wir die Anweisung erhalten, das Haus zu betreten, um die Situation zu klären.

Ich schlage die Scheibe in der Haustür ein, stecke die Hand hinein und öffne von innen. Ich betrete das Haus, dicht gefolgt von PM Hemström. Wir leuchten mit unseren Taschenlampen, bis wir an der Wand einen Lichtschalter entdecken.

Dann gehen wir geradeaus durch den Flur zur Küche, Dabei machen wir uns bemerkbar und rufen, dass wir von der Polizei sind. Eine Frau liegt reglos auf dem Küchenfußboden. Während PM Hemström mit der Taschenlampe leuchtet, untersuche ich sie und stelle schon bald fest, dass sie tot ist.

Gemeinsam beschließen wir, das restliche Haus zu durchsuchen. PM Hemström sieht im Wohnzimmer nach, während ich die Badezimmertür und die Tür zum begehbaren Kleiderschrank öffne. Dabei stoße ich auf nichts Auffälliges.

Über die Treppe im Flur gelangen wir ins Obergeschoss. Ich lasse den Lichtkegel über die Wände wandern und stelle fest, dass es drei Türen gibt.

PM Hemström inspiziert die Toilette, während ich zur ersten Tür gehe. Sie steht einige Zentimeter offen, und ich schiebe sie mit dem Fuß auf, während ich den Lichtkegel ins Zimmer richte.

Die Jalousien sind heruntergelassen und alle Lampen ausgeschaltet. An der Wand steht ein Bett, auf dem eine weitere Leiche liegt.

Ludvig Larsen, im Dienst

KARLA

Zehn Wochen früher

Das Haus ist gigantisch. Wenn ich auf dem Gartenweg vor der Tür stehe, versperrt das Dach den kompletten Himmel. Die Vorhänge sind zugezogen, und von einem der Fensterbretter starren zwei schwarze Vögel auf mich herab. Rechts und links der Haustür wachen zwei Löwen aus Bronze.

Kaum zu glauben, dass hier nur zwei Menschen wohnen. Aber das hat Lena von der Reinigungsfirma mir so gesagt, und sie hat ja wohl keinen Grund zu lügen. Obwohl ihr Blick seltsam geflackert hat, als sie von den Kunden in dem großen Haus in der Linnégatan erzählt hat. Steven und Regina Rytter.

Ehe ich klingele, sehe ich noch mal im Handy nach, ob die Adresse stimmt. Dann hole ich tief Luft, während der Gong durchs Haus schallt. Als der Mann öffnet, muss ich mich räuspern, ehe ich ein paar unzusammenhängende Worte hervorbringe.

»Richtig«, sagt er und lächelt. »Ich habe gehört, dass die Firma jemand Neues schicken wollte.«

Lena im Büro hat recht. Er sieht wirklich aus wie ein Filmstar.

»Ich heiße Karla«, sage ich.

Ich probiere, meinen Dialekt zu unterdrücken, doch das funktioniert offenbar nicht besonders gut.

»Aus Norrland?«, fragt der Mann, der aussieht, als wäre er zwischen vierzig und fünfzig.

»Ja«, antworte ich halb ironisch.

Er lächelt trotzdem, und sein Händedruck ist warm und fest.

»Steven Rytter«, sagt er. »Ich werde Ihnen zeigen, wo die Putzsachen stehen.«

Ich stelle meine Schuhe aufs Regal und folge ihm durch einen breiten Flur mit Spiegeln und einem Kronleuchter. Die Möbel sind rustikal und etwas altmodisch, die Decken hoch, und das Geländer der großzügigen Treppe ist mit hübschen Schnörkeln versehen, vermutlich handgeschnitzt.

»Wie schön es hier ist«, sage ich, bereue es aber schon im nächsten Moment. Ich bin hier, um zu arbeiten, nichts anderes.

Steven Rytter scheint meine Bemerkung gar nicht gehört zu haben und öffnet die Tür zu einer Kammer mit Besen, Staubsauger, Wischmopp und etlichen Putzmitteln und Sprays.

»Falls irgendwas fehlen oder ausgehen sollte, geben Sie mir einfach Bescheid, dann besorge ich es. Sie kommen weiterhin montags und mittwochs, oder?«

Ich nicke. Montags und mittwochs. Jedes Mal vier Stunden. Es klang total übertrieben, als Lena mir von dem Auftrag erzählt hat. Ich meine, wer beschäftigt schon zweimal wöchentlich eine Reinigungskraft? Aber nun ist mir klar, dass es Zeit braucht, ein so großes Haus zu putzen.

»Studieren Sie?«

Steven Rytter nimmt mich in Augenschein, noch immer lächelnd.

Vielleicht klingt es albern, aber mir wird innerlich ganz warm. Ich – eine Studentin? Endlich ist es so weit. Und offenbar sieht man es mir sogar an.

»Ich werde Jura studieren«, erkläre ich so stolz, dass es beinahe etwas arrogant klingt. »Das Putzen ist nur ein Nebenjob.«

Selbst wenn ich den Studienzuschuss komplett in Anspruch nehme, sind die Lehrbücher sauteuer, und der Wohnungsmarkt in Lund ist in den letzten Jahren völlig gaga. Die Leute bezahlen zehntausend Kronen im Monat für eine Einzimmerwohnung. Ich habe unglaubliches Glück, dass ich diesen Job gefunden habe.

»Jura ist interessant«, sagt Steven Rytter. »Ich habe damals auch darüber nachgedacht, mich dann aber letzten Endes für Medizin entschieden.«

»Sind Sie Arzt?«

Steven Rytter nickt lächelnd. Er sieht tatsächlich aus, als käme er direkt aus *Grey's Anatomy.*

»Schauen Sie sich ruhig um«, sagt er und lässt mich allein in der Besenkammer zurück.

Ein oder zwei Minuten stehe ich ratlos vor den ganzen Putzmitteln. Ich drücke an ein paar Geräten herum, bei einigen weiß ich nicht einmal, wie und wofür man sie verwendet. Aber das kann doch nicht so schwer sein, oder? Zu Hause habe ich die Wohnung geputzt, seit ich vier war.

Ich trage einen Eimer, Schwämme und Bürsten in den Flur. Steven Rytter kniet mit einem Schuhlöffel in der Hand vor der Haustür.

»Soll ich alle Böden feucht wischen?«, frage ich.

In manchen Räumen gibt es auf Hochglanz lackierte Dielenböden, die bestimmt empfindlich gegen Nässe sind.

»Machen Sie es so, wie Sie es für richtig halten«, sagt Steven Rytter und zieht sich seine Schuhe an. »Wischen Sie sie feucht, wenn Sie denken, dass es nötig ist.«

Die anderen Kunden, zu denen ich diese Woche gegangen

bin, haben mir bis ins letzte Detail erklärt, wie ich putzen soll. Einige haben von ihren Häusern und Wohnungen gesprochen, als seien es ihre Kinder, aber Steven Rytter wirkt beinahe desinteressiert. Das ist natürlich ganz angenehm. Acht Stunden pro Woche in diesem Haus bedeutet leicht verdientes Geld.

Steven Rytter steht auf und streicht sein Hemd glatt. Für einen kurzen Moment haben wir Blickkontakt, doch er schaut gleich wieder weg und räuspert sich.

»Hat die Reinigungsfirma meine Frau erwähnt?«

Ich sehe Lenas zögernde Miene vor mir, erinnere mich aber nur, dass die Frau Regina heißt.

»Nein, warum?«

Er geht zur Treppe und bedeutet mir mit einer Geste, ihm zu folgen.

»Sie liegt da oben.«

Das klingt seltsam.

Ich bleibe auf der untersten Treppenstufe stehen.

Steven Rytter dreht sich um, seine Hand ruht auf dem Treppengeländer. Jetzt wirkt er nicht mehr so filmstarmäßig. Er hat den Kopf gesenkt und ist ein wenig in sich zusammengesackt.

»Meine Frau ist krank«, sagt er.

BILL

Noch nie habe ich die Miete zu spät überwiesen. Andere Rechnungen lassen sich vielleicht aufschieben, aber Miete und Strom müssen rechtzeitig bezahlt werden. Das hat mein Vater mir beigebracht.

Miranda hätte durchgedreht, wenn sie davon gewusst hätte. Vor einigen Jahren habe ich einen Brief von einem Inkassounternehmen bekommen. Es stellte sich als ein Versehen heraus, aber Miranda benahm sich, als wäre es der Weltuntergang.

»Ein paar Sachen kriegt doch wohl jeder hin«, sagte sie. »Pünktlich kommen, sich fürs Essen bedanken und nie etwas kaufen, was man sich nicht leisten kann.«

Ihr sozialer Hintergrund unterscheidet sich deutlich von meinem.

Für Miranda war fast alles ganz einfach.

Sie hat unsere Wohnung gefunden, eine Dreizimmerwohnung am Karhögstorg in Järnåkra. Vierter Stock, ziemlich zentral.

Jetzt steht die Balkontür offen, die Sonne scheint, und ich sitze auf dem Sofa, der Laptop auf dem Schoß. Ich logge mich erneut bei meiner Onlinebank ein, um mir die Nullen auf dem Konto anzusehen.

Ohne Miranda wäre ich wohl nie in Lund gelandet. Sie war in Lund geboren und aufgewachsen, durch ihre Familie und ihren Freundeskreis hier verwurzelt und konnte sich nicht einmal im Traum vorstellen, woanders zu wohnen.

Meine eigene Kindheit war ein einziger Umzug von einem Ort zum anderen gewesen. Wenn mich die Leute fragen, wo ich herkomme, nenne ich einen Ort in Östergötland, aber eigentlich nur, um irgendeine Antwort parat zu haben. Im Grunde habe ich mich immer entwurzelt gefühlt.

Ich bin auch mit Lund nicht sonderlich verbunden, aber es ist Sallys Zuhause. Ich weiß, wie es sich für ein Kind anfühlt, aus der gewohnten Umgebung gerissen zu werden. Das will ich Sally nicht antun. Unter keinen Umständen. Wir bleiben in Lund.

Miranda und ich wollten eigentlich heiraten. Ich hatte schon um ihre Hand angehalten, als wir Sally erwarteten, aber die Trauung wurde verschoben. Miranda träumte von einer Märchenhochzeit mit einem bombastischen Fest, doch dazu fehlten uns die finanziellen Mittel. Und irgendwann war es zu spät zum Heiraten.

Lange Zeit war Miranda die Haupternährerin. Ich habe an der Uni Filmwissenschaft studiert, in einem Kino gejobbt, Rezensionen geschrieben und ein paar halbwegs gute Texte für ein Internetmagazin. Beinahe zehn Jahre lang stand ich an der Kinokasse, riss Eintrittskarten ab und füllte bunte Pappkartons mit Popcorn. Das Kino kam gut über die Runden. Wir überlebten die mörderische Konkurrenz, erst The Pirate Bay und später Netflix und HBO, aber als Miranda erkrankte, musste ich immer mehr Abendschichten absagen, weil ich mich um Sally kümmern musste. Anfangs war meine Chefin verständnisvoll und mitfühlend (alles andere wäre ja noch schöner gewesen!), aber als ich nach meiner Krankschreibung im Winter zurückkam, waren kaum noch Arbeitsschichten zu vergeben, und vor drei Monaten wurde mir offiziell gekündigt.

Die Zahlungserinnerung wegen der Miete kam vor einer

Woche per Post und versetzte mich in totale Panik. Seitdem suche ich überall in der Stadt nach einem Job. Meine Sachbearbeiterin im Arbeitsamt ist zwar sehr nett und ermutigt mich, aber ich bezweifle stark, dass sie mir eine Stelle besorgen wird. Dabei bin ich kein hoffnungsloser Fall, ich kann viele Dinge ganz gut, bin serviceorientiert und positiv, und obwohl Miranda behauptete, ich hätte zwei linke Hände, kann ich ordentlich zupacken. Ich bin bereit, jeden beliebigen Job anzunehmen, solange ich abends und am Wochenende zu Hause bei Sally sein kann, doch in dieser Stadt wimmelt es nur so von jungen, hungrigen Studenten mit Bestnoten und beeindruckendem Lebenslauf. Und das Arbeitsamt ist auch nicht mehr das, was es mal war. Sogar meine Sachbearbeiterin sagt, dass sich die meisten Leute ihre Jobs selbst beschaffen. Eigeninitiative und gute Kontakte – darauf kommt es an. Deshalb sitze ich ja auch vor dem Computer und hake auf meiner Excelliste die Unternehmen in Lund ab.

Als Sally von der Schule nach Hause kommt, habe ich Pfannkuchen gebacken. Sie bestreicht sie mit einer dicken Schicht Marmelade, rollt sie zusammen und isst sie mit den Fingern.

Ich setze mich ihr gegenüber und frage mich, wo ich meine Hände lassen soll.

»Ich habe mir etwas überlegt«, sage ich schließlich.

Sally leckt sich über den Mund, allerdings ist die Marmelade weit oben am Ohr gelandet.

Sie weiß, dass wir wenig Geld haben. Auch wenn ich versucht habe, es vor ihr zu verbergen, habe ich den Verdacht, dass sie die Situation durchschaut hat. Seit Wochen kein McDonald's, kein O'boy-Schokopulver im Vorratsschrank. Vor zwei Monaten waren wir zuletzt im Kino.

»Ich habe mir überlegt, dass wir einen Untermieter suchen«,

sage ich, nehme die Hände vom Tisch und lege sie auf meine Knie. »Nur über den Sommer oder so.«

»Ein Untermieter? Was ist das?«

»Jemand, der eine Wohnmöglichkeit braucht. Vielleicht ein Student.«

»Und der soll hier wohnen?«, fragt Sally. »Zu Hause bei uns?«

»Wir müssen uns Küche und Badezimmer teilen. Weil du sowieso jede Nacht bei mir schläfst, habe ich mir gedacht, dass wir deine Sachen ins Schlafzimmer stellen könnten. Nur für eine Weile. Über den Sommer vielleicht.«

Eigentlich ist es der denkbar schlechteste Zeitpunkt. Viele Studenten verlassen Lund Anfang Juni. Die meisten müssen im Sommer keine Miete für ihre Wohnheimzimmer zahlen. Aber ich kann nicht warten.

Sally schiebt sich den letzten Rest ihrer Pfannkuchenrolle in den Mund.

»Dann muss es aber eine Untermieterin sein.«

»Eine Frau?«

Sie kaut mit offenem Mund.

»Ja, ein bisschen wie Mama.«

Ich sehe weg. Es brennt hinter meinen Augenlidern.

Dabei heule ich eigentlich nie.

Weder Miranda noch ich konnten gut Gefühle zeigen. Nach der ersten Untersuchung im Krankenhaus saßen wir abends am Küchentisch, nachdem Sally eingeschlafen war. Sehr sachlich und ohne irgendwelche Emotionen teilte mir Miranda die Vermutung der Ärzte mit. So als würde es um eine banale Erkältung gehen. Wir nickten uns zu, ihre Ruhe wirkte ansteckend, und gemeinsam beschlossen wir, dass alles gut werden würde.

Das Ganze wäre sicher viel schlimmer für Sally gewesen, wenn wir nicht in der darauffolgenden Zeit unser inneres

Gleichgewicht hätten wahren können. Nicht einmal auf der Beerdigung verlor ich die Fassung.

Doch jetzt, wo wir riskieren, die Wohnung zu verlieren, kann ich mich nicht mehr zurückhalten. Ich stehe abrupt auf und bedecke mein Gesicht mit den Händen, während ich ins Badezimmer laufe.

Später am Abend poste ich die Anzeige auf Facebook. *Zimmer vorübergehend zu vermieten.*

Wie immer kommt Sally nachts zu mir. Kurz nach Mitternacht werde ich von den schleichenden Schritten ihrer kleinen Füße geweckt. Wortlos kriecht sie auf Mirandas Seite, und kurz darauf tastet ihre Hand unter der Decke.

»Papa?«

»Ich bin hier«, flüstere ich. »Schlaf gut, mein Schatz.«

»Okay«, sagte Sally wie jedes Mal.

Es dauert nie lange, bis ihre Hand sich in meiner entspannt und ihr Atem schwerer wird.

Das Einzige, was mir etwas bedeutet, ist, dass Sally sich geborgen fühlt.

JENNICA

An den Tischen vor dem Lokal auf dem Stortorget wimmelt es von freitäglich entspannten After-Work-Leuten. Was habe ich mir eigentlich dabei gedacht? Das Risiko, einem bekannten Gesicht zu begegnen, dürfte hundert Prozent betragen.

Das letzte Stück bis zum Restaurant halte ich zwischen den Sonnenschirmen der Bar im Freien nach ihm Ausschau. Eine Sache habe ich nach fünf Jahren auf Tinder gelernt: Die Frage ist nicht, ob er anders aussieht als auf den Fotos, sondern, wie sehr sein Aussehen abweicht.

Auf dem Bürgersteig vor dem Eingang wühle ich in der Handtasche nach meinem Lipgloss, als eine Hand auf meinem Arm landet.

»Jennica? Hallo!«

Seine Fotos waren erstaunlich realitätsnah. Die meisten anderen Siebenundvierzigjährigen haben vermutlich eine Halbglatze und ein Bäuchlein.

Ich bin positiv überrascht.

»Ist es okay, wenn wir drinnen sitzen? Ich habe mir gedacht, es ist dort ruhiger.«

Er lächelt ganz selbstverständlich, und man kann sich ihm nur schwer entziehen.

Zusammen gehen wir durch das sommerlich stickige Restaurant zu einem der hintersten Tische, wo er den Stuhl für mich herauszieht wie ein richtiger Gentleman. Eindeutig anders als der achtundzwanzigjährige IT-Typ, mit dem ich letztes Wochenende verabredet war.

»Tut mir leid, dass ich es sage, aber ich bin wirklich erleichtert.« Er hängt sein Sakko über die Stuhllehne und nimmt mir gegenüber Platz. »Bei Tinder weiß man ja nie so genau. Die Leute bearbeiten die Fotos wie wild.«

»Schön, dass du das sagst. Ich habe genau dasselbe gedacht.«

Er lacht.

»Können wir etwas vereinbaren?«, fragt er und legt seine große behaarte Hand neben das Besteck auf den Tisch. »Wenn du das Gefühl hast, dass ich eine Niete bin, dann stehst du nach der Vorspeise auf und gehst aufs Klo. Ich verspreche, dass ich mich nie wieder melde und kein bisschen enttäuscht sein werde. Oder, na ja, natürlich wäre ich furchtbar enttäuscht, aber ich verspreche, es für mich zu behalten.«

»Dito«, sage ich. »Nach der Vorspeise, während des Essens, wann immer du willst. Einfach aufstehen und gehen. *No hard feelings*, ich schwöre es.«

Er zwinkert mir zu. Seine Hand bleibt auf dem Tisch liegen.

»Sorry«, sagt er. »Ich habe mich gar nicht vorgestellt. Steven.«

»Jennica.« Ich nicke und kichere albern. »Ich habe gedacht, du würdest mit diesem sexy britischen Akzent reden.«

»Das kann ich natürlich auch«, sagt Steven mit einem starken britischen Akzent. »Meine Mutter kommt aus Schottland. Mein Vater wollte mich Stefan nennen, aber meine Mutter konnte das kaum aussprechen, also ist Steven daraus geworden.«

Was für ein Glück.

»Meine Eltern haben einen ähnlichen Kompromiss geschlossen. Mein Vater wollte mich Jenny nennen, und meine Mutter war für Annica.«

»Wunderbar«, sagt Steven. »Wir sind beide das Ergebnis

einer Einigung. Es ist doch schön, wenn Menschen gut miteinander auskommen, oder?«

Ich verkneife mir eine Antwort.

Es gibt in meinem Hinterkopf eine ganze Vorlesung darüber. Wie meine Mutter und viele andere Frauen offenbar beim Finden eines Kompromisses immer den Kürzeren gezogen haben.

Ich lächele und hoffe auf eine bessere Gelegenheit für diesen Vortrag.

»Dann haben wir zumindest eines gemeinsam. Könnte schlimmer sein.«

Steven lacht. Er überfliegt die Speisekarte und entscheidet sich schnell für den Fisch.

»Ich überlege, ob ich das Flank-Steak nehmen soll«, sage ich.

Steven schüttelt den Kopf.

»Ein gutes Flank-Steak bekommt man kaum. Das Fleisch soll dick und gleichzeitig zart sein. Roastbeef und Rinderfilet kriegen die meisten Köche hin. Ich würde nicht das Risiko eingehen, mir in diesem Lokal ein Flank-Steak zu bestellen.«

Ich werfe ihm einen erstaunten Blick zu.

»Natürlich ist das deine Sache«, fährt er fort. »Aber beschwer dich nicht hinterher, dass du an einem zähen Fleischstück herumsäbeln musst. Ich habe dich gewarnt.«

Mir gefällt seine forsche Art. Er sagt, was er denkt. Außerdem scheint er zu wissen, wovon er spricht.

»Dann probiere ich auch den Fisch«, sage ich.

Steven lächelt zufrieden.

»Was den Wein betrifft, was bevorzugst du da?«

Ich zucke mit den Schultern.

»Weißwein? Hochprozentig?«

Er lacht laut. Der Kellner wirft uns einen verwunderten Blick zu.

»Wie wär's mit einem Pouilly-Fumé?«, schlägt Steven vor.

Klingt nach einer Pferderasse, aber das Essen ist ja schon bestellt.

»Perfekt«, sage ich.

Während der Kellner sich die Bestellung notiert, entsteht ein kurzes Schweigen. Es ist mir so unangenehm, dass ich die erstbeste Frage ausspucke, die in meinem Gehirn landet.

»Und du bist also Arzt?«

Unglaublich bescheuert, denn jetzt wird er erwarten, dass ich im Gegenzug von meiner Arbeit erzähle.

»Kinderarzt«, sagt Steven. »Vor meiner Facharztzeit war ich zwei Jahre in Südafrika bei Ärzte ohne Grenzen. Es war furchtbar, das ganze Leid zu sehen, aber die glücklichen und dankbaren Gesichter der Kinder sind einfach etwas Wunderbares. Da habe ich beschlossen, weiter mit Kindern zu arbeiten.«

»Wie schön«, sage ich wenig originell.

»Erzähl von dir«, entgegnet Steven lächelnd. »Ich bin so neugierig.«

Was soll ich sagen? Er rettet hungernde Kinder in Afrika, während ich tagsüber pro forma studiere, um mich nicht arbeitslos melden zu müssen, und abends am Telefon Wahrsagerin spiele.

»Ich studiere noch«, sage ich und spiele ein bisschen an der Serviette herum. »Im Moment mache ich einen Kurs im Fach Entwicklungszusammenarbeit. Ich habe mir überlegt, dass ich gern im Ausland arbeiten würde, vielleicht in einer Hilfsorganisation oder so, aber ich bin mir nicht mehr so sicher.«

»Interessant«, sagt Steven.

Er hat einen durchdringenden Blick, tiefgründig und hellblau, beinahe transparent.

»Ich will mehr wissen«, sagt er. »Wer bist du? Wer ist der Mensch hinter dem Tinderprofil?«

Ich lache.

»Komm schon«, meint Steven. »Ich bin zu alt für Spielchen und so einen Quatsch.«

»Ich bin ja nicht mal dreißig. Also versuche ich wohl noch immer, herauszufinden, wer ich bin.«

»Das hat nichts mit dem Alter zu tun«, erwidert Steven. »Man hört nie auf, darüber nachzudenken, wer man ist.«

»Vielleicht nicht. Aber im Moment ist es ziemlich offensichtlich, dass ich die Einzige in meinem Umfeld bin, die weder eine Familie hat noch Karriere macht. Man könnte es auch Dreißigerkrise nennen.«

Man kann mir zumindest nicht vorwerfen, mich unter Vorspiegelung falscher Tatsachen zu verkaufen. Kein Wunder, dass meine Karriere im Telemarketing ungefähr so langlebig war wie eine Eintagsfliege.

»Dreißig! Ach, als ich noch so jung war …«, sagt Steven. »Spaß beiseite. Ich weiß noch gut, wie das war. Mit dreißig hatte ich eigentlich keine feste Beziehung. Ich habe meine ganze Zeit mit Studieren und Partys verbracht. Eines Tages hab ich dann gemerkt, dass alle anderen erwachsen und seriös geworden sind. Als hätte ich als Einziger keinen Platz im Leben gefunden. Diese Phase war ziemlich anstrengend.«

»Ganz genau!«

Er versteht mich wirklich. Wir heben die Gläser und prosten uns zu, als der Kellner unseren Fisch bringt.

»Ich habe letzte Woche ein großartiges Buch gelesen«, sagt Steven, ohne sein Glas abzustellen. »Dreihundert Seiten stark, über Aale. Ich dachte, ich hätte nicht das geringste Interesse an Aalen, aber da hatte ich mich ziemlich getäuscht.«

»*Das Evangelium der Aale*? Das habe ich auch gelesen. Wirklich ein gutes Buch, oder?«

»Unglaublich faszinierend. Ich hatte zwar gehört, dass alle Aale in der Sargassosee geboren werden, aber im Buch steht ja noch viel mehr. Ein verblüffendes Tier!«

»Ja, nicht wahr?«

Ich muss mir beinahe in den Arm kneifen. Ein Mann, der sich beim ersten Date über Bücher unterhalten will? Wann habe ich das zuletzt erlebt?

»Was ist das hier eigentlich für ein Fisch?«

Ich stecke die Gabel in den weißen Fisch auf meinem Teller.

»Seehecht«, sagt Steven.

Ich sehe ihm in die Augen.

»Die sind nicht ganz so geheimnisvoll, oder?«

»Gar nicht«, sagt Steven und schiebt sich einen großen Bissen in den Mund.

Wie in Zeitlupe zermalmen seine breiten Kiefer das Essen. Mein Blick bleibt an ihm hängen.

»Was ist?« Steven lacht und wischt sich die Lippen mit der Stoffserviette ab.

»Nichts.«

Auch ich kann mir ein Lachen nicht verkneifen.

Aber ich weiß ehrlich gesagt nicht, was los ist.

Als der Seehecht aufgegessen ist, haben wir alles abgehandelt – von der globalen Erwärmung und Greta Thunberg bis zu MeToo und Dylans Nobelpreis. Auch wenn Steven bei vielen Themen feste Meinungen zu haben scheint (die globale Erwärmung muss in erster Linie durch die Vereinten Nationen und China gestoppt werden, MeToo war auf Systemebene dringend nötig, aber Volkstribunale taugen nichts, und obwohl Bob Dylan der beste Rockpoet der Welt ist, sollte der Nobelpreis an richtige Schriftsteller gehen, die richtige Bücher schreiben), lässt er mich immer ausreden und wirkt aufrichtig, als er sagt, dass er durchaus willens sei, seine Ansichten noch einmal zu überdenken.

»Entschuldigst du mich einen Moment?«, fragt er und schiebt seinen Stuhl nach hinten.

»Kein Problem. Wir haben ja einen Deal.«

Er lacht, und ich ziehe mein Handy aus der Handtasche, als er um die Ecke verschwindet. Ich schreibe in unserer Messenger-Gruppe, die noch immer unter dem Namen *Tinderzentrale* läuft, kurz über mein Date. Dann stelle ich fest, dass sein Sakko weg ist. Mein Herz klopft schneller. Ich recke mich und halte Ausschau nach ihm.

Verdammt. Natürlich hat er den Notausgang gewählt. Ich bringe es nicht einmal fertig, mir noch ein Glas Wein zu bestellen.

In unserem Gruppenchat kommen sofort Reaktionen in Gestalt von Emojis mit klatschenden Händen und ausgestreckter Zunge. Wie immer ist es Rebecka, die sich als Einzige traut zu schreiben, was alle anderen denken.

Sex?

Ich antworte mit einem Smiley mit Sonnenbrille.

»Simst du gerade mit deinem anderen Date?«, fragt Steven.

Er steht hinter mir und hat sich das Sakko über die Schultern gehängt. Erleichtert stecke ich das Handy wieder ein.

»Ich habe mit ein paar Freundinnen eine Messenger-Gruppe, in der wir uns gegenseitig informieren, dass auf unseren Dates alles in Ordnung ist.«

»Clever«, sagt Steven. »Man kann heutzutage nicht vorsichtig genug sein.«

Ich schaffe es, die traurige Tatsache zu umschiffen, dass die Tinderzentrale ein Relikt aus besseren Zeiten ist. Nur ich bin noch bei Tinder aktiv. Die anderen sitzen vermutlich um diese Zeit zu Hause auf dem Sofa und dösen.

»Darf es ein Nachtisch sein?«, fragt der Kellner und reicht uns zwei Dessertkarten.

Ich sehe sie mir an, kann mich aber nicht konzentrieren.

»Vor einer Woche wollte ich schon Tinder löschen«, sagt Steven und gießt den letzten Rest aus der Weinflasche in mein Glas. »Jetzt bin ich froh, dass ich noch durchgehalten habe.«

»Warst du lange bei Tinder?«, frage ich.

»Na ja, ich habe mit ziemlich vielen gechattet. Aber ich habe mich nur mit einer Handvoll getroffen.«

Einer Handvoll? Was heißt das? Fünf? Nie im Leben werde ich ihm erzählen, wie ich jahrelang das Angebot bei Tinder abgegrast und dabei die Altersspanne immer weiter hochgesetzt habe.

»Früher war es einfacher«, sage ich mit einem Seufzer. »Als man den Nachbarsjungen geheiratet hat oder die Eltern einem den Partner ausgesucht haben.«

Steven faltet die Dessertkarte zusammen.

»Die Auswahl ist ziemlich gut.«

»Reden wir noch immer von Tinder?«

Als er lacht, berührt seine Schuhspitze unter dem Tisch meinen Fuß. Wir sehen uns an.

»Was hält das Fräulein stattdessen von einem Drink?« Er lehnt sich zurück und legt den Ellbogen auf die Stuhllehne. »Wir könnten uns ein netteres Lokal suchen als das hier.«

»Denkst du an irgendwas Bestimmtes?«

»Ich würde dich gern zu mir nach Hause einladen«, sagt Steven und steht auf. »Ich habe einen richtig guten Hennessy. Trinkst du Cognac?«

»Klar.«

»Leider muss das noch warten. Ich habe einen Wasserschaden im Schlafzimmer. Jede Menge Staub und überall Bautrockner.«

Typisch. Die meisten Tindertypen haben kaum aufgegessen, und schon wollen sie mich mit zu sich nehmen. Wenn ich ausnahmsweise selbst Lust dazu habe, scheint nichts draus zu werden.

»Bei mir geht es leider auch nicht«, sage ich und zupfe mein Kleid zurecht. »Meine Mitbewohnerin und ich haben eine Regel: Herrenbesuch verboten.«

Das ist eine Notlüge.

Ich kann unmöglich einen siebenundvierzigjährigen Kinderarzt in mein heruntergekommenes Studentenapartment mit Kochecke lassen.

Steven sieht etwas enttäuscht aus, als er mir meine Jacke gibt. Er legt seine große Hand auf meinen Rücken und geleitet mich zwischen den Tischen hinaus.

»Was hältst du vom Grand?«, fragt er.

»Klingt gut.«

Im Grand Hotel bin ich seit dem sechzigsten Geburtstag meines Onkels nicht mehr gewesen. Das ist kein üblicher Ort für normale Tinderbekanntschaften.

Auf der Steintreppe schwanke ich ein bisschen, und Steven packt instinktiv meinen Arm. Ich sehe direkt in seine hellblauen Augen, und es kribbelt tief unten in meinem Bauch.

»Auf zum Grand.«

Auszug aus der polizeilichen Vernehmung von Bill Olsson

Würden Sie freundlicherweise Ihren vollständigen Namen angeben?

Bill Stig Olsson.

Bitte erzählen Sie ein bisschen von sich.

Ich bin dreiunddreißig Jahre alt, Film- und Kulturwissenschaftler und wohne zusammen mit meiner achtjährigen Tochter Sally hier in Lund.

Wovon leben Sie?

Ich schreibe unter anderem Filmrezensionen im Internet. Früher habe ich im Kino gearbeitet, aber ich habe im Frühjahr aufgehört. Es ist ein bisschen was schiefgelaufen.

Möchten Sie das näher ausführen?

Ich bin mit meiner Chefin nicht zurechtgekommen. Am Ende sah ich mich gezwungen zu kündigen.

Was machen Sie tagsüber?

Im Sommer war ich vor allem mit meiner Tochter unterwegs. Wir haben kleine Ausflüge zum Strand gemacht und so. An einem Tag sind wir zu einer Kinder- und Jugendfarm in der Nähe gefahren. Gleichzeitig habe ich versucht, einen neuen Job zu finden, aber das ist gar nicht einfach.

Sie wissen ja, warum wir hier sitzen. In einem Haus in der Linnégatan hier in Lund sind zwei Personen tot aufgefunden worden. Was wissen Sie darüber?

Na ja, ich habe natürlich davon gelesen. Lund ist eine kleine Stadt, da passiert so was ja nicht jeden Tag.

Kamen Ihnen die Namen der Personen bekannt vor?

Nein.

Das heißt, Sie kannten weder Steven noch Regina Rytter?

Nein, ich bin ihnen nie begegnet. Zumindest nicht, dass ich wüsste.

Sie sind noch nie in ihrem Haus in der Linnégatan gewesen?

Nein. Wie gesagt, ich weiß nicht, wer die beiden sind.

Sie stehen ja nicht zum ersten Mal unter Tatverdacht.

Aber in diesem Fall geht es doch um Mord! Das ist nicht Ihr Ernst, oder? Ich könnte nie irgendjemandem etwas antun.

Sie stehen in unseren Datenbanken, und wir haben noch Ihre Fingerabdrücke von damals. Das wissen Sie, oder?

Ja, natürlich.

Wie erklären Sie sich dann, dass wir an mehreren Stellen im Haus des Ehepaars Rytter Ihre Fingerabdrücke gefunden haben?

Wie? Nein, das kann nicht sein.

KARLA

Die orangenen Ohrenstöpsel sind vollkommen sinnlos. Eigentlich sollte ich das Geld zurückverlangen. Ich habe das ganze Wochenende kein Auge zugetan. Das Studentenwohnheim, in dem ich gelandet bin, scheint eine Art kombiniertes Hostel und Jugendzentrum zu sein, in dem ständig Party gemacht wird: Musik und Stimmen rund um die Uhr. Etwas ganz anderes als die Stille, die ich von zu Hause gewohnt bin.

Am Montagmorgen um sieben Uhr klingelt mein Handywecker. Mit halb geschlossenen Augen und dem Rhythmus der letzten Nacht in den Ohren überquere ich die Straße zur Bushaltestelle. Eine riesige Sonne geht über der Stadt auf, und der Wind zerrt an meiner Strickjacke. Hier scheint es ständig windig zu sein.

Die Busfahrt dauert höchstens zehn Minuten, aber unterwegs gibt es einiges zu sehen. Kleine Stadthäuschen in engen, verschlungenen Gassen und eindrucksvolle Universitätsgebäude, die mehrere Hundert Jahre auf dem Buckel haben. Und natürlich der großartige Dom mit seinen zwei Türmen, der alles überragt. In Lund herrscht ein bisschen Harry-Potter-Atmosphäre.

Ich bin unterwegs zu dem großen Haus, wo Steven und Regina Rytter wohnen. Muss dort wirklich heute wieder geputzt werden? Schon als ich letzte Woche zum ersten Mal da war, kam es mir sauberer vor als bei allen anderen Putzstellen, wo ich bisher gewesen bin.

Lena vom Reinigungsunternehmen wand sich ein bisschen, als ich sie fragte, warum die Rytters zweimal pro Woche eine Putzhilfe wollen.

»Die Kunden entscheiden, wie oft wir kommen«, sagte sie.

Aber da war wieder dieser flackernde Blick. Natürlich wusste sie, dass ich mich nicht traute, weitere Fragen zu stellen. Ich habe mit diesem Job ein verdammtes Glück gehabt und will auf gar keinen Fall undankbar oder kompliziert erscheinen.

Von der Bushaltestelle muss ich noch ein Stück gehen. An einem Schulhof vorbei, wo Kinder unter großen grünen Bäumen Springseil springen, und dann auf einem schmalen Kiesweg entlang, der unter meinen Sandalen knirscht. Nachdem ich den Türcode eingegeben habe, betrete ich den Flur mit einem vorsichtigen »Hallo?«.

Niemand antwortet.

Im oberen Stockwerk sind alle Türen geschlossen. Es sieht genauso sauber und ordentlich aus wie am Mittwoch, als ich das Haus verlassen habe. Ich beginne im oberen Badezimmer, spritze Reinigungsmittel mit Zitronensäure ins Klo, ins Waschbecken und ins Bidet und bin gerade mit einer Scheuerbürste auf den Knien zugange, als ich meine, etwas zu hören. Ein Geräusch. Ein halb ersticktes Wimmern.

Ich richte mich auf. Stehe regungslos da und lausche. Tropfen fallen von der Bürste auf den Fliesenboden.

»Bitte herkommen«, ruft eine klägliche Stimme aus dem Schlafzimmer.

Ich werfe die Bürste ins Waschbecken und laufe in das Zimmer.

»Hallo. Tut mir leid, dass ich Sie nicht gleich gehört habe«, sage ich.

Regina Rytter liegt auf der Seite in einem luxuriösen Bett mit einem samtbezogenen Kopfteil. Die Jalousie ist heruntergelassen, die Luft ist trocken, und es riecht muffig. Regina Rytter spricht langsam und undeutlich, und ich verstehe nicht, was sie mir sagen will, aber sie wirkt aufgeregt, beinahe panisch.

»Ich bin die neue Putzfrau«, erkläre ich. »Wir haben uns am vorigen Mittwoch kennengelernt, aber Sie haben vielleicht vergessen …«

»Nein, nein, ich habe Sie nicht vergessen.«

Verwirrt und mit glänzenden Augen sieht sie mich an. Ihre Haut ist weiß und spröde wie Seidenpapier, jede Bewegung scheint für sie quälend zu sein. Die eingefallenen Wangen und ihr erschöpfter Blick erinnern mich an meine eigene Mutter.

»Meine Tabletten. Ich brauche meine Tabletten.«

Ihre Hand kommt unter der Decke hervor und tastet auf dem Nachttisch herum. Ich weiß nicht, ob ich ihr helfen soll.

»Tut mir leid«, sagt Regina Rytter und bringt sich in eine sitzende Position. »Ich bin ganz verwirrt, wenn ich meine Tabletten nicht nehme.«

Ich versichere ihr, dass alles in Ordnung ist, und frage sie, ob ich noch irgendetwas für sie tun kann.

»Nein, nein, putzen Sie einfach weiter. Meinem Mann ist es wichtig, dass alles sauber und ordentlich ist.«

Sie hantiert an einem Tablettendosierer aus Plastik herum, einer Box mit kleinen Fächern für verschiedene Pillen.

Ich putze weiter, halte jedoch mehrmals inne und lausche auf Geräusche aus dem Schlafzimmer. Vier Stunden lang bin ich beschäftigt. Ich schrubbe und sauge, wische die Böden nass, klopfe Teppiche aus und scheuere Fliesen. Kein einziges Mal höre ich etwas aus dem Schlafzimmer.

Was ist das eigentlich für ein Leben, das diese arme Frau führt? Da kann man noch so bombastische Kristallkronleuchter an der Decke und hübsche Standuhren haben, die in eine Antiquitätensendung passen würden, wenn man nicht einmal die Kraft besitzt, aus dem Bett aufzustehen. Die wunderschönen Zimmer, die vielen Kostbarkeiten. Und diese klinische Reinheit. Mir wird bewusst, wie wenig das alles eigentlich bedeutet.

Als ich ins laute Studentenwohnheim zurückkomme, bin ich völlig fertig, körperlich und geistig. Muskeln, deren Existenz ich bislang nur erahnt habe, sind verspannt und schmerzen.

Mein Zimmer ist leer bis auf ein Bett und einen wackligen Stuhl. Ich setze mich auf den Stuhl und starre aus dem Fenster, während ich eine Cola trinke. Anscheinend befindet sich auf der gegenüberliegenden Straßenseite eine Art psychiatrische Klinik.

Es dauert nicht lange, bis jemand an die Tür klopft.

»Ey, Norrländerin!«, ruft jemand.

Als ich aufmache, stolpert eine Gruppe von Jungs ins Zimmer. Sie sind total besoffen, obwohl es ein ganz normaler Montagnachmittag ist.

»Sei nicht so langweilig«, sagen sie. »Komm mit in die Küche, bisschen rauchen und chillen.«

»Ich pack es nicht. Ich hab den ganzen Tag gearbeitet. Jetzt muss ich lernen.«

Schließlich muss ich sie aus dem Zimmer scheuchen. Grölend verschwinden sie im Korridor, um jemand anders zu stören.

Als ich mich mit dem Laptop aufs Bett sinken lasse, brennt es hinter den Lidern, und bald verschwimmt alles vor meinen Augen.

Ich verstehe kein Wort von dem, was ich lese.

Ich werde es nie schaffen. Arbeiten und lernen und nicht schlafen können.

Meine Mutter wird am Ende doch recht behalten. Ich werde nicht auf Dauer hierbleiben können.

Mit einem Knall klappe ich den Laptop zu und drücke mein Gesicht ins Kissen. Ich fühle mich nackt und schutzlos. Schnell packe ich die Decke und ziehe sie über mich.

Mir kommt es vor, als würden alle Schichten abfallen, bis nur noch die Zehnjährige da ist, die viel zu früh erwachsen werden musste. Die ihre eigene Mutter ersetzen musste, die für sie einkaufte, Wäsche wusch und abspülte. Die schon bald lernte, Geheimnisse für sich zu behalten. Das Mädchen, das sich jeden Abend schlafen legte, ohne zu wissen, was am nächsten Morgen beim Aufwachen sein würde.

Ich balle die Hände zu Fäusten und weine ins Kissen. Die Stimme meiner Mutter hallt in meinem Kopf wider. Sie soll nicht recht behalten. Ich werde nicht aufgeben.

BILL

Sally sitzt mit angespannten Schultern und erwartungsvollem Blick auf dem Sofa.

»Das ist keine Castingshow«, sage ich. »Diese Leute brauchen eine Wohnmöglichkeit.«

Sie verdreht die Augen.

»Ich weiß, Papa. Aber es ist wichtig, dass es jemand Nettes ist.«

Da fallen auch mir keine Gegenargumente ein.

Nur wenige Stunden, nachdem ich die Anzeige gepostet habe, füllt sich mein Posteingang mit Mails. Die erste Kandidatin ist schon unterwegs.

»Vielleicht können wir das da runternehmen?«, schlägt Sally vor und zeigt auf das Foto über dem Sofa.

Neben den Filmplakaten von *Goodfellas* und *Es war einmal in Amerika* blickt Miranda von der Wand auf uns herab. Wer sie nicht gekannt hat, würde vermutlich nicht das Lächeln in ihrem Mundwinkel erkennen, aber der gewiefte Blick verrät sie. Miranda musste sich häufig anhören, dass sie streng wirkte.

»Sollen wir das wirklich tun?«, gebe ich zu bedenken. »Mama von der Wand nehmen?«

Sally schiebt die Unterlippe vor. Mit diesem Schmollmund ähnelt sie Miranda auf beinahe erschreckende Weise.

Wir haben keine Zeit, die Sache auszudiskutieren, weil es klingelt. Sally reißt die Arme in die Luft und stürmt zur Tür.

Ich bleibe im Flur stehen und atme tief durch. Ich war schon immer schüchtern oder *vorsichtig*, wie mein Vater gern gesagt hat, insbesondere bei Menschen, denen ich noch nie begegnet bin.

Sally ist das totale Gegenteil von vorsichtig. Auch das hat sie von ihrer Mutter.

»Hallo und willkommen!«, sagt sie und öffnet die Tür sperrangelweit.

Draußen steht eine junge Frau, deren Augen halb hinter den Haaren verborgen sind, die ihr ins Gesicht fallen.

»Hallo«, sage ich und nicke.

Sie reicht mir ihre zarte Hand. Ihre Fingernägel sind kurz geschnitten, und sie trägt keine Ringe.

»Karla.«

»Hallo, Karla.«

Sie hat etwas Abwartendes, beinahe Wachsames an sich.

»Ich wollte mir das Zimmer anschauen.«

»Na klar.«

Sally ist so aufgedreht, dass sie nicht still stehen kann.

»Bist du aus Norrland?«, fragt sie.

»Ja, hört man das so deutlich?«

Karla lacht.

Sie ist von Kopf bis Fuß schwarz gekleidet, und der Rollkragen sitzt so eng, dass ihr bei dieser Sommerhitze das Atmen bestimmt schwerfällt.

Ich öffne die Tür zu Sallys Zimmer.

»Tja, so sieht es also aus.«

Ich erkläre, dass sie die Küche und das Bad mitbenutzen darf. Natürlich hat sie auch Zugang zum Wohnzimmer, wenn wir nicht da sind.

»Aber auch, wenn wir da sind«, sagt Sally entschlossen.

»Klar. Selbstredend. Wenn du willst.«

Karla wirft das Haar nach hinten, und zum ersten Mal sehe ich ihr in die grünen Katzenaugen. Sie lächelt weich, und ich habe das Gefühl, als könnte ich mich an sie gewöhnen.

»Wie alt bist du?«, fragt Sally.

»Zweiundzwanzig. Und du?«

»Acht.«

Sally geht mit Volldampf zur Sache, und ich scheitere mit meinen Versuchen, ihr Kreuzverhör zu unterbrechen.

»Wo kommst du her? Warum bist du hergezogen? Hast du einen Freund?«

Karla lacht wieder und windet sich ein bisschen.

»Jetzt reicht es«, sage ich.

»Alles gut«, beteuert Karla. »Ich komme aus Boden, das liegt ziemlich weit im Norden von Schweden, und ich bin hergezogen, um an der Uni zu studieren. Und nein, ich habe keinen Freund.«

Eine leichte Röte überzieht ihre Wangen.

Ich frage sie, wo sie momentan wohnt. Sie ist doch nicht etwa aus Boden hierhergezogen, ohne eine Unterkunft zu haben?

»Es kommt mir vor wie eine Art Hostel«, sagt sie mit missbilligender Miene. »Ich glaube, es war früher mal ein Flüchtlingsheim.«

Sie versucht zu erklären, wo es liegt, aber ich kenne die Stadt nicht gut genug, obwohl ich schon lange in Lund lebe. Viele sagen genau das: Man kommt als Student nach Lund und bleibt dort hängen, aber man empfindet es nie als wirkliche Heimat.

»Bitte, Papa«, zischt Sally und zupft an meinem Hosenbein. »Können wir sie nicht nehmen?«

Karla und ich müssen beide lachen. Ich sage, dass Strom und

Wasser in der Miete inbegriffen sind, ebenso wie WLAN und vierundzwanzig Fernsehsender.

»Leider können wir nicht warten. Wir brauchen sofort einen Untermieter.«

»Ich kann heute Abend einziehen«, bietet Karla an.

Sally jubelt.

»Ich brauche zwei Monatsmieten als Sicherheit«, erkläre ich.

Das ist die Rettung. Zwei Monatsmieten decken zumindest die Mietkosten für Juni ab, und bevor die nächste Rechnung kommt, werde ich auf jeden Fall Arbeit gefunden haben.

»Kein Problem«, sagt Karla.

Sally klatscht vor Glück in die Hände.

»Nur noch eine Sache«, sage ich gedehnt.

Sally ist schon vorgewarnt und einverstanden.

»Was denn?«

»Was wir hier machen, ist eigentlich nicht erlaubt. Wenn dich jemand fragt, kannst du nicht sagen, dass du unsere Untermieterin bist.«

Sally nimmt Karla an der Hand.

»Wir können doch sagen, du bist meine neue Stiefmama.«

JENNICA

Wir beschließen, dass ich das Hotelzimmer als Erste verlasse.

Es fühlt sich seltsam an, die pompösen Treppen des Grand Hotels nach einem Make-up-Quickie und mit einer Frisur wie ein frisch geficktes Eichhörnchen hinunterzugehen. Ein *Walk of Shame* hoch zwei, als mir die jungen Männer in der Rezeption zunicken und zweideutig lächeln.

Es ist angenehm, die Maske fallen lassen zu können. Die ersten Dates sind immer anstrengend, weil man aufpassen muss, was man sagt und tut.

Während ich zur Bushaltestelle laufe, starre ich auf den Boden. Ich setze mich in die Linie vier Richtung Norra Fäladen und schreibe unserer Messenger-Gruppe eine kurze Nachricht.

Ein Arzt? Nicht schlecht! Das würde sich vielleicht lohnen, oder?, antwortet Emma binnen einer Minute.

Ich mag meine Freundinnen sehr und kenne sie schon ewig, aber in den letzten Jahren haben sie mir ständig in den Ohren gelegen, dass ich doch endlich jemanden kennenlernen und ein bisschen zur Ruhe kommen solle, weshalb ich mich immer mehr zurückgezogen habe.

Keine von uns wunderte sich, als Miranda relativ früh heiratete und Kinder bekam. Sie hatte schon seit dem Kindergarten von Mama-Papa-Kind geträumt. Aber Emma, Tina und Rebecka! Das waren die totalen Partymäuse, sorglos, geil und neugierig. Doch mit fünfundzwanzig muss irgendwas passiert sein – es war eine so plötzliche und einschneidende Veränderung, dass ich den Verdacht habe, sie könnte irgendwie vererbt sein. Die genetische Sehnsucht des Kleinstadtmädchens nach Geborgenheit. Seitdem fühle ich mich nicht mehr ganz als Mitglied der Clique.

Mal sehen, schreibe ich zurück.

Ich werde ihnen nicht einmal die Spitze meines kleinen Fingers reichen.

Aber in meinem Inneren ist ein Licht entflammt.

Steven Rytter unterscheidet sich so wahnsinnig von allen anderen, denen ich auf Tinder begegnet bin. Die meisten davon waren nicht mal auf der Welt, als er Abi gemacht hat. Aber nicht nur das. Steven ist mehr IQ und weniger Testosteron. Es ist lange her, dass ich einen Typen kennengelernt habe, mit dem ich nicht nur Sex haben, sondern auch die neueste Zeitungskolumne der Schriftstellerin Lena Andersson diskutieren wollte. Natürlich nicht unbedingt gleichzeitig.

Hoffentlich, schreibt Emma.

Es folgt ein Emoji mit gekreuzten Fingern.

Ich fange an, eine Antwort zu tippen, lösche sie, fange von vorn an und lösche sie wieder. Schließlich lasse ich es bleiben.

Emma und ich waren schon in der vierten Klasse beste Freundinnen. Damals kauften wir uns identische Freundschaftsarmbänder und schworen uns, *best friends forever* zu bleiben. Jetzt haben wir uns auseinanderentwickelt, unser Leben ist so unterschiedlich, aber das Armband liegt noch immer in meinem Karton mit den wichtigen Dingen.

Sobald ich nach Hause komme, mixe ich mir einen Cocktail aus Aspirin und Oralpädon. Dann esse ich einen halben Burger, den ich im Kühlschrank finde, und fülle Hundis Futterschüssel.

Er sieht mich beleidigt an.

»Nein, es gibt heute keinen Hering.«

Ich kann es mir nicht leisten, ihn so zu verwöhnen.

Als ich mich bücke und ihm über den Kopf streiche, macht er einen Katzenbuckel und wendet sich von der Futterschüssel ab.

Hundi ist natürlich nur sein Name. In Wirklichkeit ist er ein Kater. Ein schlecht gelaunter und schnell beleidigter Kater, der mir vermutlich nie meinen schlechten Humor verzeihen wird, als ich ihm diesen Namen gegeben habe.

»Friss oder stirb«, sage ich. »Es wird gegessen, was in die Futterschüssel kommt.«

Natürlich rede ich mit meinem Kater. Dafür schäme ich mich nicht einmal. Manchmal antwortet er sogar. Er ist ungewöhnlich intelligent für eine Katze.

Diesmal rümpft er nur die Nase, aber früher oder später wird er das Futter fressen.

»Dieser Mist kostet mehr als Babynahrung.«

Ich lasse mich mit dem Handy aufs Bett fallen und google Steven Rytter. Natürlich tue ich das nicht zum ersten Mal, aber inzwischen finde ich ihn so interessant, dass ich meine Detektivarbeit intensiviere.

Im Internet finde ich kaum etwas über ihn. Nur vereinzelte Fotos und langweilige Angaben auf offiziellen Seiten. Keine sozialen Medien, nichts Interessantes. Ich vermute, es hat mit seinem Alter zu tun.

Nach einer halben Stunde höre ich auf und bereite mich auf meine heutige Arbeitsschicht vor. Die allerbesten Anrufe kommen abends, aber ein Samstagvormittag ist auch nicht schlecht. An einem langen, regnerischen Freitagabend kann jeder ein bisschen spirituelle Beratung gebrauchen.

Es ist nicht gerade ein Traumjob, aber ich kann überall

und zu jeder Zeit arbeiten. Alles, was ich dazu brauche, ist ein Handy. Außerdem ist der Job ziemlich gut bezahlt.

Laut der Website und den Anzeigen, vor allem in sogenannten Lifestylemagazinen für Frauen mittleren Alters, bieten wir mediale Beratung an. Ich bin keine Wahrsagerin und darf unter gar keinen Umständen etwas prophezeien. Diejenigen, die uns anrufen, suchen etwas anderes.

Auf der Homepage steht: *Glaubst auch du, dass das Leben mehr ist als das Körperliche und Materielle? Manchmal läuft es anders als gedacht. Wir treffen auf Hindernisse und Prüfungen, die eine Beratung erfordern. Unsere medialen Beraterinnen geben dir die Unterstützung und die Ratschläge, die du brauchst, um deinen Horizont zu erweitern.*

Während des Bewerbungsgesprächs über Skype stellte man mir die Frage, ob ich über mediale Fähigkeiten verfüge. Ich vermutete, dass ich mich mit einem Nein selbst disqualifizieren würde, konnte es aber nicht über mich bringen zu lügen. Dann fragte mich der Geschäftsführer, ob ich mich für empathisch hielte. Dem konnte ich zustimmen, ohne mich auch nur im Geringsten zu verbiegen, und das reichte, um den Job auf der Stelle zu bekommen.

Es ist nicht so, dass ich mediale-beratung.com als Arbeitgeber auf LinkedIn auflisten würde. Ich habe nur wenigen Leuten von meinem Job erzählt und ihn als witzige Nebenbeschäftigung erwähnt, die ich einfach nur aus Spaß mache. Meine Familie weiß natürlich nichts davon. Mein Vater würde ausflippen und meine Mutter vermutlich vor Scham sterben. Wer mich kennt, glaubt bestimmt, dass meine Eltern meinen Lebensunterhalt finanzieren, aber bei so einer Vereinbarung würden sie Gegenleistungen erwarten, die ich auf gar keinen Fall erbringen will.

Nach meinem Master habe ich ein Jahr als Lehrerin an einer Sekundarschule gearbeitet. Es war ganz anders, als ich erwartet hatte. Schon nach ein paar Monaten hatte ich ständig das Gefühl, nicht zu genügen. Außerdem bekam ich ausreichend Gelegenheit, meine Auffassung zu überdenken, dass alle Kinder liebenswert sind und sich bemühen, es allen rechtzumachen. Ich habe nur deshalb ein ganzes Schuljahr durchgehalten, weil ich auf keinen Fall vor meinen Eltern kapitulieren wollte, denn das hätte sie nur in ihrer Meinung bestätigt, dass der Lehrerberuf nichts für mich sei.

Jetzt sitze ich mit dem Headset auf dem Kopf und einem Glas in der Hand da und warte auf den ersten Anruf.

Manchmal sind die Anrufer wunderbar erfrischend. Wie der Typ neulich Abend, der in Erwägung gezogen hat, sich beschneiden zu lassen. Er wollte wissen, was Frauen davon hielten und ob ich vielleicht Erfahrung damit hätte? Am Ende habe ihm ein Prinz-Albert-Piercing empfohlen.

Ein Großteil der Anrufer sind jedoch Frauen zwischen fünfzig und scheintot. Sie rufen an, weil sie über Männer reden wollen. Und über das, was sie für Liebe halten oder was hoffentlich eines Tages zu irgendeiner Art von Liebe wird. Liebt er mich? Wird er sich verändern? Wird jemals etwas aus uns beiden? Die Antworten lauten immer *Nein*, *Nein* und *Nein*. Natürlich verpacke ich es ganz lieb und nett, aber diese Frauen verdienen die Wahrheit und keine weiteren Fantasien von Prinzen auf weißen Pferden. Wenn er wie ein Schwein aussieht, wie ein Schwein geht und wie ein Schwein riecht – Überraschung: Dann ist er ein Schwein.

Es gibt schlechtere Jobs. Ich habe Spaß und tue etwas Sinnvolles. Vielleicht nicht ganz so sinnvoll wie eine Lehrerin, aber immerhin.

Mein Handy piepst. Tina hat eine neue Nachricht in den Gruppenchat geschrieben.

Gib dem Arzt eine Chance. Ich glaub an dich. Viel Glück – ich drück dich!

Ich antworte mit einem Herzchen und einem Emoji, das Küsschen verteilt. Gerade habe ich das Handy hingelegt, als es erneut piepst.

Diesmal ist es eine Nachricht von Steven.

Kann nicht aufhören, an dich zu denken. Wann sehen wir uns wieder?

Auszug aus der polizeilichen Vernehmung von Karla Larsson

Wie lange haben Sie beim Ehepaar Rytter gearbeitet?

Ich war ja nicht ihre private Putzfrau oder so. Ich bin bei einer Reinigungsfirma angestellt, die viele verschiedene Kunden hat. Das Haus des Ehepaars Rytter war nur eines von mehreren, wo ich geputzt habe.

Aber bei den Rytters haben nur Sie sauber gemacht?

Hm, ich bin Anfang Juni nach Lund gezogen. Seitdem habe ich bei den Rytters geputzt. Die Kunden wollen gern, dass jedes Mal dieselbe Putzkraft kommt.

Wie oft waren Sie bei den Rytters?

Zweimal pro Woche. Montags und mittwochs.

Ist das nicht ganz schön oft? Kommt es häufiger vor, dass man zweimal pro Woche dasselbe Haus sauber macht?

Ich denke, das ist ziemlich ungewöhnlich. Aber ich habe nicht so viel Erfahrung.

War das Haus besonders ungepflegt, oder warum brauchten die Rytters eine Reinigungskraft für so viele Stunden?

Ich weiß es nicht. Das war ihr Wunsch. Wenn ich Regina Rytter richtig verstanden habe, war ihr Mann ziemlich pedantisch. Ansonsten war es dort nicht weiter seltsam oder so.

Haben Sie viel mit Regina Rytter gesprochen?

Nicht sonderlich viel. Sie hat meistens im Bett gelegen, wenn ich da war. Aber es kam schon vor, dass wir ein paar Worte gewechselt haben.

Und was ist mit Steven Rytter? Haben Sie sich mit ihm unterhalten?

Ab und zu. Er hat mir beim ersten Mal das Haus gezeigt und so.

Haben Sie einen Eindruck von der Beziehung zwischen Steven und Regina Rytter gewinnen können?

Ich weiß nicht so genau. Am Anfang schien alles in Ordnung zu sein. Steven Rytter war sehr nett. Es dauerte eine Weile, bis ich es kapiert habe.

Was haben Sie kapiert?

Na ja, mir ist erst nach und nach klar geworden, was eigentlich los war.

KARLA

Ich komme fünf Minuten zu spät zur Haltestelle und verpasse den Bus. Also gehe ich den ganzen Weg zu Fuß durch Lund, verirre mich in den verschlungenen Gassen zwischen den Häuschen, in denen einst die Armen wohnten, die inzwischen aber ein halbes Vermögen kosten. Auf dem Platz vor der großen Markthalle schalte ich den Routenplaner im Handy auf Lautsprecher, und die mechanische Stimme führt mich zum Friedhof hinauf und an der Schule vorbei zum Ziel.

Als ich schließlich ankomme, bin ich klatschnass unter den Armen, mein Make-up ist verschmiert, und ich keuche laut. Niemand antwortet, als ich wie immer »Hallo!« rufe, also fange ich gleich mit dem Putzen an.

Die Bäder zuerst, das mache ich immer so.

An dem teuren Waschbecken kommt das Wasser nicht aus einem normalen Wasserhahn, sondern rieselt sachte aus einer Öffnung, die an einen Miniwasserfall erinnert. Ich beuge mich vor und rubbele und reibe. Es fällt mir nicht ganz leicht zu putzen, wenn es so sauber ist und man kaum einen Unterschied zwischen Vorher und Nachher sieht.

Ehe ich mich an die Toilette mache, hole ich tief Luft und halte den Atem an. Als ich gerade das WC-Becken scheuere, öffnet sich hinter mir die Tür .

»Mensch, wie Sie schuften«, sagt Regina Rytter.

Ich sehe sie zum ersten Mal außerhalb des Betts, und sie ist nicht nur größer, sondern auch hübscher, als ich dachte. Der Morgenmantel sieht weich und warm aus.

»Ich wollte eine Tasse Tee trinken«, sagt sie. »Leisten Sie mir Gesellschaft?«

Ich fühle mich so überrumpelt, dass ich nur ein »Nein« herausbringe.

Regina Rytter starrt mich erstaunt an. Ein leises Lachen perlt zwischen ihren trockenen Lippen hervor.

»Tut mir leid«, sagt sie. »Aber Sie sehen aus, als würde eine Untote vor Ihnen stehen.«

»Oh, Entschuldigung.«

»Kein Problem. Manchmal fühle ich mich wie ein Zombie.«

Wie peinlich. Dass ich aber auch nie meine Gefühle verbergen kann.

»Ich wusste nur nicht, dass Sie wach sind.«

Sie lacht wieder, obwohl sie dabei Schmerzen zu haben scheint.

»Sie? Das klingt so, als wäre ich sechzig. Ich heiße Regina.«

Sie will gerade die Hand ausstrecken, überlegt es sich aber anders, als sie die gelben Gummihandschuhe sieht, die gerade Bekanntschaft mit ihrer Toilette gemacht haben.

»Ich heiße Karla«, sage ich.

»Richtig, ja. Trinkst du Tee, Karla?«

Ich betrachte die Bürste in meiner behandschuhten Rechten.

»Ich weiß nicht. Ich sollte wohl besser …«

Ich deute auf die nicht fertig geputzte Toilette, aber Regina besteht darauf.

»Das schaffst du schon noch. Mein Mann ist der Sauberkeitsfanatiker von uns beiden. Er ist Arzt. Ich weiß nicht, ob es damit etwas zu tun hat. Seitdem ich krank bin, ist es jedenfalls eskaliert. Vielleicht glaubt er, dass ich ihn anstecke?«

Ich bleibe abrupt stehen.

Wie seltsam. Ich hatte den Eindruck gewonnen, dass ihrem Mann der Zustand des Hauses so gut wie egal ist.

Sie ist schon auf dem Weg nach unten und dreht sich um. Ihre Hand ruht auf dem Treppengeländer.

»Immer mit der Ruhe. Das war nur ein Witz. Ich bin nicht ansteckend.«

Ich weiß nicht, was ich sagen soll. Es fühlt sich wirklich nicht richtig an, mit ihr Tee zu trinken. Ich bin hier, um zu arbeiten, und die Frau wirkt psychisch nicht ganz stabil.

»Komm schon«, sagt sie und geht mit unsicheren Schritten die Treppe hinunter.

Ihre Hand umklammert das Geländer, und die Streichholzbeine zittern, wenn sie auf jeder Stufe eine kurze Pause einlegt. Sie keucht lautlos und lässt sich schließlich auf einen Küchenstuhl sinken.

»Ständig überschätze ich meine Fähigkeiten. Da wache ich auf und fühle mich so gesund wie schon lange nicht mehr, aber sobald ich mich anstrenge, kommt der Rückschlag so sicher wie das Amen in der Kirche.«

Das klingt wirklich mühsam. Regina stützt ihren Kopf in die Hand.

»Hilfst du mir, Teewasser aufzusetzen?« Sie zeigt auf den Vitrinenschrank in der Ecke. »Du kannst die weißen Tassen da drüben nehmen.«

Eigentlich sollte ich es nicht tun. Trotzdem schalte ich den Wasserkocher an und hole vorsichtig zwei Tassen mit Untertassen aus dem Schrank. Auf der Unterseite steht Royal Copenhagen. Vermutlich sauteuer.

»Setz dich doch«, sagt Regina und zeigt auf den Stuhl ihr gegenüber.

Ich stehe zögernd da, die Hände auf der Rückenlehne.

»Eigentlich darf ich keine Pause machen.«

»Sagt wer?«

Sie starrt mich verblüfft an. Dann verbirgt sie das Gesicht in den Händen, seufzt und schnauft.

»Warum bist du hier?«, fragt sie dann und verschränkt die Arme vor der Brust.

Sie wirkt benommen.

»Ich ... ich soll doch sauber machen. Ich bin die neue Putzfrau.«

Regina blinzelt ein paarmal. Dann lacht sie so laut, dass sie anfängt zu husten.

»Also, tut mir leid, aber ich meine: Warum bist du hier in Lund? Ich höre doch, dass du nicht von hier bist.«

Ich erröte. Während ich die schöne Tasse betrachte, überlege ich, wie ich sie am besten an dem kleinen Henkel festhalten soll. Als ich den Tee probiere, verbrenne ich mir die Zunge.

»Vorsicht«, sagt Regina zwei Sekunden zu spät.

Die Tasse wackelt in meiner Hand, und der Tee tropft auf den Tisch.

»Ich will Jura studieren«, murmele ich.

Das klingt wenig glaubhaft. Ich schaffe es ja nicht einmal, Tee zu trinken, ohne mich zu verbrennen und auf den Tisch zu kleckern.

»Aha, eine angehende Rechtsanwältin?«

Das vermuten die meisten.

»Richterin«, sage ich und fächele mir kühle Luft zu.

Regina sieht neugierig aus.

»Interessant«, sagt sie. »Und ein bisschen ungewöhnlich.«

Sie scheint zu kapieren, wovon ich rede. Das bin ich nicht gewöhnt. Meine Mutter hat beispielsweise gedacht, dass in schwedischen Gerichten eine Jury die Urteile fällt. Andererseits versteht sie nicht, warum ich freiwillig so viele Jahre studieren will.

»Ich glaube nicht, dass ich es fertigbringen würde, als Rechtsanwältin zu arbeiten«, sage ich. »Dann müsste ich ja Leute verteidigen, die schlimme Dinge getan haben.«

»Du willst sie lieber verurteilen?«, fragt Regina.

»Ja, wenn sie schuldig sind. Ich will für Gerechtigkeit sorgen.«

Regina beugt sich vor und pustet in die Tasse mit dem noch immer dampfenden Tee.

»Ich wollte eine Zeit lang Polizistin werden«, erzählt sie. »Mein Vater fand das völlig verrückt. Polizisten werden schließlich schlecht bezahlt und sind ständig Gefahren ausgesetzt. Außerdem war ich ein Mädchen. Meine Güte.«

Sie greift mit ihrer rauen Seidenhand nach der Teetasse. Dabei zittert sie so stark, dass das Geschirr klappert. Ich fange ihren Blick auf. Sie muss knapp über vierzig sein, wirkt durch die Krankheit jedoch viel älter.

»Mein Vater war der Überzeugung, dass ich Geisteswissenschaften studieren sollte«, fuhr sie fort. »Vielleicht bin ich deshalb Wirtschaftswissenschaftlerin geworden, wie mein Bruder. Zurzeit befasse ich mich allerdings in erster Linie mit Management und Organisationsentwicklung. Wobei, was heißt schon zurzeit? Es fühlt sich an wie ein völlig anderes Leben.«

Sie stellt die Tasse auf die Untertasse zurück, senkt den Blick und sackt in sich zusammen.

Ich muss etwas sagen.

Langsam trinke ich einen weiteren Schluck.

Wieder brennt der Tee auf der Zunge.

»Heiß«, sage ich. »Aber lecker.«

Regina schaut durch mich hindurch, als hätte sie mich nicht gehört.

»Zurzeit liege ich vor allem im Bett«, murmelt sie.

Ich schnalze mit der Zunge und versuche, sie mit Speichel zu kühlen. Regina ist zweifellos arm dran, aber ich sollte jetzt weiterputzen. Wenn meine Chefin erfährt, dass ich in meiner Arbeitszeit Tee trinke und quatsche, werde ich rausfliegen.

»Ich hoffe, es geht Ihnen bald besser«, sage ich.

Das klingt total daneben. Aber wäre es denn angebracht?

»Ich weiß wirklich nicht weiter«, entgegnet Regina. »Keiner weiß irgendwas. Ich werde mit unklaren Diagnosen von einem Arzt zum nächsten geschickt. Manchmal frage ich mich, ob es sich lohnt, weiterzumachen. Wie lange schafft man es, so zu leben?«

Ich denke an meine Mutter und spüre einen schmerzenden Kloß im Hals.

»Ich wünschte, ich hätte meine Gesundheit mehr zu schätzen gewusst, solange es mir gut ging«, meint Regina. »Man hält es für selbstverständlich, jeden Tag gesund aufzuwachen. Aber das kann sich von einem Tag zum andern vollkommen ändern. Ich stand mitten im Leben, als mich dieses verdammte Virus niedergestreckt hat. Es fing an wie eine ganz normale Grippe. Jetzt weiß ich nicht, ob ich jemals wieder ein normales Leben führen kann.«

Sie schluckt und hebt mit zitternder Hand die Teetasse. Der Löffel in der Tasse klappert, und es gelingt ihr, ihn im letzten Moment aufzufangen, bevor er herausfällt.

»Meine Medikamente«, sagt sie und stellt die Tasse wieder ab, ohne dass sie etwas getrunken hat. »Ich habe die Tabletten vergessen. Könntest du vielleicht eben hochlaufen und sie holen, Karla?«

»Natürlich.«

Auf halber Treppe bleibe ich stehen. Obwohl alles so neu ist, kommt es mir irgendwie erschreckend bekannt vor, und ich weiß nicht, ob das gut ist. Ich denke wieder an meine Mutter.

BILL

Am Freitag ist Schulabschlussfeier. Sally hat sich ihr Kleid mit den rosa und lila Blümchen ganz allein ausgesucht. Mein kleines Baby, plötzlich ist es acht Jahre alt. Während die Kinder *Die Blumenzeit kommt wieder* singen, steigt mir eine Träne ins Auge.

Letztes Jahr stand ich am selben Platz auf dem Schulhof. Auch ohne Miranda. Sie war gerade in die Klinik eingeliefert worden. Aber in meiner Vorstellung existierte die Möglichkeit, dass sie das Krankenhaus nie wieder verlassen würde, überhaupt nicht.

Während ich die sommerlich gekleideten, glücklich lächelnden Eltern betrachte, verkrampft sich alles in mir vor lauter Wut über diese Ungerechtigkeit. Wer hat entschieden, dass es ausgerechnet uns treffen musste? Warum bin ich es und nicht jemand anders, der allein am Fahrradständer wartet, mit Sallys zebragestreiftem Schulranzen in der Hand?

Miranda war meine beste Freundin. Ohne sie bin ich nur ein halber Mensch. Wenn Sally nicht wäre, hätte ich es wohl nicht geschafft, weiterzumachen.

Als Kind war ich sehr einsam. Vielleicht hat es auch damit zu tun. Es heißt ja, dass die Kindheit unauslöschliche Spuren hinterlässt. Da ich nie wusste, wie lange wir an einem Ort bleiben würden, lernte ich schon früh, keine Bindungen einzugehen. Wegzugehen tat einfach zu sehr weh.

Mein Vater war alles, was ich nicht bin. Intuitiv, spontan, gefühlsbetont. Er verliebte sich ständig neu, in Menschen, Orte, Gegenstände und Hobbys. Es ging immer schnell und wechselte rasch. Für ein überempfindliches Kind war das häufig zu viel.

Die Filme und das Internet erhielten mich am Leben. Schon in der fünften Klasse verbrachte ich einen Großteil meiner Zeit vor einem Bildschirm. Alles war so viel leichter, wenn man keinem Menschen in die Augen sehen musste. Auf Lunarstorm und Myspace fand ich auf der ganzen Welt Freunde. Mit neunzehn stieß ich bei Dayviews auf Miranda. Sie war ein paar Jahre jünger als ich, aber wir verstanden uns auf Anhieb. Ein paarmal nahm ich den Zug nach Lund, und nach einem Jahr zog ich zu ihr in ihr Mädchenzimmer. Ich war überzeugt, dass ich nicht einen Tag ohne sie überleben würde.

Sally bekommt eine Rose von ihrer Lehrerin. Auf der Karte steht, dass sie wertvoll sei. Ich trage die Blume auf dem kurzen Heimweg, doch vor dem Zoogeschäft am Markt ergreift eine Windbö die Rose und reißt sie mir aus der Hand.

Ich renne hinterher. Die Blütenblätter sind nass und zerrupft. Ich puste darauf, aber als ich mit der Hand über die Blätter streiche, fällt eines nach dem anderen ab. Es gelingt mir nicht einmal, eine Blume am Leben zu erhalten.

»Tut mir leid, ich kaufe dir eine neue.«

Sally sieht mich mit großen Augen an und nimmt die welke Rose lächelnd in Empfang.

»Macht nichts, Papa. Sie ist trotzdem schön.«

Abends bereiten wir gemeinsam Tacos vor. Sally hat unsere neue Untermieterin dazu überredet, mit uns zu essen.

»Kann ich euch mit irgendwas helfen?«, fragt Karla. »Und ich störe ganz bestimmt nicht? Ich kann mir sonst in der Stadt Falafel holen.«

Sally ist beinahe beleidigt.

»Wir haben doch für drei Personen eingekauft. Papa und ich haben alles vorbereitet.«

Karla macht sofort einen Rückzieher.

»Ja, dann. Ich esse gerne mit euch.«

Noch nie habe ich jemanden so Tacos essen sehen wie sie. Vorsichtig verteilt sie das Gemüse einzeln auf der Tortilla, die sie dann sorgfältig rollt, als wäre sie eine Serviette aus wunderschönem Papier. Sie nimmt winzig kleine Bissen und trinkt immer wieder Wasser.

»Gibt es da, wo du herkommst, viel Schnee?«, fragt Sally.

Karla nimmt sich Zeit beim Kauen. Ehe sie antwortet, spült sie mit einem Schluck Wasser nach.

»Nicht jetzt im Sommer.« Sie blickt verstohlen zu mir. »Aber im übrigen Jahr liegt viel Schnee. Skifahren und so hat mir noch nie besonderen Spaß gemacht, aber ohne Schnee wäre es im Winter sehr dunkel.«

Sally stopft Gurkenstücke in ihr Taco.

»Was macht dir dann Spaß?«, fragt sie.

Karla trinkt noch einen Schluck Wasser.

»Fußball. Ich spiele gern Fußball.«

Sally sieht beeindruckt aus. In unserer Familie sind Computerspiele und *Uno* das Höchste der Gefühle, was Sport betrifft. Miranda ging zwar regelmäßig ins Fitnessstudio, aber nur, um überschüssige Energie abzubauen und sich gesünder zu fühlen.

»Hast du Geschwister?«, fragt Sally.

Karla erzählt, dass sie bei ihrer Mutter aufgewachsen ist.

»Unsere Familie bestand immer nur aus ihr und mir.«

»Hast du keinen Papa?«

Es knackt, als Sally von ihrem Taco abbeißt, und die Hälfte

des Inhalts rutscht auf den Teller. Ich gebe mich ein bisschen empört, sowohl wegen ihrer Tischmanieren als auch weil sie so wissbegierig ist. Dabei bin ich selbst genauso neugierig.

»Mein Vater ist krank geworden, als ich klein war«, sagt Karla, und ihr Stimme wird immer dünner.

Sally legt ihren zerfledderten Taco auf den Teller und strahlt.

»Meine Mutter ist auch krank geworden«, sagt sie und klingt beinahe enthusiastisch. »Dann ist sie gestorben.«

Karla streicht sich die Haarsträhnen aus dem Gesicht und sieht mich besorgt an, aber Sally ist in ihrem Element.

»Manche glauben ja, dass man in den Himmel kommt, wenn man stirbt, aber ich weiß, dass man in der Erde landet. Der Sarg wird verbrannt, und dann wird die Asche ganz tief in der Erde vergraben.«

»Jetzt reicht es, Sally«, sage ich.

»Aber Papa.«

Karla schüttelt den Kopf.

»Kein Problem. Ich glaube auch nicht, dass man in den Himmel kommt.«

»Siehst du«, sagt Sally zu mir und dreht sich dann demonstrativ zu Karla. »Ist dein Papa auch tot?«

Karla nickt.

»Er ist gestorben, als ich noch Kind war. Ich habe gar keine Erinnerungen an ihn.«

»Ist das wahr?« Sally sieht mich an. »Werde ich mich an Mama erinnern, wenn ich groß bin?«

»Auf jeden Fall«, sage ich.

Wir blicken beide auf das Foto über dem Sofa. Neben Noodles aus *Es war einmal in Amerika* und Two-Gun Tommy aus *Goodfellas* hängt Miranda und wacht über uns.

Karla sagt, sie sei ja bei dem Tod ihres Vaters noch ein kleines Baby gewesen. Natürlich werde Sally sich auch später an Miranda erinnern.

»Ist deine Mama denn noch in Boden?«, fragt Sally. »Vermisst du sie nicht?«

»Doch, die ganze Zeit.«

Die Haarsträhnen fallen Karla zum tausendsten Mal in die Stirn, und sie macht sich nicht mehr die Mühe, sie zur Seite zu streichen.

»Warum bist du dann hergezogen?«, will Sally wissen.

»Sie will studieren«, sage ich. »Das hab ich dir doch erzählt. Karla will Anwältin werden.«

»Oder Richterin«, meint Karla lächelnd. »Am liebsten möchte ich Richterin werden.«

Zum Glück scheint sie Sallys Neugierde eher charmant als anstrengend zu finden.

Sally stützt das Kinn in die Hand und nickt interessiert. Ich bin mir nicht sicher, ob sie versteht, was eine Richterin ist.

»Mein Papa arbeitet im Kino«, sagt sie und pult ein paar Maiskörner aus ihrem Taco. »Naemi und ich durften uns viermal *Frozen 2* ansehen. Wir haben umsonst Popcorn gekriegt und so viel Cola, wie wir wollten. Ich kann mir jeden Film umsonst ansehen, außer die, die nicht für Kinder freigegeben sind.«

Karla lacht.

»Da hat dein Papa ja einen tollen Job.«

Ich sage nichts. Ich sehe nicht einmal Sally an. Sie weiß ganz genau, dass ich nicht mehr dort arbeite. Ich habe zwar gesagt, dass es andere Kinos gibt und ich vielleicht dort Arbeit bekommen kann, aber das war, bevor sich die Situation von nervig, aber erträglich, zu vollkommen hoffnungslos entwickelt hat.

»Hast du *Frozen 2* gesehen?«, fragt Sally, die fast die gesamte Füllung aus ihrem Taco gepult hat.

»Nein«, sagt Karla. »Aber mir hat der erste Teil gefallen.«

Sally leckt sich den Mund.

»Der zweite Teil ist viel cooler.«

Nach dem Essen spielen wir eine Runde *Kniffel* auf dem Sofa. Sally hat die Kleine und die Große Straße und schreit mit hochgerissenen Armen: »Ich bin die Beste!«, nachdem ich die Punkte zusammengezählt habe. Wir stopfen Süßigkeiten in uns hinein und trinken Cola zero, und bald ist Sally mit den Füßen auf der Armlehne und dem Kopf auf meinen Knien eingeschlafen.

»Sieht gemütlich aus«, sagt Karla.

Unsere Blicke begegnen sich eine Spur zu lang. Sie wird sofort verlegen und lässt die Haare wieder ins Gesicht fallen.

»Du musst nicht das Gefühl haben, dass du Zeit mit uns verbringen musst«, versichere ich. »Sally kann ein bisschen aufdringlich sein. Ich werde mit ihr darüber reden.«

»Das ist wirklich kein Problem.«

Karla lächelt, während ich Sally über die Stirn streiche. Vorsichtig erhebt sie sich vom Sofa. Sie bleibt stehen und zögert. Einen Moment herrscht peinliche Stille.

»Schlaf gut«, flüstert sie.

Zum ersten Mal seit Ewigkeiten empfinde ich ein leichtes Ziehen, eine stille Sehnsucht nach Körperkontakt.

»Du auch«, sage ich.

Karla geht leise auf Zehenspitzen durch den Flur und in Sallys Zimmer, das nun ihres ist. Sie dreht den Schlüssel im Schloss um und drückt die Klinke hinunter, als wollte sie sich vergewissern, dass die Tür wirklich zugesperrt ist.

Da überfällt es mich wieder, wie aus dem Nichts.

So ist es mit der Trauer. Man ist nie vor ihr sicher.

Es fühlt sich an wie ein Kälteeinbruch – von den Schultern

über die Brust bis hinunter in die Beine. Die Bilder vor meinem inneren Auge. Der Alltag mit Miranda. Ein überwältigendes Gefühl von Hoffnungslosigkeit.

Behutsam nehme ich Sally hoch. Hinter den geschlossenen Lidern bewegen sich ihre Träume. Ich trage sie zum Bett, bleibe auf der Kante sitzen und betrachte sie.

»Du und ich gegen den Rest der Welt«, flüstere ich. »Du und ich.«

JENNICA

Diese schreckliche Unsicherheit, wenn man sich so jung wie die Neunzehnjährigen auf der Abifeier fühlt, aber feststellen muss, dass man keine einzige ihrer Anspielungen versteht und jedes zehnte Wort googeln muss.

Ich bin auf der Abifeier meiner Nichte. Die kleine Lykke ist jetzt neunzehn. Ich überlege. Meine Schwester ist vierzehn Jahre älter als ich, also vierundvierzig. Dann muss sie fünfundzwanzig gewesen sein, als Lykke auf die Welt kam. Fünfundzwanzig? Oh mein Gott, da war sie ja selbst noch ein Kind. Ich bin dreißig und falle fast in Ohnmacht bei der Vorstellung, dass ich vielleicht einmal Mutter werde. Ich traue mich ja kaum, Verantwortung für eine Katze zu übernehmen.

»Jennica«, sagt mein ältester Bruder, der den Kopf durch die Zeltöffnung gesteckt hat. »Bist du am Jugendtisch gelandet? Ahne ich eine kleine Dreißigerkrise?«

Wenn er nur wüsste.

»Man ist so alt, wie man sich fühlt«, kontere ich zwinkernd.

»Tick, tack. Tick, tack«, erwidert er grinsend und bewegt den Zeigefinger hin und her. »Die biologische Uhr ist bis hierher zu hören.«

Seine Frau, die zwei Jahre jünger ist als ich und schon dreifache Mutter, mustert mich mit einem beunruhigenden Röntgenblick, als könnte sie meine Eierstöcke und meine verkümmerte Gebärmutter sehen.

»Cheers!«, ruft einer der frischgebackenen Abiturienten im Partyzelt, und während sie sich zuprosten und rumgrölen, wie irre cool sie sind, verziehe ich mich nach draußen in den Garten.

Ich komme an der Laube und der alten Holzbank vorbei, wo ein eng umschlungenes Paar sich gerade gegenseitig aufisst. Ihre Studentenmützen sind hinuntergerutscht und im geliebten Rosenbeet meiner Mutter gelandet.

Unter dem Pflaumenbaum steht eine Menschengruppe. Zu spät stelle ich fest, dass es meine Eltern sind, die in der Hollywoodschaukel sitzen, umringt von Gästen.

»Jennica!«, ruft meine Mutter, als sie mich sieht.

Meine Tante und ihr Mann sind da. Eine Arbeitskollegin meiner Schwester, ein Nachbar. Ich lächele ihnen bemüht höflich zu.

»Hallo«, sagt mein Vater und nimmt einen Zug von seinem Zigarillo.

Den ganzen Abend ist es mir gelungen, mich von ihm fernzuhalten. Wir haben uns nicht einmal begrüßt.

»Komm, reden wir ein bisschen«, sagt meine Mutter.

Sie hat sich die Schuhe ausgezogen und wiegt das Weinglas wie ein Baby im Arm.

Mein Vater stößt eine große weiße Qualmwolke aus.

»Erinnerst du dich an deine eigene Abifeier?«, fragt er.

Mama legt die Hand auf sein perfekt gebügeltes Anzugknie, um ihn zu bremsen, aber mein Vater hat diese Art von subtiler Kommunikation noch nie begriffen, oder es ist ihm einfach egal.

»Erinnerst du dich an *irgendetwas* von deiner Abifeier?«, fährt er fort und lächelt den Zuhörern mit wohl dosiertem Spott zu.

»So schlimm war es auch wieder nicht«, sage ich.

Mein Vater lacht glucksend.

»Die Freundinnen mussten sie beim Umzug vom Wagen heruntertragen«, erzählt er allen, die es wissen wollen.

Meine Mutter sieht ganz und gar nicht amüsiert aus. Mein Vater war auch nicht gerade erfreut darüber. Er konnte mir den ganzen Sommer nicht in die Augen sehen. Meine Schwester und meine Brüder haben das Abitur mit Auszeichnung bestanden, zwei waren Schulsprecher, und alle miteinander geschniegelt und mit einem nüchternen Ausdruck in den Augen, die in eine vielversprechende Zukunft blickten. Ich hingegen verbrachte den Großteil meiner Abiparty in enger Umarmung mit dem WC-Becken.

»Was machst du denn inzwischen beruflich, Jennica?«, fragt Tante Birgitta. »Bist du noch immer Lehrerin?«

Eine ziemlich plausible Frage, könnte man meinen. Aber nicht in dieser Familie. Es ist so offensichtlich, dass das Wort *Lehrerin* ein Nadelstich ist, der sich gegen meine Mutter richtet. Die Töchter von Tante Birgitta würden ihre pedikürten Füße in Größe siebenunddreißig niemals in ein Klassenzimmer setzen.

»Ich studiere Entwicklungszusammenarbeit«, sage ich zu meiner Tante und setze ein breites Lächeln auf. »Vielleicht kehre ich später mal in den Lehrerberuf zurück.«

Das sage ich nur, um sie alle miteinander zu ärgern. Und um mir ein wenig von dem verletzten Stolz zu bewahren, den ich trotz allem noch empfinde. In Wahrheit würde ich meinen Lebensunterhalt lieber mit dem Jonglieren von brennenden Fackeln auf dem Mårtenstorget verdienen, als in die Schule zurückzugehen.

»Du könntest sicherlich eine großartige Diplomatin werden«, sagt meine Mutter.

Sie hat offenbar noch nie gesehen, wie ich zwischen keifenden Sechstklässlerinnen zu vermitteln versuche, die sich über einen frauenfeindlichen Macho in der Parallelklasse in die Wolle bekommen haben.

»Bist du ganz ohne Begleitung hier?«, erkundigt sich Tante Birgitta.

Ihre hübschen Töchter, meine zahngebleichten und botoxbehandelten Rechtsanwaltscousinen, haben sich im Verlauf des Abends maximal dreißig Zentimeter von ihren jeweiligen Ehemännern wegbewegt.

»Ich bin ganz allein hier«, sage ich zu meiner erstaunten Tante.

Das ist die reine Wahrheit. Ich fühle mich ohne Begleitung nur sehr selten einsam.

»Ich habe irgendwo gelesen, dass das Durchschnittsalter von Erstgebärenden in Schweden zweiunddreißig Jahre beträgt«, sagt meine Mutter.

Das ist ihre Art, mich zu verteidigen. Und sich selbst natürlich.

»Mein Gott«, sagt Tante Birgitta. »Dabei steigen doch die Risiken für Schwangere über dreißig ziemlich rapide.«

Beinahe bereue ich, dass ich Steven nicht mitgenommen habe. Wir haben gestern tatsächlich per SMS darüber gewitzelt. Mit seinem Charme hätte er meine steife Verwandtschaft bestimmt um den Finger gewickelt. Ich hätte ihn als Kinderarzt präsentiert. Meine Mutter und Tante Birgitta sind ganz aus dem Häuschen, sobald ein Arztkittel vorbeiflattert.

»Ich muss jetzt leider los«, sage ich zu meiner Mutter.

Ihre Versuche, mich zum Bleiben zu überreden, sind lächerlich halbherzig. Mein Vater gibt sich nicht einmal Mühe, seine Erleichterung zu verbergen. Ich küsse meine angetrunkene

Nichte auf die Wange, schiebe ihr die Studentenmütze zurecht und rate ihr, all das zu tun, was sie morgen bereuen wird.

Dann nehme ich ein Taxi zum Bantorget. Vor einem Pub lehne ich das Angebot eines total besoffenen Typen ab, der mich fragt, ob ich vögeln will. Auf der Eingangstreppe des Grand Hotels grüße ich einen Mann, den ich vor ein paar Jahren rangelassen habe.

Ich gebe meinen Mantel in der Garderobe ab und entdecke Steven ganz hinten im Restaurant. Er steht auf und umarmt mich.

»Du strahlst«, sagt er.

Ich setze mich an den Fenstertisch.

»Danke, dass du mich gerettet hast.«

Steven sieht erstaunt aus.

»War die Abifeier so schrecklich?«

»Ach, ich übertreibe sicher. Aber ich fühle mich in meiner Familie oft als das schwarze Schaf. Meine Geschwister machen erfolgreich Karriere und haben eine tolle Familie. Schau mich dagegen an.«

Ich mache eine ausladende Armbewegung.

»Du bist jung und hübsch«, sagt Steven. »Du hast das ganze Leben vor dir.«

Es ist so einfach, mit ihm zu reden. Trotz des Altersunterschieds sind wir irgendwie auf derselben Wellenlänge.

»Warum sprichst du eigentlich so gut Schwedisch?«, frage ich.

Steven nickt dem Ober zu, der sofort mein Glas mit Cava füllt.

»Ich bin in Aberdeen geboren und dort zur Schule gegangen, aber mein Vater war Schwede«, sagt er. »Wir haben jeden Sommer in den Schären vor Göteborg verbracht. Man könnte beinahe sagen, dass ich an zwei Orten aufgewachsen bin. Ich habe im Sommer immer Schwedisch gesprochen, mit den Verwandten und Freunden und so, daher war es keine große Umstellung, als ich hierhergezogen bin.«

»Warum hast du Schottland verlassen?«, frage ich.

Der Sekt perlt in meinem Mund.

»Aberdeen hat zwanzig Regentage pro Monat«, sagt Steven. »Es stürmt Tag und Nacht. Warst du schon mal in Schottland?«

Ich schüttele den Kopf.

»Nur in London.«

»Das ist nicht ganz dasselbe.«

Er erzählt, dass er die letzten vier, fünf Jahre in Lund gelebt hat.

»Wir hatten ein Haus«, sagt er. »Aber es wurde mir dort zu einsam, also bin ich in eine Wohnung gezogen.«

»Allein«, sage ich.

»Wie?«

»Du hast einsam gesagt. Du bist allein. Einsamkeit ist eher ein Zustand. Ein Gefühl.«

Steven lächelt, sieht aber längst nicht überzeugt aus.

»Bringt es wirklich was, die Wörter auszutauschen? Fühlt man sich weniger einsam, wenn man es anders nennt?«

Das Lächeln verschwindet. Er stellt das Glas hin und starrt auf die Tischplatte.

»Fühlst du dich denn einsam?«, frage ich.

Wir haben uns an solche Gesprächsthemen bisher noch nicht herangewagt.

»Manchmal«, sagt Steven.

Ein dunkler Abgrund öffnet sich in seinen hellen Augen.

»Erzähl von deiner Frau«, sage ich. »Wenn es dir nicht zu viel ist.«

Ich bin zwar neugierig, aber ich sage das auch seinetwegen. Er sieht nämlich so aus, als wolle er darüber sprechen.

»Ich weiß nicht. Es ist immer noch so schwierig.«

Eine Träne glitzert in seinem Augenwinkel. Jedes Mal wenn er ihren Namen sagt, zittert seine Stimme, und er senkt den Blick.

»Es ist so schnell gegangen. Plötzlich war sie einfach weg. Ich hatte gar keine Zeit zu begreifen, wie krank sie war. Natürlich ist es gut, dass sie nicht leiden musste, aber es war ein furchtbarer Schock für mich.«

Sie waren gerade mal ein gutes Jahr verheiratet gewesen. Die Zukunft war schon geplant: Kinder, Auto, Haus, Hund und gemütliche Familienwochenenden. Doch es kam ganz anders, als sie es sich ausgemalt hatten.

»Ich vermisse sie jeden Tag, jede Minute. Aber ich weiß auch, dass sie nicht wollen würde, dass ich vor die Hunde gehe. Ich muss versuchen, stark zu sein. Ihretwegen.«

Er trinkt einen Schluck. Im selben Moment merke ich, dass mir Tränen über die Wangen laufen.

»Tut mir leid«, sagt Steven. »Ich wollte nicht sentimental werden.«

Ich lege meine Hand auf seine, und wir verschränken unsere Finger.

»Ich bin froh, dass du mir davon erzählt hast.«

Es ist Jahre her, dass ich mich einem Mann so nahe gefühlt habe. Und das nach so wenigen Dates. Es erfüllt mich mit Schrecken und Hoffnung zugleich.

Steven ist nicht wie andere Männer, mit denen ich bisher zusammen gewesen bin.

»Was hältst du davon, wenn wir den Abend woanders fortsetzen?«, fragt er.

Der Wasserschaden in seinem Schlafzimmer ist offenbar inzwischen behoben, und er wohnt nur einige Hundert Meter entfernt.

Als wir das Restaurant verlassen, explodieren kleine Feuerwerkskörper in meiner Brust. Ich kann nicht aufhören zu lächeln. Auf der Treppe vor dem Eingang nimmt Steven meine Hand und hält sie die ganze Zeit fest, während wir die Klostergatan entlang zum Stortorget und an der Stadthalle vorbeigehen. Ich fühle mich wie fünfzehn und frisch verliebt.

Steven wohnt im vierten Stock. Während er in der topmodernen Küche Cocktails für uns mixt, schlendere ich durch die Wohnung.

Das Schlafzimmer hat ein Kingsize-Bett und einen Tisch mit einer kabellosen Handyladestation. Von einem Wasserschaden keine Spur. War das nur eine Ausrede? Warum? Vielleicht hatte er auch nicht aufgeräumt?

»Du hebst den Minimalismus auf ein neues Niveau«, sage ich und fahre im Wohnzimmer mit dem Zeigefinger über die wenigen Buchrücken im Stringregal.

An der Wand hängt ein riesiger Fernseher, auf der Sofakante liegt eine Wolldecke. Ein paar Kissen in einer Ecke.

Das Ganze wirkt wie eine Musterwohnung.

»Wie kann das sein?«, frage ich. »Kann man so wenig Gegenstände besitzen?«

Steven lacht, als er mit zwei großen Gläsern hereinkommt, die bis zur Kante mit Minze und Limettenscheiben gefüllt sind.

»Schon mal von Shurgard gehört? Ich habe vierzig Quadratmeter Lagerraum vor der Stadt angemietet. Außerdem stehen noch jede Menge Möbel in dem alten Haus, das ich bis heute nicht verkauft habe.«

»Aber trotzdem«, sage ich.

Er würde in Ohnmacht fallen, wenn er sähe, wie ich wohne.

»Ich habe vermutlich ein kleines Problem mit Unordnung«, sagt Steven.

Bestimmt ist er ein schrecklicher Pedant.

»Meine Mutter findet, dass ich jemanden heiraten sollte, der ordnungsliebend ist«, sage ich und proste ihm zu.

»Oh, war das etwa ein Antrag?«

»Nicht wirklich. Aber du würdest auf jeden Fall bei deiner Schwiegermutter gut ankommen.«

»Das ist doch kein schlechter Einstieg«, bemerkt Steven.

Ich stelle das Cocktailglas auf den Couchtisch und verbinde mein Handy mit seinem Lautsprechersystem. Die Musik bringt meinen Körper zum Vibrieren, und ich presse meine schwingenden Hüften an ihn.

»Was hältst du davon, wenn wir den Abend woanders fortsetzen?«, frage ich.

Steven lächelt erstaunt.

»Hast du einen Vorschlag?«

Ich nehme ihm das Glas aus der Hand und leere es, bis nur noch ein Minzblatt und Eis darin sind. Dann stelle ich es auf den Tisch. Entschlossen manövriere ich ihn vor mir her in Richtung Schlafzimmer.

Auszug aus der polizeilichen Vernehmung von Richard Lindgren

So, Herr Lindgren. Regina Rytter war also Ihre Schwester?

Korrekt. Regina ist … sie war drei Jahre älter als ich.

Wie war Ihr Verhältnis? Hatten Sie viel Kontakt?

Als Kinder standen wir uns ziemlich nah. Ich hatte ein Talent, mich ständig in blöde Situationen zu bringen. Und Regina war immer der rettende Engel. Aber als Erwachsene haben wir uns wohl voneinander entfernt. Wir sind eigentlich immer schon ziemlich verschieden gewesen. Und natürlich wurde es nicht besser, seitdem es unserem Vater so schlecht geht.

Erzählen Sie von Ihrem Vater. Ist er krank?

Er hat seit ein paar Jahren Alzheimer. Anfangs war er vor allem verwirrt und hat vergessen, welcher Wochentag gerade war und wie wir heißen. Aber dann ging es recht schnell bergab. Mittlerweile wohnt er in einem Heim und erkennt mich nicht mehr. Es ist eine widerwärtige Krankheit.

Und Ihre Mutter?

Sie ist vor zwanzig Jahren gestorben. Brustkrebs, der später dann gestreut hat.

Inwiefern hat sich das Verhältnis zwischen Ihnen und Ihrer Schwester durch die Krankheit Ihres Vaters verändert?

Ich weiß nicht, wie viel Sie über meinen Vater wissen. Er

besitzt einen Haufen Immobilien. Ursprünglich war er Historiker, aber er hat in den Neunzigern ein paar Bücher geschrieben, die sich extrem gut verkauft haben. Die Tantiemen hat er in Häuser investiert. Als es ihm schlechter ging, habe ich die Geschäftsführung der Immobilienfirma übernommen. Solange mein Vater am Leben ist, können wir sie nicht veräußern oder so. Das hat auch ganz gut funktioniert. Bis Regina Steven Rytter geheiratet hat.

Was meinen Sie damit?

Na ja, Steven war so, wie er eben war. Anfangs lief alles tipptopp. Steven hat es einem leicht gemacht, ihn zu mögen. Er war total umgänglich und nett, ein intelligenter und angenehmer Gesprächspartner. Es hat eine ganze Weile gedauert, ehe ich begriffen habe, dass er auch andere Seiten besaß.

Was für Seiten denn?

Steven hat gern über andere geherrscht und sich in fast alles eingemischt. Natürlich hat er versucht, es vor mir zu verbergen, aber ich habe ja gemerkt, wie meine Schwester sich verändert hat. Sie hat immer Partei für ihn ergriffen. Vorher hatte sie sich für die Verwaltung der Immobilienfirma kaum interessiert, aber seit sie mit Steven zusammen war, wollte sie alles kontrollieren. Steven hat immer mehr Interesse an der Firma und unseren Immobilien gezeigt. Das war ziemlich anstrengend. Am Ende habe ich es nicht mehr fertiggebracht, mich überhaupt noch mit ihnen zu treffen.

Warum, glauben Sie, hatte Steven Rytter ein solches Interesse an der Immobilienfirma?

Das ist doch ziemlich offensichtlich. Der Wert des Konzerns

meines Vaters wird auf viele Hundert Millionen Kronen geschätzt.

Hat Steven Rytter Sie jemals bedroht oder ist Ihnen gegenüber gewalttätig geworden?

Nein, er war eher der clevere Typ.

Wissen Sie, ob er Regina gegenüber gewalttätig war?

(Lange Pause.)

Ehrlich gesagt habe ich Steven kein einziges Mal aufbrausend erlebt. Er war immer beherrscht. Das, was er meiner Schwester antat, fand wohl eher auf der psychologischen Ebene statt. Regina hat ja schon bald nach ihrer Heirat psychisch ziemlich abgebaut.

Inwiefern?

Sie hat aufgehört zu arbeiten und total abgenommen. Hat sich mit niemandem mehr getroffen. In der letzten Zeit scheint sie vollkommen isoliert in dem großen Haus gelebt zu haben. Das ist doch wohl nicht normal.

KARLA

Wieder stehe ich atemlos vor dem riesigen Haus des Ehepaars Rytter. Die Vögel singen im Park daneben, und ich will gerade den Code der Alarmanlage eingeben, als die Haustür aufgestoßen wird und Steven Rytter heraustritt.

»Guten Morgen«, sagt er.

Ich stammele eine wenig überzeugende Entschuldigung für mein Zuspätkommen und eile an ihm vorbei ins Haus.

»Sie sind überhaupt nicht zu spät«, sagt Steven Rytter mit einem Blick auf seine Armbanduhr, die so aussieht, als koste sie mehr als das, was ich mit Putzen ein Jahr lang rund um die Uhr verdienen würde.

»Dann ist ja gut. Ich finde mich noch immer nicht richtig in Lund zurecht.«

»Das lernt man nie«, meint Steven Rytter und lacht. »Wie gefällt es Ihnen denn hier? Ihr Jurastudium fängt doch erst im Herbst an, oder?«

»Nein, es hat schon angefangen.«

Ich erkläre, dass ich gerade einen Einführungskurs mache, bei dem fast der gesamte Unterricht online ist. Man muss jede Woche eine schriftliche Aufgabe abgeben und am Ende eine Abschlussprüfung bestehen.

»Wenn man sehr gute Noten hat, ist der Studienplatz in Jura im Herbst sicher.«

»Klingt ja stressig. Haben Sie da überhaupt Zeit fürs Putzen?«

Der hat gut reden. Ob er weiß, was ein Zimmer in Lund kostet?

Diesen Monat muss ich obendrein doppelt Miete zahlen, weil ich endlich aus dem lauten Studentenheim ausgezogen bin. Ich hatte Glück, dass ich so schnell ein Zimmer in ziemlich zentraler Lage zu einem erschwinglichen Preis gefunden habe. Bill macht einen netten Eindruck, und seine Tochter Sally ist witzig. Im schlimmsten Fall könnte ich mich auch nur mit dem Studienzuschuss durchschlagen, aber ich würde mir schon gerne ab und zu einen Restaurantbesuch gönnen und will nicht Tag für Tag in denselben Klamotten rumlaufen.

»Das klappt schon«, sage ich auf dem Weg zur Besenkammer.

»Warten Sie mal kurz, Karla! Sie heißen doch Karla, oder? Da gibt es eine Sache, über die ich mit Ihnen reden muss.«

Sein Tonfall klingt anders. Angestrengt.

Habe ich irgendetwas falsch gemacht?

Regina Rytter hat behauptet, dass ihr Mann extrem genau sei, was das Putzen angeht, dabei habe ich kaum Anweisungen bekommen.

»Es geht um meine Frau«, sagt er und macht ein paar Schritte auf mich zu.

Ich verstecke mich hinter meinen Haaren.

»Sie hat erzählt, dass Sie zusammen Tee getrunken haben.«

Er klingt verärgert. Ich hätte mich nie hinsetzen und während der Arbeitszeit Tee trinken dürfen. Ich will auf keinen Fall meinen Job verlieren.

»Tut mir leid. Ich wusste ja nicht …«

»Kein Problem«, sagt Steven Rytter, und seine Stimme wird wieder weicher.

Er kommt zu mir und berührt meinen Unterarm.

»Es ist meine Schuld. Ich hätte Ihnen gegenüber klarer sein

müssen. Wissen Sie, meine Frau ist schwer krank und braucht konstante Ruhe. Das Trügerische an ihrem Zustand ist, dass sich bei der geringsten Anstrengung die Symptome verschlimmern. Sie kann aufwachen und sich fit fühlen, aber wenn sie nicht im Bett bleibt, riskiert sie einen fatalen Rückfall.«

»Verstehe«, sage ich und denke an meine Mutter. »Gibt es wirklich nichts, was man dagegen tun kann?«

»Die Ärzte machen gerade eine umfangreiche Untersuchung, aber es ist in solchen Fällen sehr schwer, eine Diagnose zu stellen, und selbst wenn sie eine Diagnose bekommt, ist es nicht gesagt, dass es eine adäquate Behandlung gibt. Bis dahin kann man nur versuchen, die Symptome zu lindern, und das heißt: jede Anstrengung vermeiden und die Medikamente einnehmen.«

Ich verspreche, mein Bestes zu tun, um Regina nicht zu stören. Ehrlich gesagt ist es mir nur recht, wenn mir eine weitere Unterhaltung mit ihr erspart bleibt.

»Jedenfalls hoffe ich, dass es ihr bald besser geht«, sage ich.

Die Situation fühlt sich so privat an. Ich will einfach nur meinen Job machen und in nichts hineingezogen werden.

»Es kommt häufiger vor, als man denkt, dass Leute nach einer Virusinfektion schwer krank werden«, erklärt Steven Rytter. »Manche Menschen müssen ihre Leben lang mit schweren Komplikationen leben.«

Ich hatte beinahe vergessen, dass er Arzt ist. Natürlich weiß er, wovon er redet.

»Das heißt, auch wenn Regina fit wirkt und reden oder Tee trinken will, muss ich Sie bitten, Nein zu sagen«, fährt er fort. »Es ist nur zu ihrem Besten.«

»Auf jeden Fall. Natürlich.«

Ich beiße mir von innen in die Wange. Ich wusste, dass es so kommen würde, als ich mich mit ihr hinsetzte.

Es hat mich immer schon schwer getroffen, wenn ich Fehler mache. Ich kann jederzeit die Enttäuschung in den Augen meiner Mutter heraufbeschwören.

»Wenn Regina aufwacht, können Sie einfach dafür sorgen, dass sie ihre Medikamente nimmt und sich wieder ins Bett legt«, sagt Steven Rytter.

Ich nicke und verspreche es ihm, und er lächelt dankbar.

»Jetzt werde ich Sie nicht weiter von Ihrer Arbeit abhalten.«

Er schließt die Haustür und geht den schmalen Gartenweg entlang.

Wieder weiß ich nicht, wo ich eigentlich putzen soll.

Dieser Typ ist höchstwahrscheinlich gar kein Sauberkeitsfanatiker.

Vielleicht ist seine Frau verwirrter, als ich gedacht habe.

Wie immer fange ich mit den Toiletten an. Ich traue mich nur, den einen Ohrhörer einzustecken, damit ich hören, wenn Regina nach mir ruft.

Ich denke an das, was sie gesagt hat, dass die Krankheit ihr Leben von einem Tag auf den anderen zerstört hat und man Gesundheit nie für selbstverständlich nehmen sollte. Meine Mutter hat selbst entschieden, ihr Leben durch ihre Sucht zu zerstören. Sie behauptet immer, durch den Tod meines Vaters sei sie in die Hölle hinabgezogen worden.

Meine ganze Kindheit über bin ich auf Zehenspitzen herumgeschlichen. In vielerlei Hinsicht war ich für meine eigene Mutter eine Ersatzmutter. Aber ich kannte es nicht anders. Ich habe gelernt, zu lügen und meine Mutter zu decken. So stark war die Angst, sie zu verlieren.

Als ich mit den Bädern fertig bin, staube ich alle Flächen ab. Ich fange oben an und mache mit den Treppenstufen weiter, ehe ich den Staubsauger hervorhole.

In meinem Ohrhörer singt Whitney Houston *I will always love you*. Einer der Lieblingssongs meiner Mutter. Ich erinnere mich, wie ich oben auf der Küchenarbeitsplatte stand und die Arme um ihren Hals gelegt hatte. Der starke Geruch von Wein und Zigarettenrauch aus ihrem Mund, als wir beide den Refrain mitsangen.

Ich sauge in der Küche und im Wohnzimmer. Neben der Treppe im Flur steht eine große Kommode aus Massivholz mit schönen Messingbeschlägen. Ich muss mich bis zum Boden hinunterbücken, damit ich mit dem Staubsauger darunter gelange. Als es im Rohr rasselt, schalte ich den Staubsauger schnell aus. Irgendwas ist stecken geblieben.

Ich schraube das Rohr ab und drehe es um. Ein Goldarmband mit Perlen fällt heraus. Ich wiege es in der Handfläche. Wenn es echt ist, muss es mehrere Tausend Kronen wert sein.

Soll ich etwas sagen? Nein, Regina scheint zu schlafen. Ich lege das Armband auf die Kommode. Im selben Moment sehe ich, dass die oberste Schublade einen Spalt geöffnet ist, und als ich sie schließen will, entdecke ich ein ganzes Meer von Schmuck: Armbänder, Ketten, Ringe und Ohrringe. Ein Teil liegt in Schachteln und Döschen, anderes wild durcheinander. Bling-Bling für mehrere Hunderttausend.

Ich wage nicht, irgendetwas davon anzufassen.

Rasch schiebe ich die Schublade zu.

Das restliche Haus sauge ich schnell und effektiv, bis nur noch Reginas Schlafzimmer übrig ist.

Ich weiß nicht, ob ich sie wecken soll. Ist es nicht egal, ob heute dort gesaugt wird oder nicht?

Ich schleiche zur Tür und lausche. Seit mehreren Stunden hat Regina keinen Laut von sich gegeben. Eigentlich sollte es mir gleichgültig sein, ich sollte die Treppe wieder hinuntergehen, den Wischmopp herausholen und die Eimer mit Kernseife und Wasser füllen, aber die Stille dort drinnen verursacht mir eine Gänsehaut. Als ich meine Hand zur Türklinke ausstrecke, schlagen die Erinnerungen wie Blitze in mich ein.

Die Schlafzimmertür meiner Mutter vor fünf Jahren, als ich völlig ahnungslos den Raum betrat. Der Geruch sitzt noch immer irgendwo in meiner Hirnrinde: faulige Schwüle vermischt mit scharfem Urin. Die leeren Tablettenblister auf dem Boden. Die Hand meiner Mutter, die über die Bettkante hing, schlaff und blass.

Obwohl ich sie schon so oft komplett zugedröhnt und fertig erlebt hatte, war mir sofort klar, dass das jetzt etwas anderes war. So sehr ich sie auch schüttelte und rüttelte, ich bekam sie nicht wach. Sofort holte ich mein Handy hervor und wählte die 112.

Meine Mutter erholte sich ziemlich bald. Nach drei Tagen wurde sie entlassen und kam nach Hause. Ich hatte ein Gespräch mit dem Jugendamt, und man bot mir eine Therapie an, aber ich lehnte ab.

Es dauerte mehrere Wochen, ehe ich verstand, was eigentlich passiert war. Ich hatte vor, im Herbst nach Umeå zu ziehen und dort die gymnasiale Oberstufe zu machen. Im Jahr davor war ich drei Wochen aufs Gymnasium in Luleå gegangen, hatte dann aber wieder aufhören müssen, weil es meiner Mutter so schlecht ging. Sie fand, dass ich doch ebenso gut in Boden aufs Gymnasium gehen könne. Aber ich wollte so gerne weg. Gerade als ich umziehen wollte, erklärte meine Mutter mir frustriert und mit verweinten Augen, dass sie es nicht überleben würde, wenn ich sie verließe. Die Überdosis war kein Versehen. Das Einzige, was meine Mutter bedauerte, war, dass sie ihrem Leben kein Ende hatte setzen können.

Ich zog nicht nach Umeå. Stattdessen ging ich auf den sozialwissenschaftlichen Zweig des Björknäs-Gymnasiums in Boden, und es sollte noch weitere fünf Jahre dauern, bis ich die Stadt verließ.

Langsam presse ich die Türklinke hinunter. Stickige Luft schlägt mir entgegen, und ich kneife die Augen zusammen, um mich im Dunkeln besser zurechtzufinden.

Regina Rytter liegt seitlich zusammengekauert im Bett.

»Bist du wach?«

BILL

Mehrere Tage lang bekommen wir Karla nicht zu Gesicht. Wenn sie zu Hause ist, schließt sie sich meist in ihr Zimmer ein und lernt oder macht irgendwas anderes. Ein wildfremder Mensch in der Wohnung ist etwas gewöhnungsbedürftig.

»Was macht sie da drin?«, fragt Sally zum bestimmt zehnten Mal.

Am Ende verliere ich die Geduld.

»Das geht uns nichts an. Sie wohnt hier nur zur Untermiete.«

Sally schmollt.

Ich schlage ihr vor, stattdessen ein Spiel auf dem Tablet zu machen, während ich Kaffee aufsetze.

Nach einem Gespräch mit meiner Sachbearbeiterin im Arbeitsamt schreibe ich einen Brief, eine Art Initiativbewerbung, in der ich etwas über mich selbst und meine Qualifikationen erzähle. Ich maile jeden noch so kleinen Betrieb in Lund und Umgebung an. Geschäfte, Bars, Restaurants, Büros. Mehr oder weniger zweifelhafte Firmen. Bei einigen habe ich schon mehrmals vorgefühlt. Inzwischen sind sie vermutlich total genervt von mir. Aber was soll ich tun?

Spätabends liege ich im Bett und schaue mir verschiedene Apps an, in denen Privatpersonen Arbeitsaufträge veröffentlichen können. Es geht dabei um alle möglichen Tätigkeiten – vom Beschneiden eines Apfelbaums bis zum Anbringen einer Wandlampe. Manchmal bekommt man einen vereinbarten

Pauschalbetrag, manchmal geht der Auftrag an denjenigen, der in einer Auktion den günstigsten Betrag angibt. Ich lade eine App herunter und registriere mich als *Worker*. Es gibt in Lund eine Reihe von Aufträgen. Aber was soll ich so lange mit Sally machen?

Ich werfe das Handy so heftig auf den Boden, dass Sally im Schlaf zusammenzuckt. Ich habe das Gefühl, als würde ich feststecken. Irgendetwas muss passieren.

Am nächsten Tag kochen Sally und ich Wurstgulasch zum Abendessen. Sie hilft mir so gerne in der Küche, und ich schaue ihr jedes Mal voller Freude zu, wenn sie sich die karierte Schürze umbindet und den Hocker hervorzieht, um an die Hängeschränke zu gelangen.

»Können wir Karla nicht heute zum Essen einladen?«, schlägt sie vor und hebt einen roten Kochtopf aus dem obersten Schrankfach.

»Ich weiß nicht …«

»Komm schon, Papa.«

Sally stellt den Topf ab und stürmt zu Karlas Zimmertür.

»Wir wollen nicht stören«, sage ich. »Karla darf selbst entscheiden, ob sie mit uns Zeit verbringen will. Sie muss sicher eine Menge lernen.«

Sally macht einen Schmollmund.

»Ich dachte, wir würden eine Untermieterin bekommen, die mit uns Zeit verbringen will.«

Es ist natürlich meine Schuld, dass sie falsche Erwartungen hat. Sie vermisst ihre Mutter. Es tut weh, als ich ihr noch einmal erklären muss, dass eine Untermieterin keine Verpflichtungen hat. Wir müssen Karla wie alle anderen Nachbarn betrachten.

»Ist es zu spät, sie auszutauschen?«, fragt Sally und lässt enttäuscht die Unterlippe hängen.

Ich kapituliere mit einem Seufzer.

»Okay, dann klopf an und frag sie, ob sie mit uns essen will. Aber du darfst nicht quengeln, nur fragen.«

»Ja, ja, Papa, ich hab es kapiert!«

Fragen kostet ja nichts. Eigentlich ist es doch nur nett, jemandem etwas zu essen anzubieten, oder?

»Wir haben Wurstgulasch gekocht«, sagt Sally, noch bevor Karla die Tür geöffnet hat. »Papa sagt, dass ich dich nicht zwingen darf, mit uns zu essen, aber du musst ja sowieso irgendwann was essen, das machen ja alle. Magst du Wurstgulasch?«

Karla lacht.

»Ich *liebe* Wurstgulasch.«

Ihre Haare stehen in alle Richtungen ab, und in den Händen hält sie einen Laptop, der mit Aufklebern tapeziert ist.

»Ich mach gerade eine Aufgabe, die ich bald abgeben muss«, sagt sie und sieht mich schlaftrunken an. »Bist du sicher, dass das Essen für alle reicht?«

»Ja«, sagt Sally. »Wir kochen immer zu viel.«

Ich stelle den Topf auf den Tisch und lächele.

»Das stimmt wirklich.«

Sally und Karla schieben sich das Essen rein, als hätten sie tagelang nichts zu essen bekommen. Es ist angenehm, in Gesellschaft zu essen. Vor Mirandas Krankheit haben wir alle Mahlzeiten gemeinsam eingenommen. Das war ihr wichtig, eine Sache, die sie von zu Hause mitbekommen hatte. Am Esstisch versammelte sich die Familie und redete über große und kleine Dinge. Diese Zeit war Miranda heilig, aber ohne sie ist es irgendwie nicht dasselbe, und immer öfter besteht das Abendessen für

Sally und mich aus einer Wurst mit Kartoffelbrei vom Kiosk oder Falafel aus der Markthalle.

Mit Sally am Tisch kommt es selten zu peinlichen Schweigepausen. Sie verhört Karla weiter über ihr Leben in Norrbotten. Wir sprechen über das Jurastudium, und Karla erzählt, dass sie schon immer für Gerechtigkeit gebrannt hat. In ihrer Gymnasialzeit ist ihr klar geworden, dass sie Richterin werden will.

»Alle haben gesagt, das wäre unmöglich, und man müsse ewig lange studieren und überall Bestnoten haben. Das hat mich nur noch mehr motiviert. Eines Tages werde ich ihnen zeigen, dass es geht, wenn man sich nur dafür entscheidet und hart genug dafür kämpft.«

Ich verkneife mir einen Widerspruch. Ich will nicht verbittert wirken. Vermutlich hatte ich vergleichbare Gedanken, als ich zweiundzwanzig war und von einer Zukunft als Regisseur oder Produzent träumte.

»Meine Lehrerin sagt, Gerechtigkeit heißt nicht, dass alle genau dasselbe kriegen«, sagt Sally.

Karla fährt sich mit der Hand durchs Haar.

»Vielleicht nicht. Nur sollten alle die richtigen Voraussetzungen bekommen, damit sie Erfolg haben.«

Sally kichert.

»Genau das hat meine Lehrerin auch gesagt.«

»Dann hast du wirklich eine kluge Lehrerin.«

Karla sieht mich verstohlen an, und ich muss mich anstrengen, um nicht mit offenem Mund zu kauen oder allzu lange mit Soßenresten am Kinn dazusitzen. Ich wäge meine Worte ab und gebe mich empört, als Sally flucht und das Messer ableckt.

»Mensch, benimm dich mal.«

Sally kann ihr Erstaunen nicht ganz verbergen. Gutes Benehmen war Mirandas Zuständigkeitsbereich. Ich habe mich nie über einen heimlichen Rülpser oder Kinderfüße auf dem Tisch aufgeregt.

Für eine Weile verschwindet alles andere. Ich bin einfach nur da. Keine Gedanken an leere Bankkonten oder Käufe, die nicht akzeptiert werden, keine Bauchschmerzen, keine dunklen Wolken im Kopf. Ich atme und lächele und fühle mich lebendig.

Hinterher waschen wir zusammen ab. Karla erzählt, sie müsse morgen früh aufstehen und arbeiten.

»Putzt du im Haus von anderen Leuten?«, fragt Sally. »Warum können die denn nicht selbst putzen?«

»Das können sie sicher«, sage ich.

Aber Sally bleibt hartnäckig.

»Warum machen sie es dann nicht?«

Karla sieht mich von der Seite an.

»Die Frau, die in dem Haus wohnt, ist krank. Sie schafft es nicht, sauber zu machen. Und ihr Mann ist Arzt und arbeitet fast die ganze Zeit.«

Ich schäme mich ein bisschen, als ich das Durcheinander in unserer Küche sehe. Miranda wäre ausgeflippt.

»Können wir Karten spielen?«, fragt Sally.

Karla sieht wieder in meine Richtung.

»Okay«, sagt sie.

»Aber nur ganz kurz«, füge ich hinzu.

Wir dürfen nicht zu viel von Karlas Zeit in Anspruch nehmen. Gleichzeitig habe ich Sally schon lange nicht mehr so glücklich gesehen.

Wir setzen uns aufs Sofa, und ich mische die Karten. Karla bringt uns ein neues Spiel bei, und Sally will gar nicht mehr aufhören. Am Ende schläft sie ein – mit den Karten in der Hand und den Kopf an Karlas Arm gelehnt.

»Irgendwie erkenne ich mich total in ihr wieder.« Karla

streicht Sally über den Kopf. »Ihr scheint es so gut miteinander zu haben.«

Ich lächele.

»Wir hatten eine ziemlich toughe Zeit. Sally hat der Tod ihrer Mutter sehr mitgenommen. Mich natürlich auch. Es ist nicht leicht, ein guter Vater zu sein, wenn man sich selbst kaum über Wasser halten kann.«

Karla sieht mir tief in die Augen.

»Also auf mich machst du den Eindruck eines ganz wunderbaren Vaters.«

Lebensgefährtin des mutmaßlichen Mörders arbeitete für den Kinderarzt

Aftonposten, **Lund**

Heute entschied das Landgericht, den 33-jährigen Mann festzunehmen, der unter Verdacht steht, ein Ehepaar in Lund ermordet zu haben. Aftonposten *hat herausgefunden, dass es eine Verbindung zwischen dem 33-Jährigen und dem ermordeten Ehepaar gibt.*

Die Staatsanwältin erklärt, dass sich der Verdacht gegen den 33-Jährigen nach der polizeilichen Vernehmung bestätigt habe. Ein Informant hat Aftonposten *erzählt, dass es auch DNA-Spuren gebe, die eine Verbindung des Mannes zum Tatort herstellen.*

»Es besteht ein hinreichender Mordverdacht gegen den 33-Jährigen«, sagt die Staatsanwältin.

Sie will keine Angaben zu dem Motiv für den Mord an dem Kinderarzt und seiner Frau machen.

Laut Staatsanwaltschaft befinden sich die Ermittlungen in einer sehr sensiblen Phase. Aktuell gibt es keine weiteren Tatverdächtigen in diesem Fall.

Der festgenommene Mann wohnt im Zentrum von Lund. Er ist polizeibekannt und wurde bereits für weniger schwerwiegende Delikte verurteilt. Laut Melderegister ist er alleinerziehender Vater und hat eine achtjährige Tochter, aber laut mehrerer Informanten wohnt außerdem eine 22-jährige Frau in der Wohnung.

Seit heute ist bekannt, dass es eine Verbindung zwischen der jungen Lebensgefährtin des Mannes und dem ermordeten Ehepaar gibt. Die 22-Jährige, die erst in diesem Frühjahr von ihrem Heimatort in

Norrbotten nach Lund gezogen ist, arbeitete nämlich als Reinigungskraft bei dem ermordeten Paar.

»Es stimmt, dass sie hier angestellt ist«, bestätigt die Geschäftsführerin der Reinigungsfirma, die der Kinderarzt und seine Frau beauftragt haben.

Ansonsten will die Geschäftsführerin keine weiteren Angaben machen.

Der 33-jährige Mann, der unter Mordverdacht steht, wohnt seit fast fünfzehn Jahren in Lund. In seiner Jugend lebte er an mehreren Orten in Mittelschweden, unter anderem in einer Kleinstadt in Östergötland.

Aftonposten *hat zu ehemaligen Mitschülern Kontakt aufgenommen, doch nur wenige erinnern sich an ihn.*

»Er war ein oder zwei Jahre in unserer Klasse«, sagt ein Mann, der anonym bleiben möchte. »Aber er war eher unauffällig. Ich glaube nicht, dass er außerhalb der Schule irgendwelche Kontakte hatte. Jetzt habe ich in einem Internetforum von seiner Vorstrafe gelesen. Bedauerlich, dass es so weit gekommen ist.«

Der 33-Jährige hat Film- und Kulturwissenschaften studiert, scheint sich aber hauptsächlich mit diversen Nebenjobs durchgeschlagen zu haben. Er hat früher mit der Mutter des Mädchens zusammengelebt, die aber vor etwa einem Jahr nach einer schweren Krankheit verstorben ist.

»Es war bestimmt hart für ihn«, sagt ein Nachbar aus derselben Wohnanlage. »Aber er scheint ein wunderbarer Vater zu sein, und ich kann beim besten Willen nicht glauben, dass er der Täter ist.«

Weitere Bewohner bestätigen den Eindruck eines zurückhaltenden, aber sehr netten Mannes, der häufig zusammen mit seiner Tochter in dem Wohngebiet gesehen wurde. Doch nur wenige wussten von seiner Beziehung mit der jungen Putzhilfe.

»Ich habe ihn und seine Tochter mit der jungen Frau gesehen, aber dachte, es sei eine Verwandte oder eine Babysitterin«, sagt ein Nachbar.

Der 33-Jährige sitzt nun in Polizeigewahrsam, während die Ermittlungen weitergehen. Der Rechtsanwalt des Mannes hat mit dem Hinweis auf die laufenden Ermittlungen ein Interview abgelehnt.

KARLA

In Sallys früherem Zimmer befindet sich eine Tapete mit Motiven aus *König der Löwen*. Wenn ich eine Pause vom Lernen brauche, träume ich mich in die Welt der Giraffen, Zebras und Flamingos. Mir schwirrt der Kopf von den ganzen juristischen Begriffen. Alles löst sich auf.

Ich wünschte, meine Mutter wäre hier. Ich habe es ihr sogar vorgeschlagen. Eine Woche vor meinem Umzug habe ich mich an den Küchentisch gesetzt und ihre Hände genommen, die so schnell gealtert sind.

»Du kannst mitkommen, wenn du willst«, sagte ich.

Wir wussten beide, dass es nicht dazu kommen würde, aber ich wollte es trotzdem gesagt haben. Ich meinte es auch so. Das glaube ich zumindest. Aber vor allem konnte meine Mutter dann nicht behaupten, dass ich es ihr nicht angeboten hätte.

Ich suche in meinem Handy die Nummer meiner Mutter heraus. Das Telefon zittert in meiner Hand. So war es schon immer. Die Angst vor dem, was mich am anderen Ende erwartet.

»Hallo.«

Ich weiß es schon nach diesem kleinen Wort.

Heute Abend ist sie komplett zugedröhnt. Vermutlich hat sie sich Beruhigungsmittel reingezogen.

»Ich hab solche Angst«, lallt sie. »Ich bin so verdammt einsam, und ich fühl mich total wertlos. Ehrlich gesagt weiß ich nicht, wie lang ich das noch aushalte.«

Ich versuche, sie zu trösten und aufzubauen, so wie ich es immer mache, wie ich es mein ganzes Leben lang gemacht habe. Zugleich nagt die Schuld an mir. Die Angst meiner Mutter ist sehr ansteckend, und ich bin viel zu empfänglich.

»Ich war gestern beim Arzt«, sagt sie. »Aber ich bin ihm scheißegal, genau wie allen anderen. Niemand will was von mir wissen. Nicht mal meine eigene Tochter.«

»Du weißt, dass das nicht stimmt, Mama.«

Sie wimmert und seufzt.

Ich wünschte, ich könnte es von mir fernhalten, die Nadelstiche einfach ignorieren, aber sie bohren sich tief in mich hinein. Sie ist meine Mutter, meine Rettungsleine.

»Liebe, das sind Taten«, sagt sie. »Und nicht nur Worte.«

Ich will nicht, dass sie meine innere Verfassung steuert. Sie hat meine Welt schon lang genug kontrolliert. Aber es ist nicht einfach nur eine Frage der Abhärtung. Sie ist krank, und ich bin co-abhängig, das weiß ich alles. Trotzdem zweifele ich immer an meinem Verhalten, wenn ich sie allein zurücklasse mit ihrer ganzen Angst.

»Kannst du nicht zu Silja und Bengt rübergehen?«

Sie hat nämlich Freunde. Wenn es sie nicht gäbe, hätte ich es wohl nie gepackt, aus Boden wegzugehen. Zwar sind Silja und Bengt auch suchtkrank, aber ich weiß, dass sie für meine Mutter da sind, soweit es ihnen möglich ist.

»Ich habe ein neues Zimmer«, sage ich und erzähle von Bill und der kleinen Sally. »Es ist total traurig. Ihre Mutter ist an Krebs gestorben.«

»Aber ich lebe«, sagt meine Mutter. »Wobei dir das ja egal zu sein scheint.«

Obwohl ich weiß, was sie gerade probiert, und obwohl es so offensichtlich ist, fällt es mir schwer, mich zu wehren, ja, es ist beinahe unmöglich. Meine Mutter hat schon immer an mein schlechtes Gewissen appelliert.

»Ich muss jetzt auflegen«, sage ich mit einem Kloß im Hals. »Hab dich lieb, Mama.«

Sie antwortet nicht.

Ich bleibe auf der Bettkante sitzen und frage mich, wie ich das alles schaffen soll, als jemand an die Tür klopft.

»Moment!«, sage ich und mache mich schnell ein bisschen zurecht.

Draußen steht Sally und fragt, ob ich mit ihr und ihrem Papa Karten spielen möchte.

»Ich weiß nicht. Ich muss …«

»Bitte«, sagt sie und formt die Hände wie zum Gebet. »Zu dritt macht das viel mehr Spaß.«

»Na gut.«

Bill sitzt schon auf dem Sofa und mischt die Karten. Cola und Popcorn auf dem Tisch, leise Musik im Hintergrund.

Ich wünschte, ich hätte solch eine Kindheit gehabt. Bei uns gab es nur Bierdosen und Schnapsflaschen, Zigaretten und Tabletten, schnarchende Füße in Wollsocken auf dem Sofa, einsames und besorgtes Warten hinter dunklen Fenstern.

»Mit wem hast du geredet?«, fragt Sally, als ich mich auf den Sessel setze. »Ich habe gehört, dass du mit jemandem telefoniert hast.«

Ich strecke meine Beine unter dem Couchtisch aus, während Bill die Karten austeilt.

»Mit meiner Mutter.«

»Vermisst sie dich?«, fragt Sally.

»Ja, natürlich. Ein bisschen vermisst sie mich schon. Aber sie kommt gut alleine klar. Sie hat genug mit ihren eigenen Dingen zu tun. Meine Mutter hat schon immer sehr viel gearbeitet.

Sie arbeitet gern. Und sie hat einen Haufen Freunde. Sie leidet bestimmt keine Not.«

Ich bin fast ein bisschen erstaunt. Die Lügen sind so tief verwurzelt, dass sie ganz von allein kommen.

Dabei geht es gar nicht mehr um Scham. Es ist reine Gewohnheit.

Sally lächelt, und Bill sortiert seine Karten.

»Du fängst an«, sagt er zu mir.

JENNICA

Bislang hatte ich noch nie von Joe McNally gehört, aber nach einem halben Tag im Museum Louisiana bin ich völlig von seiner Fotokunst absorbiert. Steven ist nicht nur gut vorbereitet, sondern auch mit Begeisterung bei der Sache.

Momentan führe ich ein Fünf-Sterne-Leben. Abends sitze ich in einer Champagnerbar im besten Hotel Kopenhagens. Wir haben gerade ein mit einem Michelinstern gekröntes Abendessen beendet und werden gleich mit dem Lift in die Suite fahren. Vor mir sitzt einer der heißesten Männer, denen ich je begegnet bin. Smart und gebildet, charmant und kommunikativ. Außerdem hat er eine Art, mich anzusehen, als wäre ich ihm wirklich wichtig, als würden ihm meine Gedanken, Gefühle und Ansichten tatsächlich etwas bedeuten.

Ich hebe mein Glas und schütte den letzten Rest Wein in mich hinein.

»Sollen wir über den Elefanten reden?«, fragt Steven und nimmt unter dem Tisch meine Hand.

»Den Elefanten?«

»Mir kommt es so vor, als wäre einer hier im Zimmer«, sagt Steven und sperrt die hellen Augen auf. »Der Altersunterschied.«

Etwas in mir löst sich auf. Ich mag diese Offenheit. Mit ehrlicher und aufrichtiger Kommunikation bin ich bisher nicht gerade verwöhnt worden.

»Fühlst du dich alt?«, frage ich ihn scherzhaft. »Das Alter ist doch nur eine Zahl.«

Das ist natürlich leicht dahingesagt und entspricht nicht ganz der Wahrheit. Ich habe zwar mindestens einen Ü-vierzig-Mann gedatet, aber Steven geht sogar auf die fünfzig zu.

»Du weißt, wie das ist«, sagt er. »Die Leute werden reden. Was sagen denn beispielsweise deine Eltern dazu?«

»Meine Eltern versorge ich nur mit ausgewählten Informationen, was meine Dates betrifft.«

Ich wage nicht zu erwähnen, dass meine Mutter sich wahrscheinlich vor Begeisterung überschlagen würde, wenn sie Steven kennenlernen dürfte.

»Ich denke, wir müssen es so nehmen, wie es kommt«, sagt er. »Bestimmte Dinge passieren einfach. Ich hatte nicht geplant, mich in eine Dreißigjährige zu verlieben.«

Er berührt mich unter dem Tisch. Streicht mir über den Handrücken und an der Innenseite des Unterarms entlang.

Überall Gänsehaut.

Er hat sich in mich verliebt?

»Du bist so schön«, flüstert er mir ins Ohr, als er den Stuhl vorzieht.

Er geht dicht hinter mir durchs Lokal, und es fühlt sich so an, als würden die Leute uns voller Neid hinterherschauen.

Eine Stunde später schlafen wir miteinander – in Bettwäsche aus ägyptischer Baumwolle. Steven lässt mich nicht aus den Augen, während er in mich eindringt. Ich gewöhne mich allmählich an diese Art von Sex, langsam und zärtlich, wie im Film.

Man muss es so nehmen, wie es kommt.

Am nächsten Tag fahren wir in Stevens Tesla über die Öresundbrücke zurück. Meine Hand ruht auf seinem Oberschenkel, und ich kann kaum die Augen von ihm lassen.

Über den Norra Ringen gelangen wir in die Stadt, und Steven steigt mit mir auf dem Parkplatz des Supermarkts City Gross aus dem Auto.

»Sehen wir uns heute Abend?«, fragt er.

Ich stecke meine Hand unter sein Jackett.

»Ich muss arbeiten.«

»Wie? Ich dachte, du studierst.«

»Na ja, das ist so was wie ein Ehrenamt. Ich telefoniere mit Leuten, die jemanden zum Reden brauchen. Eine Art Telefonseelsorge.«

Das ist gar nicht so weit weg von der Wahrheit, aber ich werde vor Steven ganz bestimmt nicht über mediale oder empathische Fähigkeiten sprechen, auch wenn wir es noch so schön miteinander haben.

Steven bleibt vor dem Auto stehen, als ich gehe. Als er winkt, werfe ich ihm Kusshände zu, bis er nicht mehr zu sehen ist. Wer bin ich eigentlich? Ich benehme mich wie ein alberner Teenie.

Als ich nach Hause komme, lege ich sowohl mein peinliches Gehabe als auch den spießigen Blazer von Busnel ab. Auf dem Bett lümmelt Hundi herum und sieht so aus, als wäre er der Besitzer der Wohnung.

»Rutsch mal.«

Er rollt herum und fläzt sich zwischen den Laken. Als ich mich zu ihm beuge und ihn streicheln will, entzieht er sich blitzschnell.

»Sieh nicht so verdammt zufrieden aus«, sage ich.

Gemächlich hüpft er vom Bett und schleicht zur Futterschüssel. Ich serviere ihm das Fressen, das nach toter Ratte stinkt, aber das Einzige ist, was ihm schmeckt, mal abgesehen von eingelegtem Hering.

Dann werfe ich mich mit dem Handy aufs Bett, lese die neuesten Nachrichten und scrolle durch meine sozialen Netzwerke, bis es Zeit für meine Schicht ist.

Die ersten beiden Frauen, die anrufen, sind von untreuen Arschlöchern betrogen und verlassen worden, möchten aber trotzdem wissen, ob diese Kotzbrocken sie eventuell zurückhaben wollen. Ein Nachteil dieser Arbeit ist, dass sich mein Eindruck von Männern als unsensible Neandertaler und Frauen als jämmerliche dumme Gänse nur verstärkt hat. Natürlich habe ich die ganze Zeit gewusst, dass es da draußen auch gute Menschen gibt, aber erst mit Steven habe ich eine Bestätigung dafür bekommen.

Ich schnaufe und keuche wie nach einem Marathon, als ich auflege. Fast eine Stunde lang habe ich einer fünfundvierzigjährigen Bioanalytikerin den Kopf gewaschen, weil sie ihrem Mann beinahe den kleinen Seitensprung mit einer Praktikantin verziehen hätte.

Nachdem ich sie überredet habe, den Armani-Anzug des untreuen Dreckskerls zu verbrennen, bin ich von Endorphinen erfüllt und schwitze unter den Armen, fühle mich aber dennoch als guter Mitmensch. Meine Empathiefähigkeit ist in Höchstform. Nicht zu fassen, dass ich dafür bezahlt werde.

Zu Beginn meiner Tätigkeit bekam ich ein Handbuch, in dem aufgelistet wird, wie man in verschiedenen Gesprächssituationen zu reagieren hat. Wir wurden darüber aufgeklärt, dass wir auf gar keinen Fall unseriös wirken dürfen. Wir sind keine examinierten Psychologen und müssen beim geringsten Verdacht auf ein Verbrechen oder suizidales Verhalten Alarm schlagen. Schließlich wollen wir nicht von irgendwelchen Enthüllungsjournalisten belästigt werden.

Bei jedem Anruf melde ich mich mit demselben Spruch.

Willkommen bei deiner medialen Beraterin Jennica. Was kann ich für dich tun?

Es ist das dritte Gespräch an diesem Abend. Ich fühle mich emotional schon ziemlich ausgelutscht.

»Hallo?«, sagt eine entfernt klingende Stimme.

Ich gehe selbstverständlich davon aus, dass es eine Frau ist. Mindestens neun von zehn Anrufern sind Frauen. Aber als es knistert und die Stimme besser zu verstehen ist, merke ich, dass ich mich geirrt habe.

Es ist ein Mann.

»Hallo Jennica.«

Ich muss mir das einbilden.

Meine Mutter hat mal gesagt, dass psychotische Störungen bei uns in den Genen liegen. Es ist wohl die Ironie des Schicksals, dass es gerade jetzt ausbricht, wo endlich alles so gut läuft.

»Wer ist dran?«, frage ich.

»Tut mir leid, ich konnte es einfach nicht lassen.«

Ich sehe Stevens zufriedene Miene vor mir. Das kann nicht wahr sein. Er wird jede Spur von Respekt vor mir verlieren.

»Wie hast du die Nummer herausgefunden?«

Er lacht. »Ein bisschen Detektivarbeit im Netz. Du hast einen ziemlich ungewöhnlichen Namen.«

Ich schiebe mein Headset zurecht und schubse Hundi zur Seite, der mein Lieblingskissen in der Ecke gemopst hat. Das ist doch einfach nur peinlich. Steven ist Arzt, und ich spiele am Telefon Therapeutin.

»Also, ich bin kein echtes Medium, falls du das denken solltest. Ich meine, ich glaube nicht an so was. Das ist nur ein Job.«

Steven lacht schon wieder.

»Schade, aber du kannst mir vielleicht trotzdem einen Ratschlag geben? Ich brauche wirklich Hilfe.«

Es ist nicht zu fassen, dass er bei mir angerufen hat. Ich müsste wütend sein, aber Steven lacht nur, und ich entscheide mich, dasselbe zu tun.

»Na klar, ich kann versuchen, dir ein bisschen spirituelle Unterstützung zu geben.«

»Oh, danke! Es ist nämlich so«, fängt Steven an, »dass ich eine Frau kennengelernt habe, die unglaublich clever, witzig und charmant ist. Aber sie scheint selbst nicht zu begreifen, wie wunderbar sie ist.«

»Ein Problem, das bei Frauen recht häufig vorkommt«, sage ich.

»Schon klar! Aber ich habe das Gefühl, dass zwischen ihr und mir gerade etwas ganz Besonderes entsteht. Leider scheint es ihr schwerzufallen, sich mir zu öffnen. Ich weiß nicht, was ich tun soll, um mich ihr zu nähern, ohne sie zu verschrecken.«

»Das ist eine schwierige Gratwanderung«, entgegne ich.

»Mm«, macht Steven. »Glaubst du, dass ich ihr sagen soll, wie sehr ich sie mag? Oder ist das noch zu früh?«

Ein Teil von mir will jeglichen Widerstand aufgeben und Steven erklären, dass ich ihn auch sehr mag. Ich bin auf dem besten Weg, mich bis über beide Ohren in ihn zu verlieben. Aber ein anderer Teil von mir sagt Stopp. Der Teil von mir, der schon Erfahrungen gesammelt hat, der die Spielregeln kennt und nie vergisst, wie weh es tut, verletzt zu werden.

»Es ist sicher besser, noch zu warten«, sage ich. »Bestimmt ahnt sie es ohnehin schon.«

Steven Rytter ist wirklich einzigartig. Als wir auflegen, zittern meine Hände, und es bebt in meiner Brust.

Was passiert da gerade mit mir?

Wie läuft es mit dem Arzt?, schreibt Rebecka in unseren Gruppenchat.

Emma schließt sich mit einer Reihe von Fragezeichen und neugierigen Emojis an.

Ich sitze im Schneidersitz auf dem Bett, mit meinem Lieblingskissen im Rücken, und stelle fest, dass ich vor mich hingrinse.

»Ja, ja, ich weiß«, sage ich zu Hundi, der mich spöttisch ansieht.

Ich will ja nichts verschreien, schreibe ich den Mädels. *Aber im Moment läuft es echt krass gut.*

Auszug aus der polizeilichen Vernehmung von Karla Larsson

Jetzt möchte ich mit Ihnen ein bisschen über Bill Olsson sprechen. Was haben Sie für ein Verhältnis zu Bill?

Ich habe im Sommer bei ihm gewohnt. Ich habe ein Zimmer gemietet.

Wie lange haben Sie da gewohnt?

Beinahe den ganzen Sommer. Die erste Woche in Lund habe ich in einer Art Studentenwohnheim gewohnt, aber da bekam ich kaum ein Auge zu. Die Leute haben die ganze Nacht Party gemacht. Dann habe ich eine Anzeige auf Facebook gesehen und Bill sofort geschrieben. Noch am selben Tag durfte ich mir das Zimmer ansehen.

Haben Sie irgendwelche Unterlagen dazu?

Unterlagen? Was denn für Unterlagen?

Sie haben doch wohl einen Untermietvertrag?

Daran habe ich gar nicht gedacht. Bill war sich nicht ganz sicher, ob man eine Genehmigung von der Wohnungsbaugesellschaft braucht, um ein Zimmer zu vermieten. Aber ich habe auf jeden Fall die Miete gezahlt.

Tatsächlich? Wir haben uns nämlich Bill Olssons Konto angesehen und dabei keine entsprechenden Zahlungseingänge gefunden.

Ich habe alles bar bezahlt. Zwei Monatsmieten im Voraus.

Sicher? Ist es nicht eher so, dass Bill Olsson und Sie eine andere Art von Verhältnis hatten?

Auf gar keinen Fall! Wie kommen Sie denn darauf?

Hat Bill Olsson Sie jemals zum Ehepaar Rytter begleitet?

Nein, er hat mit ihnen nie etwas zu tun gehabt. Oder doch … er hat mich einmal dort abgeholt.

Wann war das?

Ich weiß es nicht mehr genau. Vielleicht ein oder zwei Wochen, bevor die beiden ermordet wurden.

Und er war dann auch im Haus?

Ich war mit dem Putzen noch nicht ganz fertig, und Regina Rytter hat im oberen Stockwerk geschlafen, deshalb habe ich ihn hereingelassen. Aber wirklich nur ganz kurz.

Wie würden Sie Bill Olsson beschreiben?

Beschreiben? Also, ich weiß nicht … Er ist ein wirklich guter Vater für Sally. Er ist lieb und hat ein großes Herz. Ich kann nichts Schlechtes über ihn sagen.

Haben Sie jemals erlebt, dass er gewalttätig war?

Auf keinen Fall! Ich kenne niemanden, der so ausgeglichen ist wie Bill.

Wir wissen, dass Bill Olsson im Sommer finanzielle Probleme hatte. Hat er mit Ihnen darüber gesprochen?

Ja, er hat so etwas erwähnt. Deshalb hat er ja Sallys Zimmer untervermietet. Er brauchte Geld für die Miete und den Strom und so.

Hat er Sie nie um finanzielle Unterstützung gebeten?

Nein, nicht direkt. Ich habe ja Miete gezahlt, dadurch habe ich ihn ja gewissermaßen unterstützt.

Aber er hat Sie ansonsten nicht um finanzielle Hilfe gebeten?

Nein.

Das heißt, Bill Olsson hat Sie nie dazu gebracht, etwas zu tun, was Sie eigentlich nicht wollten? Irgendetwas, was Sie später bereut haben?

Nein … oder … nein!

(Sie weint. Lautlos.)

BILL

Auf fünf der zwanzig Bewerbungsmails, die ich rausgeschickt habe, erhalte ich eine Antwort. Der Besitzer eines Gameshops verspricht, sich bei Bedarf zu melden, und eine Frau mit einem Einrichtungsladen schreibt, dass sie vielleicht fürs Weihnachtsgeschäft jemanden gebrauchen könne. Das ist erst in einem halben Jahr. Ich gebe bald auf. Es ist total hoffnungslos.

Nach dem Frühstück geht Sally mit ein paar Freundinnen zum Spielplatz, und ich setze mich vor den PC. Ich muss einen Job finden. Vorher werde ich nur noch ganz kurz spielen.

Ehe Miranda ihre Diagnose bekam, hatte ich nur ein bisschen in *World of Warcraft* reingeschnuppert, aber seit ihrer Erkrankung beanspruchte das Spielen immer mehr von meiner Zeit. Es war eine Art Flucht, als der Krebs den Alltag zu prägen begann. Inzwischen sind die Computerspiele fast mein einziger Kontakt zu anderen Menschen.

Ich weiß nicht, ob eine oder zwei Stunden vergangen sind, als die Wohnungstür aufgeht und Sally in den Flur stürzt. Tränen laufen ihr über die Wangen. Hinter ihr im Türspalt sind die aufmerksamen Blicke ihrer Freunde zu erahnen.

»Papa, Papa, du musst kommen!«

Sie hyperventiliert.

»Was ist los, mein Schatz?«

Ich gehe in die Hocke und nehme sie in den Arm. Der kleine Brustkorb bewegt sich stoßweise.

»Was ist passiert?«, frage ich ihre Freunde an der Tür.

Ein Junge aus Sallys Klasse, der Mohammad heißt und im Nachbarhaus wohnt, sieht aus, als müsse auch er gleich in Tränen ausbrechen.

»Es war wirklich nicht Sallys Schuld«, versichert er.

»Du musst mit runterkommen«, sagt ein Mädchen in Shorts und Kapuzenpulli, deren Name mir gerade nicht einfällt. »Da unten wartet ein Mann.«

Ich nehme Sally an der Hand und steige in meine Crocs.

»Was ist los?«, frage ich ihre Freunde.

»Wir haben Foursquare gespielt«, sagt das Mädchen mit dem Kapuzenpulli, während wir die Treppen hinuntergehen.

»Man malt ein Feld auf und teilt es in vier Flächen ein«, erklärt Mohammad. »Dann muss man einen Basketball …«

»Ja, ich kenne die Spielregeln. Aber was ist mit Sally?«

Miranda hat immer behauptet, ich hätte eine Engelsgeduld. Wenn Sally ihr auf die Nerven ging und Miranda kurz vorm Durchdrehen stand, reichte ein Blick von ihr, und schon wusste ich, dass ich eingreifen sollte.

Unten an der Haustür hat Sally sich wieder beruhigt und atmet weniger hektisch.

»Der Ball ist auf den Boden gehopst und in ein Fenster geflogen«, schnieft sie.

»Ein Kellerfenster«, ergänzt Mohammad. »Es hat peng gemacht, und dann ist die ganze Scheibe zersplittert.«

»Oh.«

Ich öffne die Haustür und lasse die Kinder raus.

»Das wollte ich nicht«, schluchzt Sally.

»Na, das ist doch klar. So was kommt vor.«

Um die Ecke steht ein Hausmeister von der städtischen Wohnungsbaugesellschaft mit einer qualmenden Zigarette im

Mundwinkel und einem Mono-Headset im Ohr. Ein Besen lehnt an der Hauswand. Die kaputte Scheibe hat er mittlerweile mit einem großen Kreuz aus rotweißem Klebestreifen versehen.

Sally drückt meine Hand.

»Ich hab ihnen schon mehrmals gesagt, dass sie hier nicht Ball spielen dürfen«, sagt der Hausmeister mit einem Seufzer. »So eine Scheibe ist eine kostspielige Sache.«

»Für Foursquare brauchen wir aber Asphalt«, erklärt Mohammad.

Der Mann funkelt ihn wütend an.

»Das war keine böse Absicht«, sage ich.

»Ja, natürlich.« Der Hausmeister zeigt mit der Zigarette auf Sally. »Das ist doch Ihre Tochter, oder? Sie müssen die Scheibe ersetzen.«

Das kann nicht wahr sein.

Sally fängt wieder an zu heulen. Ich werfe dem Hausmeister einen vielsagenden Blick zu. Er beugt sich hinunter und drückt den Zigarettenstummel in die Erde, dass die Funken sprühen.

»Sie haben doch bestimmt eine Haftpflichtversicherung, oder?«

KARLA

Genau neunzehn Sekunden vor der Deadline verschicke ich meine erste Hausaufgabe. Ich habe sie mir hundertmal durchgelesen, alle Quellenangaben doppelt geprüft und die Seminarliteratur so oft durchgeblättert, dass die Buchseiten voller Flecken und Daumenabdrücke sind.

Der juristische Einführungskurs ist beinahe komplett online. Ich kann einem Studiencoach Fragen stellen, und es gibt ein Forum, in dem man mit anderen Studierenden diskutieren kann. Doch bisher steht darin kaum eine Frage mit einer vernünftigen Antwort. Es ist völlig offensichtlich, dass niemand im Forum unterwegs ist, um seinen Studienkollegen zu helfen. Man wirft verzweifelte Fragen zu einem Fachbegriff in die Runde oder will wissen, wo in der Literatur man bestimmte Infos findet, aber niemand scheint antworten zu wollen.

Als wir die erste Hausaufgabe abgegeben haben, schreibt eine Studentin namens Waheeda etwas im Forum. Sie schildert, wie erleichtert sie nun ist, und beschreibt ihre Panik, weil sie ständig Höchstleistungen erbringen muss. Es ist ja auch total gestört, dass man sich keinen einzigen Fehler erlauben kann. Um überhaupt zur Abschlussprüfung zugelassen zu werden, müssen wir sämtliche Aufgaben bestanden haben.

Ich bin davon überzeugt, dass viele von uns vor dem Bildschirm sitzen und dasselbe empfinden wie Waheeda. Trotzdem bekommt sie keine einzige Antwort.

Am Ende schreibe ich:

Ich fühl mich genauso wie du. Die ganze Zeit sitzt einem das Messer an der Kehle, jede Sekunde. Aber ich will unbedingt einen Studienplatz.

Es dauert nur wenige Minuten, bis Waheeda antwortet, und schon bald stecken wir mitten in einer Unterhaltung. Um uns nicht vor den anderen im Forum bloßzustellen, wechseln wir zu Snapchat.

Waheeda ist in derselben Situation wie ich. Keine von uns hat ein schlechtes Abgangszeugnis vom Gymnasium, aber trotzdem sind wir längst nicht gut genug, um auf dem traditionellen Weg einen Studienplatz in Jura zu bekommen. Eine Bestnote in der Abschlussprüfung des Einführungskurses ist unsere einzige Chance.

Ich WEISS, dass ich die beste Staatsanwältin ever werde, schreibt Waheeda. *Was für ein verdammter Verlust für Schweden, wenn ich nur wegen einer verdammten Hausaufgabe keinen Studienplatz krieg.*

Sie erzählt, dass sie lange darüber nachgedacht hat, ob sie Polizistin werden soll, aber dass die eigentliche Macht bei der Staatsanwaltschaft liegt.

Ich will alle in den Knast bringen, die es wirklich verdienen. Nicht nur die kleinen Laufburschen, sondern diejenigen, die immer davonkommen, weil sie Geld haben oder Macht oder den richtigen Nachnamen.

Das klingt zwar ziemlich naiv, trotzdem bin ich beeindruckt von ihrem Engagement. Als ich von meinem Traum erzähle, Richterin zu werden, schlägt sie vor, dass wir irgendwo ein Gericht infiltrieren, wenn wir eines Tages unsere Abschlüsse geschafft haben.

Wir werden das ganze System kippen!

Ich stelle fest, dass ich vor mich hin lächele.

Als wir herausfinden, dass wir beide Fußball spielen, lädt Waheeda mich ein, sie mal zum Training zu begleiten. Offenbar spielt sie in einem der besten Vereine in Lund.

Ich habe aber schon seit fünf Jahren nicht mehr gespielt, schreibe ich.

Du musst! Gib zu, dass es sich gut anfühlen würde, nach dieser Abgabe jemanden vors Schienbein zu treten.

Haha, vielleicht.

Eigentlich habe ich diesen Sommer keine Zeit für Fußball, aber ich will nicht die Gelegenheit verpassen, mich mit Waheeda anzufreunden. Sie wirkt total nett.

Wann hatte ich zuletzt eine richtige Freundin? Ich wurde zwar nie wirklich ausgeschlossen, niemals gemobbt oder so, aber als die anderen Mädels in der Klasse BFF wurden, wollte ich lieber niemanden zu nah an mich heranlassen. Vor allem wollte ich nicht, dass jemand mitbekam, wie es bei mir zu Hause aussah. Meine Mutter hat mir nie verboten, Freunde mitzubringen. Ganz im Gegenteil. Sie hat mich ermutigt und häufig nachgefragt, warum ich so einsam sei. Aber es war einfach unvorstellbar, jemanden mit nach Hause zu bringen. Dort herrschte immer ein Chaos aus Bierdosen und Tablettenblistern, Essensresten und überfüllten Aschenbechern. Außerdem wusste ich nie, welche Laune meine Mutter gerade haben würde. Mein größter Traum war ein gemütlicher Abend mit Tacos oder vorm Fernseher beim Melodifestivalen, ein einziger Abend ohne Geschrei und Streit oder zumindest ein Abend, an dem meine Mutter auf dem Sofa einschlief.

Wenigstens hatte ich den Fußball. Ich durfte zu den Zusatztrainings mit den Spielerinnen, die ein oder zwei Jahre älter waren, und qualifizierte mich schließlich sogar für die Bezirksliga. Auf dem Fußballplatz verschwanden für eine Weile alle quälenden Gedanken.

Vor dem Wechsel aufs Gymnasium nach der Neunten träumte ich von einem Neubeginn. Zu diesem Zeitpunkt wussten alle in Boden alles über mich und meine Mutter. Zumindest glaubten sie das. Deshalb wollte ich nach Umeå oder Luleå. Aber meine Mutter bettelte und flehte und behauptete, sie würde nicht ohne mich klarkommen, und am Ende blieb ich. Sie hatte ja schon meinen Vater verloren. Nach seinem Tod brach alles zusammen. Erst nach etlichen Jahren und vielen harten Kämpfen mit meinen inneren Dämonen gelang es mir, mich zu befreien. Noch immer kommt die Panik angekrochen, jeden verdammten Tag.

Als Waheeda fragt, ob ich zu einem Training mitkommen möchte, wandern meine Gedanken sofort zu meiner Mutter. Es sitzt quasi im Rückenmark. Sie hat eine solche Macht über mich.

Ich zögere einen Moment, ehe ich schreibe, dass ich sehr gerne mitkomme.

Ich muss es tun. Dieser Schritt bringt mich dem normalen Leben näher, nach dem ich mich so sehne. Ich bin auf einmal aufgekratzt, öffne die Tür und gehe in die Küche.

»Oh, tut mir leid.«

Ich bin überhaupt nicht darauf vorbereitet, dass Bill dort im Halbdunkeln sitzt. Vornübergebeugt mit den Armen auf der Tischplatte.

Er sieht mich mit roten Augen an.

»Ich bin beinahe eingeschlafen.«

Es sieht so aus, als hätte er geweint.

Natürlich lebt auch er mit einer ständigen Verzweiflung. Immerhin habe ich meine Mutter noch. Ich kann sie anrufen, wann immer ich will. Bill wird keinen einzigen Moment mehr mit Miranda erleben.

Ich trete von einem Fuß auf den anderen und suche nach irgendeiner passenden Frage.

»Wie … geht es dir?«

Bill schiebt den Stuhl zurück und steht auf. Er sieht mich nicht an.

»Ich bin einfach nur müde.«

JENNICA

Auf HBO gibt es eine neue Serie über verschwundene Frauen in Alaska. Ich liege mit Chips und Dip und Cava im Bett und arbeite eine Folge nach der anderen ab, während ich den Blick auf die Kampfzone in der Kochecke vermeide: den Berg von Abwasch, die Pizzaschachteln und die Pyramiden aus Getränkedosen mit Energydrinks. Meine Freundin Tina, die ich seit dem Kindergarten kenne, hat einmal gesagt, dass meine Wohnung aussehe wie eine Junggesellenbude. Mit anderen Worten: Wäre ich mit einem Penis geboren, würde man keine anderen Erwartungen an mich stellen. Seitdem betrachte ich es als einen wichtigen Teil meines privaten Gleichstellungsauftrags, nicht zu oft und zu viel zu putzen.

Immer wieder ertappe ich mich dabei, wie meine Gedanken abschweifen – von der Doku auf dem Bildschirm zu Steven. Was passiert da gerade? Ich kann mich kaum noch konzentrieren. Vor mir sehe ich Stevens helle Augen. Mir kommt es so vor, als würde ich seine großen Hände auf meinem Körper spüren. Es kribbelt und prickelt überall.

Meine Familie und alle meine Freunde, die ganze Welt, so kommt es mir zumindest vor, will nichts lieber, als dass ich erwachsen werde, mich zur Ruhe setze, eine Familie gründe und so verantwortungsbewusst und erwachsen bin wie sie. Zugleich ist mein Bekanntenkreis äußerst konservativ: Etliche Augenbrauen würden nach oben wandern, und es gäbe sicher die eine oder andere Bemerkung, wenn ich einen siebenundvierzigjährigen Witwer als meinen neuen Freund präsentieren würde.

Es sollte mir natürlich egal sein. Ich bin bald dreißig. Ist es nicht völlig gleichgültig, was die Umgebung von mir denkt?

Als ich aufstehe, um mir nachzuschenken, schleicht Hundi zu meinem Knoblauchdip und schleckt den letzten Rest aus der Schüssel.

»Hey! Pass auf, dass ich dich nicht kastriere!«

Der Kater lächelt zufrieden.

Offenbar hat Steven eine schwere Katzenhaarallergie, was eine gute Nachricht ist, weil wir dann in Hotels oder in seine Stadtwohnung gehen müssen. Vielen Dank. Vermutlich hat er in den Slums von Kapstadt sauberere Wohnungen gesehen als diese Junggesellinnenbude. Und er würde nie begreifen, dass es ein Statement ist.

Als ich nach meinem Handy greife, entdecke ich eine neue SMS von ihm.

Ich denke schon den ganzen Tag an dich. Können wir uns heute Abend sehen?

Plötzlich breitet sich eine Wärme tief in meiner Brust aus, und ich bekomme eine Gänsehaut. Jede Minute ohne Steven fühlt sich an wie Vergeudung von Lebenszeit.

Muss leider arbeiten, antworte ich. *Kann ich dich später anrufen?*

Ich wähle ein Emoji aus. Ein rotes Herz, ist das *too much*? Kleine Herzen, die in der Luft schweben? Ein Smiley, der ein Herz küsst?

Diese ganzen Herzen. Ich werde noch verrückt. Am Ende verzichte ich ganz auf ein albernes Emoji. Er ist doch sowieso bald fünfzig, bestimmt ist ihm das völlig egal.

Die letzten zwei Folgen kann ich mir nicht mehr ansehen,

weil gleich meine Schicht beginnt. Ich liege auf dem Bett, mit einem weiteren Glas Cava in der Hand, dem Headset auf dem Kopf und Hundi neben mir auf dem Kissen. Gemütlich lehne ich mich zurück und nehme das erste Gespräch an.

Es ist Olivia, eine meiner Stammkundinnen. Sie ist nur ein paar Jahre älter als ich. Bei ihren ersten Anrufen war ich extrem genervt von ihr und fand sie total gestört. Sie ist nämlich mit einem Säufer verheiratet. Er ist nicht nur der Vater ihrer beiden kleinen Kinder, sondern außerdem ein hart arbeitender IT-Typ, der gern Fahrrad fährt und kocht. Vor allem aber trinkt er gern.

Erst als Olivia mir erklärte, was für ein wunderbarer Vater er ist und dass ihre Ehe neunzig Prozent der Zeit großartig funktioniert, begann ich, sie zu verstehen und einzusehen, dass es andere Lösungen geben muss, als den Idioten mit einer Axt zu erschlagen.

»Du bist co-abhängig«, sage ich immer wieder zu ihr. »Du darfst dir dieses Verhalten nicht mehr bieten lassen.«

Man soll zwar nicht den Opfern die Schuld zuschieben, aber manchmal ist das gar nicht so einfach.

Diesmal hatte Olivias Mann ein Familienwochenende in einem gemütlichen Bed & Breakfast in der Gegend Österlen organisiert. Sie fuhren mit Tandemrädern zu verschiedenen Kunstgalerien, machten ein Picknick im Grünen und badeten abends in einem Fass. Dann betrank er sich.

»Er hat herumgeschrien und mit Sachen um sich geworfen«, erzählt Olivia. »Eigentlich war alles meine Schuld. Ich bin nämlich so schlampig. Als wir vor dem Hotelzimmer standen, habe ich gemerkt, dass ich den Schlüssel verloren hatte. Wir sind nicht reingekommen. Es war spät, und die Rezeption war schon geschlossen. Wir mussten fünfzig Minuten warten, nur in unsere Badetücher gehüllt. Die Kinder haben gefroren und herumgequengelt. Kein Wunder, dass mein Mann die Geduld verloren hat.«

»Komm schon, du hast den Schlüssel doch wohl nicht absichtlich verloren?«

»Natürlich nicht.«

Olivia schluchzt. Häufig weint sie während des gesamten Gesprächs.

Ich suche Stevens SMS heraus und lese sie immer wieder. Es ist nicht leicht, einen guten Mann zu finden. Ich habe Glück gehabt. Und bin geduldig gewesen. Ich bin so froh, dass ich mich nicht zu schnell mit irgendeinem Typen zufriedengegeben habe. Olivia ist ein gutes Beispiel dafür, wie es auch laufen kann.

»Heute war er ganz wunderbar«, sagt sie. »Er hat sich bei mir entschuldigt, und dann hat er die Kinder mitgenommen, damit ich ein bisschen shoppen kann. Was soll ich tun? Ich liebe ihn ja. Ich liebe unsere Familie.«

Ich wünschte, ich könnte Olivia eine eindeutige Antwort geben. Wenn es nur um sie und ihren Mann gehen würde, wäre es einfacher. Alles wird komplizierter, weil Kinder im Spiel sind. Ich habe schon oft darüber nachgedacht, wie meine eigene Kindheit und Jugend ausgesehen hätte, wenn meine Mutter meinen Vater verlassen hätte. Und ich bin mir nicht sicher, ob es dadurch irgendwie besser geworden wäre.

»Ich finde, du solltest mit einer Therapeutin sprechen, Olivia.«

Das habe ich schon oft zu ihr gesagt.

»Aber ich habe ja dich«, sagt sie. »Du tust mir so gut, Jennica.«

Es gibt keinen Grund, alle Argumente noch einmal zu wiederholen. Wenn Olivia ihr Geld verschleudern will, indem sie mich anruft, kann ich sie ohnehin nicht daran hindern.

Anschließend spreche ich mit zwei weiteren Frauen. Ich versuche, so einfühlsam wie möglich zu sein und ihnen Tipps und Ratschläge zu geben. Am Ende greife ich sogar zu einer kleinen Lüge, als ich gefragt werde, ob ich Kontakt zum Jenseits habe. Was macht das schon? Wenn es der Frau besser geht, weil sie glaubt, dass die kleinen Selbstverständlichkeiten, die ich vermittle, von Geistern oder sonst woher stammen, schadet solch eine harmlose Notlüge nicht.

Ich habe gerade aufgelegt und das Headset abgenommen, als ich draußen auf dem Laubengang jemanden höre. Ehe ich reagieren kann, klopft es an der Tür.

Hundi legt die Ohren an und macht einen Katzenbuckel. Wir starren einander an. Hier klopft nie jemand an.

Vielleicht ein Kind, das sauteure Kekse verkaufen will, um die nächste Klassenfahrt zu finanzieren? Oder die Zeugen Jehovas? Vielleicht sollte ich über eine Mitgliedschaft nachdenken?

Es klopft erneut, diesmal lauter. Mir wird bewusst, dass ich nur einen Slip und ein Unterhemd trage, also wickele ich mich in die Bettdecke.

»Ja?«, rufe ich durch die Tür.

In dem Studentenwohnheim aus den Sechzigern gibt es keine dicken Sicherheitstüren.

»Jennica Jungstedt?«, fragt eine Stimme von der anderen Seite.

»Ja, was ist?«

»Ich habe Blumen für Sie.«

Als ich öffne, überreicht mir ein junger Kerl mit Tabak auf den Zähnen den größten Blumenstrauß, den ich je gesehen habe. Ich ertrinke förmlich in süß duftenden Schnittblumen.

Eine kleine Karte liegt bei. Ich klappe sie auf.

Steven steht darauf, mit einem großen Herz. Einem großen roten Herz.

BILL

Den ganzen Vormittag hocke ich vor dem Computer und spiele, während Sally bei einer Klassenkameradin ist. Ich kann mich zu nichts aufraffen. Die äußere Welt macht sich erst bemerkbar, als der Briefkasten klappert und mir einfällt, dass ich nichts zu Mittag gegessen habe.

Unter einem Haufen von bunten Werbeblättern finde ich auf dem Fußboden einen Umschlag von der städtischen Wohnungsbaugesellschaft mit einer Rechnung über fünftausend Kronen für die Glasscheibe.

Was macht man, wenn das Geld nicht reicht? Seit Mirandas Erkrankung ist meine finanzielle Lage nicht gerade rosig. Die ersten Monate nach dem Begräbnis war ich krankgeschrieben, und schon bald eskalierte die Situation von elend zu katastrophal.

Ich überprüfte die Ausgaben genauer, wurde zum Schnäppchenjäger und ließ alles weg, was nicht unbedingt nötig war. Es ist faszinierend, wie viele Kronen man sparen kann, indem man Preise vergleicht, vernünftige Entscheidungen trifft und auf dem Flohmarkt oder in Secondhandläden einkauft. Luxus wie frisch gebackenes Brot, Kuchen zum Kaffee, neue Schuhe oder Parfüm kann ich vergessen. Das einzige Versprechen, das ich mir gegeben hatte, war, dass Sally möglichst wenig darunter leiden sollte.

In den Weihnachtsfeiertagen bekam ich jede Menge Sonderschichten im Kino, und nach einigen nächtlichen Stunden vor den Spielautomaten eines Onlinekasinos hatte ich ein halbes Vermögen gewonnen. Geld lässt sich immer vermehren, und wenn man viel hat, verliert man leicht den Wert aus dem Blick. Ebenso schnell, wie ich zig Kronen gewonnen hatte, waren sie wieder weg. Und ab Januar gab es keine Arbeitsschichten mehr für mich. Ein paar große Filmproduktionen erwiesen sich als Flops, die Leute nutzten lieber Streamingdienste, als dass sie ins Kino gingen, und ich wurde bald überflüssig. Es gab immer weniger Nachmittagsvorstellungen, die mir am liebsten gewesen waren, weil ich Sally nicht mitschleppen oder einen Babysitter organisieren musste. Und als ich mehrere Spätvorstellungen nacheinander ablehnen musste, erfuhr ich im März, dass meine Anstellung enden würde.

Das war der Todesstoß.

Alle Ersparnisse waren aufgebraucht, und bald würde auch kein Gehalt mehr kommen.

Bei den laufenden Ausgaben verzichtete ich auf alles, außer auf die grundlegenden Dinge. Ich kündigte sämtliche Abos von Zeitungen und Zeitschriften und alle Streamingdienste. Künftig würde ich ohne Unfallversicherung und Hausratsversicherung auskommen müssen. Jede eingesparte Krone war Gold wert.

Um Geld reinzubekommen, mailte ich an Redaktionen in aller Welt und bot meine Dienste als Filmrezensent und Journalist an, doch ohne Erfolg. Ich antwortete auf Anzeigen, die Nebeneinkünfte für einfache Tätigkeiten in Aussicht stellten. Und ich hätte fast mein nicht vorhandenes Geld in ein Geschäftsmodell investiert, das verdächtig an das klassische Schneeballsystem erinnerte. Ich nahm Schnellkredite per SMS auf und sah den Schuldenberg wachsen. Ich nahm weitere Kredite auf, um die alten zu tilgen. Und ich verkaufte Sachen über Facebook und Blocket und an Secondhandläden. Dabei verscherbelte ich alles von Wert bis auf den Fernseher, den Computer und meine DVD-Sammlung.

Ich öffne die App, die ich mir heruntergeladen habe. Es gibt in Lund einige neue Aufträge, und ich melde mein Interesse an. Ein paar klingen nach echter Schufterei und sind auch nicht sonderlich gut bezahlt, aber ich kann nicht wählerisch sein. Ich bin bereit, alles zu nehmen.

Als Karla gegen drei Uhr nachmittags nach Hause kommt, habe ich noch immer nicht zu Mittag gegessen.

Sie öffnet das Gefrierfach und sucht in den Küchenschubladen.

»Ist Sally nicht zu Hause?«

»Sie ist bei einer Freundin.«

»Ich wollte mir was warm machen«, sagt sie und bietet mir die Hälfte ihres vegetarischen Mikrowellengerichts an.

Wir sitzen einander gegenüber am Küchentisch und essen. Ich bemühe mich, nicht allzu deutlich zu zeigen, wie mies es mir geht, aber die Atmosphäre ist schon bald verkrampft.

»Ich versuche gerade, Arbeit zu finden«, sage ich und durchbreche die peinliche Stille. »Das ist gar nicht so leicht. Meine Kompetenz als Filmwissenschaftler ist nicht sonderlich gefragt.«

Karla schluckt einen Happen herunter und trinkt etwas Wasser.

»Ich hätte bei der Reinigungsfirma nachgefragt, aber leider weiß ich, dass die nur Frauen einstellen.«

Ich lächele.

»Geht das überhaupt? Gibt es nicht kein Antidiskriminierungsgesetz?«

Es sollte ein Scherz sein, aber Karla ist ganz verlegen und sucht nach einer Erklärung.

»Das war ein Witz«, schiebe ich nach. »Keine seriöse Reinigungsfirma würde mich einstellen.«

Zur Verdeutlichung zeige ich auf die voll gestellte Spüle, und Karla lacht entspannt.

»Die unbezahlten Rechnungen häufen sich«, erkläre ich und lege das Besteck gekreuzt auf den Teller. »In meiner Kindheit sind wir ständig umgezogen. Sobald ich irgendwo neue Freunde gefunden hatte, war es wieder so weit. Ich möchte unbedingt hier wohnen bleiben. Es wird total schwer, was anderes in dieser Gegend zu finden.«

»Wir hatten auch nicht viel Geld, als ich klein war«, sagt Karla zwischen zwei Bissen. »Meine Mutter hatte es nicht leicht, nachdem mein Vater gestorben war. Trotzdem hat es mir nie an dem gefehlt, was man für Geld kaufen kann. Ich habe andere Sachen vermisst: Lachen und Umarmungen, jemanden, mit dem ich hätte Karten spielen können. Sally hat all das.«

Ich lächele. Das bedeutet mir so viel. Sally ist mein Leben.

»Sie kann wie gesagt manchmal ziemlich aufdringlich sein«, meine ich. »Du musst Bescheid sagen, wenn …«

»Ach«, unterbricht mich Karla. »Sie ist sehr gut erzogen.«

»Danke.«

Eigentlich ist das gar nicht mein Verdienst. Vieles hat Sally von Miranda. Alle mochten Miranda. Sie gehörte zu den Leuten, die dafür sorgen, dass es allen gut geht. Sie organisierte Abendessen und Feste, schenkte allen Menschen Aufmerksamkeit und merkte es sofort, wenn sich jemand ausgeschlossen fühlte. Sie war oft der Kitt, der Menschen zusammenhielt, nicht nur unsere Familie, sondern auch Freunde und Kollegen. Am Ende, als sie auf der Palliativstation lag und so furchtbar abgenommen hatte, erkundigte sie sich noch immer nach dem Wohlergehen der anderen. Als mache sie sich mehr Gedanken um die anderen als um sich selbst, das war bis zum Schluss so. Die letzten Worte, die sie sagte, ehe sie die Augen für immer schloss, entschieden alles. Miranda flüsterte mit trockenen Lippen: *Was du auch tust, Bill, tu es nicht für mich. Tu es für Sally.*

Jeden Morgen wache ich mit diesen Worten in meinem Herzen auf.

Ich tue es für Sally.

Karla schlägt die Augen nieder und stochert mit der Gabel im Essen herum. Sie wirkt gedankenverloren.

»Was ist mit deinem Vater passiert?«, frage ich und füge schnell hinzu: »Du musst es mir natürlich nicht sagen, wenn du nicht willst.«

Aber ich habe den Eindruck, dass sie es mir erzählen will.

Karla zeichnet mit der Gabel kleine Kreise auf den Teller. Ihr schwarzer Nagellack ist schon etwas abgeblättert.

»Meine Eltern waren beide suchtkrank. Als ich geboren wurde, haben sie mit den Drogen aufgehört, aber mein Vater hatte einen Rückfall. Er starb noch vor meinem ersten Geburtstag an einer Überdosis.«

Es lässt sich kaum ermessen, wie schlimm das gewesen sein muss. Ich hatte es nicht immer leicht mit meinen Eltern, aber wenigstens hat keiner von ihnen Drogen genommen. Zwar habe ich meine Mutter nur selten gesehen, aber sie war trotzdem irgendwo im Hintergrund. Karlas Kindheit muss schrecklich gewesen sein.

»Und deine Mutter hatte keinen Rückfall?«

»Doch, nach dem Tod meines Vaters ist sie auch wieder in die Sucht abgerutscht. Während meiner gesamten Kindheit und Jugend hat sie aufgehört und wieder angefangen, aufgehört und wieder angefangen.«

Das muss tiefe Spuren hinterlassen haben. Karla wirkt so ruhig und vorsichtig, aber trotzdem immer fröhlich, und sie geht ganz toll mit Sally um. Sie ist eine richtige Überlebenskünstlerin, genau wie ich.

»Du bist ein Löwenzahnkind«, sage ich.

Sie lächelt skeptisch.

»Was meinst du damit?«

»Mirandas Mutter hat immer gesagt, dass ich ein Löwenzahnkind sei. Eines, das alle Widerstände besiegt. Löwenzahn ist eine robuste Pflanze, die überall wächst.«

Es kommt mir beinahe albern vor, mich mit Miranda zu vergleichen. Zwar hat mein Vater ab und zu ein paar Bier getrunken, aber ich kann mich nicht entsinnen, ihn jemals betrunken erlebt zu haben. Mein Vater war wie ein großes Kind. Er vergaß, Rechnungen zu bezahlen, hielt Termine nicht ein und vergaß vieles. Routine kannte er nicht. Aber er war niemals böse, sondern liebevoll und zärtlich.

»Normalerweise rede ich nicht darüber«, sagt Karla. »Kaum jemand versteht das, und ich bin nicht auf Mitleid aus.«

Ich verstehe genau, was sie meint.

»Ist bei mir genauso. Ich erzähle nur selten jemandem aus meiner Kindheit. Erst als ich Miranda kennengelernt habe, ist mir klar geworden, wie seltsam meine Kindheit war.«

Karla trinkt einen Schluck Milch und fährt sich mit dem Finger über die Oberlippe.

»Vielleicht war es gar nicht so schlecht, dass mein Vater gestorben ist. Ich weiß nicht, ob ich es geschafft hätte, mich um zwei drogensüchtige Eltern zu kümmern. Manchmal ist der Tod vermutlich eine Befreiung.«

Ich wende den Blick ab. Ich mag diesen Spruch nicht.

Nach Mirandas Tod haben viele Leute ganz ähnliche Dinge gesagt. Dass es ihr besser gehe, jetzt, da sie endlich ihren Frieden habe, dass es gut sei, dass sie nicht mehr leiden müsse. Ich hasste alle, die so etwas sagten. Mirandas Tod hatte definitiv nichts Positives.

»Tut mir leid«, sagt Karla. »Ich habe das nicht so gemeint ...«

»Schon gut. Ich verstehe dich.«

Ich sehe sie wieder an, und sie senkt die Stimme, bis sie beinahe flüstert.

»Es muss total schlimm sein. Sie war doch noch so jung.«

Ich stehe auf. Ich will nicht über Miranda reden. Jede kleine Erinnerung wirft mich um Lichtjahre zurück.

»Danke fürs Essen«, sage ich. »Bist du fertig?«

Ohne auf eine Antwort zu warten, greife ich nach Karlas Teller. Die Gabel rutscht herunter und landet auf dem Boden. Wir bücken uns schnell, und unsere Köpfe stoßen fast zusammen.

»Oh, Entschuldigung«, sagt Karla.

Ich hebe die Gabel auf und trage unsere Teller zur Spüle. Während das Wasser läuft, überwältigt mich die Finsternis. Die Trauer endet nie. Die Leere und die Stille währen ewig, und ewig ist eine verdammt lange Zeit.

Sally ist schon vor Stunden eingeschlafen, und ich sitze immer noch vor dem Computer. Das Hintergrundbild, Al Pacino als Colonel Slade in *Der Duft der Frauen*, inspiriert mich, mir seine Verteidigungsrede vor dem Schulkomitee anzusehen.

Die schonungslose Empörung des Colonel Slade.

I'll show you out of order!

Eigentlich müsste ich mir den ganzen Film noch einmal ansehen. Das letzte Mal ist schon einige Jahre her.

Auf dem Tisch vor mir liegt die Rechnung über die Fensterscheibe von der Wohnungsbaugesellschaft. Meine Augen wandern immer wieder automatisch dorthin. Ich finde keine Ruhe.

Wie soll ich fünftausend Kronen aus dem Hut zaubern? Für viele Menschen ist das sicher eine überschaubare Summe, aber für mich ist es ein Vermögen.

Sally gibt im Schlaf ein Wimmern von sich und dreht sich um.

Verdammt. Ich darf nicht wieder in das schwarze Loch fallen. Ich muss den Absturz unbedingt verhindern.

Im vergangenen Jahr hatte ich Gespräche mit einer Pfarrerin und mit einem Psychologen, aber nichts davon hat geholfen. Es kam mir so vor, als versuchten fremde Menschen in eine Welt einzudringen, die nur mir gehört. Ich konnte ihnen noch nicht einmal in die Augen zu sehen.

Wenn es doch nur jemanden gäbe, mit dem ich reden könnte.

Fast fünfzehn Jahre lang war Miranda für mich dieser Mensch. Ich habe nie gedacht, dass ich mal jemand anderen brauchen würde.

Planlos suche ich im Internet nach Gesprächskontakten und Therapiestellen. Es gibt Psychologen, die neue Patienten telefonisch betreuen. Man kann sogar mit ihnen chatten. Vielleicht würde das besser funktionieren? Ich weiß es nicht.

In einem Forum über Trauer empfiehlt jemand eine Website, die mediale-beratung.com heißt. Mein erster Gedanke ist, dass es sich um dummes Zeug handelt, aber nachdem ich mich eine Weile auf der Seite umgeschaut habe, merke ich, dass es sich wohl nicht um Wahrsagerinnen und Hokuspokus handelt, sondern um Leute, die *zuhören und einen durch die Labyrinthe des Lebens führen.*

Ich war immer skeptisch, wenn Miranda ihre spirituelle

Seite herauskehrte. Im Unterschied zu ihr habe ich nie an irgendwas geglaubt, was man nicht sehen oder anfassen kann. Miranda hat immer wieder gesagt, dass ich mein Leben bereichern könnte, wenn ich aufgeschlossener für andere Dimensionen wäre, aber ich habe sie nur ausgelacht. Jetzt bereue ich es. Warum war ich eigentlich so engstirnig?

Ich klicke den Menüpunkt *Unsere Beraterinnen* an. Porträtfotos von mehreren Frauen erscheinen, die von sich behaupten, mediale und empathische Fähigkeiten zu haben.

Eine von ihnen kommt mir sehr bekannt vor.

Ich klicke das Foto an und zoome es heran.

Moment mal. Ist sie das wirklich?

Die Haare sind zwar ein bisschen kürzer und die Gesichtszüge etwas härter, als wäre das Leben nicht immer nett zu ihr gewesen. Aber es ist ja auch fünf Jahre her, seit ich sie zuletzt gesehen habe. Sie kam nicht zur Beerdigung. Alle anderen waren da, aber Jennica Jungstedt tauchte nicht auf. Es hieß, dass sie krank sei, aber ich bezweifelte das. Es wäre typisch für Jennica, Miranda bis in den Tod hinein zu bestrafen.

Ich lehne mich zurück.

Hat Jennica Jungstedt mediale Kräfte? Wohl kaum.

In einem schwachen Moment erwäge ich, die Nummer auf dem Bildschirm anzurufen. Es gibt noch immer Fragen, auf die ich gern eine Antwort hätte. Dann sehe ich den Preis. 19,90 Kronen pro Minute. Vergiss es!

Wieder stöhnt Sally und wälzt sich herum. Vermutlich träumt sie gerade.

Ich schalte den Computer aus und krabbele neben ihr ins Bett.

Auszug aus der polizeilichen Vernehmung von Jennica Jungstedt

Bitte geben Sie Ihren vollständigen Namen an.

Jennica Joanna Jungstedt.

Können Sie ein bisschen von sich erzählen?

Ich werde im Dezember dreißig und bin hier in Lund geboren und aufgewachsen. Ich habe alles Mögliche studiert, Englisch und internationale Beziehungen. Danach habe ich eine Weile als Lehrerin gearbeitet, aber jetzt studiere ich wieder. Ich wohne in einem Studentenwohnheim im Magistratsvägen.

In was für einer Beziehung stehen Sie zu Bill Olsson?

Was heißt schon Beziehung? Ich kenne Miranda, die Mutter von Sally, also Bills Tochter, seit meiner Kindheit. Wir waren jahrelang in derselben Clique, aber in den letzten fünf Jahren hatten wir keinen Kontakt mehr. Dann ist sie ja schwer an Krebs erkrankt und gestorben. Furchtbar tragisch, das Ganze.

Wir haben den Eindruck, dass Ihre Freundschaft mit Miranda auf ziemlich abrupte Art geendet hat.

Klingt drastisch, aber ja, so war es wohl. Miranda hat sich danebenbenommen. Danach konnte ich nicht mehr mit ihr befreundet sein. Das Leben ist zu kurz, um Zeit mit Leuten zu verbringen, die einem nicht guttun.

Aber Sie hatten Kontakt zu Bill Olsson?

Erst wieder seit diesem Sommer. Ich war ehrlich gesagt erstaunt, dass er sich gemeldet hat.

KARLA

Himmel oder Hölle? Bei meiner Mutter weiß man das nie so genau.

Wenn Leute darüber reden, dass man in der Gegenwart leben und einfach nur das Dasein genießen soll, bekomme ich innerlich Ausschläge. Die schlimmsten Phasen in meinem Leben waren, als an der Oberfläche alles ruhig wirkte, es meiner Mutter gut ging und das Leben in normalen Bahnen verlief. Denn in solchen Zeiten habe ich immer auf die nächste Katastrophe gewartet.

Im Bus zum Haus der Rytters rufe ich meine Mutter an. Meine Hand zittert wie immer.

»Karla? Meine Kleine!«, antwortet sie.

Ich atme erleichtert auf.

Meine Mutter erzählt, dass sie total früh aufgestanden und jetzt unterwegs in die Stadt sei, um ein paar Besorgungen zu erledigen. Mir ist nicht ganz klar, ob sie was genommen hat. Aber vielleicht ist das auch egal.

Stolz erkläre ich, dass ich meine erste Hausaufgabe bestanden habe.

»Du bist die Beste«, sagt meine Mutter. »Unglaublich, dass mein kleines Mädchen Anwältin wird.«

»Richterin«, korrigiere ich sie.

»Ja, ja, ich freue mich in jedem Fall. Ich habe immer gesagt, dass du Köpfchen hast. Du wirst mal was Großes werden.«

Wir reden weiter, bis ich den Flur der Rytters betrete. Es ist still und leer. Die Lampen sind ausgeschaltet, und niemand antwortet auf mein »Hallo!«.

Wie immer fange ich mit den Toiletten an. Als ich den Wischeimer die Treppe hochschleppe, tritt Regina aus dem Schlafzimmer.

»Bist du schon wieder hier?«

Ich ziehe den Stöpsel aus dem Ohr.

»Hallo!«

»Ich muss richtig tief geschlafen haben«, sagt Regina Rytter und reibt sich die Augen.

Sie hat einen Schlafanzug aus Satin an, und ihr Haar ist ungekämmt. Ihre Stimme klingt anders als sonst. Ich kenne diesen vernebelten Blick – ein klarer Hinweis, dass sie sich in einer anderen Realität befindet. Vermutlich steht sie unter dem Einfluss starker Medikamente.

Ich denke an das, was Steven gesagt hat. Die geringste Anstrengung kann zu schlimmen Rückfällen führen.

»Dein Mann hat gesagt, dass du dich wieder hinlegen und dich ausruhen sollst«, sage ich.

Sie fokussiert ihren Blick. Der Nebel löst sich auf, und an seine Stelle tritt eine eiskalte Härte.

»Du darfst mich nicht für unmündig erklären. Ich bin zwar krank, aber trotzdem in der Lage, allein Entscheidungen zu treffen. Mein Mann hat eine Tendenz zu übertreiben. Er bestimmt gern über andere.«

Hastig stelle ich den Wischeimer auf den Boden, sodass das Wasser über den Rand schwappt.

»Das Badezimmer ist jetzt dran.«

Ich deute auf die geschlossene Badtür. Ich will einfach nur so schnell wie möglich fertig werden und verschwinden.

»Das kann warten«, meint Regina. »Typisch Steven, dass er versucht, dich zu beeinflussen, noch bevor du dich hier eingearbeitet hast. Als wir heirateten, habe ich mir eingebildet, dass er anders wäre, aber Männer sind alle gleich. Meide sie, solange es geht.«

Mit der Hand am Geländer schwankt sie die Treppe hinunter.

»Komm her!«

Ein letzter Blick auf das Seifenwasser im Eimer. Ich sollte hierbleiben und putzen. Womöglich verliere ich den Job.

»An einer Tasse Tee ist noch niemand gestorben«, sagt Regina.

Ich traue mich nicht zu protestieren, sondern folge ihr in die Küche. Regina öffnet einen Schrank, das Porzellan klirrt.

»Verliebt zu sein ist gefährlich«, erklärt sie. »Man betrügt sich oft selbst, wenn man frisch verliebt ist. Ansonsten könnte man meinen, dass ich die Anzeichen hätte bemerken müssen, wo ich doch mit einem narzisstischen Vater aufgewachsen bin und einem Bruder, der genauso geworden ist.«

Sie füllt den Wasserkocher und stellt dünnwandige Tassen mit Untertassen hin.

»Meinen Vater kennst du vermutlich nicht, oder?«

Ich zucke mit den Schultern.

»Sollte ich?«

Das alles hier zieht mich runter. Das schicke Haus und diese Leute. Ich habe Steven versprochen, seine Frau ins Bett zurückzuschicken. Wenn sie mich nur in Ruhe lassen würde, damit ich meinen Job machen kann.

»Helmer Lindgren. Sagt dir der Name etwas?« Regina fixiert mich mit dem Blick. »Er war erst Geschichtsprofessor, aber das hat nicht gereicht. Als ich klein war, hat er begonnen, populärwissenschaftliche Bücher über Geschichte zu schreiben, die große Verkaufserfolge wurden. Er war jede zweite Woche im Fernsehen, und meine Mutter hat ihren Job gekündigt, um in Vollzeit als seine Agentin zu arbeiten. Für das Geld, was er verdiente, kaufte er Immobilien, und heute ist seine Firma eine der größten in Südschweden.«

»Ich sollte ihn vermutlich kennen.«

Sie lacht.

»Vielleicht hast du ja einfach nur kein riesiges Interesse an der schwedischen Großmachtzeit und den Karolingern? Die Lieblingsthemen meines Vaters.«

»Nicht unbedingt«, gebe ich zu. »Obwohl ich sehr gut in Geschichte war.«

Ich dachte, dass Steven das großartige Haus, die schönen Möbel und den Schmuck in der Kommodenschublade gekauft hat. Womöglich hat er auch gar nicht die Reinigungsfirma beauftragt. Vielleicht sollte ich mehr auf Regina hören.

»Mein Vater war ein ganz besonderer Mann«, sagt sie, als der Wasserkocher pfeift. »Sobald er ein Zimmer betrat, beherrschte er es komplett. Für mich war er eher eine fiktive Gestalt als ein Vater. Ich sah ihn im Fernsehen und war stolz auf ihn, aber ich kannte ihn nie wirklich.«

Sie gießt dampfendes Wasser in unsere Tassen und bietet mir einen Platz an.

»Ich spreche von meinem Vater im Präteritum«, fährt sie fort. »Als wäre er nicht mehr am Leben. Für mich ist er das auch nicht mehr richtig.«

Ich denke an meinen eigenen Vater. Meistens gelingt es mir, mich davon zu überzeugen, dass sich nichts durch seine Anwesenheit verbessert hätte. Aber ich kann es natürlich nicht wissen. Meine Mutter ist an der Trauer um ihn zerbrochen.

Während der Tee zieht, fummelt Regina ein paar Tabletten

aus ihrer Medikamentenbox. Ich reiche ihr ein Glas Wasser, und sie lächelt dankbar, ehe sie ihre Pillen schluckt.

»Du bist echt lieb. Wir hatten vorher eine andere Putzfrau, die gar nicht so nett war.«

Offenbar gab es Probleme mit meiner Vorgängerin. Sie hat wohl nicht das getan, was Steven von ihr verlangt hat. Oder vielleicht stimmt das gar nicht? Es klingt eher so, als wäre Regina unzufrieden mit ihr gewesen.

Vorsichtig rühre ich den Tee um.

Wie ich es auch anstelle, jemand wird immer verärgert sein. Ich will diesen Job aber unbedingt behalten. Insbesondere jetzt, wo ich doppelt Miete zahlen muss.

»Eigentlich bin ich gar kein besonderer Fan von Tee«, sagt Regina und nippt daran. »Aber ich habe aufgehört, Kaffee zu trinken, als ich krank wurde.«

Ich puste in meinen Tee.

»Ich bin eigentlich auch nicht so begeistert davon«, sage ich und nehme einen kleinen Schluck.

Zu Hause gab es vor allem Cola und Bier. Manchmal trank meine Mutter löslichen Kaffee, aber eigentlich nur, um aufzuwachen oder sich wachzuhalten.

Regina nimmt einen Schluck, zieht eine Grimasse und lacht. Auch ich kann mir ein Lachen nicht verkneifen.

Ich sehe mich in der Küche um – weiß geflieste Wände und eine Arbeitsplatte aus Granit, eine riesige Kaffeemaschine und Vitrinenschränke voller Geschirr. In der Küche zu Hause bei meiner Mutter stapeln sich die Tassen, Gläser und Teller mit Essensresten in der Spüle. Die Arbeitsplatte ist von Messerkerben übersät. Sie stammen von einem Ex meiner Mutter, der einen Nervenzusammenbruch hatte.

»Ich habe angefangen, so komisches Zeug zu träumen, als ich

krank wurde«, sagt Regina und rutscht unbehaglich auf dem Stuhl herum. »Das ist immer noch so. Ich habe mit dem Kaffeetrinken aufgehört und den Zuckerkonsum reduziert, und Steven hat verschiedenste Tabletten besorgt, aber die Träume gehen immer weiter. Manchmal ist es so echt, dass ich glaube, es ist Realität.«

Dabei sucht sie meinen Blick, doch mir fällt es schwer, sie anzusehen. Sie spricht langsam und mechanisch. Meine Mutter klingt genauso, wenn sie zu ist.

»Ach, das ist ja schlimm«, sage ich und schiebe den Stuhl ein wenig zurück. Ich möchte nicht unverschämt wirken, aber am liebsten würde ich nichts mehr davon hören.

Regina redet einfach weiter.

»Mir kommt es so vor, als würde ich in einer Blase leben. Ich bin ganz und gar in meiner kleinen Welt eingeschlossen. Ich weiß kaum noch, was wahr ist und was nicht.«

Ich balanciere die Tasse auf der Untertasse. Genau davor bin ich geflohen. Ich weiß nicht, wie oft ich meine Mutter völlig zugedröhnt auf dem Sofa vorgefunden habe. Sie hat wirres Zeug geredet und unverständlich vor sich hin gebrabbelt.

»Ich müsste jetzt mit dem Putzen weitermachen«, sage ich und stehe auf. Die Tasse kippelt, aber es gelingt mir, nicht zu kleckern.

»Hör mal, was hat Steven eigentlich gesagt?«, fragt Regina.

Ich stelle die Teetasse auf die Arbeitsplatte und sehe sie an.

»Was meinst du?«

Sie reibt sich die Augen und blinzelt.

»Mir ist schon klar, dass da irgendwas im Busch ist. Erzähl schon.«

Ich lasse sie nicht aus den Augen, während ich die Spülmaschine öffne. Sie muss halluzinieren. In solchen Situationen muss man völlig klar sein. Das weiß ich aufgrund der ganzen Missverständnisse mit meiner Mutter. Man sollte nichts infrage stellen oder kritisieren, vor allem aber nicht laut werden.

»Es ist nichts im Busch«, versichere ich. »Und jetzt glaube ich, es wäre am besten, wenn du dich ausruhst.«

Sie versucht, weiterzusprechen, aber es wird nur unverständliches Gestammel daraus. Bald fallen ihr die Augenlider zu, und langsam gleitet sie vom Stuhl. Ich stürze zu ihr, um sie aufzufangen.

»Oh, oh, oh«, stöhnt sie und stützt sich am Tisch ab.

»Komm, wir gehen rauf ins Bett«, sage ich.

Sie starrt mich verwirrt an, ehe der Kopf zu schwer wird und das Kinn auf die Brust fällt.

Ich werde sie ins Bett bringen. Dann kann ich endlich weiterputzen.

»Du bist so lieb«, lallt sie, während ich ihr die Treppe hinaufhelfe.

Sobald sie sich hingelegt hat, fallen ihr die Augen zu.

Ich schleiche hinaus und schließe die Tür hinter mir. Mich überfällt eine plötzliche Müdigkeit. Der Kopf fühlt sich schwer an, und die Schultern schmerzen. Wie oft habe ich meine Mutter ins Bett gebracht. Ich dachte, alles würde jetzt anders werden.

Erschöpft sacke ich auf der Sofakante zusammen, mit dem Wischeimer und der Sprayflasche zu meinen Füßen. In meinem Kopf herrscht ein einziges Durcheinander. Gesetzestexte und Hausaufgaben, Bill und Sally, Wurstgulasch und Uno auf dem Sofa. Steven Rytter, der mich zur Rede stellt, und seine Frau, die halluziniert und nicht mehr ohne Hilfe aufstehen kann.

Ich denke an das Gespräch mit meiner Mutter. Sie wirkte

so gut gelaunt. Es gab eine Hoffnung in ihrer Stimme, die ich nicht kannte, die ich vermutlich noch nie gehört habe. Vielleicht wendet sich alles zum Guten. Und ich bin hier, in einem fremden Zuhause bei einer unbekannten Frau, die offenbar schwer krank ist. Ich sollte bei meiner Mutter sein.

BILL

Endlich bekomme ich meinen ersten Auftrag über die App. Ich hole das alte Fahrrad aus dem Keller und lasse Sally auf den Gepäckträger steigen. Mit quietschenden Rädern und knirschender Kette fahre ich an eisessenden Kinderwagenmamas im Stadtpark vorbei, passiere das Högevallsbad und nehme die Nygatan zum Bantorget.

Mein erster Auftrag als *Worker* besteht darin, für eine junge Frau in einem Neubau ein Regal zu montieren. Sally hüpft singend herum und hilft mir, und wir lachen, als wir versehentlich eine der Türen falsch einsetzen. Die Frau versteckt sich im Nebenzimmer und versichert, dass sie es auf jeden Fall selbst gemacht hätte, wenn sich nicht ihr Mittelfinger entzündet hätte. Für die Mühe purzeln sofort dreihundert Kronen auf mein Konto.

Den ganzen Tag fahren wir in der Stadt herum und erledigen Aufträge. Häufig hat man nur ein paar Minuten Zeit, um einen Job zu ergattern, und dann muss man einen niedrigen Preis anbieten, damit kein anderer einem die Arbeit wegschnappt. Sally und ich schleppen Terrassenmöbel aus einer Garage, sanieren ein voll gekotztes Sofa und helfen einem alten Literaturwissenschaftsprofessor, auf seinem Rechner Skype zu installieren.

Am Abend sind wir wahnsinnig hungrig, ich habe Muskelkater in den Beinen, und der Saldo auf meinem Konto ist um achthundertfünfzig willkommene Kronen gestiegen. Wir nehmen eine Familienpizza mit nach Hause und bieten Karla etwas davon an, die jedoch ablehnt, weil sie lernen muss.

Nachdem ich Sally ins Bett gebracht habe, sitze ich auf dem Sofa und sehe mir die erste Staffel von *Game of Thrones* noch einmal an. Es ist Mitternacht vorbei, als ich in die Küche schleiche und die Kühlschranktür ruckartig aufmache.

»Isst du auch heimlich mitten in der Nacht?«

Karla steht in der Türöffnung, barfuß und in einem drei Nummern zu großen Kapuzenpulli.

»Du kannst meine Chipstüte aus dem Vorratsschrank haben, wenn du nichts anderes findest«, sagt sie.

Ich stelle mich auf die Zehenspitzen und hole die Tüte heraus.

»Ich kann dir doch nicht deine Chips wegessen.«

»Wir teilen sie uns«, schlägt sie vor.

Ich fülle die Chips in zwei Schälchen. Karla bleibt im Flur stehen und setzt sich dann zu mir aufs Sofa.

»Ich kann jetzt nicht mehr lernen. Es geht hier rein und da raus«, sagt sie und zeigt auf ihre Ohren. »Nichts bleibt hängen.«

»Tut mir leid, wenn wir dich stören«, sage ich.

Wobei wir heute kaum zu Hause gewesen sind.

»Das hat wirklich nichts mit euch zu tun«, meint Karla.

»Musst du so viel putzen?«, frage ich. »Das raubt Zeit und Konzentration.«

Sie nickt und beißt ein Stück von einem großen Dillchip ab.

»Ich werde mit der Reinigungsfirma reden. Es läuft gerade nicht so gut. Wie ist es dir heute ergangen?«

»Ach, ganz okay.« Ich erzähle von unseren Aufträgen. »Man wird nicht gerade reich damit, aber im Moment zählt jede Krone.«

»Vielleicht solltest du Sally zu Hause lassen?«, sagt Karla. »Ich kann gern auf sie aufpassen.«

»Ich bitte dich. Du hast so schon genug zu tun.«

»Gibt es keinen Ferienhort, wo sie in der Zeit sein könnte?«

Sie sieht mich an, als müsste ich es besser wissen. Glaubt sie etwa, dass es Sally nicht guttut, mich zu den Aufträgen zu begleiten?

»Der Hort kostet Geld«, sage ich. »Und Sally kommt gern mit. Wir hatten heute total viel Spaß.«

Karla langt in die Schale mit den Chips.

»Manchmal sagt man zu seinen Eltern, dass man etwas gern macht, obwohl man viel lieber etwas anderes machen würde. Ich weiß nicht, wie oft ich meiner Mutter gegenüber behauptet habe, ich würde sie liebend gern auf Feste und zum Bingo spielen und ich weiß nicht was alles begleiten. Ich habe nur das gesagt, was sie hören wollte.«

Das wird mir jetzt zu viel. Karla hat keinen blassen Schimmer, wie es mir geht.

»Vergleichst du etwa Sallys Situation mit deiner Situation als Kind?«

»Nein, nein, ich vergleiche nicht.«

Sie starrt auf ihre Hände.

Eigentlich bin ich ihr keine Erklärung schuldig, aber ich will nicht, dass sie sich irgendwelche Sachen einbildet.

»Es tut mir leid, dass Sally mitkommen muss, aber ich habe keine andere Wahl. Wenn kein Geld reinkommt, können wir hier nicht wohnen bleiben.«

Krachend isst Karla ein paar Chips. Sie dreht an ihren Armbändern.

»Es muss doch eine andere Wohnung geben«, sagt sie. »Was Billigeres?«

»Nicht im Stadtzentrum. Dann müssten wir nach Eslöv oder Hörby ziehen. In Lund ist es sauteuer, und die Wartelisten für eine städtische Wohnung sind ewig lang. Und ein Umzug ist das Letzte, was Sally gebrauchen kann, jetzt, wo sie sich gerade wieder etwas fängt.«

Karla nickt.

»Es gibt doch bestimmt finanzielle Hilfe. Kannst du nicht mit dem Jugendamt reden?«

Meine Hand zuckt. Ein paar Chips landen auf dem Boden.

Ich versuche, mir eine gute Antwort zurechtzulegen, aber Karla scheint mich auch so zu verstehen. Das Jugendamt ist keine Alternative.

»Und deine Familie?«, fragt sie. »Kannst du dir nicht Geld von ihnen leihen?«

Familie? Ich weiß nicht, ob dies das richtige Wort ist.

»Mein Vater ist vor vielen Jahren gestorben, und zu meiner Mutter hatte ich nie einen besonderen Draht. Sie hat mich und meinen Vater verlassen, als ich fünf war, hat ein zweites Mal geheiratet und weitere Kinder bekommen. Außerdem habe ich mir schon Geld von ihr geliehen.«

Karla nimmt wieder ein paar Chips.

»Und Mirandas Familie? Sallys Oma und Opa? Wollen die dich nicht unterstützen?«

Ich wende mich ab, damit sie nicht sieht, wie ich mich schäme.

Miranda würde mir nie verzeihen, wenn sie davon wüsste. Ihre Eltern waren großartig. Vanna und Heinrich haben mich von Herzen willkommen geheißen und in ihrem Haus aufgenommen, als ich meinen Vater verloren hatte und nicht wusste, wo ich hinsollte.

»Ich schulde schon allen einen Haufen Geld«, sage ich, ohne Details zu nennen.

Im Frühjahr hat Sally nach ihrer Oma gefragt, und ich musste lügen. Sobald ich mir einen Job organisiert habe und die Situation sich etwas stabilisiert hat, werde ich mich bei Vanna und Heinrich entschuldigen.

»Was ist denn eigentlich passiert?«, fragt Karla. »Mit Miranda?«

Ich starre auf meine Füße. Die Socken von Intersport sind eher beige als weiß, und in der einen ist ein Loch, aus dem der große Zeh herausragt.

»Eines Morgens hat sie gesagt, dass sie ein bisschen verschwommen sieht. Sie ist zum Augenarzt gegangen, wurde aber an einen Neurologen überwiesen. Zwei Wochen später kam sie nach Hause und erzählte, dass man in ihrem Gehirn einen Tumor entdeckt hat.«

Ich kratze mich am Knie. Erzähle, dass es ein riesiger Schock war. Man lebt so vor sich hin. Das ist es wohl, was man als Alltagstrott bezeichnet. Die Tage vergehen, sorglos und grau. Sie ziehen sich in die Länge, auf eine Weise, die jeder, der in ein Höllenloch stürzt, zu schätzen lernt. Ereignislosigkeit kann das Beste sein, was einem passieren kann.

»Wann war das?«, fragt Karla. »Wie alt war Sally?«

»Sie war gerade in die erste Klasse gekommen. Miranda und ich sind in unseren Gesprächen immer davon ausgegangen, dass alles wieder in Ordnung kommt. Bestrahlungen und Chemo. Natürlich eine OP. Danach würde alles wieder wie früher werden.«

Karla windet sich. Ihre Augen sind feucht.

»Es wird nie wieder wie früher«, sage ich.

Sie beugt sich vor und streicht mir übers Knie.

»Das wird schon«, sagt sie. »Ihr müsst bestimmt nicht umziehen.«

Ich lächle krampfhaft.

»Hoffentlich nicht.«

Langsam steht Karla mit der Chipsschüssel in der Hand auf. »Ich werde mal versuchen, noch etwas zu lernen.«

Sobald sie in ihr Zimmer gegangen ist, lande ich vor dem Computer und logge mich in die Onlinebank ein. Nach der Pizza sind noch siebenhundert Kronen auf dem Konto. Nicht schlecht für einen Arbeitstag.

Wie ist das eigentlich mit Steuern und so? Die Frage muss ich später klären.

Ich starre die Zahlen an. Siebenhundert. Das reicht längst nicht für das Fenster, aber es ist schon mal ein gutes Startkapital. Ich könnte es wachsen lassen. Das hat früher schon funktioniert.

Ohne weiter nachzudenken, gehe ich auf die Website meines alten Lieblingskasinos.

Es rauscht und braust im Körper. Das ist besser als *World of Warcraft*. Beinahe besser als Sex. Das Herzklopfen, als sich die Räder drehen, und der totale Triumph, als der Jackpot ausgeschüttet wird.

Eine halbe Stunde später habe ich den Einsatz mehr als vervierfacht. Aus siebenhundert sind dreitausend geworden. Als ich mich wieder auslogge, ist mir ganz schwindlig, und ich schwanke zum Bett. Sally schläft ruhig und hat das Gesicht im Kissen vergraben.

Jegliche Anspannung, jeder Hauch von Unbehagen ist zerplatzt und segelt wie Konfetti durch mein aufgeregtes Gehirn.

»Papa hat dich lieb«, flüstere ich.

Zum ersten Mal seit sehr langer Zeit habe ich etwas hinbekommen. Ich bin auf dem richtigen Weg. Etwas, das an Stolz erinnert, steigt in meiner Brust auf.

Jetzt kann ich unmöglich einschlafen.

JENNICA

Wieder habe ich die Abendschicht. Ich stapele Kissen aufs Bett, öffne eine Flasche Cava und finde ganz hinten im Küchenschrank eine halbe Tüte Nüsse. Hundi wacht wie eine mürrische Sphinx in der Ecke unter dem Fernseher und starrt beleidigt den riesigen bunten Blumenstrauß an.

»Das hättest du nicht gedacht, oder?«, sage ich. »Dass Frauchen Blumen bekommen würde?«

Ich bin kein Blumentyp. Die einzigen Topfpflanzen, die ich habe, sind Kakteen und Sukkulenten, die nicht viel mehr Fürsorge brauchen, als dass man sie ab und zu anhaucht. Ich übernehme nicht gern Verantwortung für andere Lebewesen. Den Kater hätte ich mir auch gern erspart, aber er ist wochenlang hartnäckig auf dem Laubengang vor meiner Wohnungstür herumgestrichen und hat gemaunzt, als würde jemand ihn gerade erwürgen. Erst habe ich versucht, ihn zu verscheuchen, ich habe ihn sogar mit Wasser bespritzt, aber er hat nicht klein beigegeben. Seitdem wohnt er bei mir.

»Du bist doch wohl nicht neidisch?«, frage ich, als er den Strauß weiter wütend anfunkelt. »Du weißt doch, dass du immer Frauchens Nummer eins bleibst.«

Ich kann mir ein Lachen nicht verkneifen, aber Hundi ist völlig humorbefreit. Er gähnt nur und wendet mir den Hintern zu.

Heute habe ich eine Mail vom Institut für Kultur- und

Wirtschaftsgeografie bekommen. Sie klingt bedrohlich. Offenbar habe ich zu wenig Creditpoints und muss vor dem Herbstsemester noch eine Prüfung ablegen und ein paar Arbeiten abliefern, damit ich nicht aus dem Studiengang geworfen werde. Ich habe noch immer nicht entschieden, was ich machen soll. Ich mag keine Drohungen, aber ich brauche im Herbst irgendeine Beschäftigung, und ich werde definitiv nicht wieder anfangen zu unterrichten.

Die erste Anruferin an diesem Abend ist Maggan, eine Stammkundin, die mindestens einmal in der Woche anruft, um mit mir über ihre Kinder zu diskutieren. Sie findet es so toll, dass ich im selben Alter wie ihre Zwillingstöchter bin. Diesmal hat die eine mit Maggan geschimpft, weil diese versehentlich das N-Wort gesagt hat, was auch das Enkelkind mitbekommen hat.

Seit ich alt genug bin und meine eigenen Schlüsse ziehen kann, ist mir klar, dass meine Familie echt gestört ist. Deshalb ist es gut, mal eine andere Perspektive zu bekommen. Durch meine Arbeit als mediale Beraterin werde ich ständig daran erinnert, dass es immer Leute gibt, denen es noch schlechter geht.

Nach einer halben Stunde mit Maggan kann ich eine Weile chillen, ehe das Telefon erneut klingelt. Rasch kippe ich den letzten Rest Wein hinunter und setze das Headset auf.

»Willkommen bei deiner medialen Beraterin Jennica. Was kann ich für dich tun?«

Es klickt in der Leitung. Eine schwache Stimme in der Ferne. Sie klingt nach einem jungen Mädchen.

»Weiß nicht so genau«, sagt sie. »Ich habe noch nie so eine Nummer angerufen.«

Ich denke an das Gesprächshandbuch. Es läuft wie geschmiert.

»Was hat dich dazu gebracht, jetzt anzurufen?«, frage ich.

Sie keucht und verstummt. Ich gebe ihr die Zeit, die sie braucht.

»Ich hätte gern Kontakt zu meiner Schwester«, sagt sie schließlich. »Sie ist vor drei Wochen auf die andere Seite gegangen.«

Ich werde mich nie daran gewöhnen. Es wimmelt tatsächlich von Leuten, die glauben, man könne mit den Toten sprechen. Vermutlich können Trauer und Sehnsucht jeden in die Verzweiflung treiben. Aber wenn ich tatsächlich eine Verbindung zur Geisterwelt hätte, dann würde ich sicher eine bedeutend bessere Lösung finden, damit Geld zu verdienen, als mit einem Headset auf dem Kopf in einem Siebzehn-Quadratmeter-Zimmer herumzusitzen.

»Tut mir leid«, sage ich. »Aber da hast du wohl etwas missverstanden.«

Ich strecke meine Beine aus, und Hundi macht einen Satz aufs Bücherregal, wo er sich zwischen die Buddhafigur und meine ungelesenen Angeberbücher von Dostojewski und Solschenizyn und anderen Russen klemmt, deren Namen ich spätestens nach einer Flasche Cava nicht mehr aussprechen kann.

»Also, ich bedaure«, sage ich, »aber ich kann deiner Schwester nichts ausrichten. So ein Medium bin ich nicht.«

Sie tut mir aufrichtig leid. Wer weiß, wie ich selbst reagieren würde, wenn ich einen nahen Angehörigen verlieren würde? Ich würde sicher auch alles Mögliche ausprobieren.

»Aber … ich dachte …«

Ihre Stimme klingt wie gesprungenes Glas.

Laut den Anweisungen der Firma müsste ich sie an eine meiner Kolleginnen vermitteln, die behaupten, sie würden mit der anderen Seite in Verbindung stehen, aber ich habe schon mit einigen von ihnen zu tun gehabt, und es wäre nicht fair, diese trauernde junge Frau zu ihnen zu schicken.

»Weißt du was? Ich finde, du solltest mit jemandem in deinem Umfeld darüber reden. Oder dir vielleicht professionelle Hilfe suchen. Wie wäre es mit einer Psychologin oder Therapeutin?«

»Aber … ich will doch …«

»Ich kann dir leider nicht helfen«, sage ich und klinge dabei vielleicht unnötig hart.

In mir ist irgendwas in Gang gesetzt worden. Ich zoome mich raus und nehme mich selbst von oben wahr, wie ich mit Nüsschen und Wein auf dem Bett sitze. Wenn meine Eltern nich jetzt sehen würden. Ich denke an meine Schwester und meine älteren Brüder. Schon ehe ich mit der Schule anfing, wurde ich ständig mit ihnen verglichen. Meine Eltern waren am schlimmsten, aber auch meine Tante, meine Lehrer und unsere Bekannten maßen mich an meinen Geschwistern. Das Ergebnis war immer dasselbe: Ich war nicht gut genug.

Ich nehme das Headset ab. Ich will keine weiteren Anrufe entgegennehmen. Es fühlt sich so verlogen an, als wäre ich, statt Leuten zu helfen, nur ein Rädchen in einer großen Maschinerie, die sich an der Trauer anderer Menschen und ihrem Bedürfnis nach Unterstützung bereichert.

Ich stehe auf, als es an die Tür klopft.

Ob Steven mir schon wieder Blumen schickt? Ich merke plötzlich, dass ich ihn vermisse.

Hundi sieht aus, als wollte er jemanden umbringen. Ob mich, Steven oder jemand anders, ist mir nicht klar.

Ich hülle mich in die Decke und wanke in den Flur.

»Ja?«

»Ich bin's.«

Es dauert ein paar Sekunden, ehe die Botschaft ankommt. Er ist hier. Er steht vor meiner Tür. Rasch scanne ich das Zimmer. Der Boden ist mit Pizzaschachteln und Bücherstapeln bedeckt, in der Kochecke steht der schmutzige Abwasch, um den ich mich morgen kümmern wollte, und es duftet nicht gerade nach Rosen.

Steven steht für Grand Hotel, für weiß und frisch. Wenn ich ihn in dieses Rattenloch lasse, wird er mich nie wiedersehen wollen.

»Bist du es, Steven?«, frage ich und öffne die Tür einen Spaltbreit, sodass er unmöglich mehr sehen kann als mein schönes Gesicht.

»Hallo? Alles okay?«, fragt er.

Ich setze ein breites Lächeln auf. Nein, es ist nicht okay, Leute einfach so zu überfallen. Aber das sage ich natürlich nicht.

»Alles gut.«

Er hat zwar erzählt, dass er eine Katzenhaarallergie hat, aber ich brauche eine bessere Ausrede.

»Meine Mitbewohnerin«, sage ich und werfe den Kopf in den Nacken. »Ich habe ja erzählt, dass wir einen Deal haben. Das war ernst gemeint. Wir lassen nie irgendwelche Männer in die Wohnung.«

»Verstehe.«

Steven sieht skeptisch aus. Enttäuscht.

Ich muss mir schnell etwas einfallen lassen. Ich will auf keinen Fall alles kaputt machen, was wir uns aufgebaut haben.

»Es geht einfach nicht«, sage ich und zwinkere ihm zu. »Aber gib mir zwei Minuten, dann ziehe ich mich um und komme raus. Ich kann dich zum Essen einladen.«

Eigentlich kann ich mir das nicht leisten, aber scheißegal. Irgendwas muss ich tun.

»Das klingt super«, sagt Steven.

Ich drehe mich ins Zimmer und rufe: »Ja, ich weiß! Wir gehen gleich!«

Hundi starrt mich vom Regal aus an.

Ich mache eine doppeldeutige Miene in Richtung Steven, signalisiere ihm mit einem Nicken, dass er bleiben soll, wo er ist, dann schließe ich die Tür. In weniger als einer Minute schlüpfe ich in ein Sommerkleid, fahre mir mit der Bürste durchs Haar und packe die wichtigsten Utensilien in die Schminktasche.

»Ja, er ist alt«, sage ich zu Hundi. »Aber Alter ist nur eine Zahl und so weiter, du weißt schon.«

Als ich rauskomme, lehnt Steven mit seinem Telefon in der Hand an der Wand. Er sieht müde und abgespannt aus. Ich ziehe ihn mit mir den Laubengang entlang und die Treppen hinunter.

»Hast du das Auto hier? Oder sollen wir ein Taxi rufen?«

Steven sieht mich verblüfft an.

»Wir nehmen ein Taxi«, sagt er nach einer Weile. »Das Auto kann über Nacht hier stehen bleiben.«

Wir fahren zum Badesteg in Bjärred. Als ich klein war, kamen meine Mutter und ich manchmal hierher und aßen Softeis. Ganz am Ende des langen Stegs befindet sich ein Restaurant. Die Möwen schreien, und ich inhaliere den Meeresgeruch. Jenseits der Bucht leuchtet die Silhouette von Malmö, die Öresundbrücke und der Turning Torso.

Uns wird ein kleiner Tisch für zwei Personen neben der Bar zugewiesen. Ohne zu fragen, bestellt Steven den Fisch des Tages für uns beide.

»Warum hast du keinen Freund?«, fragt er dann.

Ich lache.

»Wie jetzt?«

»Du hast kaum etwas von deinen Ex-Freunden erzählt«, sagt Steven. »Es muss doch im Lauf der Jahre einen Haufen Interessenten gegeben haben. Wie kommt es eigentlich, dass du Single bist?«

Ich befeuchte meine Lippen mit dem unverschämt teuren Wein.

»Laut meinem Vater bin ich eine faule, total unweibliche Frau, die am liebsten den ganzen Tag im Bett liegt und Netflix glotzt. Oder eine unfähige Sozialistin, die im Trotzalter hängen geblieben ist und übertriebene Forderungen an ihre Umgebung stellt.«

»Bist du denn so?«, fragt Steven gespielt entsetzt.

»Faul und unfähig?«

»Nein, Sozialistin.«

Wir lachen beide.

»In den Augen meines Vaters sind alle, die links von Margaret Thatcher stehen, halbe Kommunisten. Man kann mit meinem Vater wirklich nicht über Politik reden. Um ehrlich zu sein, kann man fast gar nicht mit ihm reden.«

Es ist eine ständige Gratwanderung. Wie ehrlich soll ich ihm gegenüber sein?

»Du übertreibst bestimmt«, sagt Steven.

»Bestimmt.«

Dass ich die wenigen Ex-Freunde, die meinen Vater kennenlernen durften, in einem zweistündigen Briefing darauf vorbereitet habe, muss Steven wirklich nicht wissen.

»Tut mir leid, dass wir nicht bei mir zu Hause sein können«, sage ich dann und werde sehr ernst. »Es fühlt sich verdammt blöd an, aber ich kann nicht gegen die Vereinbarung mit meiner Mitbewohnerin verstoßen.«

Ich versichere, dass das Zimmer im Studentenwohnheim etwas Vorübergehendes ist und ich nach etwas anderem suche.

»Hoffentlich klappt es bis zum Herbst. Kannst du es so lange aushalten?«

Steven lacht.

Alles ist so einfach mit ihm.

»Verstehe. Ich habe früher mal in einem vergleichbaren Zimmer in Ulrikedal gewohnt. Es war charmant, aber nicht besonders luftig.«

»Ernsthaft? Du hast auch das wilde Studentenleben in Lund genossen?«

»Nur ein Jahr, die restliche Studienzeit habe ich in Glasgow verbracht«, meint Steven. »Aber vom wilden Studentenleben habe ich weder hier noch da viel mitbekommen. Ich habe die meiste Zeit in der Bibliothek gesessen und gelernt.«

»Das glaube ich dir nicht.«

»Es stimmt aber. Ich bin nicht besonders begabt oder *booksmart*, wie meine Mutter es genannt hat. Das musste ich kompensieren, indem ich mir alles fünfhundertmal durchgelesen habe. Außerdem braucht es mindestens zwei für eine wilde Nacht, und da fehlten fast immer die Interessentinnen. Ich vermute, ich bin eher ein Spätzünder.«

Wir lachen wieder. Ausgiebig und lange. Ich mag es, mit ihm zu lachen.

Die Bedienung kommt mit unseren Dorschrückenfilets, und draußen auf der Öresundbrücke springt die Beleuchtung an.

»Ich gehe am Freitag mit guten Freunden in Malmö essen«, sagt Steven. »Es wäre schön, wenn du mitkämst.«

Irgendwie fühlt es sich beinahe feierlich an. Wie ein Statement. Seinen Freunden stellt man schließlich nicht jeden vor.

»Klingt nett«, sage ich.

Wir bleiben sitzen, bis die Beleuchtung gedimmt wird und die Angestellten anfangen, die Stühle zusammenzustellen. Auf der Rückbank des Taxis legt Steven die Hand auf meinen Oberschenkel. Mit der anderen streicht er vorsichtig eine Haarsträhne aus meinem Gesicht.

»Weißt du eigentlich, was du mit mir machst, Fräulein Jungstedt?«

Mein Zeigefinger gleitet langsam über sein markantes Kinn. Ich mag dieses Harte, Raue.

»Es ist nicht zu fassen«, flüstert er. »So etwas habe ich nicht mehr erlebt seit … seit Regina.«

Er blinzelt. Es ist nicht gerade ein Stimmungsbooster, aber ich erinnere ihn offenbar an seine Frau.

Natürlich habe ich sie längst gegoogelt. Regina Rytter hat im Internet kaum Spuren hinterlassen: ein altes Facebook-Profil, das nie gelöscht wurde, und ein Bild, auf dem sie zusammen mit Steven posiert. Regina war hübsch, eine klassische Modelschönheit mit lockigem hellem Haar, blauen Augen und vollen Lippen.

»Sie können uns hier rauslassen«, sagt Steven zum Taxifahrer.

Wir sind gerade am Mårtenstorget angekommen. Es ist sternklar, und mein Kopf rauscht vom Wein. Auf einer Bank vor der Kunsthalle schläft ein Säufer.

Sobald wir ausgestiegen sind, lege ich die Arme um Stevens Hals und küsse ihn.

Auszug aus der polizeilichen Vernehmung von Vanna Schumacher

Bitte geben Sie für das Protokoll Ihren vollständigen Namen an.
Vanna Schumacher.

Wir würden gern mit Ihnen über Bill Olsson sprechen. Was haben Sie für eine Beziehung zu ihm?
Inzwischen haben wir keine gute Beziehung mehr. Das bedauere ich jeden Tag.

Wann sind Sie ihm zum ersten Mal begegnet?
Das ist schon viele Jahre her. Miranda war erst siebzehn, als Bill bei uns einzog. Sie hatten sich im Internet kennengelernt, und Bill machte gerade eine schwere Zeit durch. Sein Vater war kurz davor gestorben, deshalb haben mein Mann und ich ihn bei uns wohnen lassen.

Wie würden Sie Bill beschreiben?
Er ist sehr lieb. Etwas introvertiert, vielleicht eine Spur naiv. Mein Mann war nie besonders begeistert von ihm, aber Bill hat Miranda wirklich geliebt. Da gibt es keinen Zweifel.

Sie sind also die Großmutter von Sally, Bills Tochter?
Das stimmt.

Aber Sie haben keinen Kontakt zu ihr?
Fast gar keinen. (Sie weint.) Nach Mirandas Tod ist alles

schiefgelaufen. Mein Mann hat festgestellt, dass Geld fehlte. Er hat Bill beschuldigt. Das war dumm und voreilig. Ich wünschte mir wirklich, wir hätten uns anders verhalten.

Was für Geld?

Miranda hatte Geld in Aktienfonds investiert. Sally sollte das Geld an ihrem achtzehnten Geburtstag bekommen. Aber als mein Mann der Sache nachgegangen ist, stellte sich heraus, dass Bill die Wertpapiere verkauft und das Geld abgehoben hatte. Alles weg.

Was hat Bill dazu gesagt?

Er hat versprochen, alles an Sally zurückzuzahlen, wenn sie achtzehn ist. Bill hatte wohl ziemliche finanzielle Schwierigkeiten, als Miranda krank wurde. Sie ist die Familienernährerin gewesen, und als sie im Krankenhaus lag, konnte Bill nicht so viel arbeiten. Er hat sich Geld von mir und meinem Mann geliehen. Als wir das Geld von ihm zurückhaben wollten, haben wir entdeckt, dass kein Geld mehr auf Sallys Fondskonto war.

Von wie viel Geld reden wir?

Mindestens hunderttausend Kronen. Mein Mann kann Ihnen das sicher genauer sagen.

Hat Bill das Geld zurückgezahlt, das er sich von Ihnen und Ihrem Mann geliehen hatte?

Nein, davon haben wir nichts mehr gesehen.

Wann haben Sie zuletzt mit Bill gesprochen?

Irgendwann im Sommer. Es muss Anfang Juli oder so gewesen sein. Ich habe mich sehr gefreut, als er angerufen hat. Wir haben davon gesprochen, dass wir mit Sally mal zum großen Spielplatz im Stadtpark gehen könnten. Aber dann kam heraus, warum er sich eigentlich gemeldet hatte.

Wieso? Was wollte er von Ihnen?

Sich Geld leihen natürlich.

KARLA

Mein Herz klopft heftig, als ich die Straße vor dem Fußballplatz überquere. Eigentlich weiß ich überhaupt nichts über Waheeda, wir haben uns in den letzten Tagen nur ein paarmal geschrieben. Trotzdem ist mir sofort klar, dass sie es ist, die mit einer Sporttasche im Retrostil auf dem Parkplatz steht. Sie stützt sich mit einem Fuß an der Wand hinter sich ab.

»Judge Karla!«, ruft sie, sobald sie mich sieht.

Ihre üppigen Haare wippen hin und her, und ihr Lachen klingt wie Vogelgezwitscher.

»Bist du sicher, dass ich hier einfach so auftauchen kann?«, frage ich, während sie mir den Weg zum Rasenplatz zeigt.

»Natürlich«, sagt Waheeda. »Wir spielen ja nicht in der Champions League oder so.«

Auf dem Rasen laufen ein paar Mädels herum und passen einander den Ball zu. Andere kicken lachend in Grüppchen und üben Fußballtricks. Einige trainieren Torschüsse.

Waheeda wirft die Sporttasche auf den Boden und setzt sich an die Seitenlinie, um sich ihre knallgelben Fußballschuhe anzuziehen, als der einzige Mann auf dem Fußballplatz, rundlich, Mitte vierzig, mit einer ausgeblichenen Basecap, auf uns zukommt. Er lächelt skeptisch.

»Hi Coach!«, sagt Waheeda. »Ich hab eine Freundin mitgebracht.«

Er mustert mich von oben bis unten.

»Hoffe, das ist okay?«, frage ich.

»Hast du schon mal gespielt?«, fragt er. »Wir spielen hier immerhin in Division 2.«

Waheeda lacht.

»Was glaubst du eigentlich? Sie hat im *fucking* Piteå IF gespielt. Den kennst du schon, oder? Karla ist gerade erst aus Norrland hierhergezogen, das hörst du doch wohl? Sie studiert Jura, genau wie ich.«

Der Trainer fährt sich schniefend mit dem Handrücken über die Nase.

»Piteå? Spielen die nicht in der Allsvenskan?«

»Also …«

Ich will gerade protestieren, als Waheeda vom Rasen aufspringt und mir zuvorkommt.

»Du musst sofort zuschlagen! Sonst ist der LBK vielleicht schneller und reißt sie sich unter den Nagel. Hast du die Verträge dabei, damit sie gleich unterschreiben kann?«

Der Trainer nickt und stellt sich mit einem schlaffen Händedruck vor.

Es fühlt sich gut an, wieder auf dem Fußballfeld zu sein. Alles andere verschwindet. Kein Gedanke an Arbeit oder Studium, an meine Mutter zu Hause oder an Bill und Sally.

Ich habe kein besonders gutes Ballgefühl, aber mein alter Trainer hat immer meine Siegermentalität gelobt, meine Fähigkeit, zu kämpfen und mich anzustrengen. Obwohl ich klein bin, habe ich nie einen Nahkampf mit kräftigeren Gegnerinnen gescheut.

»Das hätte ich wirklich nicht gedacht«, sagt Waheeda, als wir hinterher im Gras sitzen und uns eine Flasche Wasser teilen. »Du siehst aus wie eine Prinzessin, aber spielst wie eine verdammte Königin.«

Sie selbst ist mit ihren athletischen Beinen und ihrer glänzenden Balltechnik der hellste Stern ihrer Mannschaft.

Ich rupfe ein bisschen Gras heraus, als der o-beinige Trainer mit wiegenden Schritten auf uns zukommt.

»Kommst du zum nächsten Training?«

Seine Brille ist beschlagen.

Ich sehe Waheeda an, die ein trillerndes Lachen in den wolkenlosen Himmel schickt.

»Gern«, sage ich.

Natürlich will ich. Obwohl ich eine neue Hausaufgabe zu bearbeiten habe und der Putzjob anstrengender ist, als ich gedacht hätte.

»Was zahlst du?«, fragt Waheeda.

Der Trainer nimmt seine Brille ab und sieht mich ernst an.

»Entspann dich«, sagt Waheeda. Sie steht auf und klopft ihm auf die Schulter. »Das war nur ein Witz.«

Der Trainer lacht.

»Nett, dass du mich mitgenommen hast«, sage ich zu Waheeda, als wir zum Parkplatz schlendern.

»Red keinen Unsinn«, sagt sie und versetzt mir einen Stoß mit dem Ellbogen. »Bis bald!«

Als ich vor dem Krankenhaus in den Bus steige, spüre ich, dass sich irgendetwas in mir öffnet. Der Fahrer hört laute Schlagermusik, und der Bus rollt den Hügel hinunter, mitten in die Sonne hinein.

Nach dem Duschen schleiche ich mich in mein Zimmer. Bill und Sally sitzen am Esstisch, ich will sie nicht stören. Doch kaum habe ich die Tür hinter mir geschlossen, klopft es.

»Ich bin's!«, ruft Sally durch die Tür. »Willst du Karten spielen?«

Eigentlich muss ich den ganzen Abend an meiner neuen Hausaufgabe weiterarbeiten, aber mir fehlt ohnehin jede Inspiration, und ich bringe es nicht übers Herz, Sally zu enttäuschen.

»Ich muss mich nur kurz umziehen«, sage ich.

Bald darauf sitze ich in grauer Jogginghose, Top und mit nassen Haaren auf dem Sofa, während Sally die Karten austeilt.

»Ist das Training gut gelaufen?«, fragt Bill.

»Ja.« Ich lächele. »Es war super.«

Sally sperrt die Augen auf.

»Ich will auch mit Fußball anfangen, Papa«, sagt sie.

»Wie? Du hast doch nie …«

Er sieht mich an, als wäre es meine Schuld, während Sally die Arme verschränkt und eine Grimasse zieht.

»Ja, ja, natürlich darfst du Fußball spielen, wenn du willst«, sagt Bill und streicht ihr über den Arm. »Ich hätte nur nicht gedacht, dass dich das interessiert.«

»Das hat mich ja auch nicht interessiert«, sagt Sally. »Aber *jetzt* interessiert es mich. Du sagst doch immer, dass es gut ist, flexibel zu bleiben. Man muss doch seine Meinung ändern dürfen, wenn man sich geirrt hat. Ich glaube, ich habe mich geirrt, was Fußball betrifft.«

Bill lacht und zwinkert mir zu.

»Anscheinend hast du jetzt ein Fangirl.«

Dann spielen wir Karten, und wir lassen beide Sally gewinnen. Nicht, weil wir Angst vor schlechter Stimmung haben, sondern wegen des glücklichen Ausdrucks in ihren Augen, wenn sie ihren jubelnden Siegertanz aufführt, mit schwingenden Hüften und nach oben gestreckten Armen.

»Ich bin der King!«

Als Bill den Fernseher einschaltet, dauert es nicht lange, bis

Sally ihren Kopf in seinen Schoß legt. Sie streckt ihre kurzen Beine aus und bittet mich, näher zu Bill zu rücken.

»Was kostet eigentlich Fußballspielen?«, fragt Bill.

»Keine Ahnung. Ein paar Hundert Kronen vielleicht?«

Unser beider Blicke ruhen auf Sally.

Bill atmet schwer durch die Nase.

»Es tut so weh, bei solchen Dingen Nein sagen zu müssen, aber wir können es uns einfach nicht leisten.«

Das kenne ich nur zu gut. Wie viele Fußballschuhe habe ich mir nicht ausleihen müssen oder von meinen Mannschaftskameradinnen geerbt. Erst als Jugendliche kapierte ich, dass der Verein mich noch immer spielen ließ, obwohl meine Mutter seit Jahren den Mitgliedsbeitrag nicht gezahlt hatte.

»Vielleicht können wir mal bei Facebook schauen? Manchmal verschenken Leute ja Kinderkleidung.«

Meine Mutter hat es immer gehasst, wenn ihr jemand gebrauchte Sachen schenkte. In ihren Augen war es fast weniger peinlich, etwas zu stehlen, als Gaben und wohltätige Spenden anzunehmen.

»Du hast recht«, sagt Bill. »Es muss eine Lösung geben.«

Ich habe schon mein Handy hervorgeholt und suche auf Facebook nach Secondhandgruppen in Lund.

»Natürlich gibt es eine Lösung.«

»Das Schlimmste ist, dass wir vielleicht nicht in dieser Wohnung bleiben können. Sally fühlt sich hier so wohl. Ich hasse es, wenn ich sie aus dieser Geborgenheit herausreißen muss.«

Vermutlich liegt es an Bills eigener Kindheit. Er will nicht, dass Sally irgendwann genauso entwurzelt ist wie er. Andererseits müssen sie vielleicht nur irgendwo raus aufs Land ziehen.

»Ihr findet bestimmt irgendwas Günstiges und Nettes, wo ihr euch beide wohlfühlt.«

Im selben Moment bereue ich meine Äußerung. Das würde ja bedeuten, dass auch ich ohne Zimmer dastünde. Nie im Leben werde ich in dieses Studentenwohnheim zurückkehren, wo sie rund um die Uhr feiern.

»Seit Mirandas Tod hat Sally sich verändert«, erzählt Bill. »Sie hat sich verschlossen wie eine Muschel und wollte nie längere Zeit von mir getrennt sein. Erst im Frühling hat sie wieder angefangen zu lachen. Ihre Lehrerin hat sich ganz toll verhalten, genau wie ihre Freunde und deren Eltern. Deshalb wäre es so schade, wenn wir wegziehen müssten.«

Bill legt die Hand auf seine Augen und schluckt schwer.

Ich weiß nicht, was ich sagen soll.

Ich wünschte, ich könnte irgendetwas für sie tun.

BILL

Sally hat sich den ersten Band von Harry Potter in der Bücherei ausgeliehen. Ehe wir ins Bett gehen und ich ihr daraus vorlese, erzähle ich ihr, dass ihre Mutter während der Gymnasialzeit diese Bücher verschlungen hat.

»Wie alt ist man da?«, fragt Sally.

»Siebzehn, achtzehn.«

»Wow! Aber die Bibliothekarin hat gesagt, dass die Bücher auch schon was für mich wären.«

»Das sind sie bestimmt auch.«

Wir lesen von dem armen Harry, der von seinem Cousin und dessen Eltern schlimm behandelt wird. Sally ist so empört, dass sie das Buch an sich reißt.

»Bist du schon mal gemobbt worden, Papa?«

»Na ja … nein.«

Ich würde es nicht direkt Mobbing nennen. Zu mir ist kaum jemand wirklich böse gewesen. Kein Wunder, ich habe ja nie irgendwelche Beziehungen zu jemandem aufgebaut, weil mein Vater mir stets zuvorkam und der Meinung war, es sei an der Zeit, weiterzuziehen.

»Wurde Mama gemobbt?«, will Sally wissen.

»Mama? Bestimmt nicht, da bin ich mir sicher.«

Miranda konnte immer gut ihren eigenen Standpunkt vertreten. Die Leute sagten gern, dass sie Haare auf den Zähnen habe, auch wenn sie selbst diesen Ausdruck hasste.

»Deine Mama war eine Superheldin«, sage ich.

In gewisser Weise habe ich sie genauso gesehen.

Was vielleicht nicht immer nur gut war.

Sally gibt mir das Buch zurück und lächelt.

»Du bist auch mein Held, Papa.«

Mit einem Kloß im Hals lese ich weiter. Bald schläft Sally ein, und ich mache ein leichtes Eselsohr in die Buchseite.

Karla ist mit jemandem von der Uni unterwegs, und die Wohnung fühlt sich leer und still an. Ich setze mich an den Schreibtisch im Schlafzimmer und höre, wie Sally im Schlaf atmet.

Der Computer hängt. Ich schließe einige Hintergrundprogramme und ein paar alte Tabs im Browser.

Miranda zeigte sich nur ungern schwach. Manchmal übertrieb sie es auch. Sie behielt alles für sich. In gewisser Weise waren wir uns da ähnlich.

Ich glaube, die Ereignisse auf dieser Party damals mit all ihren Folgen haben sie mehr mitgenommen, als sie zugeben wollte. Es muss schrecklich gewesen sein, als sich alle Freundinnen von ihr abwandten. Jennica Jungstedt hat alle manipuliert.

Ich bleibe auf der Website für mediale Beratung hängen, wo sie mich vom Bildschirm anstarrt. Sie lächelt freundlich, aber sie ist leicht zu durchschauen.

In der Clique haben sie zusammengehalten – Miranda, Jennica und noch ein paar Mädels. Als ich nach Schonen zog, gingen sie noch aufs Gymnasium, und wahrscheinlich mochten mich die anderen nicht besonders, weil Miranda lieber zu Hause mit mir kuschelte, als Party zu machen.

Vor diesem fünfundzwanzigsten Geburtstag, der alles auf den Kopf stellte, hatten Jennica und ich kaum je ein Wort miteinander gewechselt, zumindest nichts von Bedeutung. Eigentlich möchte ich gar nicht daran denken. Ich habe es geschafft, das alles so lange von mir fernzuhalten, aber jetzt, wo ich Jennica vor mir sehe, werde ich unerbittlich in die Vergangenheit zurückgezogen, und Panik überwältigt mich.

Unsere medialen Beraterinnen geben dir Unterstützung und Ratschläge, wenn das Leben schwierig ist.

Was für ein Witz. Der Jennica, an die ich mich erinnere und von der ich im Lauf der Jahre so einiges gehört habe, fehlt jede Form von Empathie und Mitgefühl. Ich werde nie vergessen, wie sie mich in jener beschissenen Nacht mit dem Blick fixierte. Sie hatte keinerlei Verständnis dafür, dass auch ich betrogen worden war.

Jennicas damaliger Freund Ricky war ein halb krimineller Typ. Ich sehe ihn noch immer vor mir. Die Haare, die sich im Nacken kräuselten, und dieses ekelhafte, selbstzufriedene Lächeln.

Zwar fand Miranda andere Freundinnen, über die Arbeit und Sallys Kindergarten, aber es war trotzdem nicht dasselbe. Sie kannte Emma und Rebecka seit ihrer Kindheit und sagte oft, dass sie sie und ihre ganz besondere Gemeinschaft vermisste.

Wutentbrannt ziehe ich das Handy aus der Tasche und tippe die Nummer der Beratungshotline ein. Ich lausche auf das Freizeichen und spanne die Kiefermuskulatur an.

»Willkommen bei deiner medialen Beraterin Jennica. Was kann ich für dich tun?«

Sie klingt so schrecklich heuchlerisch. Miranda hat mehrmals gesagt, dass sie Jennica nie ganz vertraut hat.

»Meine Lebensgefährtin …«, setze ich an, aber weiß nicht, was ich dann sagen soll.

»Ja?«

Ich sollte auflegen, aber irgendetwas hat mich plötzlich gepackt, eine Macht, mit der ich nicht fertigwerde, eine unkontrollierbare Wut. Ich starre das Foto von Jennica an. Obwohl sie lächelt und versucht, sich einzuschmeicheln, gelingt es ihr nicht, das Unsympathische und Überhebliche zu verbergen. Ohne mit der Wimper zu zucken hat sie sich von einer Freundin abgewandt, mit der sie aufgewachsen war und alles geteilt hatte. Nach diesem Vorfall war Miranda nie wieder richtig in der Clique integriert. Es war ein dunkler Fleck, den sie bis zum Tod mit sich herumtrug.

»Ich höre zu«, sagt Jennica. »Nimm dir die Zeit, die du brauchst.«

»Sie ist tot.«

Die Worte sind krass, ohne die geringste Beschönigung. Aber ich will, dass sie es spürt. Sie soll verdammt noch mal wissen, wie es uns in den letzten Jahren ergangen ist. Ich werde mich auskotzen. Wenn sie nicht vollkommen herzlos ist, müsste sie sich entschuldigen.

»Das tut mir wirklich leid«, sagt sie. »Möchtest du mir davon erzählen?«

Ich will schreien. Wenn Sally nicht neben mir schlafen würde, hätte ich aus Leibeskräften gebrüllt.

»Es tut dir überhaupt nicht leid!«, zische ich.

Wenn es ihr leidgetan hätte, dann wäre sie zur Beerdigung gekommen. Dann hätte sie Miranda nicht wie Müll behandelt und alle ihre Freundinnen gegen sie ausgespielt.

»Wovon redest du eigentlich?«

Sie klingt genauso arrogant wie früher.

»Du behauptest, dass du mit den Toten kommunizieren kannst.« Ich spucke die Worte nur so heraus. »Dann kannst du dich ja bei Miranda entschuldigen.«

Eine Weile ist es still. Jennica atmet in mein Ohr.

Das ist also ihr Job. Sich im Unglück anderer Menschen zu suhlen und so zu tun, als würde sie sie beraten. Mich würde interessieren, was ihre feine Familie dazu sagt. Ich bin ihren Eltern zwar nie begegnet, aber Miranda hat mir so einiges erzählt. Ihr Vater ist offenbar ein Star in der Finanzwelt und die Mutter eine Luxushausfrau, die auf Vernissagen geht und Golf spielt. Die älteren Brüder sind in die Fußspuren ihres Vaters getreten und verdienen ihre eigenen Millionen. Alle Geschwister haben hochkarätige Ausbildungen mit coolen Titeln und fette Autos. Aus Mirandas Erzählungen konnte ich schließen, dass Jennica so etwas wie das schwarze Schaf der Familie ist.

»Bill?«, sagt sie. »Bill Olsson? Bist du das?«

Miranda hat sie als eine verlorene Seele beschrieben, die ständig nach Bestätigung gierte.

»Du bist doch nur ein verdammtes Fake.«

Dann versagt meine Stimme.

»Warum sollte ich mich bei Miranda entschuldigen?« Jennica scheint sich kein bisschen verändert zu haben. »Sie hat mich verraten. Hast du das vergessen?«

»Von wegen! Miranda wurde an diesem Abend mehr oder weniger vergewaltigt. Ihr habt sie dazu getrieben, immer mehr zu trinken, bis sie komplett zugedröhnt war und Ricky die Situation ausgenutzt hat.«

In all den Jahren danach wollte ich seinen Namen nicht in den Mund nehmen. Mir wird schwindlig und übel.

»So war das nicht«, sagt Jennica.

»Du hast ihn verteidigt. Du hast dich für diesen Typen entschieden statt für die Freundin aus deiner Kindheit.« Ich kämpfe gegen die Tränen an. Ich will nicht, dass sie mich weinen hört. »Dann hast du alle gegen Miranda ausgespielt. Ist dir eigentlich klar, wie einsam sie sich gefühlt hat?«

Ich drehe mich auf dem Bürostuhl herum und werfe einen Blick auf Sally. Sie hat die Decke weggestrampelt und drückt ihren ausgeblichenen Plüschteddy an sich, der von den vielen Tränen ganz steif geworden ist.

»Sie hat dich angelogen«, sagt Jennica.

So was höre ich mir nicht an.

»Du kannst nicht einmal um Entschuldigung bitten!«, schreie ich.

Sally schlägt die Augen auf und gibt ein Wimmern von sich. »Papa?«

Ich drücke das Gespräch weg und hocke mich vors Bett. Sally presst ihren Teddy an die Brust, und meine Finger gleiten durch ihr weiches Haar. Die kleine Stirn ist feucht vor Schweiß. Ich muss mich beruhigen. Doch ich kann die Wut, die ich Jennica gegenüber empfinde, kaum unterdrücken. Ich atme tief durch. Jetzt weiß sie es zumindest.

»Du gehst doch nicht, oder?«, flüstert Sally und blinzelt besorgt.

»Ich gehe nirgends hin.«

JENNICA

Als ich nach einem sommerlichen Platzregen, der völlig aus dem Nichts gekommen ist, atemlos und mit aufgelöster Frisur im Espresso House eintreffe, haben Emma und Tina und ihre Kinder schon eine Sofaecke okkupiert. Emmas kleiner Silvio krabbelt mit einem Müllwagen aus nachhaltigem Biokunststoff herum, und Tinas Lotus ist in einem Hochstuhl festgeschnallt, vor sich ein Tablett mit Rasseln, Stofftieren, Holzautos und Puzzles. Als könnte eine halbe Minute Inaktivität das Gehirn des Kindes lähmen.

»Wie geht's?«, frage ich.

»Gut«, sagt Tina beiläufig.

»Viel los wie immer«, meint Emma.

Es grenzt an ein Wunder, dass sie überhaupt hierhergekommen sind. Seit die Kinder da sind, hat sich das kleinste Café-Treffen in ein Projekt verwandelt.

»Wir haben es gerade noch rechtzeitig vor dem Regen geschafft«, erzählt Emma.

Ich bin wie immer fünf Minuten zu spät. Diesmal ist der Preis eine klatschnasse Mähne und verschmierte Wimperntusche.

Wir sitzen ein paar Minuten schweigend da und beobachten die Kinder. Ich kippe unnötig viel braunen Zucker in meinen Cappuccino und esse den Milchschaum mit dem Löffel.

Emma, Tina und ich konnten früher über alles reden. Wir

sind zusammen aufgewachsen. Ich habe damals einen Tampon aus Klopapier gefaltet, als Tina im Textilunterricht in der fünften Klasse zum ersten Mal ihre Tage bekam. Emma hielt eine ganze Woche lang jede Nacht meine Hand, nachdem mir zum ersten Mal ein Junge das Herz gebrochen hatte. Wir hatten keine Geheimnisse voreinander. Inzwischen scheinen wir kaum andere Themen zu haben als die Kinder.

»Lotus hat jetzt zwei Nächte nacheinander kaum etwas getrunken«, berichtet Tina. »Ich überlege, ob ich Flaschenmilch zufüttern soll.«

»Ach nein«, sagt Emma in einem Tonfall, als sei die kleine Lotus dem Tode nahe.

Ich sage nichts dazu. Es gibt in Schweden vermutlich ziemlich wenige Kleinkinder, die an Magersucht oder Unterernährung sterben, aber was weiß ich schon. Ich bin ja keine Mutter.

»Und sonst so?«, fragt Tina.

Kaum hat sie mir einen Blick zugeworfen, als Lotus wieder ihre volle Aufmerksamkeit verlangt. Ich sehe mich gezwungen, mit der Hand auf den Tisch zu hauen, damit sie begreifen, dass ich etwas Wichtiges zu erzählen habe.

»Oh«, sagt Emma und streicht Silvio über die Stirn.

Der Junge starrt mich erstaunt an.

»Ihr ahnt nicht, wer mich gestern angerufen hat«, sage ich.

Deshalb sind wir ja hier. Deshalb habe ich ihnen geschrieben.

Emma und Tina sind zwei meiner ältesten Freundinnen. Zusammen mit Rebecka und Miranda bildeten wir in der Schulzeit eine ziemlich ungewöhnliche Clique. Die meisten anderen Mädchen trafen sich nur zu zweit. Aber wir hielten zu fünft zusammen. Bis zu meinem fünfundzwanzigsten Geburtstag.

»Erzähl«, sagt Emma, als Silvio mit dem Müllauto weggekrabbelt ist.

Ich lege den Löffel hin und mache eine Kunstpause.

»Bill Olsson. Mirandas Lebensgefährte.«

Verblüfft starren sie mich an.

»Bill?«, fragt Tina. »Warum hat er dich angerufen?«

»Wie geht es ihm?«, fragt Emma. »Ich habe total oft an Sally gedacht.«

»Er hat mich unter meiner Jobnummer angerufen.«

»Wie?«

Emma und Tina gehören natürlich zu den wenigen Auserwählten, die eingeweiht sind.

»Er hat die Beratungshotline angerufen?«, hakt Emma nach. »Wusste er nicht, dass du rangehst?«

»Doch. Er war stinksauer und hat mir Vorwürfe gemacht.«

»Weswegen?«

»Weil du die Beerdigung verpasst hast?«, vermutet Tina.

»Wegen meiner Party zum Fünfundzwanzigsten damals.«

Sie drehen sich schlagartig zu ihren Kindern um, als wollten sie sich vergewissern, dass nichts Gefährliches in deren Unterbewusstsein hängen bleibt.

»Er hat sich unmöglich aufgeführt und was von Vergewaltigung gefaselt. Als wäre Miranda total unschuldig gewesen«, sage ich. »Er hat sie auf ein verdammtes Podest gestellt.«

»Das hat er schon immer getan«, meint Tina.

Emma nickt. »Bill hat Miranda vergöttert.«

»Das tut er wohl immer noch«, sage ich. »Es kommt mir so vor, als hätte sie ihn voll hintergangen.«

»Lass es einfach los«, sagt Emma. »Nach allem, was passiert ist, geht es ihm wahrscheinlich scheiße.«

Ganz bestimmt. Aber mit welchem Recht ruft er mich an und macht mir Vorwürfe? Jemand müsste ihm mal die Wahrheit über seine heilige Miranda erzählen.

»Ich hoffe, er kann damit abschließen«, sagt Tina. »Um der kleinen Sally willen.«

Sie beißt von ihrem Brot mit Rote-Bete-Salat ab und zieht ein Stoffspielzeug aus dem Mund ihrer Tochter.

»Nicht beißen.«

»Du«, sagt Emma und überschlägt sich fast vor Neugierde. »Jetzt will ich alles über dein Sahneschnittchen von Arzt hören!«

Sie beugt sich vor, während ich von Steven erzähle. Tina kaut mit offenem Mund. Ich habe schon mal ein Foto in unserer Gruppe gepostet, aber jetzt gibt es wieder neue Fotos.

»Er sieht definitiv nicht aus wie siebenundvierzig«, stellt Tina fest.

Emma beugt sich vor und betrachtet eines der Fotos.

»Du hast geschrieben, dass er schon mal verheiratet war, aber er hat keine Kinder, oder?«

»Nein, keine Kinder. Seine Frau ist vor einem Jahr oder so gestorben.«

»Was für ein Glück, dass er keine Kinder hat«, sagt Tina und wischt Lotus den Sabber vom Kinn.

Es ist nicht ganz klar, für wen es ein Glück ist. Für Steven oder für die Kinder, die es nicht gibt? Oder vielleicht in erster Linie für mich?

»Hoffentlich hält die Sache«, sagt Emma.

Ich weiß nicht, ob es so gemeint ist oder ob ich es nur überinterpretiere, aber dieser Satz hört sich wie eine Ermahnung an. Als hätte sie gesagt: *Jetzt sieh zu, dass du nicht schon wieder alles vermasselst.* Wie ich es immer tue.

Dann hat Emma es auf einmal sehr eilig. Offenbar hätte Silvio schon vor fünf Minuten schlafen sollen. Ich habe das Gefühl, als würden frischgebackene Eltern einen Hang zum Autismus entwickeln, sobald sie die Geburtsklinik verlassen haben. Tina, die sich früher Nudeln mit Käse reinstopfte, wenn wir mitten in der Nacht nach Hause kamen, wird ganz nervös, als ihr aufgeht, dass ihr Rote-Bete-Brot ihren Mahlzeitenzyklus durcheinandergebracht und sie satt gemacht hat, obwohl sie bald zu Mittag essen muss, weil es zwölf ist.

Als wir aus dem Café rauskommen, ist der Himmel wolkenlos und blau. Kleine Wasserpfützen stehen noch auf der Straße, als Erinnerung daran, dass das schöne Wetter trügerisch ist. Man sollte es genießen, solange es geht.

Halb auf dem Gehweg parkt ein Streifenwagen, und zwei Polizisten hieven gerade einen besoffenen Obdachlosen hoch.

Emma hält Silvio die Augen zu, während sie über den Zebrastreifen in Richtung Bahnhof gehen.

Ich rülpse hinter vorgehaltener Hand und steige auf mein Rad.

Am Freitag werde ich zum ersten Mal Stevens Freunde kennenlernen. Ich hoffe, sie haben keine Kinder.

Auszug aus der polizeilichen Vernehmung von Waheeda Bashir

Können Sie bitte Ihren vollständigen Namen angeben?

Waheeda Mounira Bashir.

Was machen Sie?

Ich studiere.

Und Sie wohnen hier in Lund?

Ich habe mein ganzes Leben in Lund verbracht.

Könnten Sie bitte erzählen, wie Sie Karla Larsson kennengelernt haben?

Wir haben denselben Einführungskurs in Jura gemacht. Eigentlich war es ein Onlinekurs, aber wir wohnen ja beide in Lund. Deshalb haben wir uns ein paarmal übers Kursforum geschrieben. Später habe ich ihren Kontakt bei Snapchat hinzugefügt. Sie war gerade erst hergezogen und kannte fast niemanden. Ich habe sie gefragt, ob sie Lust hätte, zum Fußballtraining mitzukommen. Ich schwöre, das Mädel sieht total dünn und schwach aus, aber auf dem Fußballplatz ist sie saustark.

Wussten Sie, dass sie nebenbei als Putzfrau gearbeitet hat?

Ja, natürlich wusste ich das.

Hat sie Ihnen etwas von ihrer Arbeit erzählt?

Sie hat gesagt, dass sie Klos putzen muss und so. Klang ziemlich eklig. Die Leute sollten sich schämen. Können die ihre Scheiße nicht selbst wegmachen?

Hat Karla Ihnen etwas über ihre Kunden erzählt?

Mm, ja, von diesem einen Mann da, dem Arzt. Irgendwas hat da nicht gestimmt.

Hat sie seinen Namen genannt?

Das war doch dieser Steven … Steven Rytter.

Was hat sie von Steven Rytter erzählt?

Sie hat mir erzählt, was er seiner Frau angetan hat.

KARLA

Ich schließe mich in meinem Zimmer ein und lerne. Etwa alle zehn Minuten schickt Waheeda mir einen Snap. Entweder verzweifelt sie wegen irgendeines unverständlichen Begriffs, oder sie hat gerade einen neuen Filter entdeckt, den sie ausprobieren muss. Es ist so schön, wie sie mich zum Lachen bringt.

Ich höre Bananarama über Kopfhörer. Deshalb bekomme ich zuerst nicht mit, als es klopft. Aber zwischen *Cruel summer* und *Love in the first degree* höre ich, wie jemand an die Tür haut.

»Bill? Tut mir leid, ich habe Musik gehört.«

Er keucht. Die Haare hängen ihm ungekämmt in die verschwitzte Stirn.

»Ich hab in der App einen verdammt guten Auftrag gefunden«, sagt er. »In zwei Stunden kann ich fünfzehnhundert verdienen. Aber …«

Er dreht sich um. Auf dem Sofa hockt Sally mit einem Buch in den Händen.

»Kein Thema. Ich kann so lange auf sie aufpassen«, sage ich.

Bill seufzt tief.

»Sicher? Ich habe schon mit ihr gesprochen und …«

»Das ist wirklich kein Problem«, versichere ich.

Zwar müsste ich noch lernen, aber das Gehirn braucht auch manchmal eine Pause. Und ich bin gerne mit Sally zusammen. Denn jedes Mal bekomme ich gute Laune.

»Hau schon ab«, sage ich zu Bill. »Wir kommen klar.«

Ich zeige Sally, wie man *Bluffstopp* spielt, und schon bald ist sie Meisterin darin, Karten unter den Tisch fallen zu lassen, ohne dass ich es bemerke.

»Wie lange wohnst du noch bei uns?«

Ich bin gerade mit Mischen dran.

»Weiß nicht so genau.«

»Ich finde, du sollst für immer hier wohnen.«

Ich lache, aber Sally sieht mich ernst an.

»Irgendwann werde ich wohl in eine eigene Wohnung ziehen«, sage ich. »Vielleicht lerne ich ja jemanden kennen. Wer weiß? Du wirst ja auch nicht dein ganzes restliches Leben bei deinem Papa wohnen wollen, oder?«

»Na klar will ich das.«

Sally verschränkt die Arme und wendet das Gesicht ab. Als ich mich vorbeuge, rutscht sie von mir weg.

So habe ich sie noch nie erlebt.

»Hör mal, Sally …«

Sie zieht die Nase hoch, und ich rücke näher zu ihr. Lege meine Hand behutsam auf ihren Arm.

»Ich will nie von hier weg. Papa sagt, dass wir vielleicht aufs Land ziehen müssen, wenn er keine Arbeit findet. Dann muss ich auf eine neue Schule, und alle meine Freunde bleiben hier wohnen.«

Die Tränen laufen ihr übers Gesicht, und ich nehme sie fest in den Arm.

Bill hat recht. Ein Umzug ist das Letzte, was sie jetzt gebrauchen kann.

»Das muss doch gar nicht sein. Dein Papa findet bestimmt eine neue Arbeit.«

Sie schnieft und schluckt.

»Ich finde, er sollte wieder im Kino anfangen. Ich habe ihm ganz oft beim Kartenabreißen geholfen.«

»Das klingt toll.«

Sally wischt sich mit dem Pulloverärmel über die Wangen.

»Können die einen wirklich zwingen umzuziehen, auch wenn man es auf gar keinen Fall will?«

»Mach dir darüber keine Sorgen«, sage ich.

Jeden Tag, solange ich denken kann, habe ich ein Gefühl von Unsicherheit mit mir herumgetragen. Wie eine tickende Zeitbombe in der Brust. Kein Kind soll so etwas erleben müssen.

»Warum kann nicht einfach alles gut sein?«, fragt Sally.

Ich nehme ihre Hände.

»Es wird alles gut«, sage ich.

Und hoffe, dass ich nicht zu viel verspreche.

Am nächsten Morgen bin ich wieder im Haus der Rytters. Ich habe beschlossen, der Sache eine letzte Chance zu geben. Wenn noch mehr seltsame Dinge passieren, rufe ich Lena von der Reinigungsfirma an und bitte sie, nicht mehr hierhergehen zu müssen.

Es ist still und leer in dem großen Haus. Die Tür zu Reginas Schlafzimmer ist geschlossen. Ich habe gerade mit dem Staubsaugen begonnen, als mein Handy in der Hosentasche vibriert.

Es ist Silja, die Freundin meiner Mutter.

Ich erstarre.

»Ist irgendwas passiert?«

»Nein, alles unter Kontrolle«, sagt Silja.

Ihre Stimme ist nach vierzig Jahren Rauchen ganz rau.

»Ich habe deiner Mutter versprochen, dich anzurufen und mit dir zu reden.«

»Okay?«

Ich trage den Staubsauger über die Schwelle zum Wohnzimmer und zerre ihn hinter mir her wie einen ungezogenen Hund.

»Sie hat sich entschieden aufzuhören, Karla. Wir haben einen Termin im Sozialamt vereinbart. Ich werde ihr helfen, einen Platz im Methadonprogramm zu bekommen.«

Methadonprogramm – das klingt beinahe wie eine Ausbildung. Meine Mutter und ich haben über das Thema schon mal diskutiert.

»Das heißt doch nur, eine Abhängigkeit gegen eine andere einzutauschen. Meine Mutter weiß, was ich davon halte.«

Als ich sie letztes Mal auf der Polizeiwache abgeholt habe, hat sie mir geschworen, dass alles gut werden würde, wenn sie nur einen Platz im Methadonprogramm bekäme. Sie hatte sich mit Diazepam zugedröhnt und sich bei Coop eine Wimperntusche in den BH gesteckt.

Ich höre Silja seufzen.

»Du solltest nach Hause kommen, meine Liebe. Deine Mama braucht dich. Sie ist diesmal wirklich motiviert, aber es ist ein großer Schritt, den sie da gehen muss.«

Ich will so gern glauben, dass es klappt. Ich will für sie da sein, aber letztes Mal, als meine Mutter in die Rehaklinik gefahren ist, hat es damit geendet, dass sie mitten in der Nacht angerufen und mich geweckt haben. Sie blieb zwei Tage lang spurlos verschwunden. Es sind die zwei längsten Tage meines Lebens gewesen.

»Sie meint es diesmal ernst«, versichert Silja. »Ich kenne deine Mutter. Du solltest wirklich nach Hause kommen und sie unterstützen.«

»Mal sehen«, sage ich.

Es hat keinen Sinn zu diskutieren. Ich werde meinen Traum nicht aufgeben. Nicht jetzt. Nicht so.

Nach dem Telefonat ziehe ich den Staubsauger wieder in den Flur zurück. Ich will mich gerade bücken und unter der Kommode saugen, als ich ein Paar Füße auf der Treppe entdecke.

Ich lasse den Staubsaugerschlauch auf den Boden fallen.

Regina Rytter steht wie eine Statue mitten auf der Treppe. Sie blinzelt ein paarmal, und ihr Blick hellt sich auf. »Kajsa?«

»Karla«, korrigiere ich sie.

»Ja, richtig«, sagt sie und fährt sich durch die Haare. »Ich weiß nicht, wie ich das vergessen konnte. Ich habe so komisch geträumt.«

»Alles gut«, sage ich. »Aber es ist wohl am besten, wenn du dich wieder hinlegst.«

Ohne größere Proteste macht sie kehrt, und ich begleite sie die Treppe hinauf.

»Versprich mir, dass du Bescheid sagst, wenn du Probleme mit Steven hast«, sagt sie. »Diesem Mann kann man es einfach nicht recht machen.«

Ich weiß nicht, ob ich noch mehr hören will. Ich will nicht in das Leben der beiden hineingezogen werden. Die Sache mit meiner Mutter reicht mir. Allerdings kann ich Regina nicht einfach ignorieren, wenn es ihr so geht wie jetzt.

Sie betritt das Schlafzimmer und setzt sich mit der Decke über den Knien auf die Bettkante, während ich rausgehe und die Tür schließen will.

»Warte«, sagt sie. »Warte.«

Ich mustere sie.

Bestimmt war Regina früher einmal sehr schön, aber jetzt ist sie blass und knochig, und ihre Hände zittern, als sie auf dem Nachttisch nach den Tabletten tastet.

Die Tablettenbox aus Plastik liegt auf dem Fußboden.

Ich hebe sie auf und reiche sie ihr.

»Oh, danke. Du bist so lieb.«

Regina lächelt und spielt am Deckel der Box herum.

»Hast du eine Wohnmöglichkeit gefunden?«

»Wie bitte?«

Sie sieht mich an und blinzelt.

»Das ist doch normalerweise recht schwierig. Es gibt nicht genug Wohnheimplätze.«

Ich erzähle ihr, dass ich in einem Zimmer zur Untermiete wohne.

»Stimmt«, sagt sie. »Es gibt viele Rentner, die ein Zimmer untervermieten.«

Sie steckt ein paar Tabletten in den Mund und leert das Wasserglas.

»Wobei mein Vermieter kein Rentner ist. Er ist erst dreiunddreißig.«

Sie stellt das Glas hin und legt sich ins Bett.

»Warum hat er dich denn als Untermieterin?«, fragt sie neugierig. »Du bist doch hoffentlich vorsichtig? Es gibt viele Männer, die die Situation von Studentinnen ausnutzen.«

»Da muss ich mir keine Sorgen machen. Bill hat seinen Job verloren. Seine Lebensgefährtin ist vor einem Jahr gestorben, und er hat eine kleine Tochter zu versorgen.«

»Oh, mein Gott!«

Regina legt die Hände an den Kopf.

»Es gibt immer jemanden, dem es noch schlechter geht als einem selbst, oder?«, sagt sie und verzieht das Gesicht. »Wobei das ein seltsames Argument ist. Ich finde nicht, dass das einen irgendwie tröstet.«

Sie massiert sich wimmernd die Stirn und die Schläfen.

»Wie geht es dir?«, frage ich.

Sie stöhnt.

»Mein Kopf platzt gleich.«

»Versuch, dich auszuruhen«, sage ich.

Sie schließt die Augen, kommt aber nicht zur Ruhe. Offenbar quälen sie die Schmerzen. Ich wünschte, ich könnte irgendetwas tun.

Vorsichtig lege ich die Hand auf die Bettdecke.

Sie verzieht weiter das Gesicht und windet sich.

Erst nach ein paar Minuten scheint die Anspannung zu weichen. Ihr Atem wird schwerer, und das Kinn fällt zur Seite. Langsam schleiche ich aus dem dunklen Schlafzimmer.

Als ich die Treppe hinuntergegangen bin, bleibe ich stehen und starre auf den Kristallkronleuchter an der Decke.

Es ist so furchtbar. Wenn man dieses großartige Haus von außen sieht, stellt man sich vor, dass hinter den Mauern Glück und Erfolg wohnen. Doch die Realität ist ganz anders. Hier herrschen Finsternis und Krankheit.

Ich wende mich zu der Kommode mit den Schubladen voller Bling-Bling um. Teurer Schmuck, der herumliegt und verstaubt, den vermutlich niemand vermissen würde, wenn er verschwände.

Schon ein einziges Schmuckstück würde Bill und Sally weiterhelfen.

Gelegenheit macht Diebe, heißt es, aber das ist natürlich eine Vereinfachung. Es gibt immer besondere Umstände. Als ich meiner Mutter half, bei Ica Rinderfilets zu klauen, verteidigte sie sich damit, dass wir ja niemanden persönlich schädigten. Einmal brachen wir in ein Haus ein und klauten Computer und Handys. Da meinte meine Mutter, es treffe zumindest keine armen Leute.

Es sei nicht gerecht, sagte sie, dass manche im Überfluss lebten, während andere nicht mal wüssten, wie sie den nächsten Tag überstehen sollten.

Als Kind gelang es mir nicht, ihre Definition von Gerechtigkeit zu widerlegen. Jetzt weiß ich es besser. Trotzdem ziehe ich langsam die oberste Schublade der Kommode auf.

Ich bin keine Diebin.

Vor mir sehe ich Sally, die sich auf Bills Schoß kuschelt.

Ich bin keine Diebin.

JENNICA

Am Freitag fahre ich mit dem Rad nach einer ziemlich langen Mittagspause mit meiner Mutter im Eiltempo zum Studentenwohnheim. Hundi liegt auf dem Bett und leckt sich an den unpassendsten Stellen.

»Hallo! Das kannst du machen, wenn du allein bist.«

Ich starre ihn an. Dann denke ich an den Vibrator unter dem Bett und schäme mich für meine Doppelmoral.

Vier Stunden und zwei Gesichtsmasken später sitze ich wieder in einem Taxi. Das Restaurant liegt mitten in der Altstadt von Malmö, zwischen Kanälen, Marktplätzen und Kopfsteinpflasterstraßen. Es gibt Fine Dining, ein Menü mit mehreren Gängen, Getränke inklusive.

Das Paar, mit dem wir verabredet sind, hat schon Platz genommen.

Stevens guter Freund Andreas aus Göteborg hat geschäftlich hier zu tun. Während sich die Männer umarmen, einander den Bauch tätscheln und erzählen, wie viel Kilo sie seit ihrem letzten Treffen abgenommen haben, begrüße ich Pauline, eine Frau von fünfunddreißig oder vierzig mit einem Modelkörper und Silikonbrüsten.

Ich schäme mich für mein Äußeres. Verglichen mit Paulines glitzernden High Heels und lachsfarbenem Spitzenkleid sehe ich aus, als wäre ich auf dem Weg zu einem Schlagerfestival irgendwo auf dem Land.

»Wie schön, dich endlich kennenzulernen«, sagt Andreas und nimmt mich vorsichtig in den Arm. »Ich freue mich so für dich und Steven.«

Ich sehe verstohlen zu Steven, der gerade Pauline auf die Wange küsst. Was hat er eigentlich über mich erzählt?

»Du heißt Quiding mit Nachnamen, oder?«, frage ich. »Du bist aber nicht mit Mariana Quiding verwandt?«

Das ist mir als Erstes eingefallen, als ich den ungewöhnlichen Namen hörte. Mariana war jahrelang eine Kollegin meines Vaters, bis sich herausstellte, dass sie miteinander Sex hatten. Es war das erste Mal, dass ich etwas von den Seitensprüngen meines Vaters mitbekam. Diese Mariana werde ich nie vergessen, dieses widerliche Weib, das mehrmals zu uns nach Hause eingeladen wurde und vor den Augen meiner Mutter und uns Kindern wie ein Honigkuchenpferd grinste.

»Nein, ich kenne keine Mariana«, sagt Andreas. »Quiding ist ein alter Familienname, den wir nach unserer Hochzeit wieder angenommen haben.«

Während die erste Vorspeise serviert wird, erzählen Steven und Andreas wortreich von ihrer gemeinsamen Vergangenheit. Sie kennen sich schon aus der Gymnasialzeit, und obwohl sie schon seit fast zwanzig Jahren nicht mehr in derselben Stadt wohnen, hat ihre Freundschaft überlebt.

»Ich dachte, du bist in Schottland aufs Gymnasium gegangen«, sage ich.

Steven und Andreas wechseln einen Blick.

»Nein, nein«, meint Steven lächelnd. »Ich war auf dem Hvitfeldtska in Göteborg.«

»Schon damals war er der Schwarm aller Mädchen«, sagt Andreas lachend. »Sie konnten kaum die Finger von dir lassen.«

Das ist so billig. Aber ich grinse höflich mit den anderen um die Wette.

»Du Armer. Und ich dachte, du wärst ein Spätzünder gewesen«, bemerke ich.

Andreas lacht und prostet uns zu, und ich leere das Glas in einem Zug. Ein ordentlicher Rausch ist das Einzige, was diesen Abend noch retten kann.

»Steven bedeutet mir sehr viel«, sagt Andreas.

»Dito«, entgegnet Steven.

»Mit manchen Menschen ist das so. Obwohl wir uns nicht so oft sehen, weiß ich, dass du immer da bist.«

Sie werfen sich über den Tisch Blicke zu wie Frischverliebte, und ich weiß nicht, ob ich darüber lachen oder eifersüchtig werden soll.

»Es macht mich so glücklich, dass Steven wieder auf dem Damm ist«, sagt Andreas an mich gewandt. »Nach allem, was er durchgemacht hat. Er hat es wirklich verdient.«

Weitschweifig erzählt er, wie schlimm es war, mitansehen zu müssen, wie Regina krank wurde. Es sei so schnell gegangen. Von einem wunderbaren, abenteuerlustigen, lebensfrohen Menschen zu einer ausgemergelten Schattengestalt im Wartezimmer des Todes.

Ich beuge mich zu Steven, der feuchte Augen bekommen hat. Wie kann ich ihm jemals seine Frau ersetzen? Sie hätte eigentlich hier sitzen und ihm die Hand aufs Knie legen sollen.

Ich fühle mich völlig wertlos.

Es ist nur eine Frage der Zeit, bis er mich durchschaut und die Sache zwischen uns vorbei ist.

Natürlich bin ich neugierig auf Stevens Vorgeschichte, aber es ist mir alles so unangenehm, dass ich lieber keine Fragen stelle.

»Meine Frau ist jetzt genauso alt, wie Regina beim Ausbruch ihrer Krankheit war«, sagt Andreas.

Pauline sieht ihn an, ohne eine Miene zu verziehen.

Andreas leidet an schrecklichem Sprechdurchfall. Ohne Luft zu holen, brabbelt er von ihrem Alltag, von der Arbeit, Yoga und von Reisen nach Neuseeland. Offenbar haben sie zwei Söhne im Teenageralter, die sehr gut American Football spielen.

Pauline sagt kein Wort.

Sie ist nur ein Anhängsel.

Von Minute zu Minute steigt meine Lust, Andreas in den Schritt zu treten.

»Steven hat sich immer wunderbar mit unseren Jungs verstanden«, sagt er. »Magst du Kinder, Jennica?«

Die Frage überrumpelt mich.

»Ja, doch«, sage ich mit unsicherem Blick, denn ich weiß nicht, ob Andreas und Pauline über irgendeine Art von Humor verfügen. »Die meisten sind ganz okay. Ich denke, ich würde meine eigenen Kinder mögen.«

Andreas' Gelächter klingt falsch, und Pauline starrt mich hohläugig an. Ungefähr das hatte ich auch erwartet.

Während die Bedienung den nächsten Gang präsentiert, irgendwas mit Seegras und Grapefruit, sehe ich verstohlen zu Steven und versuche, mir etwas Vernünftiges und einigermaßen Unterhaltsames auszudenken, was ich sagen könnte, um die Stimmung aufzulockern.

»Lasst ihr die Teenies das ganze Wochenende allein in Göteborg?«, frage ich probehalber, während ich mit meiner Gabel im Seetang auf meinem Teller herumstochere. »Dann steht das Haus hoffentlich noch, wenn ihr wieder nach Hause kommt.«

Andreas bekommt einen heftigen Hustenanfall und verbirgt

den Mund hinter einer Serviette. Währenddessen trinkt Pauline schnell einen Schluck Wein.

»Nein, also, ich bin nicht die Mutter seiner Kinder.«

Andreas hustet und lacht abwechselnd.

»Pauline und ich sind nicht verheiratet. Wir sind nur gute Freunde.«

Ich funkele sie wütend an.

Natürlich umreiße ich die Situation sofort. Trotzdem habe ich das Gefühl, ich sollte lieber nicht weiter darüber nachdenken. Sonst platze ich womöglich gleich mit meiner Meinung heraus.

Gute Freunde? Dass ich nicht lache! Dieses Arschloch sitzt in einem megaschicken Restaurant in Malmö neben einer Frau mit Silikontitten, während seine Gattin sich zu Hause um die Kinder kümmert. Plötzlich befinde ich mich mitten in derselben Scheiße, deretwegen meine Kunden mich anrufen und sich bei mir ausheulen.

Die sechs verbleibenden Gänge schmecken vor allem nach Galle. Ich schweige und weiche Paulines Blicken aus, während Andreas weiterhin Hof hält und von Steven spricht, als wäre er eine Art Halbgott.

Hat mein Vater so seine Abende verbracht, während der Rest der Familie zu Hause vor dem Fernseher saß und sich nach ihm sehnte? Die vielen Geschäftsessen und Reisen. Wichtige Meetings, die sich nicht verschieben ließen. Brüssel, London, New York, Borås. Es gab immer einen Grund, nicht zu Hause zu sein.

Mich schaudert, und ich leere das Glas, das der Ober soeben mit einem trockenen Wein aus dem südlichen Rhonetal gefüllt hat.

Als der Abend endlich vorbei ist, kann ich nicht schnell genug das Restaurant verlassen.

Am liebsten würde ich Andreas gar nicht in die Augen sehen. Er drückt mich und küsst mich auf beide Wangen, doch ich befreie mich aus seinen Armen.

Sobald Steven und ich im Taxi sitzen, lege ich los.

»Lade mich nie wieder zu einem solchen Treffen ein!«

Er löst seine Krawatte.

»Meinst du die Miesmuscheln? Ich fand sie auch furchtbar, aber es ist so schwierig …«

»Die Miesmuscheln sind mir doch scheißegal!«

Steven zuckt zusammen. Er hält mit beiden Händen die Krawatte fest, als wäre sie eine Schlinge.

»Meinst du Andreas? Er kann manchmal sehr intensiv sein, aber er …«

»Er ist ein untreuer Dreckskerl!«

Steven verstummt.

Ich atme ein paarmal tief durch, um mich zu beruhigen. Das Taxi fährt auf die Autobahn, und Steven nimmt seinen Schlips ab.

Ich muss ihm von meinem Vater erzählen.

»Ich war in der ersten Klasse, als mir klar wurde, was da lief. Meine Geschwister sind viel älter. Sie konnten anders damit umgehen, aber für mich war es verdammt traumatisch. Während meiner gesamten Kindheit habe ich mich gefragt, warum mein Vater uns nicht geliebt hat und kein Teil unserer Familie sein wollte. Und warum meine Mutter nichts gesagt oder getan hat. Manchmal bin ich mindestens genauso wütend auf sie.«

Der Taxifahrer hat laute Musik laufen, und ich brülle ihn an, dass er sie ausschalten soll.

»Das ist ja schrecklich«, sagt Steven.

In meinen Ohren klingt das nach Doppelmoral.

»Dein Kumpel macht doch genau dasselbe.«

»Nein.«

Er stopft den Schlips in seine Jacketttasche.

»Na logisch. Seine Frau sitzt mit den Kindern zu Hause in Göteborg, während er mit seinem Betthäschen ins Restaurant geht.«

»Ganz so einfach ist es aber nicht«, sagt Steven. »Pauline und Andreas kennen sich schon ewig. Sie ist kein Betthäschen.«

»Okay, dann ist es vielleicht nicht ihre Schuld.«

Obwohl sie trotz allem eine Mitschuld trägt. Sie weiß ja, dass Andreas eine Familie hat.

»Ich finde sein Verhalten ja auch nicht gut«, sagt Steven. »Für mich ist Untreue völlig unvorstellbar. Aber Leute sind verschieden. Für Andreas funktioniert das nun mal nicht mit der Monogamie, und seine Frau ist sich dessen bewusst. Sie haben eine Art stillschweigende Übereinkunft.«

»Was für ein verdammter Bullshit!«

Ich denke an meine Mutter.

»Ich verteidige es doch nicht«, sagt Steven.

»Genau das tust du! Bei einer Übereinkunft müssen beide einverstanden sein, oder? Kann eine Übereinkunft überhaupt stillschweigend sein?«

Demonstrativ wende ich den Blick ab und sehe die gelben Felder vorbeiziehen. Die alte Windmühle und die Bauernhöfe, dann die Abfahrt nach Lund.

Hätte mein Vater dasselbe gesagt? Eine stillschweigende Übereinkunft.

Stevens tastende Hand zwischen den Autositzen.

»Tut mir leid, Jennica. Du musst Andreas nie wiedersehen. Es ist ja nicht so, dass wir uns ständig sehen. Er wohnt dreihundert Kilometer entfernt.«

Er legt die Hand auf meinen Rücken und streichelt mich zwischen den Schulterblättern. Es kitzelt und wärmt.

Ich hasse Leute, die beleidigt und engstirnig sind, um die Sympathie anderer zu gewinnen. Ich bin nicht so.

»Du kannst natürlich nicht Verantwortung für das Verhalten deines Kumpels übernehmen«, sage ich. »Aber mir ist es wichtig, dass wir dieselbe Auffassung von Treue haben.«

Steven streichelt mir weiter über den Rücken.

»Ich hasse Untreue«, sagt er. »Ich kann das überhaupt nicht nachvollziehen. Wenn man sich nicht mehr liebt, ist es doch besser, sich zu trennen.«

Seine Hand hält an meinem Nacken inne. Die Finger schleichen sich unter meinen Kragen. Ich sehe, wie der Taxifahrer uns im Rückspiegel anglotzt.

»Sie können die Musik gern wieder anschalten.«

Ohne mit der Wimper zu zucken, dreht er die Lautstärke hoch, dass der ganze Wagen vibriert.

Steven lacht und küsst mich in den Nacken.

In seiner Wohnung schenkt er uns noch einen Absacker ein und legt Bruce Springsteen auf. Ich ersetze diesen Oparock durch Lana Del Rey. Stevens große Hände auf meinen Hüften. Wir wiegen uns zusammen im Takt, mein Kopf an seiner Schulter. Dieses Warme und Geborgene in der Nase.

Sachte schiebt er mich in Richtung Schlafzimmer. Das Kleid fällt auf meine Knöchel herab, und er streichelt meine Brust. Unsere Lippen streifen sich. Seine Zunge ist weich, aber entschlossen.

Es ist keine Frage, wer hier führt. Stevens Blick ist fest und jede Bewegung sicher. Ich lande schnell auf dem Rücken, er liegt auf mir und hält mich fest umarmt, während er in mich eindringt. Nicht für eine Hundertstelsekunde lässt er mich aus den Augen, während er sich vorsichtig hin und her bewegt, bis er so tief in mir drin ist, dass mein Körper sich beinahe in Atome auflöst. Jedes Mal, wenn ich kurz vorm Höhepunkt bin, zieht er ihn raus und küsst mich gierig. Beim Finale lasse ich den Kopf zur Seite fallen und schreie, dass die Wände wackeln.

Missionarsstellung also. Ich bin völlig exaltiert. In der Tinderzentrale haben wir Typen gedisst, indem wir sie als Missionare bezeichneten. Aber diese Variante ist unglaublich gut.

»Ich mag dich verdammt gern, Jennica Jungstedt«, flüstert Steven.

Er liegt auf dem Rücken und keucht. In seinem Brusthaar hängen kleine Schweißperlen. Unsere Hände sind zu einem festen Knoten verflochten.

BILL

Seit dem Gespräch mit Jennica Jungstedt laufe ich mit einem irritierenden Jucken im Körper herum. Ein Pieken, das ich nicht loswerde.

Warum hat sie gesagt, dass Miranda gelogen hätte? Ich verstehe nicht, inwiefern sie gelogen haben soll. Es macht mich wahnsinnig, dass Jennica so ungerührt wirkt. Mein Gespräch stellte nur einen Störmoment dar, eine Erinnerung, auf die sie gern verzichtet hätte. Ich sollte mir keine Gedanken mehr darüber machen. Jennica wird ohnehin nie zu dem stehen, was sie getan hat, oder sich entschuldigen.

Ich sitze auf dem Balkon und behalte die Job-App im Blick. Schließlich bekomme ich einen Auftrag bei einer älteren Dame in der Vävaregatan, bei der ich eine Alarmanlage installieren soll. Sally bleibt zu Hause auf dem Innenhof und spielt, während ich mit dem Rad durch den Stadtpark fahre, unter der Eisenbahnbrücke am Trollebergsvägen hindurch und dann Richtung Norden am Bahnhofsplatz vorbei.

Vor dem Landgericht ist gerade ein Großeinsatz mit Polizeiautos, uniformierten Wachleuten und einer großen Menschentraube am Eingang. Ich halte neugierig Ausschau, aber erst als ich zu Hause bei der Kundin ankomme, erfahre ich, um welchen Fall es geht.

»Lesen Sie denn keine Zeitung?«, meint sie. »Das ist die Gerichtsverhandlung wegen dieser Sache in Kärrlösa.«

Etwas klingelt bei mir, aber nicht mehr. Ich stelle keine weiteren Fragen, denn ich will nicht ahnungslos wirken, doch die Frau erzählt es mir freiwillig.

»Zwei Halbstarke sind auf dem Land bei einem Mann eingebrochen. Und er hat sie beide erschossen.«

Davon habe ich natürlich gehört. Kurz nach dem Vorfall wurde im Internet intensiv darüber diskutiert. Etliche fanden, dass der Mann sofort freigelassen werden solle. Die Einbrecher seien selbst schuld, er habe doch nur sein Eigentum verteidigt.

»Und genau deshalb möchte ich eine Alarmanlage«, sagt die Kundin. »Ich habe keine Schrotflinte.«

Es ist ein billiges System mit Vibrationsdetektor und Bewegungsmelder. Vermutlich nichts, was abgefeimte Ganoven abschrecken würde. Aber das sage ich ihr nicht.

Die Frau zeigt mir, wo ich die Alarmanlage montieren soll, und später erkläre ich ihr die Fernbedienung. Ich bekomme zweihundertfünfzig Kronen in bar, und alle sind zufrieden.

Die Sonne brennt vom Himmel und sieht aus wie ein Feuerball. Aus einem Garten duftet es nach Gegrilltem. Die Glocken der Allhelgonakyrkan schlagen.

Ich habe mich gerade aufs Fahrrad gesetzt, als das Handy klingelt. Ich hole es aus der Tasche.

»Hallo?«

»Spreche ich mit Bill Olsson?«

Der Mann sagt, dass er vom Kino Spegeln in Malmö anrufe. Er hat meine Mail bekommen und findet sie interessant.

»Das freut mich!«

»Sie scheinen ja solide Erfahrungen zu haben«, sagt er. »Ich bräuchte jemanden, der ziemlich kurzfristig zum Arbeiten herkommen kann, schon nächste Woche.«

»Das kann ich bestimmt organisieren«, sage ich.

Es geht in erster Linie um Tagschichten, Montag bis Freitag.

Es ist fast zu schön, um wahr zu sein.

»Sie haben geschrieben, dass Sie viele Jahre in Lund gearbeitet haben«, sagt der Mann. »Dann war Anette Stehn Ihre Chefin, oder?«

Alle Luft entweicht aus mir.

Ich stütze mich auf dem Lenker ab.

»Ja. Klar.«

Es ist kein Zufall, dass ich Anette Stehn nicht als Referenz aufgeführt habe.

»Ich kenne sie ziemlich gut«, sagt der Mann. »Ich werde sie im Lauf des Tages mal kontaktieren.«

»Tun Sie das«, sage ich.

Und plötzlich bin ich gar nicht mehr so hoffnungsvoll.

Abends kochen Sally und ich Spaghetti Bolognese, während Karla beim Fußballtraining ist. Ich lese Sally aus Harry Potter vor, und dann schlafen wir beide ein.

Ich erwache, als die Wohnungstür geöffnet wird, stehe blitzschnell auf und schäme mich aus irgendeinem Grund.

Karla wirft mir einen verwunderten Blick zu.

Sie steht in einem trägerlosen Sommerkleid im Flur, mit dunkelrotem Lippenstift und stark getuschten Wimpern.

»Ich war mit ein paar Mannschaftskolleginnen in der Stadt«, erklärt sie.

Ich werfe einen Blick auf die Handyuhr. Es ist nach Mitternacht.

»Ich glaube, ich bin beim Vorlesen eingeschlafen«, sage ich.

Karla nickt und lächelt.

»Warte mal kurz. Ich will dir was zeigen.«

Sie verschwindet in Sallys früherem Zimmer. Als sie zurückkommt, hält sie etwas in der Hand.

»Sieh mal«, sagt sie. »Der ist von meiner Oma.«

Ich reibe mir ein bisschen Schlaf aus den Augen.

Auf ihrer Handfläche liegt ein Goldring mit einem funkelnden Stein, der einem Diamanten verdächtig ähnlich sieht.

»Ist der echt?«

Karla nickt.

»Du bekommst ihn von mir. Du kannst ihn bestimmt für zehntausend oder zwanzigtausend auf Tradera verkaufen. Das müsste auf jeden Fall für die nächste Monatsmiete reichen.«

KARLA

Ich tippe den Code ein und öffne die Haustür.

Es ist dunkel und still. Keiner antwortet, als ich rufe.

Während ich die Toiletten putze, höre ich Rick Astley und Bonnie Tyler. Wie immer mit nur einem Ohrhörer.

Die Musik versetzt mich zurück nach Hause, abends in der Küche. Es war total verraucht, trotz eingeschalteter Dunstabzugshaube. Ich saß mit meinen Hausaufgaben auf einem verschlissenen Sessel am Fenster. Meine Mutter sagte immer, dass sie so stolz auf mich und ich das Licht in ihrer Dunkelheit sei.

Diesmal will sie wirklich clean werden. Zumindest laut Silja. Ich möchte ihr so gerne glauben. Was, wenn es ihr nicht gelingt, nur weil ich nicht da bin und sie unterstütze? Wie egoistisch von mir, nicht mit dem erstbesten Zug nach Hause zu fahren.

Ich sprühe noch ein paar Spritzer Zitronenreiniger ins Bidet und poliere das Porzellan um den Wasserhahn herum, ehe ich die Badzimmertür hinter mir schließe und mich ans Abstauben mache.

Bald stehe ich an der Kommode im Flur. Alle Schubladen sind ordentlich geschlossen.

Ich fasse es nicht, dass ich den Ring mitgenommen habe. Seitdem hat die Panik mich keine Sekunde losgelassen. Jeder darf Jura studieren, aber wer als Richter in einem schwedischen Gericht arbeiten möchte, wird genau überprüft. Das weiß ich.

Der Richterwahlausschuss verlangt einen Auszug aus dem Vorstrafenregister, bevor jemand zum Richter ernannt wird.

Rasch tanzt der Staubwedel über die letzten glänzenden Oberflächen.

Ich muss den Ring zurücklegen. Ich muss Bill Bescheid sagen, dass ich es mir anders überlegt habe.

Im oberen Stockwerk steht die Tür zu Reginas Schlafzimmer offen. Ich meide die knarrende Schwelle im Flur und schleiche auf Zehenspitzen vorbei.

Im Raum neben Reginas Schlafzimmer mache ich das Bett und drapiere die Kissen dekorativ am Kopfteil. Auf dem Nachttisch steht ein halb leeres Glas mit einer Flüssigkeit, die ich zunächst für Wasser halte, die aber nach Wein riecht. Ich vermute, dass Steven hier schläft. Allein, oder zieht Regina nachts zu ihm? Ich beuge mich vor und schnuppere am Kissen, um zu überprüfen, ob die Bettwäsche gewaschen werden muss.

»Was machst du da? Wo ist Steven?«

Ich wirbele herum und ziehe den Ohrhörer heraus.

In der Türöffnung steht Regina mit zerzaustem Haar und strengem Blick.

»Ich wollte die Bettwäsche waschen.«

»Warum? Wo ist Steven?«

Ihr Blick irrt herum.

»Bestimmt arbeitet er«, sage ich. »Es ist doch erst Vormittag.«

Sie taumelt und hält sich am Türrahmen fest.

»Wie geht es dir?«, frage ich. »Du solltest dich wieder hinlegen.«

Sie atmet tief durch und legt sich die Hand auf den Brustkorb.

»Es geht gleich wieder vorbei.«

»Komm, wir setzen uns hin«, sage ich und biete ihr meinen Arm.

Sie umklammert fest meinen Bizeps, während wir zum Sofa wanken.

»Du meinst bestimmt, dass ich lüge«, sagt Regina, »aber vor anderthalb Jahren war ich besser durchtrainiert als die meisten anderen Vierzigjährigen. Ich war fünfmal pro Woche im Fitnessstudio. Ich habe Tabatatraining gemacht und geboxt. Steven und ich waren oft draußen in der Natur. Ich mag Wandern und Kajakfahren. Wir sind auch zusammen Mountainbike gefahren.«

Ich kann sie vor mir sehen. Ein schönes Paar mit jeder Menge Geld und unbegrenzten Möglichkeiten. Etwas, wovon andere Menschen träumen. Die Krankheit scheint alles zerstört zu haben.

»Niemand begreift, wie viel Schaden ein normales Virus anrichten kann«, fährt sie fort. »Hohes Fieber und Erbrechen, Schmerzen im ganzen Körper. Mein Geschmackssinn und mein Geruchssinn waren verschwunden. So schlimm krank war ich noch nie, aber ich habe natürlich gedacht, es würde in ein oder zwei Wochen vorbei sein.«

Sie keucht angestrengt und presst sich die Hand auf die Brust.

»Doch es ging weiter. Nach vier Wochen im Bett fühlte ich mich so gut, dass ich es schaffte, aufzustehen und rauszugehen. Der Rückfall war furchtbar, und alles wurde noch viel schlimmer. So ist es seitdem. Jedes Mal wenn ich glaube, dass ich ein bisschen fitter bin, und versuche, etwas anderes zu tun, als nur im Dunkeln im Bett zu liegen, schlägt es mit zehnfacher Kraft zurück.«

Das ist ja fast unvorstellbar. Nicht einmal meiner Mutter

geht es so schlecht. Bei uns hat es immer auch helle Tage gegeben. Phasen, in denen es ihr besser gegangen ist und wir uns fast in einer Art Normalität befanden.

»Und so geht es dir seit anderthalb Jahren?«, frage ich – wie üblich, ohne auch nur im Geringsten meine Gefühle zu verbergen.

»Mein Leben hat innerhalb einer Woche eine totale Kehrtwendung gemacht. Früher haben Steven und ich am Wochenende mal ein Glas Wein getrunken. Wir sind oft ins Restaurant, ins Theater und in Konzerte gegangen. Jetzt schaffe ich allerhöchstens eine halbe Stunde Fernsehen.«

In der Zeitung stehen manchmal Artikel über Leute, die nach einer Virusinfektion chronisch krank geworden sind, aber ehrlich gesagt habe ich nicht gewusst, dass es so schlimm sein kann.

Und jetzt habe ich sie auch noch bestohlen.

»Ich war ein total geselliger Mensch und hatte jede Menge Freunde«, fährt Regina fort.

Mein Blick wandert zu den Stringregalen an der Wand. Neben dicken amerikanischen Coffeetable-Books über Einrichtung und Kochen stehen Figuren der Designer Lisa Larson und Kay Bojesen, die ich nur von Instagram kannte.

»Am Anfang haben sich viele bei mir gemeldet«, sagt Regina. Ihre Stimme gibt nach, und sie holt Atem. »Natürlich habe ich ihnen leidgetan. Sie haben mir Blumen und Schokolade geschickt. Aber irgendwann reicht es den Leuten, wenn man sich nicht sehen kann und es nicht einmal schafft zu telefonieren. Ich kann es ihnen nicht verübeln.«

Sie sieht durch mich hindurch. Meine Mutter hat immer gesagt, dass ich nicht mal einen winzigen Mückenstich verstecken kann.

Ich dachte, ich hätte das alles hinter mir gelassen. Diebstähle, Lügen und Heimlichkeiten. Ich dachte, ich wäre jetzt jemand anderes. Aber einmal Dieb – immer Dieb. Sobald sich mir die Gelegenheit bietet, werde ich den Ring in die Schublade zurücklegen.

»Ich muss weitermachen«, sage ich. Als ich mich erheben will, legt Regina die Hand auf mein Knie.

»Bleib sitzen.« Ihre Stimme ist unerwartet scharf. »Du schaffst das doch alles.«

Ich meide ihren Blick.

»Ich habe die Hoffnung beinahe aufgegeben«, fährt Regina fort. »Niemand fühlt sich für meine Krankheit zuständig. Sie schicken mich von Pontius zu Pilatus. Die meisten scheinen zu glauben, dass ich mir das alles nur einbilde. Wenn Steven keine Kontakte hätte, würde ich kaum Medikamente bekommen.«

»Das ist ja total bizarr.«

Ein typisches Beispiel für das schwedische Gesundheitssystem. Ich habe mit meiner Mutter in allen möglichen Praxen gesessen, in sterilen Wartezimmern mit Filzsofas in der Suchtberatung und beim Psychiatrischen Krisendienst, in Arztpraxen mit bunten Fischen in Aquarien und flotten Slogans im Eingangsbereich. Wir sind hierhin und dorthin überwiesen und in Wartelisten einsortiert worden, haben gewartet und noch länger gewartet.

»Du musst für deine Rechte kämpfen«, sage ich. »So kann es doch nicht weitergehen.«

Sie lehnt sich zurück und nickt mit halb geschlossenen Augen. »Ich weiß. Aber man hält das nicht ewig durch. Manchmal … manchmal will ich einfach nur, dass alles zu Ende ist.«

Ich schaudere. Vor mir sehe ich meine Mutter und muss die Zähne zusammenbeißen, um den Schmerz zu unterdrücken.

»Du darfst nicht aufgeben. Denk an die Menschen, die dich lieben.«

Der Selbstmordversuch meiner Mutter ist eine Wunde, die nie verheilen wird. Der Vorfall hatte mich noch lange im Würgegriff. Jedes Mal wenn ich nach Hause kam und die Schlafzimmertür geschlossen war, hatte ich eine Höllenangst. Es brauchte mehrere Jahre Therapie, ehe ich schließlich akzeptieren konnte, dass ich nicht die Verantwortung für das Geschehene trug.

Regina beugt sich vor.

»Es gibt niemanden mehr, der mich liebt.«

Sie klingt wie meine Mutter. Aber sie scheint jedes einzelne Wort ernst zu meinen.

»Und Steven?«, frage ich.

»Es ist lange her, dass Steven mich geliebt hat. Niemand wäre glücklicher als er, wenn ich nicht mehr da wäre.«

BILL

Sally und ich verbringen einen ganzen Vormittag am Strand in Lomma. Obwohl ich Hitze und Sand zwischen den Zehen hasse und meine Haut keine Sonne verträgt, verleben wir einige wunderbare Stunden zusammen.

»Wie viele Tage sind noch von den Sommerferien übrig?«, fragt Sally.

Wir rechnen es aus.

Dann buddeln wir ein tiefes Loch in den Sand, das wir mit Meerwasser füllen.

»Ach, Papa, ich will nie, dass der Sommer aufhört.«

Am späten Nachmittag hat sie noch immer Sonnencreme im Gesicht, und ihre langen Haare duften nach Salz, als wir im Bus nach Malmö sitzen.

Im Untergeschoss des Hauptbahnhofs wartet ein Typ, der den Diamantring von Karlas Oma gerne erwerben möchte. Es kommt mir verdächtig vor, wie er meinem Blick ständig ausweicht, aber er mustert den Ring eingehend, und nachdem er eine Weile schweigend nachgedacht hat, bietet er mir vierzehntausend Kronen dafür.

Vierzehntausend!

Im Bus auf dem Heimweg logge ich mich in meine Onlinebank ein und zahle die Rechnung für die kaputte Fensterscheibe. Trotzdem habe ich noch immer zehntausend auf dem Konto. Plötzlich fällt mir das Atmen viel leichter. Nicht einmal der Gedanke an Jennica Jungstedt kann mir die Laune verderben. Ich lächele so viel, dass ich Muskelkater bekomme. Immer wieder wuschele ich Sally durchs Haar, bis sie schließlich meine Hand zur Seite stößt und mich fragt, was mit mir los sei.

»Ich bin einfach nur froh.«

Erleichtert wäre vielleicht das passendere Wort.

Abends sitze ich mit einem nassen Handtuch über meinen sonnenverbrannten Schultern auf dem Sofa, während Sally sich auf dem Handy TikTok-Videos ansieht.

»Warum kommt sie nicht?«

Es ist bald zehn Uhr, und Karla war den ganzen Tag nicht zu Hause.

»Sie ist jung. Sie hat sicher jede Menge Dinge vor.«

»Was denn für Dinge?«

Mir hätte klar sein müssen, dass es genauso kommen würde. Es sind erst ein paar Wochen vergangen, seit Karla hier eingezogen ist, und Sally hat schon eine viel zu enge Bindung aufgebaut.

»Ich will ihr meine Tattoos zeigen«, sagt sie und streckt die Arme aus, die mit Einmal-Tattoos übersät sind.

»Die sind morgen bestimmt auch noch da.«

Ich helfe ihr beim Zähneputzen, ehe ich ihr zwei Kapitel aus Harry Potter vorlese. Sally schläft mitten in einer Szene ein, die so spannend ist, dass ich sie zu Ende lese.

Als ich aus dem Schlafzimmer schleiche, höre ich Karla vor der Wohnungstür. Ich setze mich mit dem Handy aufs Sofa und bereite meine kleine Überraschung vor.

Natürlich ist es nur eine Leihgabe. Das Geld vom Verkauf des Rings gehört Karla, und ich will keine Almosen. Doch wie auch immer – diese Tausenderscheine werden mich über den Rest des Sommers retten.

Karla bleibt an der Schwelle zum Wohnzimmer stehen und lehnt sich mit der Schulter an die Wand. Sie hat ihr Oberteil kurz oberhalb des Nabels verknotet, und die Haare hängen ihr wie immer in die Augen.

Mir fällt es schwer, still zu sitzen. Ich muss ihr die Zahlen auf dem Bankkonto zeigen.

Aber als ich aufstehe, merke ich, dass irgendwas nicht stimmt.

Karla mustert mich verstohlen.

»Ich hoffe, du hasst mich jetzt nicht.«

»Wieso?«

Sie knetet die Hände.

»Ich hab es mir anders überlegt.«

»Was meinst du?«

»Der Ring«, sagt sie. »Ich hab es mir anders überlegt. Ich will ihn doch nicht verkaufen.«

Es dauert einen Moment, bis die Botschaft bei mir angekommen ist.

Sie hat es sich anders überlegt.

»Aber das geht nicht. Ich habe ihn schon verkauft.«

»Wie?«

Karla starrt mich an.

Sie ist leichenblass.

»Guck mal!«, sage ich und laufe mit dem Handy auf sie zu. »Ich hab vierzehntausend dafür bekommen!«

Karlas Miene wirkt gequält.

»Tut mir leid, aber ich kann ihn einfach nicht verkaufen. Du kannst ihn doch zurückkaufen, oder nicht?«

Mein Mund ist staubtrocken, ich weiß nicht, was ich sagen soll. Sie hätte das Ganze von Anfang an besser durchdenken müssen.

»Natürlich geht das.« Ich schließe die Augen und schlucke. »Aber … warum hast du es dir anders überlegt? Ist was passiert?«

»Nein, was sollte passiert sein?«

Natürlich dachte ich, dass sie sich total sicher wäre. Dieser Ring schien keinerlei emotionalen Wert für sie zu haben. Es muss irgendetwas anderes dahinterstecken.

»Ich … also … der …«

Sie legt die Hand an die Stirn und blinzelt. Langsam entgleisen ihr die Gesichtszüge.

Ich habe offenbar die Bedeutung des Rings unterschätzt.

»Immer mit der Ruhe. Das kriege ich schon geregelt.«

Ich weiß nicht, was ich mit meinen Händen machen soll. Ich traue mich jedenfalls nicht, Karla zu berühren.

»Ich verstehe nicht, wie das passieren konnte«, schnieft sie.

»Wir kriegen das hin«, sage ich. »Ich hole den Ring zurück.«

Sie sieht mich aus kleinen geröteten Augen an.

»Das ist nicht der Ring meiner Oma.«

»Nicht?«

Jetzt komme ich nicht mehr mit. Hat sie den Ring geklaut?

»Entschuldigung, Bill. Tut mir leid! Ich habe ihn von meinen Kunden gestohlen. Sie sind superreich und werden vermutlich gar nicht merken, dass er weg ist. Aber ich bin keine Diebin. Ich will keine Diebin sein.«

Ich versuche, sie zu trösten, während ich allmählich begreife. Darauf wäre ich nicht einmal in meiner wildesten Fantasie gekommen.

»Das kriegen wir hin. Ich schicke dem Käufer eine Mail, und dann muss er mir den Ring zurückgeben.«

Sie setzt sich aufs Sofa und reibt sich vorsichtig mit den Zeigefingern unter den Augen.

Mein Bild von Karla verändert sich gerade rasant.

Sie hat einem Kunden etwas gestohlen. Und zwar einen Diamantring – einen Familienschmuck oder vielleicht ein Erbstück. Und sie hat mich in eine verdammte Hehlereigeschichte mit hineingezogen.

Vielleicht habe ich mich täuschen lassen, weil sie so klein und puppenhaft niedlich wirkt. Ich kenne sie nicht wirklich.

Sie erzählt, dass sie den Ring bei einem Arzt im Stadtteil Professorsstaden gestohlen habe. Rein zufällig habe sie eine ganze Schublade voller Schmuck und Diamanten entdeckt.

»Und du hast ihn einfach mitgehen lassen?«

Das wirkt komplett bescheuert. Früher oder später werden sie den Diebstahl bemerken, und natürlich wird Karla die Erste sein, die sie verdächtigen.

Sie vergräbt ihr Gesicht in den Händen.

»Ich habe an dich und Sally gedacht. Ich will nicht, dass Sally noch mehr Scheiße erleben muss.«

»Aber so etwas hilft ja nicht weiter.«

Ich hoffe, dass der Käufer den Ring nicht prüfen lässt. Wenn wir geschnappt werden, kriege ich auch Ärger.

»Der Schmuck liegt einfach da rum«, schluchzt sie. »Die Menschen werden nicht glücklicher davon. Er arbeitet die ganze Zeit, und seine Frau ist total krank. Sie liegt den ganzen Tag im Bett, und ihr Mann hat zu mir gesagt, dass ich nicht mit ihr reden soll.«

Ich kratze mir über die Bartstoppeln. Irgendwie muss ich den Ring zurückkaufen, ohne dass der Typ in Malmö anfängt nachzuforschen. Ich muss mir eine Entschuldigung überlegen.

»Erst habe ich gedacht, dass sie ihn sowieso nicht vermissen würden«, sagt Karla und sieht mich an. »Die leben nicht wie du und ich. Sie wohnen in einem richtigen Palast. Sie müssen steinreich sein. Aber die Frau ist kränker, als ich dachte. Sie nimmt starke Medikamente. Manchmal ist sie total weggetreten. Ich ertrage den Gedanken nicht, dass ich sie bestohlen habe.«

Es wird immer abgefahrener. Beinahe unwirklich.

Karla öffnet die Kartenapp in ihrem Handy und zeigt mir Satellitenfotos von der protzigen Patriziervilla direkt am Botanischen Garten.

»Wie heißen die noch mal?«

Ich google Steven und Regina Rytter, die jedoch nur wenige Spuren im Internet hinterlassen haben. In Lund scheint es keine Personen mit diesem Namen zu geben. Entweder sind sie woanders gemeldet, oder ihre Daten sind geschützt. Wenn sie tatsächlich so steinreich sind, wie Karla behauptet, könnte das eine Erklärung sein.

Zumindest finde ich ein paar alte Bilder. Dr. Steven Rytter lächelt auf allen Fotos. Die Muskeln zeichnen sich unter seinem Polohemd ab, und ihn umgibt eine Aura von Erfolg. Seine Frau Regina ist offenbar die Tochter des Schriftstellers Helmer Lindgren. Ich habe ein paar von seinen Büchern gelesen.

Ich lasse mich aufs Sofa sinken. Das sind nicht irgendwelche Menschen. Wenn der Diebstahl entdeckt wird, kann es für Karla und mich ziemlich böse enden.

Auf einem der Fotos sind Steven und Regina Rytter zusammen abgebildet. Sie umarmen sich im Gegenlicht. Beide sehen gesund und glücklich aus, aber irgendetwas an dem Bild stört mich. Es kommt mir verlogen vor. Ich glaube nicht, dass es ein einziges vergleichbares Bild von Miranda und mir gibt.

»Ich werde den Ring zurückbringen«, sage ich.

Karla zieht die dünnen Beine unter sich. Sie ist unter Drogensüchtigen aufgewachsen. Bestimmt klaut sie nicht zum ersten Mal. Aber ich werde mich in ihren Sumpf nicht mit hineinziehen lassen.

Ich schreibe dem Typen in Malmö, der den Ring gekauft hat, eine lange Nachricht. Ich drücke mehr oder weniger auf die Tränendrüse und behaupte, dass meine Freundin es sich anders überlegt habe und den Ring zurückhaben wolle. Es gehe nicht ums Geld, sondern um den ideellen Wert. Ich behaupte, dass der Ring eine Erinnerung an ihre Oma sei.

Karla darf die Nachricht lesen, ehe ich sie abschicke.

»Glaubst du, dass er damit einverstanden ist?«, fragt sie.

»Er hat einen vernünftigen Eindruck gemacht.«

»Hoffentlich«, sagt sie. »Danke, dass du so verständnisvoll bist. Ich hoffe, du hasst mich jetzt nicht.«

Ich zwinge mich zu einem Lächeln.

»Natürlich hasse ich dich nicht.«

Ich bleibe auf dem Sofa sitzen und surfe auf dem Laptop, während Karla sich im Bad die Zähne putzt. Mein Blick bleibt am Foto von Miranda hängen. Ich muss alles aufklären, bevor die Sache eskaliert. Ich kann Miranda nicht enttäuschen. Nicht noch einmal.

Natürlich werde ich irgendwo Arbeit finden. Irgendwas Festes. Ich bin entmutigt und verletzt, aber ich bin kein Loser und habe auch nicht vor, einer zu werden.

Miranda hat mir mal erzählt, dass Jennica Jungstedt mich als Loser bezeichnet hat. Sie hat sich über mein Filmwissenschaftsstudium lustig gemacht und gesagt, ich solle lieber eine ordentliche Ausbildung abschließen und nicht bei Miranda und ihrer Familie schmarotzen. Jennica scheint es an jeglicher Selbsterkenntnis zu mangeln. So viel zum Thema im Glashaus sitzen und mit Steinen werfen. Miranda schien das alles mit Gleichmut zu nehmen. Sie war nie aufbrausend und zeigte nur selten, wenn sie traurig war. Sie war immer so verständnisvoll und sagte, dass Jennica eine schwierige Kindheit gehabt habe. Aber ich wurde wütend. Und ballte die Hand in der Hosentasche.

Ich schließe die Augen und höre Wasserplätschern aus dem Badezimmer. Die Toilettenspülung geht. Für einen Moment sehe ich vor meinem inneren Auge Miranda im Bad. Diese einfachen Alltagsgeräusche, die kommen und gehen, Routineabläufe, über die man nicht nachdenkt und von denen man nie geglaubt hat, dass man sie je vermissen würde. Im Handumdrehen machen sie einen krank vor Trauer und Sehnsucht.

Warum ist das alles ausgerechnet mir passiert? Warum muss ich hier arm wie eine Kirchenmaus sitzen und meine Frau vermissen?

Es muss irgendeine Logik dahinter geben. Irgendeine Form von Gerechtigkeit. Wenn ich mir nur nicht zusätzlich noch Sorgen um die Finanzen machen müsste.

Ehe ich einschlafe, logge ich mich in meinen E-Mail-Account ein und finde eine neue Nachricht von dem Typen vom Kino Spegeln.

Nach einem Gespräch mit Anette Stehn vom Filmplaneten in Lund kommt es für uns leider nicht infrage, Sie einzustellen.

Auszug aus der polizeilichen Vernehmung von Anette Stehn

Bitte geben Sie fürs Protokoll Ihren vollständigen Namen an

Anette Stehn.

Können Sie uns erzählen, was Sie beruflich machen?

Ich betreibe das Kino Filmplaneten hier in Lund.

Stimmt es, dass Bill Olsson bei Ihnen angestellt war?

Bill hat über zehn Jahre lang immer mal wieder bei uns gearbeitet. Erst war es ein Studentenjob. Die meisten, die bei uns anfangen, sind Studenten. Viele kommen und gehen. Aber Bill war einer der wenigen, die lange geblieben sind. Er liebt den Film. Ein wahrer Cineast.

Wie würden Sie Bill Olsson ansonsten beschreiben?

Er war ein guter Kollege, den alle mochten. Das mit seiner Lebensgefährtin war natürlich schrecklich. Sie war so jung. Bill hat sich deswegen krankschreiben lassen, aber ansonsten hat er seinen Job vorbildlich gemacht. Es gab nie irgendwelche Vorkommnisse. Deshalb war ich vollkommen schockiert, als es zu diesem Vorfall kam.

Sie haben im Frühling Anzeige gegen Bill Olsson erstattet.

Ja, genau. Ich hatte keine andere Wahl.

Können Sie erzählen, was passiert ist?

Im Lauf des Winters begannen Sachen aus dem Kino zu verschwinden. Kinobons, Geschenkgutscheine. Lauter Dinge, die dann im Internet zum Verkauf angeboten wurden. Als ich das erste Mal Anzeige erstattete, geschah gar nichts. Die Ermittlungen wurden eingestellt. Dann habe ich eine versteckte Überwachungskamera installiert.

Und die Filme haben Sie der Polizei zur Verfügung gestellt. Was war auf den Filmen zu sehen?

Bill hat geklaut. Er hat alles gestanden. Nach Mirandas Tod hatten sich haufenweise Schulden angehäuft. Aber ich habe ihm mit sofortiger Wirkung gekündigt. Er wurde zu einer Geldstrafe verurteilt, die er in Tagessätzen abzahlen musste.

JENNICA

Ich liege im Bett und sehe mir nebenbei eine Serie über eine Frau an. Gerade als sie von ihrem Mann vom Balkon geworfen wird, ruft Steven an.

»Hast du gesehen, dass heute Abend *Stoner* im Stadttheater läuft?«

Das habe ich tatsächlich mitbekommen. Ich hab die Plakate in der Stadt gesehen. Mit zwölf war ich das letzte Mal im Theater. Meine Mutter schleppte mich in pädagogische Kindertheaterstücke mit moralischen Botschaften.

»Du hast doch das Buch gelesen«, sagt Steven. »Es hat dir gefallen, oder?«

»Ich habe es geliebt.« Eine großartige Darstellung eines ganz normalen Lebens. »Aber die Eintrittskarten dürften längst ausverkauft sein.«

»Das ist egal«, sagt Steven. »Ich habe zwei hier.«

Ich setze mich kerzengerade hin.

Auf dem Bildschirm erzählt die Balkonfrau, die wider Erwarten überlebt hat, wie sie zu Gott gefunden und ihrem Mann vergeben hat, dem Vater ihrer Kinder, der sie tatsächlich wie einen Müllsack über das Balkongeländer im fünften Stock geschmissen hat.

»Vergeben? Du solltest jemanden schicken, der ihm einen Spieß in den Arsch rammt.«

Ich klicke den Mist weg.

»Wie?« Steven lacht. »Wovon redest du?«

»Sorry, das war nur meine Mitbewohnerin.«

Der Kater sieht beleidigt aus. Ich starre ihn an.

»Wollen wir uns um halb sieben treffen und nach dem Theater essen gehen?«, schlägt Steven vor. »Damit wir darüber diskutieren können.«

»Klingt nach einem Plan. Ich kann ja schon mal eine Grundlage mit einer TK-Pizza schaffen.«

Steven lacht wieder. Natürlich glaubt er, ich hätte einen Witz gemacht.

Wir reden noch eine Weile über *Stoner*, das Buch, das mehrere Jahrzehnte vergessen war und erst lange nach dem Tod des Autors eine sagenhafte Renaissance erlebt hat.

Als ich auf die Uhr sehe, stelle ich fest, dass meine Schicht schon vor zehn Minuten begonnen hat.

»Tut mir leid, Steven, ich muss auflegen.«

Vermutlich habe ich schon die ersten Anrufe verpasst.

Olivia klingt panisch, als ich rangehe.

»Ich habe schon mehrmals angerufen. Was ist los?«

»Tut mir leid, ich hatte ein wichtiges Meeting«, lüge ich.

Olivia ist die Stammkundin mit dem Säufer. Sie hat keine Probleme damit, ihre Gefühle zu zeigen, aber diesmal ist es schlimmer als sonst. Sie schreit so, dass ich mein Headset ein Stück vom Ohr weghalten muss.

»Ich hab was Schreckliches getan! Es ist unverzeihlich!«

»Was ist passiert?«

»Ich habe ihn geschlagen. Verstehst du, Jennica? Ich habe ihn mit den Fäusten geschlagen, mitten ins Gesicht. Seine Nase hat angefangen zu bluten.«

Das klingt ziemlich untypisch. Andererseits ist es wirklich mal an der Zeit, dass sie reagiert.

»Ich habe in seinem Handy rumgeschnüffelt. Ich weiß, dass es unverzeihlich ist, aber ich hatte so ein starkes Gefühl, dass irgendetwas nicht stimmt. Und mein Bauchgefühl hat mich nicht getrogen. Er hat eine Kollegin aus dem Büro gevögelt. Es gab mehrere eklige Fotos auf dem Handy. Und er hat ihr geschrieben, was er alles mit ihr anstellen will.«

Ich wende den Kopf in Richtung Decke und schließe die Augen. Wie viel Scheiße kann man sich eigentlich anhören, bevor es einem reicht? Ich war Teenie, als ich eine Ansichtskarte von einer Liebhaberin meines Vaters gefunden habe. Sie schrieb ihm, wie sie ihn vermisste, und hatte ganz unten auf die Karte ein Herzchen gemalt. Mir war kotzübel, und ich schob die gesamte Schuld auf die Frau, die versuchte, mir meinen Vater zu klauen. Als ich selbst miterleben musste, wie Miranda und Ricky mich betrogen, war ich alt genug und begriff, dass beide daran schuld waren.

»Du hättest dich nicht mit einem einzigen Schlag zufriedengeben sollen«, sage ich zu Olivia.

Sie klingt, als wäre sie völlig fertig.

»Ich habe ihm ins Gesicht gehauen. Die Kinder haben alles gesehen. Jetzt schäme ich mich so.«

»Das solltest du wirklich nicht tun. Du hast keinen Fehler begangen.«

»Aber ich habe ihn geschlagen. Das war Körperverletzung.«

Ich unterbreche sie.

»Das nennt man Selbstverteidigung.«

Olivia wirkt nicht überzeugt.

Ich lasse eine Brandrede vom Stapel und erkläre, wie Männer uns Frauen seit Jahrtausenden unterdrücken und dass man manchmal zu drastischen Maßnahmen greifen müsse, ja, sogar zu Gewalt. Sie darf sich keine Vorwürfe machen.

»Das schlechte Gewissen ist die beste Freundin des Patriarchats. Hör auf, ihn zu bemitleiden. Dieser Idiot ist ohnehin noch glimpflich davongekommen.«

Ich bezweifle, dass das bei ihr ankommt. Olivia schnieft und schluchzt, und am Ende höre ich kaum noch, was sie sagt.

Als wir aufgelegt haben, seufze ich laut und vielsagend in Richtung Hundi.

Er maunzt resigniert.

Wie du das nur aushältst, scheint er zu sagen.

Nach meiner Schicht hübsche ich mich ein bisschen auf, ehe ich mit dem Bus ins Stadtzentrum fahre.

Steven wartet vor dem Theater. Mit Hemd, Schlips und Jackett. Er duftet frisch geduscht.

Während der gesamten Vorstellung hält er meine Hand. Bei ein paar Sätzen drückt er meine Finger, und wir wechseln einvernehmliche Blicke. *Darüber müssen wir später noch mal reden.*

In der Pause trinken wir Sekt, und nach dem Theater spazieren wir Arm in Arm am belebten Stortorget vorbei.

Ich ertappe mich dabei, wie ich auf die Frage warte: *Wie fandest du es?* Oder: *Auf einer Skala von eins bis zehn – wie würdest du das Stück bewerten?* Aber Steven ist nicht der Typ, der solche Fragen stellt. Das finde ich toll.

Im Mat & Destillat essen wir Goldbutt mit pürierter Artischocke und Limette.

»Wusstest du, dass das Wort Artischocke vom norditalienischen *articiocca* stammt?«, frage ich ihn.

Steven schüttelt lächelnd den Kopf.

»Ich habe früher immer gedacht, es hätte was mit Kunst und mit Schockieren zu tun«, fahre ich fort. »Wobei man sich natürlich fragen kann, was eine Artischocke mit Kunst und Schockieren zu tun hat.«

Er fragt, ob ich heute irgendwelche interessanten Anrufe gehabt habe, und ich will ihm gerade von Olivia erzählen, doch dann wird mir klar, dass Steven das nicht verstehen würde. Er kennt sich gut mit Theater, Kunst und Literatur aus. Aber er weiß nichts über den ganzen Mist, der sich hinter den Kulissen abspielt. Vermutlich würde er irgendeine Plattitüde von sich geben, dass Gewalt niemals zu rechtfertigen sei oder dass zweimal falsch längst nicht einmal richtig ergeben.

Dann fällt mir Bill Olsson ein.

»Neulich hatte ich wirklich einen interessanten Anruf.«

Ich erzähle von Miranda, der Freundin aus meiner Kindheit, die einen Hirntumor bekam und starb, und dass sie eine kleine Tochter und diesen Bill hinterlassen hat, mit dem sie zusammenkam, als wir noch in die Schule gingen.

»Warum hat er dich denn jetzt angerufen?«, fragt Steven. »Das liegt ja schon ewig zurück.«

»Dieser Bill war ein richtiger Schlappschwanz, der sich von Miranda hat durchfüttern lassen«, sage ich. »Sie hat ihn betrogen, aber das hat er wohl nie umrissen. Er hat ihr alles geglaubt und mich zum Sündenbock gemacht, weil keiner mehr etwas mit ihnen zu tun haben wollte.«

Ich erzähle Steven von meinem fünfundzwanzigsten Geburtstag.

»Ich hatte einen Raum draußen auf dem Land gemietet und etwa achtzig Leute eingeladen. Damals war ich mit einem Typen namens Ricky liiert. Wir waren schon einige Monate zusammen, und ich war sehr verliebt.«

Steven muss ja nicht wissen, dass ich den Typen davor ein halbes Jahr lang in den sozialen Medien gestalkt habe und eines

Abends ganz »zufällig« an seinem Arbeitsplatz vorbeigegangen bin, als er gerade herauskam. Ich hatte im Lauf der Jahre zwar den einen oder anderen Crush gehabt, aber Ricky war mein erstes richtiges Projekt.

»Miranda und Bill hatten gerade ein Kind bekommen und machten voll auf Familie«, sage ich. »Miranda war bestimmt schon ewig nicht mehr ausgegangen und hatte an dem Abend ein bisschen zu viel Alkohol intus. Nach dem Essen hat sie zu ein paar von meinen Freundinnen gesagt, dass sie Ricky total heiß fände.«

Steven runzelt die Stirn.

»Hat sie deinen Freund angebaggert?«

»Sie war zwar besoffen, aber das entschuldigt nichts.«

Miranda und ich hatten zusammen Barbie gespielt. Wir hatten Hütten im Wald gebaut und im Kindergarten Küsse von den Jungs gesammelt. Jede Form von Betrug ist widerlich, aber ich werde nie darüber hinwegkommen, dass eine meiner besten Freundinnen mich betrogen hat, ein Mensch, den ich mein ganzes Leben gekannt und auf den ich mich zu hundert Prozent verlassen habe.

»Sie haben im Lauf des Abends ein bisschen miteinander getanzt, aber das ist mir nicht weiter aufgefallen. Sie war ja meine Freundin, und ihr Typ war auch da. Später, weit nach Mitternacht, waren Ricky und Miranda verschwunden. Ich habe sie auf einer Toilette in flagranti erwischt.«

»Du machst Witze.«

»Leider nicht. Ich habe beiden meine Freundschaft gekündigt. Miranda hat sich in den folgenden Jahren ein paarmal gemeldet und wollte sich versöhnen, aber ich konnte ihr nicht verzeihen. Es ging einfach nicht.«

»Aber ihr Typ …«

Steven legt das Besteck auf den Teller. Er hat schon verstanden.

»Bill hat wohl nicht ganz begriffen, was passiert ist. Miranda hat gelogen und die ganze Sache auf Ricky geschoben.«

»Und das hat er ihr abgenommen?«

Ich trinke einen Schluck und trockne meine Lippen mit der Serviette ab.

»Scheint so. Er hat Miranda vergöttert. Sie konnte in seinen Augen nie einen Fehler begehen. Aber die anderen Mädels in unserer Clique, Emma, Tina und Rebecka, haben eher für mich Partei ergriffen, und nach einem halben Jahr war Miranda völlig raus. Ich weiß, dass Emma und Tina noch Kontakt mit ihr hatten, nachdem sie krank geworden war. Sie haben sie im Krankenhaus besucht und waren auch auf der Beerdigung. Aber für mich war der Bruch unwiderruflich.«

»Das verstehe ich«, sagt Steven. »Man muss sich auf seine engsten Freunde verlassen können.«

»Ja, oder? Und dann ruft mich dieser Spinner mehrere Jahre später an. Er hat mich wohl im Internet gefunden.«

Steven reibt sich das Kinn.

Draußen hat die Nacht die Bäume im Lundagård in Dunkelheit gehüllt, und ganz hinten auf der Straße leuchtet die Domkirche.

»Es stört mich«, sage ich und trinke den letzten Rest Wein aus, »dass er die Frechheit besitzt, sich bei mir zu melden und mir Vorwürfe zu machen.«

Steven zuckt mit den Schultern.

»Du solltest ihm vielleicht die Wahrheit erzählen.« Er richtet sich auf und rutscht ein bisschen auf dem Stuhl herum. »Bis nach Reginas Tod hatte ich ein übertrieben positives Bild von ihr. Als wir uns kennenlernten, war ich bis über beide Ohren verliebt und völlig von ihr bezaubert. Erst jetzt im Nachhinein kann ich sehen, wie blind ich war. Regina hatte auch eine Menge negativer Seiten. Kontrollbedürfnis und Eifersucht zum Beispiel. Sie hat heimlich alles auf meinem Handy gelesen und mir vorgeworfen, mit anderen Frauen zu flirten, obwohl ich nur Augen für sie hatte. Die Einsicht, dass sie keineswegs eine Heilige war, hat mir bei der Trauerarbeit geholfen.«

Ich lege die Hände in den Nacken. Mein Hosenknopf droht aufzugehen.

»An mir hast du aber noch keine Fehler entdeckt, oder? Ich bin hoffentlich immer noch deine Königin?«

Steven lacht.

Aber er hat bestimmt recht.

Ehrlich gesagt werde ich immer wütender, wenn ich an Bills Vorwürfe denke. Vielleicht wäre es nur fair, ihm die Wahrheit zu sagen.

KARLA

Waheeda hält mir die Tür des Sushi-Lokals auf. Es riecht nicht besonders gut. Eigentlich haben wir uns wegen der Aufgaben für den Unikurs getroffen, aber Waheeda hat den ganzen Tag nichts gegessen, und irgendwie hat sie mich dazu überredet, Sushi auszuprobieren.

»*Wallah*, das ist ein Witz, oder? Du hast noch nie Sushi gegessen? Wie jetzt nie gegessen?«

Sie wedelt mit den Händen vor ihrem Gesicht herum, als würde sie einen Fliegenschwarm verjagen. Ich kann noch immer nicht richtig einschätzen, wann sie etwas ironisch meint und sich sozusagen selbst parodiert.

»Ich habe Surströmming probiert«, sage ich. »Roher Fisch ist nicht so mein Ding.«

»Welcher rohe Fisch? Red doch keinen Scheiß, *Habibti*. *Yalla*, auf geht's!«

Sie hilft mir beim Aussuchen, und es ist überraschend lecker.

»Schmeckt es dir nicht?«, fragt Waheeda und leckt ihre Fingerspitzen ab. »Wir können sonst auch zum Falafelkiosk gehen.«

»Nein, ist schon okay.«

»Echt? Du siehst aus, als hättest du Scheiße im Mund.«

Ich lache. Sie ist wirklich nie um einen Spruch verlegen.

»Nein, ich habe an etwas ganz anderes gedacht«, gebe ich zu.

Bill hat sich noch immer nicht wegen des Rings gemeldet. Der Mann, der ihn gekauft hat, will ihn vielleicht nicht zurückgeben. Hauptsache, er fängt nicht an herumzuforschen, wo der Ring herstammt.

»Erzähl schon!«, sagt Waheeda. »Hast du Ärger?«

Ich kaue fertig und spüle mit Wasser nach. Ich weiß nicht, wie viel ich preisgeben soll.

»Ich habe Kunden, bei denen ich zweimal in der Woche sauber mache. Ein Arzt und seine Frau. Irgendwas stimmt nicht bei denen.«

Ich erzähle, dass Regina krank ist und die meiste Zeit in ihrem Schlafzimmer verbringt. Dass sie sich komische Sachen einbildet und es ihr schwerfällt, Traum und Realität zu trennen. Während ich rede, habe ich die ganze Zeit meine Mutter im Hinterkopf.

»Sie behauptet, dass sie Angst vor ihrem Mann hat«, sage ich. »Aber ich weiß nicht, was …«

»Er schlägt sie. Hundertpro.« Von einer Sekunde auf die andere ist Waheeda ernst geworden. Ihr Blick und ihre Stimme verhärten sich schlagartig. »Ganz bestimmt!«

Sie wirft ihre Mähne nach hinten.

»Glaubst du wirklich?«

»Hat der Weihnachtsmann einen Hipsterbart? Natürlich schlägt er sie.«

»Aber welches Monster würde über einen kranken, schwachen Menschen herfallen?«

»Ach, du ahnst es nicht«, sagt Waheeda. »Es wimmelt nur so von Monstern auf dieser Welt. Es gibt sogar böse Ärzte. Es sollte jemand etwas dagegen unternehmen.«

Sie hat recht. Ich kann das nicht so weiterlaufen lassen. Wenn Regina das Thema wieder aufgreift, muss ich sie dazu bringen, dass sie sich Hilfe sucht. Ich war erst dreizehn, als der damalige Freund meiner Mutter, ein Schlagzeuger in einer Metalband, ihr mit einer Flasche ins Gesicht geschlagen hat.

Sie wollte ihn partout nicht anzeigen, aber zumindest ist es mir gelungen, ihn rauszuschmeißen. Ich könnte mir nicht mehr in die Augen sehen, wenn Regina Rytter etwas Schlimmes widerfahren würde und ich es einfach geschehen ließe.

Als ich nur noch zwei Sushis auf meinem Teller habe, fragt Waheeda, ob sie mir helfen soll, und schnappt sich das eine.

»Wollen wir loslegen?«, frage ich.

Wir müssen wirklich was tun. Die Aufgabe muss spätestens bis Mitternacht abgegeben werden.

Ich packe das Gesetzbuch und mehrere Kompendien aus, während Waheeda sich auf ihrem Laptop einloggt.

»Sieh mal hier«, sagt sie und dreht den Bildschirm in meine Richtung.

Drei Jahre Haft für Schüsse in Kärrlösa.

»Unser Rechtssystem ist total scheiße«, sagt Waheeda. »Die echten Gangster laufen frei herum, und normale Leute, die sich einfach nur verteidigen, landen im Knast.«

Jeder, der in Lund wohnt, hat den tragischen Fall in Kärrlösa mitbekommen, einem kleinen Dorf im Flachland, wo zwei Jugendliche aus der Gegend versucht haben, bei einem Siebzigjährigen einzubrechen. Ohne Vorwarnung hat der Alte seine Schrotflinte rausgeholt und die beiden Einbrecher im Hausflur erschossen.

»Das Gericht hat festgestellt, dass die jungen Männer mit Schlagwerkzeugen bewaffnet waren und der Mann deshalb um sein Leben fürchtete«, liest Waheeda vor. »Der Mann ist überrumpelt worden und hatte keine Zeit nachzudenken. Dennoch war es unverantwortlich, tödliche Gewalt anzuwenden, weshalb der Siebzigjährige zu drei Jahren Haft wegen Totschlags verurteilt wurde.«

Ich beuge mich über ihre Schulter und lese:

Tödliche Gewalt darf in einer Notwehrsituation nur dann angewendet werden, wenn es keine Alternativen gibt, um den Angriff abzuwehren, sagt der Präsident des Landgerichts Leonard Emsäter gegenüber der Aftonposten.

»Was hätte er denn tun sollen, verdammt?«, sagt Waheeda. »Sie ganz lieb bitten, doch die Waffen wegzulegen? Sie zum Kaffee einladen und sagen, dass natürlich nicht sie die Schuld daran tragen, dass es so weit gekommen ist? Es war sicher das System. Sie hatten bestimmt eine schwierige Kindheit.«

Sie klopft irritiert auf den Tisch.

»Was sagt das Gesetz?«, frage ich.

Eigentlich hätte ich einiges mehr zu sagen, aber Waheeda ist so empört, dass ich lieber auf eine Diskussion verzichte.

Die Überlegungen des Landgerichts klingen recht vernünftig. Wollen wir wirklich eine Gesellschaft, in der die Leute ihr Eigentum mit allen Mitteln verteidigen dürfen?

»Es muss im Strafgesetz stehen«, sagt Waheeda und blättert im Gesetzbuch.

Ich erinnere mich an einen Fall aus den USA, als ein Mann seine vierjährige Tochter erschoss – im Glauben, sie sei ein Einbrecher. Ich sollte Waheeda davon erzählen. Meine eigene Meinung vertreten. Aber ich habe noch nie besonders gern diskutiert. Dabei wird es so schnell laut und die Stimmung schlecht. Ich will auf gar keinen Fall meine neu gewonnene Freundschaft aufs Spiel setzen.

»Hör zu«, sagt Waheeda und liest aus dem Gesetzbuch vor. »Recht zu Notwehr liegt vor gegen einen angefangenen oder andauernden verbrecherischen Angriff gegen eine Person oder Eigentum.«

Sie stößt ihren Zeigefinger so heftig auf die Seite, dass das dünne Papier knittert.

Aus dem Gesetzestext geht deutlich hervor, dass man nie mehr Gewalt anwenden darf, als die Situation es erfordert. Das Gericht soll nicht nur beurteilen, wie konkret die Bedrohung ist, sondern auch die Möglichkeit abwägen, sich vom Tatort zu entfernen, um Hilfe zu rufen und die Gewalt gegen weniger lebenswichtige Körperteile zu richten.

»Nicht das Gesetz ist falsch«, sagt Waheeda. »Es geht darum, wie man es interpretiert. Die Gerichte mit den alten Opas müssen upgedatet werden. Wir brauchen mehr Leute wie dich und mich.«

Auszug aus der polizeilichen Vernehmung von Eldar Kahrimanović

Bitte geben Sie fürs Protokoll Ihren vollständigen Namen an.

Ensar Eldar Kahrimanović.

Können Sie ein bisschen von sich erzählen?

Ich bin einunddreißig Jahre alt, arbeite als Verkäufer in der IT- und Handybranche. Verheiratet und zwei kleine Kinder. Was soll ich noch sagen? Ich wohne in Limhamn in Malmö.

Wie sind Sie mit Bill Olsson in Kontakt gekommen?

Ich habe auf eine Anzeige von ihm im Internet geantwortet. Es ging um einen Ring, für den ich ein Angebot gemacht habe.

Haben Sie ihm den Ring abgekauft?

Wir haben uns am Hauptbahnhof getroffen. Ich habe geprüft, ob der Ring echt ist, und dann habe ich ihm per Mobile Pay vierzehntausend überwiesen.

Haben Sie ihn um eine Quittung gebeten?

Nein, tut man das normalerweise?

Haben Sie eine Quittung vom ursprünglichen Kauf des Rings gesehen?

Soll das ein Witz sein? Das war ein alter Ring von irgendwelchen Verwandten. Natürlich hatte er keine Quittung dabei.

Was ist dann mit dem Ring passiert?

Am nächsten Tag habe ich eine Mail von ihm bekommen. Da hatte er es sich anders überlegt. Er hat rumgeheult, dass seine Freundin so traurig sei, weil es der Ring ihrer Oma sei oder so. Ich war fair und habe gesagt, ich könne ihm den Ring zurückgeben, wenn er das Geld auf mein Konto zurücküberweisen würde.

Und ist es dazu gekommen?

Nein, ich habe das Geld nie wiedergesehen, also habe ich den Ring behalten.

Was haben Sie darüber gedacht?

Dass mit dem Typen irgendwas ganz und gar nicht stimmt.

BILL

Seit Mirandas Tod zucke ich jeden Morgen beim Aufwachen zusammen und drehe mich um, weil ich mich vergewissern will, dass Sally noch neben mir liegt und atmet. Anfangs hat sie die Augen sofort geöffnet, als könne sie meine Unruhe spüren, aber seitdem sie dauerhaft in mein Schlafzimmer gezogen war und wir die ganze Nacht dicht nebeneinander liegen, scheint ihr Schlaf tiefer geworden zu sein. Wahrscheinlich fühlt sie sich sicherer. Jetzt muss ich sie berühren, sie sogar leicht schütteln, damit sie ihre Himmelsaugen öffnet und sagt:

»Hallo Papa! Was hast du heute Nacht geträumt?«

Miranda hat mit diesem Traumritual angefangen. Wenn man sich nicht an seinen Traum erinnerte, durfte man sich auch irgendetwas zusammenfantasieren. Ich kann so was nicht gut, aber Miranda dachte sich immer großartige Geschichten aus.

»Ich habe von Karla geträumt«, sagt Sally und reibt sich den Schlaf aus den Augen. »Ich habe geträumt, dass ihr geheiratet habt. Ich war Brautmädchen bei eurer Hochzeit, und Céline Dion ist gekommen und hat *My heart will go on* gesungen.«

Mirandas absolutes Lieblingsstück. Ich habe den Kantor gebeten, es auf der Beerdigung zu spielen.

»Karla ist unsere Untermieterin«, sage ich. »Wir müssen sie in Ruhe lassen.«

Ich will Sally schützen, aber merke, dass ich lauter werde, und sie verzieht gekränkt den Mund.

»Man kann doch nichts dafür, von wem man träumt.«

»Nein, natürlich nicht. Das hab ich blöd formuliert.«

Ich lächele und streiche ihr über die Wange.

»Karla ist meine Freundin«, sagt sie.

»Nein, das ist sie nicht. Karla ist …«

»… unsere Untermieterin. Ich weiß.«

Ich küsse sie leicht auf den Arm und kitzele sie, bis sie aus vollem Hals lacht und sich windet. Wir wissen viel zu wenig über Karla, aber ich weiß, dass sie klaut und lügt.

»Komm jetzt, wir backen Scones«, sage ich und werfe die Decke zur Seite.

Nach dem Frühstück verschwindet Sally im Hof, eingecremt mit Lichtschutzfaktor dreißig und ausgestattet mit Sonnenkappe und Wasserflasche.

Ich gehe auf den Balkon und lehne mich ans Geländer. Es ist still und menschenleer. Lund liegt im sommerlichen Dämmerschlaf. Die meisten Studierenden sind nach Hause gefahren, und alles steht bis September auf Pause.

Ich setze mich in den Schatten und surfe eine Weile in der Jobbörse der Arbeitsvermittlung herum, aber das deprimiert mich nur. Stattdessen spiele ich *World of Warcraft*. Als das Telefon klingelt, sind mehrere Stunden einfach so verschwunden.

Private Nummer. Ich gehe ran.

»Hallo?«

»Spreche ich mit Bill?«

Eine unbekannte weibliche Stimme.

»Ja, wieso?«

Ich stehe auf und spähe in den Innenhof. Sally ist nirgends zu sehen.

»Es ist nicht okay, bei Leuten anzurufen und sie einfach mit Vorwürfen zu überschütten«, sagt die Stimme in meinem

Ohr. »Mir ist klar, dass du durch die Hölle gehst, und natürlich wünschte ich auch, dass Miranda nicht krank geworden wäre, aber sie war es, die mich betrogen hat. Wir waren seit unserer Kindheit befreundet! Was sie getan hat, war total unverzeihlich!«

Es ist Jennica Jungstedt. Ich verstehe nicht, warum sie anruft und herumnervt. Will sie sich denn nicht entschuldigen?

»Du hast alle gegen Miranda aufgehetzt. Du bist nicht einmal zur Beerdigung gekommen.«

Ich spucke die Worte förmlich heraus. Ein älteres Paar auf dem Balkon nebenan dreht sich um und starrt mich an.

»Ich dachte, dass du mich nicht dabeihaben wolltest«, sagt Jennica, während ich den Nachbarn ein künstliches Lächeln zuwerfe.

»Miranda war ein Opfer.« Ich gehe in die Wohnung und schließe die Balkontür hinter mir. »Sie war völlig zugedröhnt, als Ricky, dieses Arschloch, sie vergewaltigt hat.«

»Hat sie das zu dir gesagt? Warum hat sie ihn dann nicht angezeigt?«

Miranda musste sich in der fraglichen Nacht mehrfach übergeben. Wir fuhren mit dem Taxi nach Hause zu ihren Eltern, die Sally gehütet hatten. Miranda sagte, sie könne sich kaum noch an das erinnern, was auf dem Klo passiert sei. Sie heulte hysterisch und entschuldigte sich bei mir, dass sie so viel getrunken habe. Sie wollte das Ganze einfach vergessen und hinter sich lassen. Sie sagte, dass sie ein Nachspiel nicht verkraften würde. Das habe ich respektiert.

»Miranda war besoffen, das stimmt«, sagt Jennica. »Aber sie war nicht gerade weggetreten, als ich die beiden auf dem Klo erwischt habe. Ganz im Gegenteil. Ricky hat gesagt, dass sie die Initiative ergriffen hat.«

»Bullshit!« Versehentlich stoße ich mit dem großen Zeh

gegen das Sofa. Es tut höllisch weh. »Das ist doch wohl klar, dass er gelogen hat. Wenn du das noch immer nicht kapiert hast, haben wir nichts mehr zu besprechen.«

Ich klicke das Gespräch weg, setze mich auf die Sofakante und lege die Hand auf den pochenden großen Zeh. Ich werde von Jennica nie eine Entschuldigung bekommen, es war idiotisch, sie anzurufen. Und was bringt es eigentlich? Miranda ist tot.

Es brennt in den Augen, und ich breche in Tränen aus.

Miranda war in der Nacht nach Jennicas Party verzweifelt, wollte aber nicht darüber sprechen. Obwohl Sally so klein war, hatte sie Angst, dass sie etwas mitbekommen könnte und es in ihrem Unterbewusstsein hängen bleiben würde. Miranda vermied alle Gefühlsausbrüche und Konflikte. In diesem Punkt ähnelten wir uns. Nicht einmal als ihre Krankheit diagnostiziert wurde, weinten wir. Über ein Jahr blieb sie stark – trotz Operation, Bestrahlung und Chemotherapie. Und ich spielte mit. Wir redeten wie immer, lachten wie immer, sorgten dafür, dass das Leben weiterlief, als existierte dieser Tumor gar nicht. Erst als Miranda tot war, veränderte sich alles, und ich landete in der harten Realität.

Ich war auf die Einsamkeit nicht vorbereitet. Miranda war immer da gewesen. Sie war mein Sicherheitsnetz, meine Vertraute, meine beste Freundin. Zwar hatte ich ein paar alte Kollegen aus dem Kino, mit denen ich chattete, Filmleute, die ich im Internet kennengelernt hatte, den einen oder anderen Studienkollegen von früher, aber niemanden, mit dem ich mich richtig unterhalten konnte, niemanden, mit dem ich mein Innerstes teilen konnte.

Inzwischen ist so viel Zeit vergangen. Direkt nach Mirandas Tod war es in Ordnung für mich, dass es mir beschissen ging. Wenn jemand gerade gestorben ist, hat man das Recht, innerlich zusammenzubrechen. Aber es wird behauptet, die Zeit heile alle Wunden, und wenn über ein Jahr vergangen ist, haben die Leute genug. Die Samthandschuhe werden abgelegt.

Wie lange darf man eigentlich trauern? Kaum jemand sagt es direkt, aber manchmal reicht auch schon ein Blick oder ein bestimmter Tonfall.

Ich war von Miranda abhängig. Wir waren so gut wie zusammen aufgewachsen. Mit ihr verschwand all meine Sicherheit.

Ich betrachte das Foto von ihr an der Wand. Die drei kleinen Punkte auf der Wange. Muttermale. Ich habe beinahe dieselben. Wir haben herumgewitzelt, das seien unsere Liebestattoos.

Sie hätte mich nie betrogen.

Ich klappe den Laptop wieder auf. Eine neue Mail von dem Typen, der den gestohlenen Ring gekauft hat. Er schreibt, dass er die Situation verstehe und bereit sei, ihn mir zurückzugeben, sobald ich das Geld auf sein Konto zurücküberwiesen hätte.

Ich schlage vor, dass wir uns gleich morgen treffen. Dann logge ich mich in meine Internetbank ein. Die Saldozahl leuchtet mir entgegen. Beinahe zehntausend. Das ist gutes Geld, großartig. Aber es könnte mehr werden.

Ich klicke mich auf die Kasinoseite.

Verdammt aber auch.

Ich will es nicht. Ich sollte es wirklich nicht tun. Aber es juckt in den Fingern. Ich weiß ja, dass ich das Geld leicht verdoppeln oder verdreifachen kann. Der Überschuss würde den Sommer retten. Und dann kann Karla den Ring zurückbekommen und ausziehen.

Natürlich ist es ein Wagnis. Ein Risiko. Aber es ist mir früher schon geglückt.

Der Finger zittert.

Ich sollte es wirklich nicht tun.

Auszug aus der polizeilichen Vernehmung von Bill Olsson

Wir haben uns Ihre Finanzen ein bisschen genauer angesehen. Wie würden Sie selbst Ihre finanzielle Situation beschreiben?

Als nicht so gut. Seit ich im Frühjahr aufgehört habe, im Kino zu arbeiten, ist die Lage ziemlich schwierig.

Sie haben erhebliche Schulden.

Ja, ein paar Hunderttausend. Aber ich habe meine Kredite immer abbezahlt. Ich habe auch keine Einträge bei der Vollstreckungsbehörde.

Wovon haben Sie gelebt, seit Sie nicht mehr im Kino arbeiten?

Ich habe alle unnötigen Ausgaben gestrichen. Außerdem habe ich ein paar handwerkliche Aufträge über eine App angenommen. Und ich habe ein Zimmer untervermietet.

Wie würden Sie sich selbst charakterisieren?

Was meinen Sie damit?

Na ja, wie sind Sie so als Person?

Keine Ahnung. Ziemlich normal, glaube ich. Wie die meisten Leute eben so sind.

Kommt es vor, dass Sie aufbrausend sind?

Nein, nie. Da können Sie jeden fragen, der mich kennt. Ich bin sehr ruhig und rege mich nicht unnötig auf.

Sagt Ihnen der Name Jesper Lövgren etwas?

Ja, doch, natürlich. Aber wenn er etwas zu dem Thema gesagt hat, dann stimmt es vermutlich nicht.

Wie meinen Sie das?

Jesper Lövgren lügt. Das hat er schon mal gemacht.

Wann denn?

Nach dem Tod von Miranda habe ich Hilfe vom Jugendamt bekommen. Eine Weile konnte ich morgens kaum aufstehen. Jesper Lövgren war der zuständige Sachbearbeiter.

Lövgren hat Sie bei der Polizei angezeigt. Warum?

Ich war nicht ich selbst. Meine Frau war gestorben und … Ich wurde zu einem Gespräch ins Jugendamt zitiert. Sie haben mir vorgeworfen, ein schlechter Vater zu sein, und damit gedroht, mir Sally wegzunehmen. Da konnte ich nicht mehr an mich halten. Ich habe ein paar unpassende Dinge gesagt und einige Unterlagen auf den Boden geworfen. Das war aber definitiv kein Fall von Bedrohung oder Gewalt gegen Beschäftigte im öffentlichen Dienst, wie Jesper Lövgren behauptet hat. Die Staatsanwaltschaft hat die Klage abgewiesen und mich von allen Verdächtigungen freigesprochen.

Aber Sie haben die Fassung verloren? Ist das eine korrekte Beschreibung?

Ich hatte alles verloren. Sie haben mir damit gedroht, mir auch noch meine Tochter wegzunehmen.

Das heißt, Sie verlieren manchmal die Kontrolle?

Kein Kommentar.

JENNICA

Als ich aufwache, liegt Steven neben mir und betrachtet mich, als wäre ich ein einzigartiges Exemplar eines völlig unerforschten Zweigs des Menschengeschlechts.

»Ich wünschte, ich könnte den ganzen Tag mit dir hierbleiben«, flüstert er und schiebt seine Hand unter meine Decke. »Aber ich habe einen kleinen Patienten, der seit Monaten auf diesen Tag wartet. Ein sechsjähriger Junge mit einer schweren Nierenerkrankung, der operiert werden soll.«

Das ist wirklich bewundernswert. Ich wünschte, auch ich könnte anderen Menschen wirklich helfen, statt nur abends am Telefon zu sitzen und irgendwelche Frauen zu überreden, ihre untreuen Ehemänner zu verlassen.

»Es gibt Brötchen, die du dir im Ofen warm machen kannst«, sagt Steven. »Und im Kühlschrank steht frisch gepresster Orangensaft.«

Ich kann mich ohne Weiteres an den Gedanken gewöhnen, in Steven Rytters zitronenfrisch duftender Küche zu sitzen und gemütlich zu frühstücken, während durch das offene Fenster eine leichte Brise hereinweht.

Durch Steven hat sich alles verändert. Die letzten Jahre habe ich meine hoffnungslosen Dates und mein unstetes Liebesleben ziemlich geheim gehalten, aber jetzt sehne ich mich danach, anderen von den neuesten Entwicklungen zu erzählen. Ich will meinen Beziehungsstatus auf Facebook ändern und auf Instagram Kussfotos mit Steven posten. Ich will es hinausschreien, damit alle Welt es hört, ich will Details preisgeben und alle meine Gefühle erforschen.

Ich erkenne mich selbst nicht mehr.

Bald ist der Kaffee in der Tasse kalt geworden, aber ich bleibe mit meinem Handy in der Küche sitzen und denke an Bill Olsson. Jetzt weiß er zumindest die Wahrheit über die heilige Miranda. Ich pack es nicht, mir noch Gedanken darüber zu machen.

Nachdem ich eine Weile mit Tina und Emma gechattet habe, schreibe ich Stevens Namen ins Suchfeld von Google, so wie man es manchmal tut, auch wenn man selten etwas Neues erfährt. Zerstreut sehe ich mir die Ergebnisse an. Es gibt ein Foto von Steven und Regina, auf dem er den Arm um sie gelegt hat. Sie sehen so glücklich aus. Nur ein Jahr später war sie tot.

Ich vergrößere das Foto so stark, dass es ganz pixelig wird. Darunter steht der Name Regina Lindgren. Das muss ihr Mädchenname sein.

Rasch kopiere ich den Namen und füge ihn ins Suchfeld ein.

Hunderte von Ergebnissen.

Ich scrolle ein Stück hinunter und lande auf hitta.se. *Regina Lindgren, 43 Jahre, Lund.* Als ich den Link anklicke, taucht eine Adresse auf, die ich nicht kenne. Linnégatan im Stadtviertel Professorsstaden, einen Steinwurf vom Botanischen Garten entfernt.

Hier wohnt Regina zusammen mit Steven Rytter.

Ein eisiger Schauer läuft mir über den Rücken.

Ich stehe auf und strecke mich.

Als ich auf die Karte klicke und die Adresse heranzoome, bekomme ich eine Gänsehaut. Ein riesiges Haus mit großem Garten.

Das muss ein Irrtum sein. Ein Fehler im System. Steven hat erwähnt, dass er und seine Frau in Professorsstaden gewohnt haben, oder nicht? Die Adresse ist wohl noch nicht gelöscht worden. Die Daten einer verstorbenen Person aus dem Netz zu tilgen ist ja häufig schwierig.

Nachdem ich mich in Stevens Badezimmer zurechtgemacht habe, setze ich mich aufs Rad und fahre Richtung Westen am Stortorget vorbei. Es wimmelt von Menschen. Das Wetter ist angenehm. Nicht warm genug für den Beach, aber perfekt für einen Ausflug in die Stadt. Doch als ich am Zebrastreifen bei der Buchhandlung Gleerups stehe, habe ich es mir anders überlegt. Ich kann auch anders nach Hause fahren. Es ist nicht einmal ein Umweg.

Ich bin sehr neugierig auf dieses Haus in der Linnégatan.

KARLA

Die Universitätsbibliothek von Lund ist wohl das schönste Gebäude, das ich je gesehen habe. Ich bleibe eine Weile davor stehen und schieße mehrere Fotos von dem bombastischen Backsteinschloss mit den prächtigen Fensterpartien. Grünpflanzen ranken sich über die Fassade, und die drei hohen Giebel erinnern mich an eine Kathedrale.

Als Waheeda vorschlug, dass wir uns in der UB treffen, habe ich erst nicht verstanden, was sie meinte.

»UB! Die Bib!«

»Wie? Ich verstehe nicht.«

»Uni-versi-täts-bib-lio-thek«, sagte sie ganz langsam, Silbe für Silbe.

In der Bibliothek breiten wir uns auf einem Tisch mit unseren Büchern und Computern aus. Obwohl ein Schild darauf hinweist, dass man nur Getränke mit Deckel mitnehmen darf, öffnet Waheeda einen Energydrink und schiebt die Hand in eine Tüte mit Käseflips.

»Sieh mal hier«, sagt sie und drängt sich mit ihrem Laptop dicht neben mich. »Du weißt doch, worüber wir uns neulich unterhalten haben. Schon mal was von der Castle-Doktrin gehört?«

»Schlossdoktrin?«

»Genau«, sagt Waheeda und scrollt so schnell nach unten, dass ich vom Text kaum etwas lesen kann. »*Your home is your castle.* Dein Zuhause ist deine Burg.«

»Klingt so, als wäre es etwas Amerikanisches.«

»Richtig, Watson. Die Amerikaner sind in diesem Punkt wie immer ein bisschen vernünftiger als wir.«

Ich verziehe den Mund. Klar, ich mag Jeans und Cola und fluffige Pancakes mit Ahornsirup, aber Waheedas USA-Begeisterung finde ich ehrlich gesagt ein bisschen irritierend.

»*What?*«, sagt sie und wirft die Hände in die Luft.

»Nichts. Erzähl.«

Sie sieht mich misstrauisch an, bevor sie weiterspricht.

»Die Castle-Doktrin bedeutet, dass du das Recht hast, dich zu schützen, wenn jemand in dein Zuhause eindringt. Der Alte in Kärrlösa hätte zum Beispiel nie ins Gefängnis gemusst, wenn auch in Schweden die Castle-Doktrin gelten würde. Wenn in den USA jemand in dein Haus einbricht, hast du das Recht auf Gewaltanwendung. Das sollte doch auch hier eine Selbstverständlichkeit sein, oder?«

»Findest du?«

Sie zitiert von einer Website, die nicht gerade wissenschaftlich aussieht.

»Das Stand-Your-Ground-Gesetz oder auch No-Duty-To-Retreat-Gesetz beinhaltet, dass Menschen das Recht haben, tödliche Gewalt anzuwenden, um sich gegen schwere Körperverletzung, Kidnapping, Vergewaltigung oder andere schwere Verbrechen zur Wehr zu setzen.«

Sie hält inne und sieht mich an.

»Ich höre zu«, versichere ich. »Lies weiter.«

»In sämtlichen amerikanischen Bundesstaaten gilt die Castle-Doktrin, wenn du in deinem eigenen Zuhause angegriffen wirst, aber in sechsunddreißig Bundesstaaten gelten Stand-Your-Ground-Gesetze, die es dir erlauben, dich mit tödlicher Gewalt zu schützen, egal, wo du angegriffen wirst.«

Sie stopft sich den Mund mit Käseflips voll. Die Krümel fallen auf den Laptop, und ich habe Angst, dass sie zwischen den Tasten hängen bleiben könnten.

»Sag doch was«, sagt Waheeda und stupst mich mit dem Ellbogen an. »Was denkst du?«

»Na ja, das ist ja ungefähr wie: Erst schießen, dann fragen.«

Ich erzähle von dem Mann, der dachte, er hätte einen Einbrecher erwischt, und dann versehentlich seine vierjährige Tochter erschoss.

Waheeda schmatzt mit offenem Mund.

»Wobei das in Schweden nie passiert wäre. Wir haben doch ganz andere Waffengesetze.«

»Die Leute haben aber offenbar Schusswaffen bei sich zu Hause«, sage ich und denke an den Alten in Kärrlösa.

»Aber *yalla*, guck mal hier«, sagt Waheeda und hievt den Laptop auf meine Knie. »Man hat in den USA Untersuchungen angestellt und herausgefunden, dass das Stand-Your-Ground-Gesetz keineswegs zu einer erhöhten Mordfrequenz oder so geführt hat. Es geht um das Prinzip, um die Sicht auf Täter und ihre Opfer. In Schweden denkt man in erster Hand an die Täter. Hier scheint man zu glauben, dass es bei Rechtssicherheit nur um die Rechte der potenziellen Täter geht. Man vergisst die Opfer.«

»Es muss doch wohl möglich sein, beide Seiten zu berücksichtigen«, sage ich. »Das eine muss doch das andere nicht ausschließen.«

»In meiner Heimat steht das Opfer im Mittelpunkt der Rechtsprechung. Wenn jemand ermordet wird, darf die Familie des Opfers vom Mörder Entschädigung fordern. Wenn man sich nicht einigt und sich nicht versöhnt, hat man das Recht auf Rache.«

»Rache? Ich weiß nicht. Bei Gerechtigkeit geht es doch nicht um Rache.«

»Wie jetzt? Natürlich geht es darum!« Waheeda schürzt die Lippen, als hätte ich sie beleidigt. »Denk mal an die Frau, bei der du putzt, die Frau von diesem Arzt. Wenn sie irgendwann genug von der ganzen seelischen und körperlichen Misshandlung hat und beschließt, sich zu wehren – ist das nicht Gerechtigkeit? Der Diktator bekommt, was er verdient.«

»Ich denke doch, dass wir inzwischen ein bisschen weiter sind«, erwidere ich.

»Hör zu.« Waheeda setzt sich so dicht neben mich, dass ich den Geruch von Käseflips aus ihrem Mund wahrnehme. »Das ist kein gutes Argument. Als müsste jegliche Entwicklung immer gut sein. Das, was nicht westlich ist, wird als ›unzivilisiert‹ abgetan. Gerechtigkeit ist kein wissenschaftlicher Begriff. Man kann es sich nicht durch irgendwelche Bücher aneignen. Als ich zehn war oder so, hat mich ein Junge auf dem Hinterhof in die Büsche geschubst und seine Hand in meine Unterhose gesteckt.«

Plötzlich geschieht etwas mit Waheeda. Ihre Stimme verliert an Stärke, und ihr selbstsicherer Blick beginnt zu flackern.

»Ich bin zu meinen großen Brüdern gegangen und habe ihnen erzählt, was passiert ist. In der Schule hatte ich gelernt, dass man mit den Erwachsenen reden und so was vielleicht bei der Polizei anzeigen soll, aber für mich war es selbstverständlich, erst mit meinen Brüdern zu reden.« Sie zieht an ihren Fingern, bis die Gelenke knacken. »Was glaubst du, was passiert ist? Sind sie zur Polizei gegangen? Nein, sie haben ihn sich zur Brust genommen und mit ihm gesprochen. Am nächsten Tag kam er mit einem blauen Auge zur Schule. Seitdem hat er mich wie eine verdammte Königin behandelt, und kein anderer hat mich je angegrapscht.«

Sie holt tief Luft. Ich senke den Blick und spiele an meinem Armband herum.

»Tut mir total leid, dass du so etwas erlebt hast«, sage ich. »Aber ich glaube nicht an eine Gesellschaft, in der Gerechtigkeit auf Rache basiert und wo das Volk das Gesetz in die eigenen Hände nimmt.«

Waheeda streicht sich mit der Hand über die Stirn und senkt die Stimme.

»Das sagt sich so leicht. Bis man selbst betroffen ist.«

Als ich gegen halb neun abends nach Hause komme, bin ich völlig fertig. Bill sitzt am Küchentisch und macht irgendwas am Computer. Er antwortet kaum, als ich grüße.

Ich hole mir ein Red Bull aus dem Kühlschrank.

»Tut mir leid«, sagt Bill, »aber ich glaube, wir kriegen den Ring nicht zurück.«

»Wie?«

Er hält sich die Hand an die Nase und schnieft.

»Der Typ, der den Ring gekauft hat, will ihn nicht zurückgeben.«

»Spinnt der, oder was? Kann er den wirklich einfach so behalten?«

Bill starrt stumm auf den Bildschirm.

Ich muss den Ring zurückhaben. Es wäre eine Katastrophe, wenn Regina oder Steven entdecken würden, dass er weg ist.

Dann muss ich mich wohl selbst darum kümmern.

»Kann ich seine Nummer haben?«, frage ich. »Oder die Mailadresse oder was auch immer du von ihm hast?«

»Das nützt nichts. Er war ziemlich eindeutig.«

Ich trinke einen Schluck und stemme die Hände in die Hüften.

»Lass es mich wenigstens probieren. Kriege ich seine Nummer?«

Bill klappt den Laptop zu, ohne mich anzusehen.

Manchmal ist er so unfassbar unbeholfen.

»Komm schon! Was ist los mit dir?«

»Pst! Du weckst Sally.«

Wütend legt Bill den Finger auf die Lippen.

Ich verstumme und horche auf ein Geräusch aus dem Schlafzimmer.

Es gab so viele Nächte, in denen ich von Geschrei und Streitereien aufgewacht bin. Drogenkumpel von meiner Mutter und Typen, mit denen sie zusammen war und die wegen irgendwelcher Kleinigkeiten explodiert sind. Ich presste mir immer das Kissen auf den Kopf und betete zu Gott, dass sie endlich aufhörten. Diesen Horror sollte kein Kind erleben.

»Ich kann mit dieser Frau reden. Dieser Regina Rytter«, sagt Bill. »Ich erkläre ihr, dass es alles meine Schuld ist. Wenn wir Glück haben, zeigt sie mich nicht an. Ich kann den Ring abbezahlen.«

»Kommt nicht infrage. Du hast doch gar kein Geld. Und Regina würde kapieren, dass ich den Ring gestohlen habe.«

»Okay, okay.« Bill stützt das Kinn in die Hände und blickt nachdenklich drein. »Ich rufe den Typen aus Malmö an und spreche mit ihm. Ich werde versuchen, ihn zu überreden.«

»Aber ich kann ihn anrufen. Das wäre vielleicht …«

Er unterbricht mich abrupt.

»Ich mache das.«

Wo ist das Problem? Er kriegt doch nie den Hintern hoch. Irgendwas scheint er vor mir zu verbergen.

»Du darfst gern möglichst bald anrufen«, sage ich.

Bill glotzt weiter auf den Computerbildschirm. Er wirkt

ziemlich genervt. Kapiert er nicht, was er mir damit antut? Wenn der Diebstahl rauskommt, ist es gelaufen. Ich werde mir nie meinen Traum erfüllen können, Richterin zu werden.

Verärgert gehe ich in mein Zimmer. Werfe mich aufs Bett und denke an das Gespräch mit Waheeda über Gerechtigkeit. Meine Mutter hat immer von Karma gesprochen. Wenn man ein guter Mensch mit dem Herzen auf dem rechten Fleck sei, werde das Universum einen belohnen. Gerechtigkeit als logische Folge, als Naturgesetz. Bisher habe ich noch nicht viele Beweise dafür gesehen. Vielleicht ist es tatsächlich so, wie Waheeda sagt. Wenn man Gerechtigkeit haben will, muss man sie sich nehmen.

Auszug aus der polizeilichen Vernehmung von Karla Larsson

Ich habe hier ein Foto und möchte Sie bitten, es sich mal anzusehen. Erkennen Sie den Gegenstand darauf?

Es ist ein Ring mit einem kleinen Stein. Er sieht aus wie ein Diamant.

Es ist ein Diamant.

Okay.

Haben Sie den Ring schon einmal gesehen?

Schwer zu sagen. Ich habe viele Ringe gesehen. Es könnte einer davon gewesen sein.

Es handelt sich um Regina Rytters Ring. Sie hat ihn von ihrer Mutter geerbt. Er hat ihr offenbar sehr viel bedeutet. Haben Sie den Ring vielleicht einmal beim Saubermachen im Haus des Ehepaars Rytter gesehen?

Da bin ich mir nicht sicher. Ich achte nicht besonders auf die Besitztümer meiner Kunden. Aber es kann durchaus sein, dass ich ihn mal gesehen habe.

Dieser Ring wurde Ende Juni im Internet zum Verkauf angeboten. Wir haben die Anzeige zu Bill Olsson zurückverfolgen können. Wie erklären Sie sich das?

Das weiß ich nicht. Ich weiß ja nicht einmal, ob ich diesen Ring schon mal gesehen habe.

Waren Sie damit einverstanden, dass Bill Olsson den Ring von Regina Rytter verkauft?

Was meinen Sie? Ich habe doch eben gesagt, dass ich nichts über diesen Ring weiß.

Hat Bill Olsson aus diesem Grund Steven und Regina Rytter getötet? Weil sie entdeckt haben, dass er sie bestohlen hat?

Nein, nein! Bill hat niemanden getötet. Er hat nicht den Ring gestohlen.

Wer hat ihn dann gestohlen?

Ich war es.

JENNICA

Eigentlich fahre ich nicht gerne Rad, das ist eines Erwachsenen irgendwie unwürdig. Ich meine, warum hat Gott das Taxi erfunden? Aber wenn man in Lund aufgewachsen ist, saugt man das Radfahren mit der Muttermilch auf. Alle fahren hier Rad. Die Straßen sind dafür gebaut. Überall sind Einbahnstraßen, und es gibt nirgends Parkplätze. Es ist sicher kein Zufall, dass die meisten Studierenden im Norden der Stadt wohnen und zu den Studentenvereinigungen, zu Partys und anderen Events bergab fahren, auf dem Heimweg aber bergauf müssen.

Im September wird es in den Gassen von Zweiundzwanzigjährigen auf Oma- und Militärfahrrädern wimmeln, bewussten Weltbürgern, die direkt vom Gymnasium kommen, um einen Kurs in Projektleitung zu belegen und die Welt zu erobern. Genauso neugierig, hungrig und unsterblich wie Studenten in allen Zeiten vor ihnen. Doch jetzt hat der Sommer die studentische Blase zerstochen, und die jungen Leute haben Institute und Studentenpubs gegen Erdbeerfelder und Mädchen-für-alles-Jobs in den Firmen ihrer Väter eingetauscht. Stattdessen wackeln zwei Nonnen friedlich über das Kopfsteinpflaster an der katholischen Kirche.

Ich nehme den Radweg, der zwischen dem Friedhof und dem Botanischen Garten hindurchführt. Die Häuser in diesen Vierteln kosten mindestens zehn Millionen Kronen. Mein

Vater wollte immer in Professorsstaden wohnen, aber meine Mutter findet es hier viel zu versnobt.

Als ich den Östervångsvägen überquere, werfe ich einen langen Blick hinüber zu den Villen in der Linnégatan. Hier irgendwo liegt das Haus, wo Steven mit seiner Frau gewohnt hat.

Dies ist nicht das richtige Professorsstaden. Zumindest nicht laut meinem Vater. Er sagt, die Grenze verlaufe eigentlich weiter nördlich, aber die idiotischen Makler scheinen zu glauben, halb Lund gehöre zu Professorsstaden.

In der Linnégatan schiebe ich das Rad auf dem Fußweg. Ich kann mir vorstellen, wie Regina am Gartentor stand und Steven morgens einen Abschiedskuss gab. In mir regt sich etwas wie Eifersucht. Wie kann das sein? Ich bin nie eifersüchtig, insbesondere nicht auf jemanden, der schon tot ist.

Welches der großen Häuser war wohl das von Steven und Regina? Auf einer Einfahrt steht ein schwarzer Tesla. Das muss ein Zufall sein.

Ein Großteil des Hauses liegt in einem schattigen Garten versteckt, aber man kann einige Fenster im Obergeschoss sehen. Die Jalousien sind heruntergelassen. Es riecht ein bisschen muffig.

Ich bleibe stehen und beuge mich zur Seite, damit ich das Autokennzeichen erkennen kann.

Es versetzt mir einen Stich.

Die Zahlenkombination kommt mir sehr bekannt vor.

Ich will gerade die Straße überqueren, als sich vor mir das Gartentor öffnet.

»Jennica?«

Ich umklammere den Lenker. Mir ist schwindlig, und ich habe das Gefühl, gleich ohnmächtig zu werden.

Steven läuft zu mir.

»Was machst du hier?«

Er legt den Arm um mich und versucht, mich zu küssen, aber ich stoße ihn weg.

»Die Frage ist doch eher, was du hier machst. Wolltest du nicht einen nierenkranken Sechsjährigen operieren?«

Er streckt die Arme in die Luft und weicht mit einem gekränkten Gesichtsausdruck zurück.

Die Stimme ist dumpf vor Enttäuschung.

»Das werde ich auch. Aber ich musste mit meinen Mietern sprechen. Sie haben Probleme mit der Lüftung. Ich muss einen Handwerker organisieren.«

Mieter, Lüftung, Handwerker. Ich kann mir keinen Reim darauf machen.

»Ist es dein Haus?«

Ich schiebe das Fahrrad zur Einfahrt und werfe einen Blick zwischen die Büsche und Bäume.

»Das habe ich doch erzählt? Ich bin das Haus nicht losgeworden«, sagt Steven.

Da klingelt irgendwas im Hinterkopf.

»Stimmt.«

Er sieht mich fragend an, und ich spüre, wie ich erröte.

»Alles in Ordnung?«

Ich schüttele den Kopf über mich selbst. Das hübsche Backsteingebäude liegt zwischen Wacholdersträuchern und Fliederbüschen. Eine Hollywoodschaukel und eine kleine Sitzecke.

In einem Fenster taucht plötzlich eine junge Frau auf. Genauso schnell, wie sie erscheint, verschwindet sie wieder.

»Das ist ein sehr schönes Haus«, sage ich zu Steven.

»Ja, doch.« Er zieht seinen Autoschlüssel aus der Tasche. »Aber für mich ist es mit so schrecklichen Erinnerungen verknüpft. Ich halte mich so weit wie möglich fern von hier.«

»Das verstehe ich.«

»Eigentlich sollte ich noch mal versuchen, es zu verkaufen«, sagt Steven. »Aber mir tut die Familie ein bisschen leid, die sich inzwischen eingelebt hat. Sie haben nicht genug Geld, um mir das Haus abzukaufen. Und die Tochter beginnt im Herbst mit dem letzten Schuljahr. Aber wenn sie Abi gemacht hat, muss ich die Sache wohl erneut anpacken.«

»Wie nett von dir«, sage ich.

Unnötig nett, finde ich ehrlich gesagt.

Steven reibt mit dem Finger über den Schlüssel.

»Das wird noch ganz schön viel Arbeit, wenn ich die ganzen alten Möbel und Gegenstände verkaufen muss. Regina war eine richtige Sammlerin.«

Er senkt immer den Blick, wenn er von seiner Ex-Frau spricht.

Tröstend lege ich die Hand auf seinen Arm und werfe einen letzten Blick aufs Haus. Vor dem Eingang stehen zwei alberne Löwenstatuen. Bestimmt Reginas Idee. Ich schaudere.

»Jetzt muss ich aber los«, sagt Steven und schließt das Auto auf. »Die OP.«

Wir küssen uns, ehe er sich ins Auto setzt.

Kaum bin ich ein paar Meter gefahren, klemmt die Gangschaltung und gibt ein krachendes Geräusch von sich. Vor dem Botanischen Garten steige ich ab und trete ein paarmal gegen die Kette. Das hilft normalerweise.

Noch ein paar Flüche – und schon sitze ich wieder auf dem Rad.

Dreißig Jahre und auf ein schrottreifes Fahrrad angewiesen. Wo es doch Teslas gibt.

KARLA

Ich stehe mit dem Staubwedel in der Hand im Wohnzimmer des Ehepaars Rytter, als mein Telefon klingelt.

»Mama? Ist alles okay?«

Mit dem Handy am Ohr sinke ich in einen eiförmigen Sessel mit Aussicht auf den Garten, wo die Morgensonne im Gras glitzert.

»Es ist gar nichts okay.« Ihre Stimme klingt verwaschen. Offensichtlich hat sie etwas genommen. »Die verdammten Idioten in der Suchtberatung weigern sich, mir Methadon zu geben.«

Ich muss das Handy leiser stellen.

»Bitte, Mama, können wir später darüber reden? Ich arbeite.«

»Ich bin dir egal«, sagt sie. »Wenn ich dir was bedeuten würde, wärst du nicht abgehauen und hättest mich alleingelassen.«

Sie schnieft und schluchzt. Ich habe sie wirklich im Stich gelassen und irgendwann die Hoffnung aufgegeben. Natürlich merkt sie das.

»Mama, ich ...«

»Hör auf mit deinem ewigen Mama! Hör einfach auf. Ich kann nicht mehr.«

Ihr Schluchzen ist mal lauter und dann wieder leiser. So als würde sie das Telefon fallen lassen und wieder aufheben.

»Hallo? Mama, hörst du mich?«

Es ist mucksmäuschenstill am anderen Ende.

Ich rufe zurück, aber es kommt nur das Besetztzeichen.

Als ich mich aus dem Sessel erhebe und weiter abstauben will, wird die Haustür geöffnet. Ich gehe in den Flur.

»Hallo, Karla.«

Steven Rytter kommt mir in geblümtem Hemd und schickem Anzug entgegen.

»Hallo«, entgegne ich.

Er sieht mich verbissen an.

Hat er das Telefongespräch mit meiner Mutter mitgehört? Verwirrt sehe ich mich um.

»Ich möchte Ihnen nur eine Sache erklären«, sagt Steven Rytter. »Damit nicht weitere Missverständnisse entstehen.«

Er lächelt, aber sein Blick ist eiskalt.

Ich verstecke mich hinter meinen Haaren.

»Mehrmals habe ich Sie jetzt schon darum gebeten, meine Frau nicht zu stören«, sagt er mit Nachdruck. »Kann ich mich darauf verlassen, dass Sie künftig meinen Anweisungen Folge leisten?«

»Selbstverständlich. Tut mir leid. Ich habe versucht, es Regina zu vermitteln, aber sie wollte unbedingt Tee mit mir trinken. Dabei mag ich nicht einmal Tee.«

Ich merke selbst, dass ich zu schnell spreche. Ich darf diesen Job nicht verlieren.

»Wir haben schon andere Putzfrauen gehabt, denen es schwergefallen ist, Regina in Ruhe zu lassen«, sagt Steven Rytter. Jetzt lächelt er nicht mehr. »Sie wurden umgehend ausgewechselt.«

Deshalb also. Regina hat etwas ganz anderes gesagt. Wie war das noch? Sie hat meine Vorgängerin als unfreundlich bezeichnet.

»Tut mir leid«, sage ich noch einmal. »Es wird nicht wieder vorkommen.«

Steven Rytter macht einen Schritt vorwärts. Er ist groß. Ich muss den Kopf in den Nacken legen, um ihm ins Gesicht zu sehen.

»Sagen Sie ihr einfach, dass sie ihr Medikament nehmen und dann wieder ins Bett gehen soll. Haben wir uns verstanden?«

Ich fröstele. Waheedas Worte hallen in mir nach. Vielleicht hat sie recht, was Steven Rytter betrifft. Ich möchte mir gar nicht vorstellen, was er Regina antun kann, die so schwach ist und meistens völlig zugedröhnt von den Tabletten.

»Jetzt können Sie weiterputzen«, sagt Steven Rytter.

Ich strenge mich an, sein falsches Lächeln zu erwidern.

Sobald er die Tür hinter sich geschlossen hat, schiebe ich den Vorhang am Flurfenster zur Seite. Auf der Einfahrt hat Steven Rytter gerade die Autotür geöffnet. Neben ihm steht eine Frau mit einem Fahrrad. Sie sprechen aufgeregt miteinander und gestikulieren wild. Sie ist jung und hübsch. Und scheint wütend auf Steven Rytter zu sein. Wer ist sie? Eine Geliebte? Plötzlich dreht sie sich um und entdeckt mich.

Ich lasse den Vorhang fallen und eile zurück ins Wohnzimmer. Das Staubtuch drücke ich fest wie einen Ball zusammen. Nach ein paar Minuten traue ich mich wieder ans Fenster. Jetzt ist das Auto weg. Und das Fahrrad. Und die junge Frau.

Als ich mich umdrehe, steht Regina im Flur. Sie hat die eine Hand auf die Kommode mit der Schmuckschublade gelegt und schwankt ein wenig hin und her. Schlaftrunken sieht sie mich an.

»Du musst dich wieder hinlegen. Dein Mann ist total wütend auf mich.«

Sie hustet und legt sich die Hand an die Brust.

»Ich finde meine Medikamente nicht.«

»Komm«, sage ich und nehme sie am Arm.

Wir gehen zusammen die Treppe hinauf.

»Was hat Steven gesagt?«, fragt sie. »Ging es um den Ring?«

Ich erstarre mitten im Schritt. Das kann nicht wahr sein. Sie haben schon entdeckt, dass er weg ist.

»Welcher Ring?«

Ich bemühe mich, unbekümmert zu klingen.

Regina sieht mich mit verschwommenem Blick an.

»Ein kleiner schmaler Ring mit einem einzelnen Diamanten. Du hast ihn nicht zufällig gesehen?«

»Nein, leider nicht.«

Ich führe sie weiter die Treppe hinauf. Verberge meine Gefühle so gut es geht. Meine Mutter hat immer gesagt, dass ich wie ein offenes Buch bin, meine Gefühle sind mir ins Gesicht geschrieben.

»Es ist der Verlobungsring meiner Mutter«, sagt Regina seufzend. »Er hat immer ganz oben in der Kommodenschublade im Flur gelegen, aber jetzt finde ich ihn nicht. Ich muss mit Steven reden. Vielleicht hat er ihn gesehen.«

Ich traue mich nicht, sie anzuschauen. Was habe ich getan? Meinen ganzen Traum aufs Spiel gesetzt. Bill hat versprochen, den Typen anzurufen, der den Ring gekauft hat. Wir müssen ihn sofort zurückbekommen.

Regina setzt sich auf die Bettkante und hält sich die Hand an die Stirn.

»Mein Kopf explodiert gleich. Ich brauche meine Tabletten.«

Die Tablettenbox ist nicht da. Normalerweise liegt sie auf dem Nachttisch. Ich öffne die Schublade und wühle darin herum, beuge mich vor und suche in der Ritze zwischen Bett und Wand. In meinem Kopf spielt sich ein Horrorfilm ab. Wie oft habe ich die Wohnung zu Hause auf den Kopf gestellt, auf der Jagd nach Tabletten, wenn meine Mutter geschrien hat, weil sie auf Entzug war.

»Weißt du, wo du die Box zuletzt gehabt hast?«

»Die liegt immer da«, sagt sie und deutet auf den Nachttisch. »Bitte beeil dich.«

Ich werfe mich auf den Fußboden, robbe unters Bett und suche, drehe und wende die Decken und Laken, aber finde sie nicht. Regina seufzt und stöhnt.

»Bitte lauf runter und hol etwas aus dem Medikamentenschrank.«

Im Badezimmer im Erdgeschoss steht ein großer Waschbeckenschrank, und ganz links finde ich ein paar Schachteln und einige lose Blister mit Tabletten. Hoffentlich weiß Regina selbst, welche sie nehmen soll.

Während ich die Treppen hinaufeile, lese ich, was auf den Verpackungen steht.

Diazepam, Xanor, Temesta, Oxazepam.

Sind das wirklich die richtigen Tabletten?

Nach zwanzig Jahren mit einer tablettensüchtigen Mutter weiß ich einiges über Arzneimittel. Diazepam enthält denselben Wirkstoff wie Stesolid. Eine Zeit lang war bei uns der halbe Vorratsschrank voll davon.

»Ich habe die hier gefunden«, sage ich.

Regina rafft die Tabletten an sich und reißt eine Packung Diazepam auf.

»Wasser«, murmelt sie und schiebt sich zwei Tabletten in den Mund. »Im Badezimmer steht ein Glas.«

Ehe ich hinlaufe, kontrolliere ich die Medikamentenverpackungen noch einmal. Oxazepam. Das müsste dasselbe sein wie Sobril. Macht total abhängig laut meiner Mutter.

»Bist du dir sicher, dass es die Tabletten sind, die du sonst immer nimmst?«, frage ich.

»Ja, natürlich. Jetzt hol schon das Wasser!«

BILL

Als Sally eingeschlafen ist, liege ich mit Harry Potter auf dem Bauch da und starre an die Decke.

Sally bewegt sich leicht im Schlaf.

Manchmal bringe ich es kaum fertig, sie anzusehen, weil sie mich so sehr an Miranda erinnert.

Eines Abends, als Sally noch ein Baby war, lagen wir hier, in exakt demselben Bett unter exakt derselben Decke, und Sally schlief neben mir, genau wie jetzt.

»Was würdest du tun, wenn Sally und ich sterben würden?«, hat Miranda gefragt.

Es gruselt mich, wenn ich jetzt daran denke.

»Dann würde ich auch nicht mehr leben wollen«, habe ich geantwortet.

Das habe ich zu hundert Prozent so gemeint.

Es brennt in den Augen.

John Milton im Film *Im Auftrag des Teufels* hat verdammt recht. Wenn es einen Gott gibt, muss er ein Sadist sein.

Jennica Jungstedt ist immer schon schlimm gewesen. Früher hat sie in der Mädelsclique ständig Intrigen gesponnen. Es erstaunt mich gar nicht, dass sie Miranda bis über den Tod hinaus Vorwürfe macht. Und behauptet, sie habe bei dieser schrecklichen Party die Initiative ergriffen und Ricky angebaggert.

Miranda war nicht der Typ, der herumgeflirtet hat. Ich habe

mich immer auf sie verlassen und nie einen Grund zur Eifersucht gehabt.

Vorsichtig ergreife ich das Buch und lege ein Lesezeichen hinein, das wie eine Ratte mit einem langen Schwanz aussieht. Sally hat es mal von Miranda zu Weihnachten bekommen.

Nach dieser Party habe ich Miranda sofort verziehen. Es gab gar keine Alternative.

Nur wenige Tage später erfuhr ich, dass Jennica zwar mit Ricky Schluss gemacht hatte, Miranda aber genauso beschuldigte. Sie wollte nie mehr etwas mit uns zu tun haben. Erst dachte ich, das sei keine große Sache, doch allmählich begriff ich, dass sie auch die anderen Mädels gegen Miranda aufgehetzt hatte.

Wir haben nie wieder über diese Party oder über Ricky gesprochen. Die ganze Sache widerte mich an.

Ich liege noch immer neben Sally, als ich mich in meine Onlinebank einlogge und noch einmal den Saldo überprüfe. Als würde sich das Konto plötzlich von selbst wieder auffüllen. Als wäre alles nur ein böser Traum gewesen.

Genauso schnell, wie das Geld für den Ring aufs Konto gepurzelt war, habe ich fertiggebracht, es wieder zu verlieren.

Was tut man, wenn man Geld beim Kasinospielen verliert? Man erhöht den Einsatz, geht höhere Risiken ein. Nur eine letzte Runde, eine letzte Drehung des Glücksrads. Die Hoffnung verlässt einen erst, wenn kein Geld mehr da ist.

Aber das Geld ist nicht zu Ende, nur weil das Geld zu Ende ist. Man kann Kredite aufnehmen, schnelle Kredite mit astronomisch hohen Zinsen. Man kann das Konto in fünf Minuten füllen.

Und dann ein einziger letzter Einsatz, der alles wieder zurechtbiegen soll.

Ich sollte es besser wissen.

Sally liegt auf der Seite und atmet schwer. Ganz leise Schnarchgeräusche, wenn sie die Luft in ihre kleine Nase zieht. Genau wie Miranda. Ich könnte sie stundenlang betrachten. Ich kenne jede kleine Linie in ihrem Gesicht, die Grübchen in den Wangen, die Sommersprossen und den Schwung der Lippen. Wenn Sally nicht da wäre, dann wäre jetzt vermutlich *game over*.

Am nächsten Morgen bekomme ich über die App einen Auftrag für zweitausend Kronen. Ein Typ in Gunnesbo braucht jemanden, der Bretter und Gerümpel von seinem Grundstück wegschafft. Ich juble laut, und Sally singt, als wir mit dem Rad losfahren.

Der Auftraggeber wartet mit verschränkten Armen auf der Treppe. Ein Mann um die fünfzig mit einem Strohhut auf dem Kopf.

»Hast du ein Kind dabei?«, fragt er.

Sally versteckt sich hinter mir.

»Soll das ganze Zeug abtransportiert werden?«, frage ich.

Die Auffahrt ist übersät mit Holzplatten und Brettern, vermutlich Teile eines abgerissenen Schuppens.

»Du kriegst wohl noch Verstärkung«, sagt der Mann mit dem Strohhut. »Ihr braucht doch ein Auto.«

»Das kriegen wir schon hin«, sage ich, kann meine Zweifel jedoch kaum verbergen. »Es ist nicht so weit zur Mülldeponie. Wir bringen das Zeug nach und nach hin.«

Eigentlich ist mir klar, dass es eine Totgeburt ist. Auch wenn wir uns den ganzen Tag den Hintern aufreißen, können Sally und ich höchstens ein Drittel des Gerümpels wegschaffen. Ohne Auto hat das keinen Sinn. Eigentlich bräuchte man auch einen Anhänger.

»Vergiss es. Ich beauftrage jemand anders«, sagt der Mann mit dem Strohhut. »Du kannst die Kleine doch nicht das alles tragen lassen.«

Zweitausend Kronen lösen sich in Luft auf, aber ich gebe nicht auf. Sally und ich setzen uns in den Schatten, und ich suche in der App nach neuen Aufträgen. Am Ende lande ich einen Treffer bei einem älteren Paar in Annehem, das Hilfe beim Installieren eines Routers braucht.

Die Sonne brennt vom Himmel, als Sally auf den Gepäckträger hüpft. Mühsam fahre ich am Bahnhof Gunnesbo den Berg hinauf, und als wir ankommen, bin ich so verschwitzt, dass das türkise T-Shirt dunkelblau geworden ist. Der Router ist jedenfalls eine Bagatelle, und es gibt dafür dreihundert Kronen plus zwanzig Kronen Trinkgeld für Sally.

»Tut mir leid, dass ich dich hier mitschleppe«, sage ich, während wir wieder in die glühende Sonne hinaustreten.

Sally lacht nur.

»Das ist doch total witzig, Papa. Und ich habe gerade zwanzig Kronen verdient.«

Glücklich wedelt sie mit dem Geldschein in der Luft herum.

Als wir nach Hause zum Karhögstorg kommen, brennt die Sonne in meinem Nacken. Die Frau, die immer vor dem Supermarkt sitzt und bettelt, hat von einem Passanten eine Tüte mit leeren Pfanddosen bekommen. Sie sitzt schon seit Jahren dort, tagein, tagaus, von morgens, bis das Geschäft schließt. Die Zeit hat an ihr gezehrt: Die Haut ist faltig und rau, die Augen matt.

»Hallihallo«, sagt sie wie immer.

»Hallo!«, sagt Sally. Dann zieht sie mich am Arm und flüstert: »Haben wir eine Münze, die wir ihr geben können?«

»Leider nicht«, sage ich laut.

Sally knistert mit ihrem Geldschein, aber ich stecke ihn zurück in ihre Tasche.

Langsam gehen wir über den Platz. Ein paar Kinder haben mit Kreide die Felder für Himmel und Hölle auf den Asphalt gezeichnet und hüpfen herum. Sally fragt, ob sie noch ein bisschen unten bleiben und spielen darf.

»Na klar, aber lauf nicht weg. Ich rufe, wenn das Essen fertig ist.«

Nach dem vielen Fahrradfahren fühlen sich meine Beine an wie Wackelpudding. Im Treppenhaus riecht es nach Essen: gekochtes Fleisch, Kräuter und Knoblauch. Ich bin ausgehungert, weiß aber nicht genau, ob wir etwas zu essen dahaben.

Im Lift auf dem halben Weg zur Wohnung vibriert mein Handy.

»Spreche ich mit Bill Olsson?«

Mein erster Impuls ist, das Gespräch wegzudrücken, aber die Frau in der Leitung ist so in Fahrt, dass ich gar keine Gelegenheit dazu habe. Sie erklärt, dass sie vom Stromnetzbetreiber anruft.

»Wir melden uns bei Ihnen wegen drei unbezahlten Stromrechnungen. Wir haben Ihnen mehrere Zahlungserinnerungen mit der Post zugeschickt, aber laut meinen Angaben ist noch immer nichts eingegangen.«

»Das kommt noch«, sage ich, als der Fahrstuhl auf unserer Etage anhält. »Ich hab eine Zeit lang finanzielle Probleme gehabt. Mir ist gekündigt worden, aber wenn Sie noch ein bisschen Geduld haben …«

Ich wühle in der Tasche nach den Schlüsseln.

»Ich muss Sie darüber informieren, dass ein Zahlungsverzug als wesentliche Vertragsverletzung gilt«, sagt die Frau in meinem Ohr. »Laut Gesetz sind wir berechtigt, den Strom abzustellen, wenn Sie nicht zahlen.«

»Wissen Sie, ich habe ein kleines Kind«, sage ich. »Meine Tochter ist erst acht Jahre alt. Wollen Sie wirklich einer Familie mit kleinem Kind den Strom abstellen? Was haben Sie eigentlich für eine Moral?«

Sogleich verteidigt sie sich. Sie mache nur ihren Job, und es gehe hier nicht um ethische Fragen.

»Ich werde zahlen«, sage ich. »Geben Sie mir nur noch ein paar Wochen.«

Rasch schließe ich die Wohnungstür auf und schleudere die Schuhe im Flur von den Füßen. Ich bin hungrig und verschwitzt, müde und genervt. Als ich in die Küche komme, lehnt Karla an der Spüle mit einem Glas Wasser in der Hand.

»Hast du Sally nicht mitgebracht?«, fragt sie.

Ihr Blick ist starr. Irgendwas ist passiert.

»Sie ist noch unten auf dem Hof. Warum?«

Sie trinkt einen Schluck Wasser und kippt den Rest in die Spüle.

»Regina Rytter hat gemerkt, dass der Ring weg ist.«

Ich halte abrupt inne. Alle Gefühle verschwinden, es bleibt nichts als Leere. Ich kann nicht mehr.

»Wie das?«, frage ich. »Wie kann das sein?«

»Offenbar war es der Verlobungsring ihrer Mutter.«

Ich schüttele nur den Kopf.

»Du hast versprochen, ihn wieder zu beschaffen«, sagt Karla. »Hast du mit dem Typen in Malmö gesprochen?«

Mit einem tiefen Atemzug wende ich den Blick ab.

»Noch nicht. Ich rufe ihn heute Abend an, versprochen.«

»Du musst es tun!«

Karla klingt panisch.

Vorsichtig drehe ich mich wieder zu ihr um und sehe sie an.

»Da ist noch was«, sagt sie atemlos. »Regina konnte ihre Tabletten nicht finden, also habe ich ihr neue aus dem Medikamentenschrank geholt.«

Sie verstummt plötzlich.

»Und?«

Wieder zieht es im Magen. Ich habe den ganzen Tag schon nichts Ordentliches gegessen. Im Kühlschrank steht ein Tetrapak Joghurt, der vor zwei Tagen abgelaufen ist.

»Meine Mutter hat ihr ganzes Leben lang Benzos gefressen«, sagt Karla, während ich meine Nase in die Joghurtpackung stecke. »Diese Tabletten, die Regina nimmt. Das sind starke Mittel, die einen müde machen.«

»Aha?«

Ich weiß nicht viel über Arzneimittel, obwohl Miranda mit Chemikalien vollgepumpt wurde. Als sie auf die Palliativstation kam, hat mir ein Arzt Antidepressiva verschrieben, aber ich habe nicht mal das Rezept in der Apotheke eingelöst.

»Glaubst du, man kann den noch essen?«, frage ich und lasse Karla am Joghurt riechen.

»Scheint noch okay zu sein.«

Ich fülle den Joghurt in eine Schüssel und löffle ihn in mich hinein. Karla spielt an ihrem Handy herum.

»Ist es nicht komisch, dass Steven Rytter seiner Frau Medikamente gibt, die sie müde machen?«, sagt sie.

»Steven? Ihr Mann? Gibt *er* ihr die Tabletten?«

Ein Arzt, der seiner Frau Medikamente verschreibt. Das klingt seltsam.

»Regina hat gesagt, dass die Ärzte, die sie untersucht haben, ihr nichts verschreiben wollten.«

Ich überlege, was ich dem Käufer von dem Ring sagen soll.

Wenn ich erzähle, dass er gestohlen ist, bekommt er vielleicht Angst und lässt sich darauf ein, ihn mir gegen einen Schuldschein zurückzugeben.

Karla reicht mir ihr Handy.

»Sieh mal hier«, sagt sie. »Das ist eines der Medikamente, die Regina in sich hineinstopft.«

Sie hat Informationen über ein Arzneimittel gegoogelt, das Diazepam heißt. Rasch lese ich:

Diazepam wird bei Angst, Unruhe und Schlafproblemen eingesetzt. Häufige Nebenwirkungen sind Müdigkeit, Verwirrtheit, Zittern und Entzugserscheinungen bei plötzlichem Absetzen des Medikaments. Weniger häufige Nebenwirkungen sind Muskelschwäche, Gedächtnislücken, Konzentrationsschwierigkeiten, Gleichgewichtsstörungen, Schwindelgefühl, Kopfschmerzen und undeutliches Sprechen.

»Das alles hat Regina Rytter«, sagt Karla.

Als Nebenwirkungen sind auch Psychosen und Halluzinationen, Gefühlsleere, Wahnvorstellungen und Albträume erwähnt.

»Diazepam sind auch Benzos«, fährt Karla fort, während ich die Schüssel mit meinem Löffel auskratze. »Man kann sich damit völlig zudröhnen. Der Medikamentenschrank der Rytters ist voll davon.«

Vielleicht ist es ja nur gut, dass sie einen Haufen von diesem Zeug einwirft.

»Wenn wir Glück haben, vergisst sie den Ring wieder«, sage ich. »Sie wirkt ja gelinde gesagt verwirrt.«

Karla sieht mich vorwurfsvoll an. Ich stelle die leere Schüssel in die Spüle und lasse Wasser hineinlaufen.

»Eine Sache ist zumindest sicher«, sagt sie. »Benzos helfen nicht gegen chronische Müdigkeit.«

JENNICA

Verdrängung ist eine meiner besten Disziplinen, dicht gefolgt von Selbstbestrafung und Verschieberitis. Es ist also kein Zufall, dass ich mich erst kurz vor Semesteranfang aufs Fahrrad setze und zur UB fahre, um die Literatur abzuholen, die ich zur Vorbereitung der verdammten Nachprüfung zum Thema Entwicklungshilfe brauche.

Ich erwäge ernsthaft, mich in den Lesesaal mit den altmodischen grünen Tischlampen zu setzen und in den Büchern zu blättern, komme aber zum Ergebnis: Genug ist genug. Ich war schon fleißig genug, schließlich habe ich endlich die Bücher abgeholt.

Stattdessen radele ich zurück zum Wohnheim.

Meine Wohnung stinkt. Ein nicht eindeutig definierbarer Geruch. Essen, Schweiß und Abfall. Überall liegen Kleidung und Gegenstände herum. Ich sollte wirklich mal was dagegen tun, doch ich öffne nur sperrangelweit das Fenster und versprühe mein billigstes Parfüm, was den schlimmsten Gestank überdeckt.

Hundi springt aufs Bücherregal und funkelt mich wütend und beleidigt an.

Ich werfe mich aufs Bett und suche bei den Dokus auf Netflix nach Sekten, Morden und Vermisstenfällen, aber es gibt kaum etwas, was ich noch nicht gesehen habe.

Am Ende bleibe ich bei einer Dokumentation über eine

Familie in Norrbotten hängen. Eine ganz normale Mittelklassefamilie, in der beide Kinder an einer unerklärlichen, nicht enden wollenden Krankheit mit grippeähnlichen Symptomen litten. Das Leben wurde zur Hölle. Die Mädchen konnten nicht mehr in die Schule gehen, sie mussten mit ihren Hobbys, dem Klavierspielen und Tanzen, aufhören, ja, sie schafften nicht einmal zu spielen. Die Eltern waren total verzweifelt, doch die Ärzte vermochten keine Diagnosen zu stellen. Keine der Therapien half. Niemand im Bekanntenkreis begriff, wie furchtbar das alles war, und die Eltern beschlossen, ihre Kinder umzubringen und sich anschließend selbst das Leben zu nehmen. Ein selbst ernannter Experte spricht von einer Psychose, einer Folie à deux, bei der zwei Personen dieselbe Wahnvorstellung haben. Doch mit solchen Erklärungen macht man es sich zu leicht. Ich weiß noch, dass ein Journalist der Boulevardpresse den Vorfall eine Familientragödie nannte und einen Shitstorm über sich ergehen lassen musste. Mit einem Gefühl von Leere schalte ich den Computer aus.

»Was wollen wir zu Mittag essen?«, frage ich Hundi.

Eigentlich bin ich nicht sonderlich hungrig. Das bin ich selten, habe aber wenigstens gelernt, einigermaßen regelmäßig zu essen.

»Nein, es gibt keinen Hering.«

Der Kater murrt und ist enttäuscht.

»Pizza? Okay. Was braucht man Abwechslung, wenn man weiß, was man mag?«

Ich bereite sie in der Mikrowelle zu und streue Oregano darauf, während sie abkühlt.

Halb auf dem Bett liegend stopfe ich sie in mich hinein und suche währenddessen eine neue Doku heraus. Sie handelt von einem Vater, der seine dreijährige Tochter von einer Klippe in den sicheren Tod geworfen hat. Niemand konnte verstehen, warum, niemand hatte irgendetwas gemerkt. Der Mann selbst konnte es sich kaum erklären, außer damit, dass die Angst und die Zwangsgedanken übermächtig geworden waren.

Ist es nicht immer so? Niemand ahnt etwas, bevor es zu spät ist.

Ich denke an Bill Olsson, an seine und Mirandas kleine Tochter Sally. Ich habe sie nur ein paarmal getroffen, aber ich weiß noch, dass sie eine Kopie von Miranda als Kind war.

Miranda kam mit Bill in der Oberstufe zusammen. Schon da war ich skeptisch. Bill war ein bisschen älter, hatte bereits Abi gemacht und zog bei Miranda und ihren Eltern ein. Seitdem haben wir Miranda eigentlich nur noch in der Schule gesehen. Bill war anders. Kein bisschen gesellig. Er wollte nur zu Hause hocken, Filme gucken und am Computer spielen. Ich fand ihn ein bisschen unangenehm. Natürlich machte ich gute Miene zum bösen Spiel und hielt den Mund. Miranda war meine Freundin. Sie war verliebt, und es hat wohl niemand vermutet, dass die Beziehung halten würde, bis der Tod sie trennte.

Miranda war schon vor meiner Party zum Fünfundzwanzigsten so gut wie aus meinem Freundeskreis verschwunden. Im Lauf der Jahre rückte sie immer weiter an den Rand, und dann wurde sie auch noch Mutter, während wir anderen weiter in der Tinderzentrale blieben.

Es war nicht meine Schuld, dass sie ihre ganzen Kindheitsfreundinnen verloren hat. Das hat sie sich selbst zuzuschreiben. Miranda und meine anderen Freundinnen waren die Einzigen, die wussten, dass mein Vater meine Mutter betrog. Sie wusste, wie ich mich fühlte, wie seine Seitensprünge mein ganzes Leben beeinflusst hatten, als sie auf der Party mit Ricky in diese Toilette ging.

Einige Jahre später lag Miranda im Sterben, und Emma fragte mich, ob ich mitkommen und sie besuchen wolle. Aber ich konnte nicht. Gewisse Dinge kann man nicht verzeihen.

Ich konzentriere mich wieder auf den Film. Als die Mutter des kleinen Kindes, das von der Klippe geworfen worden ist, mit verzerrter Stimme hinter einem schwarzen Vorhang herumschluchzt, reicht es mir.

Ich schalte Netflix aus. Ein angebranntes Randstück ist das Einzige, was von meiner Pizza übrig ist.

Abends wühle ich eine Tüte Linsenchips hervor, die ich vor mir selbst hinter den Backformen unter dem Herd versteckt habe. Ich schenke mir ein Glas Wein ein und werfe mich mit dem Headset aufs Bett. Eine Arbeitsschicht ist genau das, was ich jetzt brauche.

Erst ein gutes Gespräch mit einer Frau, von der sich die gesamte Verwandtschaft abgewandt hat, weil sie ihrem Ehemann den Laufpass gegeben hat, der sie über dreißig Jahre wie ein Stück Scheiße behandelt hat.

Dann ruft Maggan an. Diesmal hat es Ärger gegeben, weil sie ihrer jüngsten Tochter den wohlmeinenden Ratschlag gegeben hat, sich eine gesündere Alternative zu Brownies mit Schlagsahne zu überlegen.

»Sie sieht ja noch immer schwanger aus, obwohl die letzte Geburt schon zwei Jahre her ist«, sagt Maggan. »Hab ich mich wirklich so falsch verhalten? Sie scheint sich dessen selbst kaum bewusst zu sein. Dabei war sie früher so schlank und sah so gut aus.«

Manchmal ist es ein harter Job, einfühlsam zu sein. Ich lege die Hand auf das Mikrofon meines Headsets und atme tief durch, bevor ich antworte.

»Äußere dich nie zum Aussehen eines anderen Menschen«, sage ich.

»Aber sie ist doch meine Tochter.«

»Das ist egal. Sie ist erwachsen. Sie darf jeden Tag zum Frühstück Brownies essen, wenn sie das möchte. Sie darf wie ein Blauwal aussehen, ohne dass du einen Kommentar dazu abgibst.«

»Wie ein Blauwal?«

Ich kann einen Seufzer nicht unterdrücken.

»Überleg dir künftig gut, was du sagst«, rate ich ihr.

Wir beenden das Gespräch, und Hundi glotzt mich gekränkt an, als ich mich an ihm vorbei nach dem Weinglas auf dem Regal ausstrecke.

»Was ist denn, mein Kleiner? Willst du herkommen und kuscheln?«

Er gähnt, streckt sich und dreht mir den Hintern zu. Das Katzentier ist etwa genauso interessiert an Kuscheln wie ich. Man könnte meinen, wir wären füreinander gemacht.

Steven hat mir während meiner Arbeit ein paar Nachrichten geschickt. Als ich endlich Zeit finde, darauf zu reagieren, kommt seine Antwort postwendend.

Pack eine Tasche mit Übernachtungssachen. Ich hole dich in einer Stunde ab.

Das Paar in Lund starb an Medikamentenüberdosis und durch schwere Körperverletzung

Aftonposten, Lund

Laut einem Informanten bei der Polizei ist die Frau ums Leben gekommen, nachdem sie mehrfach schwer am Kopf verletzt worden war, während ihr Mann an einer Arzneimittelvergiftung starb.

Der Doppelmord in Lund hat viele bestürzte Reaktionen ausgelöst. Vor dem großen Haus des Ehepaars in Professorsstaden befindet sich ein riesiges Meer von Blumen, Kerzen und Karten. Ein Teil stammt von früheren Patienten des Mannes, der als Kinderarzt am Universitätskrankenhaus in Lund arbeitete.

»Was geschehen ist, ist vollkommen unfassbar«, sagt eine Frau, deren Kind kürzlich von dem Arzt behandelt wurde. »Nicht einmal in seinem eigenen Zuhause kann man sich heutzutage noch sicher fühlen.«

Der siebenundvierzigjährige Arzt und seine Frau wurden leblos in ihrem Haus aufgefunden, nachdem das Krankenhaus Alarm geschlagen hatte, weil der Mann zu einer geplanten Operation nicht erschienen war. Die Polizei vermutet, dass sowohl der Kinderarzt als auch seine Frau keines natürlichen Todes gestorben sind. Ein 33-jähriger Mann aus Lund steht unter hinreichendem Tatverdacht und befindet sich bereits in Gewahrsam. In Erwartung einer Anklage enthüllte nun ein Informant gegenüber Aftonposten, *dass die Frau ihren schweren Kopfverletzungen erlegen ist.*

Die 43-jährige Frau, die Tochter eines berühmten Schriftstellers und Unternehmers in Lund war, soll seit etwa einem Jahr an einer rätselhaften Krankheit gelitten haben.

»Es war wirklich tragisch«, erzählt eine Nachbarin, die anonym bleiben möchte. »Sie war sehr aktiv, bis sie eine Virusinfektion und dadurch eine Autoimmunkrankheit bekommen hat. Das letzte Jahr habe ich sie kaum zu Gesicht bekommen.«

Laut dem Informanten von Aftonposten *ist der 47-jährige Kinderarzt, der auch für Ärzte ohne Grenzen tätig war, an einer Medikamentenvergiftung verstorben: »Bei der Obduktion hat man eine tödliche Dosis narkotischer Substanzen im Körper des Mannes gefunden.«*

Nach Aussage der Staatsanwaltschaft besteht weiterhin dringender Tatverdacht gegen den 33-Jährigen. Wie Aftonposten *bereits berichtete, arbeitete die Lebensgefährtin des Mannes als Reinigungskraft bei dem verstorbenen Paar, steht zum jetzigen Zeitpunkt jedoch nicht unter Tatverdacht.*

BILL

Es fühlt sich an, als wäre ein riesiger Raubvogel in meine Brust eingedrungen und würde mit den Flügeln flattern, um wieder hinauszugelangen. Ich probiere alle möglichen Orte in der Wohnung aus: Sofa, Bett, versuche, die Unruhe mit *World of Warcraft* zu vertreiben. Nichts funktioniert. Schließlich muss ich raus.

Ich gehe einfach nur. Lange, entschiedene Schritte ins Nirgendwo.

Als wollte ich vor mir selbst fliehen.

Wenn ich nicht die Stromrechnungen begleiche, werden sie mir den Strom abstellen. Und bald ist wieder die Miete fällig.

Auf der Kiesallee an der Södra Esplanaden begegne ich einem verschwitzten Jogger in neongelbem Lycra. Keuchend tippt er auf seiner Pulsuhr herum. Ein lebhafter Labradorwelpe schnuppert neugierig an meinen zerschlissenen Schuhen in Größe vierundvierzig, die ich vor vielen Jahren von Miranda geschenkt bekommen habe.

Ich wünschte, ich hätte jemanden, mit dem ich reden könnte. Ich wünschte, Miranda wäre hier. Alle wussten, dass ich finanziell von ihr abhängig war, aber erst jetzt wird mir bewusst, dass meine Abhängigkeit weit über die Finanzen hinausreichte. Ich habe mir erlaubt, so sehr in ihr aufzugehen, dass ich Teile von mir selbst verloren habe.

Vor dem Gymnasium Spyken stehen zwei laut diskutierende

Männer, die wild gestikulieren. Ich überquere die Straße, damit ich nicht direkt an ihnen vorbeigehen muss. Warte, bis die Ampel grün ist, und gehe am Friedhof entlang.

Die Sonne steht hoch am Himmel. Es ist der wärmste Sommer seit der Wetteraufzeichnung. Das Eis an den Polkappen schmilzt, und das Gras wird gelb, als würde die Natur aufbegehren.

Ich betrete den Botanischen Garten. Es ist Ewigkeiten her, dass ich hier war. Ich erinnere mich an ein Picknick mit Mirandas Eltern. Sally hatte gerade erst laufen gelernt, und ich musste ihr ständig auf den Wegen und durch die Blumenbeete hinterherjagen.

Auf einer Bank unter einem knorrigen Baum sitzt ein Paar. Eine junge Frau hat das eine Bein über das ihrer Freundin gelegt und nimmt ihr die Basecap vom Kopf. Sie lachen. Die ohne Basecap wirft ihr Haar nach hinten. Sie erinnert mich ein wenig an Karla.

Ich sollte ihr die Wahrheit über den Ring erzählen. Ich muss zu Kreuze kriechen und zugeben, dass sowohl der Ring als auch das Geld weg sind. Karla weiß ja ohnehin schon, dass ich ein missglückter Nichtsnutz bin.

Der Schweiß läuft mir in die Augen, als ich den Botanischen Garten verlasse und auf eine schmale Straße mit pompösen Häusern trete. Auf einem hübschen halb runden Balkon steht eine große Giraffenskulptur. Die Hecken sind präzise beschnitten, die Plattenwege schnurgerade und gepflegt. Das ist Professorsstaden. Vor hundert Jahren war hier nur Ackerland, als die Universitätsangehörigen Villen errichteten. Heutzutage können sich die Professoren hier kein Haus mehr leisten. Es sind Firmenchefs und Wirtschaftsbonzen, die in diese großartigen Anwesen ziehen.

Steven und Regina Rytter wohnen in dieser Gegend. Ich ziehe das Handy heraus und google, während ich weitergehe.

»So passen Sie doch auf!«

Eine graue Dame mit Stock schimpft, als ich beinahe mit ihr zusammenstoße.

»Tut mir leid.«

Ich habe soeben das Haus des Ehepaars Rytter auf Google Maps gefunden.

Zwischen großen grünen Bäumen und Gebüsch erahne ich das Straßenschild. Linnégatan. Ich bleibe eine Weile mit dem Telefon in der Hand stehen und überlege, welches Haus es ist. Dann folge ich dem Fußweg, während mich die seelenlose GPS-Stimme des Handys in die richtige Richtung führt.

Die Rytters wohnen in einem schönen Backsteinhaus mit Kupferdach und Löwenstatuen vor dem Eingang. Auf der Einfahrt steht ein frisch geputzter schwarzer Tesla, der an eine Ladestation angeschlossen ist.

Langsam schlendre ich vorbei. In allen Fenstern sind die Jalousien heruntergelassen, und das Haus liegt dunkel da. Als ich zur nächsten Kreuzung komme, drehe ich um und gehe denselben Weg zurück. Hinter dem stählernen Gartentor führt ein schmaler Weg zu einer verglasten Haustür. Als wir uns die Fotos vom Haus ansahen, erzählte Karla, dass es einen Türcode mit einer Alarmanlage gibt. Wahrscheinlich kennt Karla den Code.

Steven Rytter ist Arzt und arbeitet fast den ganzen Tag. Seine Frau liegt nur da und schläft, völlig zugedröhnt von den Medikamenten. Karla hat erzählt, dass die Kommode im Flur steht, direkt hinter der Haustür. In der obersten Schublade liegt lauter teurer Schmuck aus Gold und Silber, mit Perlen und Diamanten. Es wäre vermutlich total einfach, hineinzuschlüpfen und sich zu bedienen. Man könnte am Türrahmen ein paar

Einbruchspuren fingieren und verschleiern, dass man über den Code verfügt. Ein Einbruch könnte erklären, warum der Diamantring verschwunden ist, und der Verdacht würde von Karla abgelenkt werden.

Die Rytters dürften ohnehin in Geld schwimmen. Sie haben wahrscheinlich eine gute Versicherung.

Ich gehe über die Straße, wieder in Richtung Botanischer Garten und dann auf den Friedhof, wo ich mich auf eine Parkbank sinken lasse. Der Raubvogel schlägt mit breiten Flügeln in meiner Brust. Die Klauen kratzen unter den Rippen. Ich atme tief und langsam.

Was mache ich eigentlich gerade? Das ist doch völlig gestört. Offenbar ist es so weit gekommen, dass ich ernsthaft erwäge, einen Einbruch zu begehen.

Stattdessen sollte ich mir Arbeit suchen. Ich beuge mich über mein Handy und scrolle bei den Anzeigen der Jobbörse herum, die weder eine bestimmte Ausbildung noch Erfahrungen im Arbeitsleben voraussetzen.

Viele Firmen suchen Telefonverkäufer und Terminierer, die zu hundert Prozent auf Provisionsbasis bezahlt werden. Ich habe zu wenig Elan und besitze zu viel Moral, um Leuten irgendwelche Abos und anderen unnötigen Mist anzudrehen. Aber ich kann nicht wählerisch sein.

Es gibt einige Jobs als persönliche Assistenten. Früher habe ich mir die nie so genau angesehen. Nach der Sache mit Miranda war ich mir unsicher, ob ich es je wieder schaffen würde, mich um einen anderen Menschen zu kümmern. Außerdem habe ich gedacht, dass man eine Pflegeausbildung dafür braucht, aber das scheint nicht der Fall zu sein. Die meisten Assistenzvermittlungen geben an, dass es am wichtigsten sei, dass die Chemie stimme.

Mein Blick bleibt an einer Anzeige hängen. Der Kunde ist ein mehrfach behinderter Mann mittleren Alters, der rund um die Uhr eine Betreuung braucht. Ich schicke eine E-Mail an die Kontaktperson.

KARLA

Während ich auf den Bus warte, rufe ich bei Lena in der Reinigungsfirma an.

»Ich wollte fragen, ob ich vielleicht wechseln kann.«

Hoffentlich versteht sie das nicht falsch. Ich will nicht kompliziert wirken.

»Wechseln? Wie meinst du das?«

»Na ja, wenn man sich bei einem Kunden nicht wohlfühlt. Kann man vielleicht jemand anders kriegen?«

Lena schweigt ein paar Sekunden. Sie war von Anfang an sehr fair, aber vielleicht habe ich es jetzt zu weit getrieben.

»Meinst du die Rytters?«

»Ja, genau.«

Ich atme flach. Was, wenn Steven Rytter sich schon beschwert hat?

»Was ist passiert?«, fragt Lena.

»Nichts Besonderes.« Ich weiß nicht, wie ich es erklären soll. »Ich hab nur so ein komisches Gefühl. Regina Rytter ist schwer krank, und ihr Mann will nicht, dass ich sie störe, aber das ist nicht so einfach, wenn sie die ganze Zeit reden will.«

»Verstehe. Ich werde sehen, was sich machen lässt.«

»Oh, danke!«

Ich bin so froh, dass Lena mich versteht. Jetzt werde ich alle Probleme los sein. Wenn ich Glück habe, gibt es auch für den Ring eine Lösung.

Mein Bus kommt.

»Aber du putzt weiter bei den beiden, bis ich abgeklärt habe, ob du tauschen kannst«, sagt Lena.

»Klar.«

Einmal muss ich wohl noch hingehen. Ich fahre bis zum Sportplatz, wo Waheeda schon mit den Fußballschuhen in der einen und einem Red Bull in der anderen Hand auf mich wartet.

Der Rasenplatz ist trocken und hart. Es fällt mir schwer, mich zu konzentrieren.

Nach dem Training ziehe ich mir auf der Seitenlinie Schuhe und Strümpfe aus. Keuchend und stöhnend lässt Waheeda sich neben mich fallen und legt sich die Hand auf das Herz.

»Wie das pocht«, sagt sie und öffnet die Haare, die sie zu einem großen Knoten gebunden hatte.

Der Trainer kommt auf uns zu und räuspert sich.

»Ich bin unglaublich beeindruckt von dir, Karla. Du bist eigentlich zu gut für dieses Niveau. Du solltest weiter oben in der Liga spielen.«

Ich pule ein paar Grasreste von meinen Schuhen.

»Ach, jetzt übertreibst du aber.«

»Gar nicht«, sagt der Trainer und schiebt seine ausgeblichene Basecap zurecht. »Dasselbe gilt für dich, Waheeda. Das habe ich dir ja schon oft gesagt.«

»Ich weiß. Na klar bin ich zu gut für diese Mannschaft, aber wer packt es schon, zehnmal pro Woche zu trainieren? Ich studiere auch noch. Ich will Staatsanwältin werden.«

»Natürlich freue ich mich, dass ihr bei uns spielt«, sagt der Trainer. »Aber es ist tut mir ein bisschen leid um euer Talent.«

Er sucht meinen Blick, und ich bemühe mich um ein albernes Lächeln.

Sobald er gegangen ist, haut Waheeda mir auf den Arm.

»Sei nicht so schüchtern, *Habibti*! Du musst lernen, ein Kompliment anzunehmen.«

»Ach, der übertreibt doch. Hast du nicht meinen Fehlpass gesehen, aus dem beinahe ein Eigentor geworden wäre?«

»Scheiße!«, sagt Waheeda und schubst mich den Abhang hinunter vor sich her zu den Umkleiden. »Ich pack es nicht, heute Abend noch zu lernen. Ich will nichts mehr über Immaterialgüterrechte wissen. Wollen wir nicht stattdessen Pizza essen?«

Ich bin nicht schwer zu überreden. Wir gehen in ein italienisches Restaurant in einem grünen Innenhof im Stadtzentrum, essen eine knusprige Pizza, reden und lachen. Zum ersten Mal seit ich weiß nicht wie langer Zeit fühle ich mich lebendig und mache mir keine Sorgen.

»Wenn wir beide einen Studienplatz in Jura kriegen, können wir gucken, dass wir ein gemeinsames Wohnheimzimmer kriegen«, sagt Waheeda. »Du und ich auf demselben Flur oder so. Das wäre mega.«

Das klingt wie ein Traum. Aber vorher müssen wir diese verdammte Abschlussprüfung hinbekommen.

Wir bleiben sitzen, bis die Bedienung anfängt, unseren Tisch abzuwischen, und Waheeda rennen muss, damit sie den letzten Bus erwischt.

Als ich nach Hause zum Karhögstorg komme, ist es beinahe Mitternacht.

Ich bin besonders leise und stelle die Schuhe vorsichtig in eine Ecke. Die Tür zu Bills und Sallys Schlafzimmer ist geschlossen, es ist still und dunkel.

Ich will nur noch schnell die Zähne putzen.

»Hallo.«

Bills Stimme im Dunkeln. Seine Augen leuchten.

»Bist du noch wach?«, flüstere ich.

»Ich konnte nicht einschlafen.«

Er sitzt wie versteinert auf dem Sofa. Auf dem Laptop kreist der Bildschirmschoner.

»Ist irgendwas passiert?«, frage ich.

Er bewegt sich nicht.

»Ich habe Kontakt mit dem Typen aufgenommen, der den Ring gekauft hat«, sagt er. »Es ist gelaufen.«

»Was meinst du?«

»Er hat ihn weiterverkauft.«

JENNICA

Wir sitzen in einer Limousine, während die Sonne über dem Meer untergeht und die Rapsfelder wie Gold funkeln lässt. Auf der Lederrückbank legt Steven den Arm um mich, öffnet eine Flasche Dom Pérignon und trinkt mit mir auf die Zukunft.

»Bist du jemals hier gewesen?«, fragt er, als wir nördlich von Helsingborg von der Autobahn abfahren.

Kullen ist eine Halbinsel, die sich wie ein gekrümmter Finger zwischen Öresund und Kattegat ausstreckt.

»Mein Großvater hatte ein Ferienhaus in Arild«, erzähle ich und nippe am Champagner. »Als Kind war ich ziemlich oft dort.«

»Ich liebe Arild«, sagt Steven. »Es ist viel ursprünglicher als Torekov und Båstad.«

Aber wir sind nicht nach Arild unterwegs. Das Ziel ist eine Überraschung, und Steven verrät nichts, während wir an der Südküste der Halbinsel entlang zur Spitze des Fingers fahren, wo ein alter Leuchtturm über Felsen und Höhlen thront. Auf dem Schild steht *Mölle*. Hier bin ich noch nie gewesen, habe aber gehört, dass es schön sein soll. Auf kurvigen, schmalen Wegen arbeitet sich die Limousine den Hügel hinauf, wo das luxuriöse Badehotel liegt.

»Ich mag solche altmodischen Hotels«, sagt Steven. »Wo nicht alle Zimmer identisch sind. Wo die Betten noch immer knarren und in der Nachttischschublade eine Bibel liegt.«

Ich trinke den restlichen Champagner.

»Ich dachte, du wärst Atheist.«

»Das bin ich auch. Aber das hat doch mit der Bibel nichts zu tun.«

»Was meinst du?«, frage ich mit einem skeptischen Lächeln.

»Die Bibel ist ein Stück Kulturgeschichte. Auf ihr basiert die gesamte westliche Zivilisation. In gewisser Weise bezieht sich jegliche Literatur auf die Bibel.«

»Man sollte sie vielleicht mal lesen«, bemerke ich.

Steven lächelt. »Das solltest du unbedingt tun. Ich habe letzten Sommer den Koran gelesen. Das ist faszinierende Literatur, sehr schöne Texte. Aber ich habe deshalb nicht vor, fünfmal am Tag Richtung Mekka auf die Knie zu fallen.«

Als die Limousine vor dem Hotel hält, bin ich ein bisschen beschwipst vom Champagner. Steven hat die Suite ganz oben mit Blick auf die Bucht und den pittoresken Hafen gebucht. Ich öffne die Türen zum französischen Balkon, der nach Süden rausgeht, und atme die salzige Abendluft ein, während sich Steven auf einen Sessel fallen lässt und sich eine Zigarre anzündet.

»Ich habe in einer Dreiviertelstunde unten im Restaurant einen Tisch für uns reserviert«, sagt er.

Die Zigarre liegt qualmend auf einer großen Keramikschale. Steven raucht eigentlich nicht gern, aber der luxuriöse Geruch spricht ihn an.

»Normalen Zigarettenrauch vertrage ich nicht«, sagt er und schlägt die Beine übereinander.

Er hört Opamusik auf seinem Handy, während ich dusche und mich zurechtmache. Bob Dylan und Bruce Springsteen. Die Hälfte des Badezimmers nimmt ein Jacuzzi ein, den Steven gern nach dem Abendessen testen möchte.

Auf eine Vorspeise mit Hummer und Miesmuscheln folgt

confierte Ente, dazu gibt es einen vollmundigen Pinot noir aus dem Elsass. Das Restaurant ist bis zum letzten Platz gefüllt, und wir haben den mit Abstand besten Tisch bekommen, von dem aus man einen Blick auf den Speisesaal und die Umgebung des Hotels hat.

»Eigentlich müsste ich für eine Nachprüfung lernen.«

»Ups«, sagt Steven. »Ich dachte, du wärst so eine, die alle Prüfungen auf Anhieb schafft.«

»Fast alle, nur nicht dann, wenn ich vergessen habe, mir das entsprechende Buch zu besorgen, und es nur noch auf dem Flur direkt vor der Prüfung überfliegen kann.«

Steven lächelt. »Ich kann dir ein Taxi nach Hause bestellen, wenn du den Abend lieber mit Lernen verbringen willst. Ich hatte eigentlich an einen Abendspaziergang am Wasser gedacht und anschließend an einen Absacker im Jacuzzi.«

»Hm, du stellst mich nie vor einfache Entscheidungen.«

Wir lachen und prosten uns zu. Das Dessert schenken wir uns und spazieren stattdessen Hand in Hand die steilen Treppen hinunter zum Fischerdorf. Der Mond ist halb im Meer versunken, und es fällt mir schwer, die Finger von Steven zu lassen.

Als wir ins Zimmer zurückkommen, schubse ich ihn rücklings aufs Bett und ziehe mein Kleid über den Kopf. Sein Schwanz explodiert beinahe, als ich auf ihm lande und mich in langsamen Wellen an ihm reibe. Die geringste Bewegung führt dazu, dass sich sein Gesicht glättet, bis es sich schließlich vollkommen auflöst.

Nachdem er gekommen ist, fällt er mit einer Gier über mich her, wie ich es kaum je zuvor erlebt habe. Ich packe seinen Nacken mit beiden Händen und presse mich an ihn, bis ich mich nicht mehr zurückhalten kann und Sternchen sehe.

Am nächsten Morgen erwache ich davon, dass Steven die Balkontür geöffnet hat. Draußen dämmert es, und er hat sich eine Zigarre angesteckt.

»Was ist heute für ein Tag?«, frage ich.

Sein Bademantel steht einen Spalt offen, und ich sehe, dass er darunter nackt ist.

»Dienstag«, meint er grinsend. »Hast du irgendwas Besonderes auf der Agenda?«

Ich versuche, meine widerspenstigen Gedanken zu ordnen.

»Ich arbeite heute Abend. Und außerdem muss ich lernen«, seufze ich. »Musst du heute nicht arbeiten?«

»Ich habe am Nachmittag eine OP. Aber wir schaffen noch ein Mittagessen, wenn wir ausgecheckt haben, oder?«

Das schaffen wir bestimmt.

Bis dahin nehmen wir ein Bad in dem engen Jacuzzi, und ich bekomme eine Gänsehaut, während Steven jeden Zentimeter meines Körpers mit Seife und Küssen liebkost.

Dieser Mann macht etwas mit mir, was ich seit meiner Jugend nicht mehr erlebt habe. Es ist wunderbar kribbelnd und erschreckend zugleich. Ich will ihn der ganzen Welt zeigen. Wie wenn man etwas verzweifelt gesucht hat und es endlich findet und vorsichtshalber mit einem Namensaufkleber versieht. Ich will laut ausrufen, dass er jetzt hier ist und mir gehört. Natürlich ist das kindisch, aber es wäre echt nice, Steven mit zu meiner Mutter und Tante Birgitta, meinen Cousinen und meinen Geschwistern zu nehmen. Und zu meinem Vater.

Ich hülle mich in das hoteleigene Frotteebadetuch und setze mich rittlings auf Steven, der im Sessel Platz genommen hat.

»Kannst du dir vorstellen, meine Familie kennenzulernen?«, frage ich und lege die Hand auf seine haarige Brust. »Es muss gar nichts Offizielles sein. Kaffeetrinken im Garten vielleicht?«

Der helle Blick verschließt sich. Er greift nach der Zigarre.

»Natürlich will ich das. Später mal. Wir haben es doch nicht eilig, oder?«

Er hält die Zigarre zwischen den Fingern und verfolgt den Weg der Rauchkringel zum Stuck an der Decke.

Sein Zögern beunruhigt mich. Was, wenn er gar nicht so starke Gefühle hat wie ich? In dieser Situation bin ich selbst schon öfter gewesen, als mir lieb ist. Typen, die viel zu früh Gefühle entwickeln und viel zu viel Interesse zeigen. So etwas ist einfach nur furchtbar.

»Das war eine blöde Idee«, schiebe ich hinterher. »Wir müssen uns auf gar keinen Fall unter Druck setzen.«

»Wir bleiben ganz gechillt«, sagt Steven.

Hastig nimmt er einen Zug von der Zigarre und hustet so heftig, dass der Sessel einen Hüpfer macht.

»Es ist beinahe eine Strafe, meine Familie kennenlernen zu müssen«, bemerke ich.

Steven packt mich im Nacken und küsst mich. Er schmeckt nach Aschenbecher, aber das ist mir egal.

»Sie haben mit dir jedenfalls einen verdammt guten Job gemacht.«

Ich weiß nicht, ob er merkt, dass mein Lächeln ein bisschen distanziert ist. Der Gedanke, dass seine Gefühle nicht genauso stark wie meine sind, hat Wurzeln geschlagen.

Am Nachmittag fahren wir zurück nach Lund. Die Hälfte der Zeit schließe ich die Augen, damit ich nicht reden muss. Das Taxi lässt mich vorm City Gross raus, und Steven umarmt mich auf der Straße.

»Wann lerne ich deine Mitbewohnerin mal kennen?«, fragt er.

Ich denke an Hundi.

»Sie ist nicht so kontaktfreudig.«

Als ich zum Studentenwohnheim gehe, fühle ich mich benebelt, obwohl ich seit gestern Abend nichts getrunken habe. Vor der Pizzeria grüßt mich ein Nachbar zweimal, ehe ich reagiere und zurückgrüße.

In der Wohnung fläzt mein Mitbewohner auf dem Boden herum. Weinflaschen und Pizzaschachteln stapeln sich in der Kochecke. Ich sollte mich endlich mal darum kümmern.

»Vielleicht muss ich dich zur Adoption freigeben«, sage ich und streiche dem Kater über den Bauch.

Stevens Allergie ist wohl ziemlich ausgeprägt.

»Oder der Traum ist bald zu Ende.«

Hundi sieht mich komisch an. Nur selten darf ich ihn so lange streicheln. Als würde er ahnen, dass ich seine Nähe brauche.

Das Gefühl ist eindeutig. Steven und ich nähern uns einer Weggabelung. Und ich weiß genau, wie es normalerweise läuft.

BILL

Ich bringe Sally zu Naemi, die in ihre Klasse geht. Die Familie wohnt in einem umgebauten Reihenhaus in einem Wohngebiet nahe der E22. Die Mutter sitzt im Elternbeirat und sammelt immer das Geld für die Lehrer ein. Ich weiß, dass sie in der Pflege arbeitet.

»Wir würden mittags bei Max Burger essen«, sagt sie. »Ist das okay für Sally?«

»Ich kann mir nicht vorstellen, dass sie etwas dagegen hat.«

Ich ziehe meine Geldbörse heraus und schaue symbolisch in den Scheinfächern nach.

»Ich schick dir das Geld per Swish«, sage ich dann.

Naemis Mutter protestiert. Sie möchte Sally gern einladen. Aber ich verspreche, ihr das Geld trotzdem zu überweisen.

Als ich nach Hause komme, lasse ich mich aufs Sofa fallen.

Was bleibt mir eigentlich noch übrig?

Eine neue Wohnung suchen. Vor dem Amt in die Knie gehen? Allein beim Gedanken daran dreht sich mir der Magen um.

An der Wand über dem DVD-Regal hängt Al Pacino, für mich so etwas wie ein Hausgott. Es ist ein Foto aus *Der Pate – Teil II*, wo er Don Michael Corleone spielt. Ich frage mich, was Corleone in dieser Situation getan hätte. Was hätte Tony Montana in *Scarface* getan? Oder Charlie Brigante in *Carlito's Way*?

Lauter Filme, in denen die Hauptperson schwerste Gesetzesverstöße und moralisch verwerfliche Taten begeht. Aus irgendeinem Grund sind das die Figuren, zu denen ich mich hingezogen gefühlt und die ich sehr bewundert habe.

Solange Miranda am Leben war, habe ich nie auch nur erwogen, mir etwas zu nehmen, was mir nicht gehörte. Miranda ging nicht einmal bei Rot über die Straße. Ihr Vater galt als eine Art selbst ernannter Polizist ihres Wohngebiets. Er filmte gern Jugendliche, die auf den Fahrradwegen Moped fuhren, und suchte im Internet ihre Versicherungskennzeichen raus.

Es war kurz vor Weihnachten, als ich zum ersten Mal etwas aus dem Kino klaute. Irgendjemand hatte einen Stapel Kinogutscheine auf dem Tisch hinter der Kasse liegen lassen. Es war ein spontaner Einfall. Sally hatte sich ein eigenes iPad zu Weihnachten gewünscht. Das war der einzige Punkt auf ihrer Wunschliste. Und ich wollte ihr so gern eines schenken. Nachdem ich zum ersten Mal gestohlen und festgestellt hatte, dass es ganz einfach war und die Panik danach nicht lange anhielt, lief es beinahe automatisch. Ich steckte Münzen, Banknoten und Geschenkgutscheine ein. Erst als Anette mich konfrontierte, wurde mir wirklich klar, was ich getan hatte. Die Scham war abgrundtief. Trotzdem erniedrigte ich mich noch mehr, bettelte und bat, den Job behalten zu dürfen.

Mein Blick wandert wieder zu Don Corleone. Innerhalb der Mafia herrscht eine vernünftige und anständige Gerechtigkeit, die mich schon immer angesprochen hat. Solange du deinen Platz kennst und den Spielregeln folgst, gibt es keinen Grund zur Sorge, während auf denjenigen, der andere betrügt oder von Hochmut befallen ist, die Vergeltung wartet.

Im Grunde genommen ist das ganze Konzept Gerechtigkeit seltsam, da die Welt erwiesenermaßen alles andere als gerecht ist.

Miranda sieht vom Foto auf mich herab.

Die erste und vielleicht einzige Krise in unserer Beziehung hatten wir, als sie entdeckte, dass ich Geld im Onlinecasino verloren hatte. Sie weinte und schrie. Wenn das jemals wieder vorkomme, werde sie mich verlassen. Wahrscheinlich würde sie mir meine jetzigen Fehltritte nie verzeihen.

Abends backe ich unter der dröhnenden Dunstabzugshaube Pfannkuchen für Sally. Das Gehirn ist noch immer im Leerlauf. Ich habe das Gefühl, als wäre mein Kopf in eine dicke Schicht Gelee gehüllt.

»Ist Karla nicht zu Hause?«, fragt Sally.

»Ich weiß nicht, wo sie steckt.«

Sally seufzt.

Sie schiebt sich zusammengerollte Pfannkuchen mit Schlagsahne und Marmelade in den Mund. Klebriger Mund und dankbarer Blick.

Ich bin bereit, alles für sie zu tun.

»Naemi will auch mit Fußball anfangen«, sagt sie und fährt sich mit dem Handrücken über die mit Marmelade verschmierten Lippen.

»Wie schön.«

Ich starre an die weiß geflieste Küchenwand. Natürlich soll sie Fußball spielen. Es muss irgendeine Möglichkeit geben.

»Ich frage Karla, ob sie mit mir im Park trainieren kann«, sagt Sally zwischen zwei Bissen.

Ich drehe mich mit einem breiten Lächeln zu ihr um.

»Und ich? Willst du nicht mit mir spielen?«

Sally hebt die Augenbrauen.

»Kannst du Fußball spielen, Papa?«

Ich lache und kicke in die Luft.

Eine Viertelstunde später kommt Karla nach Hause, und wir spielen ein paar Runden *Siebzehn und vier*. Sally gewinnt dreimal in Folge und führt ihren Siegertanz auf.

»Jetzt musst du ins Bett«, sage ich.

Es ist bald halb zwölf.

»Aber es sind Sommerferien«, protestiert Sally.

Sie schreit vor Lachen, als ich sie ins Schlafzimmer trage.

Nach einem halben Kapitel Harry Potter schläft sie wie ein Stein, und ich decke sie ordentlich zu, ehe ich in den Flur hinausschleiche.

Vor dem Badezimmer steht Karla barfuß und ungeschminkt in einem Kapuzenpulli.

»Meine Chefin hat gesagt, dass ich bei den Rytters aufhören kann, aber ich werde morgen noch mal mit Regina reden«, sagt sie und kaut an den Fingernägeln.

»Warum das? Was willst du ihr sagen?«

Das Beste ist doch, einfach stillzuhalten, so zu tun, als wäre nichts. Wenn sie anfangen, nach dem Diamantring zu forschen, ist es auch für mich gelaufen.

»Sie muss doch erfahren, dass ihr Mann ihr Benzos gibt. Meine Mutter hat über zwanzig Jahre dieses Zeug eingeworfen. Ich weiß, was das mit einem Menschen machen kann.«

»Aber das ist doch nicht dein Problem. Stell dir vor, sie suchen tatsächlich nach dem Ring.«

Warum habe ich verdammter Idiot bloß das Geld verspielt und damit den Ring endgültig verloren? Aber Steven Rytter und seine Frau werden kaum darunter leiden. Ich habe ja ihr Haus gesehen. Allerdings kapiere ich nicht, warum Karla sich so in die Sache reinhängt.

»Du solltest überhaupt nicht mehr hingehen. Und verlier kein Wort über die Medikamente. Es ist nicht klug, sich da einzumischen. Wenn wir Glück haben, ist Regina Rytter so weggetreten, dass sie den Ring vergisst.«

Karla blickt nicht auf, sondern murmelt nur »Gute Nacht« und geht in ihr Zimmer. Ich setze mich aufs Sofa. Mein Herz schlägt schnell, und die Knie zittern. Ich kann kaum still sitzen.

Noch einmal google ich Steven Rytter und betrachte die Satellitenfotos der fetten Villa. Mir sind materielle Dinge bislang egal gewesen, aber es macht mich wahnsinnig wütend, dass jemand wie Steven Rytter mit Millionen von Kronen um sich wirft, während meine Tochter und ich nicht mal genug für die Miete zusammenbekommen.

Auf dem Foto hat er den Arm um seine Frau gelegt. Er lächelt direkt in die Kamera, die Augen glitzern. Regina Rytter ist wunderschön und voller Leben. Wie können sie einen Ring im Wert von zehntausend Kronen vermissen? Das müssten für die doch Peanuts sein, oder? Für Sally und mich würde eine solche Summe jetzt gerade alles bedeuten.

Steven sieht so erfolgreich aus. Es ist schwer vorstellbar, dass der Mann auf dem Foto seiner Frau ganz bewusst starke Medikamente verabreicht. Ich klicke sein ekliges Lächeln weg. Offenbar begreift er nicht, was es bedeutet, wenn die Frau, die man über alles liebt, ernsthaft krank wird und dahinsiecht. Ich würde alles geben, um Miranda wiederzubekommen – und dieser Mann ist so rücksichtslos zu seiner Frau.

Ich muss aufstehen. Eine Weile gehe ich auf und ab, dann bleibe ich vor meiner DVD-Sammlung stehen. Meine Wahl fällt auf einen meiner größten Al-Pacino-Favoriten: *Insomnia*. Es ist ein Remake eines norwegischen Films mit Stellan Skarsgård in der Hauptrolle. Der Polizist Will Dormer, der von Pacino gespielt wird, kommt nach Alaska, um den Mord an einer Jugendlichen aufzuklären. Während der Jagd auf den Mörder erschießt Dormer versehentlich seinen Kollegen, schiebt die Schuld aber in einem schwachen Augenblick auf den Mörder der Jugendlichen, gespielt von Robin Williams. Anschließend wird Dormer vom Mörder angerufen, der ihn erpresst. Pacino ist in Höchstform. Ich liebe die Szenen, als er nachts auf und ab geht, geplagt von der Mitternachtssonne und Schlaflosigkeit.

Es ist wohl Ironie des Schicksals, dass ich dann selbst nicht schlafen kann, obwohl es bald zwei Uhr ist.

Wieder denke ich an Steven Rytter. Sorgt er absichtlich dafür, dass seine Frau krank ist? Vor mir sehe ich Miranda, ihre trockenen Lippen im Krankenbett in den letzten Tagen vor ihrem Tod.

Langsam fährt mein Gehirn herunter. Ich werde immer müder, aber einige meiner Gedanken bleiben klar und deutlich. Einer verfolgt mich sogar bis in den Traum.

Wie weit ist Steven Rytter bereit zu gehen, um sein Geheimnis zu bewahren?

Auszug aus der polizeilichen Vernehmung von Bill Olsson

Ich würde Ihnen gern etwas zeigen. Erkennen Sie diesen Brief?

Nein, kenne ich nicht.

Sie haben ihn noch nie gesehen?

Nein.

Sie haben den Brief also nicht geschrieben?

Nein, auf keinen Fall.

Wir haben den Brief in Ihrem Computer gefunden, den wir bei der Hausdurchsuchung beschlagnahmt haben. Und Sie haben ihn wirklich nicht geschrieben?

Nein, habe ich doch gesagt.

Das Dokument war gelöscht, aber unseren IT-Technikern ist es gelungen, es wiederherzustellen. Wie kann sich der Brief in Ihrem Computer befinden, wenn Sie ihn nicht geschrieben haben?

Ich … weiß nicht. In meinem Computer? In welchem denn?

In Ihrem Laptop. Der während der Hausdurchsuchung auf dem Couchtisch in Ihrer Wohnung stand. Hat noch jemand anders Zugriff darauf?

Nicht dass ich wüsste. Wobei es heutzutage sicher nicht sonderlich schwer ist, sich per Überwachungssoftware in einen

Rechner reinzuhacken. Den Brief kann ja jeder da reingestellt haben.

Warum sollte jemand das tun?

Das … das weiß ich nicht.

Meinen Sie, dass Sie von einem Hackerangriff betroffen sein könnten? Glauben Sie, jemand will Sie für etwas drankriegen, woran Sie eigentlich nicht schuld sind?

Nein, das vielleicht nicht. Ich weiß es wirklich nicht.

Ich habe nach fünfzehn Jahren Berufserfahrung als Ermittler bei schweren Straftaten die Erkenntnis gewonnen, dass die einfachste Erklärung häufig die richtige ist. Aber es gibt natürlich Ausnahmen. War Ihr Computer passwortgeschützt?

Nein.

Das heißt, jeder, der Zugang zu Ihrem Laptop hatte, hätte den Brief schreiben können? Wo haben Sie Ihren Laptop aufbewahrt? Stand er immer auf dem Couchtisch?

Na ja, ich hatte ihn wohl meistens im Schlafzimmer. Manchmal habe ich ihn im Wohnzimmer vergessen.

Das heißt Sie halten daran fest, dass Sie diesen Brief nicht geschrieben haben?

Ich habe ihn nie zuvor gesehen.

KARLA

Lena hat sich noch immer nicht gemeldet.

Ich nehme den Bus, und im Haus der Rytters ist es ruhig, als ich mit den Bädern anfange.

Ich hebe einen Keramikvogel an und säubere mit dem Staubwedel die Fläche darunter. Die Badewanne hat kleine Tatzen aus Gold, und auf dem Rand stehen Fläschchen mit Badeöl, Haarspülung und Seife, die ich zur Seite schiebe. Der Vergleich mit dem Bad zu Hause in Boden drängt sich auf. Der zerkratzte PVC-Boden, die verkalkte Wanne und die braunen Ränder im Klo.

Als ich mich bücke, um hinter der Toilette zu putzen, klopft es leicht an der Tür. Ich zucke zusammen und schlage mit dem Kopf gegen die Badewannenkante.

»Tut mir leid, ich wollte dich nicht erschrecken. Alles in Ordnung?«

»Kein Problem.«

Der Schädel pocht. Ich bekomme bestimmt eine Riesenbeule.

»Wie blöd von mir«, sagt Regina.

Sie muss sich die Haare gekämmt haben. Und zum ersten Mal trägt sie eine Hose und einen Pullover statt Schlafanzug oder Morgenmantel.

Mit einem Mal starrt sie mich vorwurfsvoll an.

»Die Reinigungsfirma hat sich gemeldet.«

Plötzlich ist der Schmerz weg.

»Was ist?«, frage ich und verstecke mich hinter meinen Haaren. Noch immer sitze ich geduckt da, eingeklemmt zwischen Toilette und Badewanne.

»Sie hat gesagt, dass du sie gebeten hast, hier aufhören zu dürfen.«

Ich starre auf die Fliesen. Nicht zu fassen, dass Lena Regina davon erzählt hat.

»Na ja, ich …«

Tränen steigen mir in die Augen.

»Ist es wegen des Rings?«, fragt Regina.

Vorsichtig drehe ich den Kopf und begegne ihrem Blick. Jetzt wird es auch Bill schlecht ergehen. Und Sally.

»Was meinst du?«

Sie blickt durch mich hindurch.

»Ich weiß, dass du ihn genommen hast. Ein Ring kann nicht einfach so verschwinden.«

Ich schnappe nach Luft. Alle Dämme brechen, und es nützt auch nichts, dass ich die Hände vors Gesicht halte. Ich bin verloren.

»Das war mir gleich klar«, fährt Regina fort.

Das ist eine Katastrophe. Ich hätte nie hierherziehen dürfen. Ich hätte zu Hause in Boden bleiben und für meine Mutter da sein sollen. Jetzt habe ich so viel kaputt gemacht und so vielen Menschen geschadet. Die Tränen laufen mir die Wangen herab, und ich hyperventiliere.

»Du.« Regina legt mir die Hand auf die Schulter. »Das wird schon. Es gibt für alles eine Lösung.«

Ich flenne wie ein kleines Kind. Der ganze Körper bebt.

»Ich bin keine Diebin. Ich wollte nur Bill helfen. Du bekommst den Ring zurück. Versprochen.«

Regina nimmt ihre Hand wieder weg.

»Wer ist Bill? Hat er dich gezwungen zu klauen?«

»Nein, gar nicht. Ich habe … Tut mir leid.«

Regina streicht mir leicht über den Rücken. Ihr Gesicht ist weicher geworden. Mitfühlend schaut sie mich an.

»Erzähl mir mehr von diesem Bill.«

In Höchstgeschwindigkeit plappere ich drauflos und berichte alles von Bill und Sally, wie er seine Lebensgefährtin an den Krebs verloren hat und dann obendrein arbeitslos wurde. Als ich auf eine Schublade voller Schmuck stieß, sah ich eine Lösung. Ich bin keine Diebin, aber während meiner gesamten Kindheit habe ich mir anhören müssen, dass man manches eben tun muss und dass gewisse Menschen viel besitzen und es nichts ausmacht, wenn sie ein bisschen davon abgeben.

»Blöd, oder? Aber ich habe gedacht, dass Menschen, die in solchen Häusern wohnen, die ganze Zeit total glücklich sein müssten. Wie auf Instagram.«

Regina lächelt. Sie streicht mir immer noch über den Rücken.

»Gib mir den Ring zurück, dann vergessen wir das Ganze.«

Wie soll das gehen? Ich muss selbst den Typen in Malmö anrufen und versuchen, herauszufinden, an wen er den Ring weiterverkauft hat.

»Und ich möchte gern, dass du weiter bei uns sauber machst«, sagt Regina.

Ich weiß nicht, ob ich dankbar sein oder Angst haben soll.

»Aber was ist mit meiner Chefin?«

»Sie weiß nichts von dieser Sache. Du kannst ihr sagen, es war alles ein Missverständnis.«

Regina klingt ungewöhnlich klar. Sie will, dass ich bleibe, obwohl ich gestohlen habe. Sie mag mich. Es muss an meiner fürsorglichen Art liegen. Ich habe zwanzig Jahre geübt und mich um meine Mutter gekümmert.

»Wir erzählen auch Steven nichts von dem Ring«, fährt Regina entschlossen fort. »Er würde durchdrehen.«

Ich sehe ihr in die Augen. Ihr Blick ist schärfer als sonst. Das Verschwommene ist weg. Sie scheint gar nicht unter Medikamenteneinwirkung zu stehen. Ich will sie danach fragen, aber womöglich bilde ich mir alles nur ein. Natürlich weiß sie, was für Tabletten sie nimmt.

»Woran denkst du?«, fragt sie.

Mir tut das Steißbein weh. Ich halte mich an der Badewanne fest und stehe auf. Ich habe auf einer der kleinen goldenen Tatzen gesessen.

»Diese Tabletten, die ich am Freitag für dich geholt habe«, setze ich an. »Die … na ja …«

»Was ist damit?«, will Regina wissen.

Ich sollte nichts sagen und auf gar keinen Fall Steven beschuldigen. Ich habe mich schon viel zu sehr eingemischt.

»Ach, ich weiß nicht.«

Ich mache einen Schritt vorwärts, aber Regina hat die Hand auf die Türklinke gelegt und lässt mich nicht vorbei.

»Sag schon. Was ist mit den Tabletten?«

Ich starre auf den glänzenden Fliesenboden. Ich habe keine andere Wahl.

»Diese Tabletten, die ich für dich aus dem Badschrank geholt habe. Bist du dir sicher, dass es die sind, die du immer nimmst?«

»Ja, klar. Eigentlich hat Steven den Überblick über die Medikamente. Er füllt immer die Tablettenbox auf.«

Sie weiß wirklich nicht so genau, was sie in sich hineinstopft. Oder besser gesagt, womit Steven sie füttert. Verzweifelt sehe ich mich um. Überall weiße Fliesen. Die Luft ist stickig.

»Du nimmst Benzodiazepine«, sage ich schließlich. »Starke Beruhigungsmittel, die einen so müde und schwindlig machen, dass man kaum zwischen Traum und Realität unterscheiden kann. Die Dinger können Halluzinationen hervorrufen.«

Regina schnauft laut.

»Was hast du für eine lebendige Fantasie! Was weißt denn du über meine Medikamente?«

»Ich bin mit einer suchtkranken Mutter aufgewachsen«, erkläre ich und weiche ihrem Blick aus. »Seitdem ich ein Baby war, gab es überall um mich herum Betäubungsmittel. Meine Mutter nimmt Benzos, um die Realität auszublenden und in einer Art Dämmerschlaf zu verharren.«

Ich zwinge mich, Regina anzusehen. Allmählich scheinen die Wut und der Ärger von ihr abzufallen.

»Was für ein Elend. Es tut mir leid, dass du so etwas erleben musstest.«

Irgendwie habe ich das Gefühl, mich entspannen zu können. Mein Leben lang habe ich versucht, mich selbst nicht als Opfer zu sehen. Ich habe so viel Kraft investiert, damit ich stark bin. Nicht nur nach außen, vor den anderen, sondern auch mir selbst gegenüber. Nie habe ich mir zugestanden zu trauern. Ich will nicht bemitleidet werden. Aber Regina sieht nicht auf mich herab. Sie weiß, dass ich mich freigekämpft habe.

Meine Mutter hat ihre Sucht selbst gewählt, immer wieder hat sie sich dafür entschieden. Bei Regina ist die Lage anders. Ich muss ihr vermitteln, was diese Wirkstoffe mit ihr machen. Sie könnte ein ganz anderes Leben führen. Ohne Steven.

Regina lässt die Klinke los und macht ein paar wacklige Schritte in den Flur. Ihre Hand tastet nach der Rückenlehne des Sofas.

»Du musst dich irren.«

»Vielleicht ist es ein Missverständnis«, sage ich. »Aber das, was ich dir geholt habe, war auf jeden Fall ein Benzodiazepin.«

Regina geht weiter ins Schlafzimmer. Sie sieht wieder verwirrt aus.

»Warum sollte Steven mir solche Medikamente geben?«

Ich bleibe an der Tür stehen. Die Jalousien sind heruntergezogen, die Decke liegt neben dem Bett auf dem Fußboden, die Luft ist warm und abgestanden. Ich zögere. Es kann nur eine Erklärung geben. Steven will nicht, dass sie gesund wird. Aber diesen Schluss muss sie selbst ziehen.

»Eigentlich sollten Benzodiazepine nur kurzfristig und bei akuten Beschwerden eingesetzt werden«, sage ich. »Die ganzen Symptome, die du hast – Müdigkeit, Verwirrung, Kopfschmerzen, Schwindel, Gedächtnislücken – all das sind normale Nebenwirkungen von Benzos.«

Regina steht mit offenem Mund vor mir. Der Blick ist gläsern.

»Du meinst, es liegt nur an den Tabletten?«

Sie beugt sich über den Nachttisch, zieht die Schublade auf und wühlt darin herum.

»Ich weiß nicht«, sage ich und lehne mich an den Türrahmen. Mir ist auch schwindlig, als wäre ich unterzuckert. »Aber sie können deine Situation auf keinen Fall verbessern. Wie lange nimmst du sie schon?«

Sie dreht sich mit der Tablettenbox in der Hand um.

»Mindestens ein Jahr. Vielleicht sogar anderthalb. Als die Grippe nicht nachgelassen hat und die Kopfschmerzen mich beinahe umgebracht haben, da habe ich Steven gebeten, mir etwas zu besorgen. Ich hatte keine Ahnung, was er mir gegeben hat, aber die Schmerzen sind verschwunden, und ich konnte endlich wieder schlafen. Mit der Zeit sind es immer mehr Tabletten geworden. Sobald es mir schlechter ging, hat er neue Pillen nachgefüllt.«

»Benzos machen abhängig«, sage ich. »Nach einer Weile entwickelt man eine Toleranz. Der Körper verlangt nach immer höheren Dosen.«

Sie nickt, ohne ihren Blick fixieren zu können. Alle Farbe ist aus ihrem Gesicht gewichen.

»Ich versteh es nicht«, sage ich. »Warum verlässt er dich nicht einfach?«

Regina schiebt ein Kissen zur Seite und lässt sich auf die Bettkante fallen.

»Das kann er nicht. Er würde kein Öre bekommen, wenn wir uns scheiden lassen würden.«

»Aber er ist Arzt. Er würde doch nicht auf der Straße landen.«

Sie vergräbt ihr Gesicht in den Händen und beugt sich vor.

»Steven liebt Luxus und Extravaganzen. Bei einem solchen Lebenswandel kommt man mit einem Arztgehalt nicht weit.«

»Aber trotzdem …«

»Er wartet vermutlich nur«, sagt sie und hebt den Blick.

Sie wirkt ungewohnt gefasst. Vielleicht weil sie eine Weile lang keine Tabletten genommen hat.

»Worauf denn?«, frage ich.

»Darauf, dass mein Vater stirbt. Solange mein Vater am Leben ist, verwalten er und mein Bruder die Immobilienfirma, aber wenn mein Vater stirbt, muss mein Bruder mich auszahlen oder mir das halbe Unternehmen überschreiben. Es geht um mehrere Milliarden Kronen.«

Das klingt völlig gestört. Unmenschlich. Steven Rytter muss der totale Psychopath sein.

Dabei wirkt er so nett, sieht gut aus und ist charmant, immer mit einem Lächeln auf den Lippen. Aber so ist das ja wohl bei Psychopathen. Sie sind es gewohnt, ihre Umgebung zu manipulieren.

»Du solltest die Polizei anrufen«, sage ich.

Regina starrt mich an, als wäre ich nicht ganz bei Trost.

»Was ist, wenn Steven davon erfährt?«

»Gibt es jemanden, den du dann kontaktieren könntest?«, frage ich. »Vielleicht deinen Bruder?«

Sie schüttelt entschieden den Kopf.

»Niemand wird mir glauben. Steven kann sich aus allem herausreden. Er wird behaupten, dass ich den Verstand verloren hätte.«

»Aber du wirst Schutz bekommen«, sage ich. »Wenn Steven dich mit starken Medikamenten vollgestopft hat, wandert er für mehrere Jahre ins Gefängnis.«

»Glaubst du das? Funktioniert das wirklich so?«

»Na ja … also …«

Ich will nicht lügen. Es müsste so funktionieren, aber ich kann ihr nichts garantieren. Kann man ihm überhaupt ein Verbrechen nachweisen? Sie hat die Tabletten ja alle freiwillig genommen.

Regina wendet nicht den Blick von mir ab. Hinter dem Schock ist Angst zu erahnen.

»Er wird mich umbringen, Karla.«

BILL

Die Postbotin steht eine Weile da und hält den Briefschlitz auf, als würde sie noch nach der Post für mich suchen. Ich sehe nur den offenen Schlitz und höre, wie sie vor sich hinsummt. Am Ende fällt ein Haufen mit Werbeblättern, Gratiszeitungen und Briefumschlägen auf den Fußabtreter, und der Briefschlitz schließt sich mit einem Knall.

Ich sortiere rasch alles Unwichtige aus und stoße dabei auf einen braunen Umschlag mit einer handgeschriebenen Adresse. Er ist so fest zugeklebt, dass er zerreißt, als ich ihn öffne.

Beim Lesen fahren meine Gefühle Achterbahn. Das Papier in meiner Hand zittert.

Guten Tag,
mein Name ist Selma Argonova, und ich bin im Jugendamt tätig. Bei uns ist eine Meldung wegen Verdacht auf Kindeswohlgefährdung Ihrer Tochter Sally eingegangen. In einem solchen Fall laden wir immer das Kind zusammen mit dem Sorgeberechtigten ein, um gemeinsam über die Hinweise zu sprechen.

Ich habe einen Besuch für Sie am 22. August um 11 Uhr eingeplant. Der Termin wird ca. eine Stunde dauern.

Wahrscheinlich stecken wieder Mirandas Eltern dahinter. Vanna und Heinrich. Letztes Mal waren sie es, die eine Gefährdungsmeldung abgegeben hatten. Sie behaupteten, Sally habe unter meinem Spielen am PC zu leiden. Ich habe ihnen bis heute nicht verziehen.

Denn die Sache hat ja wohl nichts mit dem Stromnetzbetreiber zu tun. Und der Vermieter hat sich bestimmt nicht ans Jugendamt gewandt.

Auf dem Küchentisch steht noch Karlas Müslipackung. Es wird doch nicht etwa Karla gewesen sein?

Vielleicht sollte ich mich direkt bei Selma Argonova im Jugendamt melden. Wenn ich ehrlich bin und alles wahrheitsgemäß erzähle, bringt sie wahrscheinlich Verständnis auf. Das Jugendamt kann mir vielleicht sogar helfen und einige Rechnungen übernehmen. Dass ich finanzielle Probleme habe, macht mich wohl kaum zu einem schlechteren Vater. Sally ist bei mir in guten Händen.

Nach einer Weile beruhige ich mich.

Es ist besser abzuwarten.

Ich koche Asianudeln und nehme den letzten Rest von meinem Grillgewürz statt der schrecklichen Mischung aus der beigefügten Tüte. Sally und ich essen, ehe Karla vom Fußball zurückkommt. Es reicht ganz einfach nur für zwei.

Sally setzt sich mit ihrem iPad aufs Sofa, und als Karla kommt, fange ich sie schon im Flur ab.

»Was ist?«

Sie hat einen panischen Ausdruck in den Augen.

»Wir müssen reden«, sage ich.

Wir gehen in Sallys Zimmer und machen die Tür zu. Ich flüstere oder zische vielleicht sogar.

»Warst du das?«

Ich wedele mit dem Brief vom Jugendamt vor ihrer Nase herum.

»Wovon redest du?«

Sie reißt das Papier an sich und liest.

»Es geht doch nur um ein Treffen«, sagt sie dann. »Mach dir keine Sorgen.«

»Warst du das?«

»Was meinst du? Glaubst du, dass ich dich beim Jugendamt angezeigt habe?«

Sie sieht völlig verwirrt aus. Wenn sie lügt, ist sie eine richtig gute Schauspielerin.

»Sorry, natürlich warst du das nicht. Ich kann gerade nicht klar denken.«

Als sie mir den Brief zurückgibt, stößt sie versehentlich gegen meine Hand. Ich packe sie und ziehe sie an mich. Ich kann nicht anders. Die Tränen laufen, als sie mich drückt.

»Das wird schon«, sagt sie. »Du bist ein toller Papa für Sally. Die Meldung wird keine Konsequenzen haben.«

Ich versuche, ruhig zu atmen.

Vielleicht hat sie recht. Andererseits weiß Karla nicht, wie es letztes Mal beim Jugendamt gelaufen ist. Ich werde wahnsinnig, wenn ich an diesen aufgeblasenen Dreckskerl Jesper Lövgren denke, der gesagt hat, erwachsene Menschen sollten sich nicht mit *World of Warcraft* beschäftigen.

»Regina weiß, dass ich den Ring gestohlen habe«, sagt Karla.

Ich schnappe nach Luft und lasse sie los. Sie macht ein paar Schritte rückwärts.

»Wie kann sie das wissen?«

Jetzt ist alles vorbei.

»Ich konnte mich einfach nicht verstellen. Sie hat mich sofort durchschaut.«

Es ist nicht zu fassen. Die Frau ist doch ständig benommen von den ganzen Nebenwirkungen.

»Hast du etwas über die Tabletten gesagt?«

Immerhin haben wir etwas gegen Steven Rytter in der Hand.

»Sie will ihn auf gar keinen Fall anzeigen«, sagt Karla. »Sie will niemandem davon erzählen. Sie hat Angst vor Steven.«

Durchaus verständlich. Es muss ein fürchterlicher Schock für sie sein. Ich sehe Miranda vor mir. Sie wurde mir entrissen, wir durften nicht mehr zusammen sein. Steven Rytter hingegen füttert seine Frau mit starken Betäubungsmitteln.

Ich denke an die protzige Villa in Professorsstaden, an die Fotos, die ich gegoogelt habe: Steven Rytter im Arztkittel mit einem Stethoskop um den Hals, Steven Rytter, der den Arm um seine Frau gelegt hat, dieses selbstgerechte Lächeln. Plötzlich habe ich das Gefühl, als würden die Wände auf mich einstürzen. Ich fühle mich eingesperrt, die Luft wird stickig. Der Raubvogel ist in meine Brust zurückgekehrt, die Flügel flattern, und die Klauen kratzen.

»Würdest du mir einen Gefallen tun?«, bitte ich Karla. »Kannst du Sally ins Bett bringen?«

Ich ziehe mir die Trainingsjacke an und setze die Basecap auf. Unter den Achselhöhlen bin ich schweißnass.

»Na klar.« Karla sieht ein wenig erstaunt aus. »Wenn sie nichts dagegen hat.«

»Sie wird überglücklich sein. Ich muss nur eben was erledigen.«

Ich will zu Sally gehen und mich verabschieden, doch dann halte ich inne. Es ist nicht gut, wenn sie mich in diesem Zustand sieht.

Karla schließt die Wohnungstür hinter mir, und während ich die Treppen hinunterlaufe, brabble ich die Worte aus dem Brief vom Jugendamt vor mich hin. Mein Gehirn schreit nach frischer Luft.

Dieser Sommer war bisher wie ein Dampfkochtopf, aber nach dem Regentag hängt die Feuchtigkeit noch in der Luft, und das Atmen fällt mir leichter.

Ich fahre mit dem Rad auf der Stora Södergatan und gelange zum Mårtenstorget, wo die Straßenrestaurants nach der Regenpause wieder zum Leben erwachen. An der roten Ampel beim Gymnasium Spyken bleibe ich stehen. Die Räder eines vorbeifahrenden Stadtbusses spritzen so stark, dass ich zur Seite treten muss.

Erst als ich über den Lenker gebeugt am südlichen Eingang des Botanischen Gartens stehe und zur Linnégatan hinüberschaue, gestehe ich mir ein, dass ich die ganze Zeit vorgehabt habe, hierherzufahren.

Ich schiebe das Rad auf dem schmalen Gehsteig entlang und versuche, ganz unbekümmert zu wirken. Als ich an dem schönen Haus mit dem Kupferdach vorbeigehe, sehe ich verstohlen zu den Fenstern im Obergeschoss hinauf. Dort hinter den Jalousien verbringt Regina Rytter ihre Tage in Dunkelheit und Dämmerschlaf. Ich denke an Mirandas letzte Wochen auf der Palliativstation, wie das Leben langsam aus ihr wich.

Ich umklammere die Gummigriffe des Lenkers noch fester.

Als ich zum Schulparkplatz komme, bleibe ich stehen und gehe denselben Weg zurück. Diesmal lasse ich das Haus der Rytters keine Sekunde aus den Augen.

Plötzlich bewegt sich etwas zwischen den Büschen im Garten. In den Schatten sind die Umrisse eines Mannes zu erkennen.

Als das schwarze Gartentor geöffnet wird, verschlucke ich mich und huste. Mein erster Impuls ist, schnell davonzufahren. Doch der Mann, der auf den Gehsteig tritt, nimmt keine Notiz von mir. Er schließt das Gartentor hinter sich und geht auf den Botanischen Garten zu.

Der Rücken ist kerzengerade, die Schritte sind lang und resolut. Die Haare bewegen sich im Wind, während er über die Straße geht. Es herrscht kein Zweifel, das ist Steven Rytter.

Er lässt ein Auto passieren, ehe er die Fahrbahn überquert. Ich bin nur wenige Meter hinter ihm und muss etwas langsamer schieben, während er am Friedhof entlanggeht.

Ich denke an Sally.

Ich sollte nach Hause fahren.

Ehe Steven Rytter am Spyken die Straße überquert, sieht er sich um. Der Abstand zwischen uns ist so minimal, dass unsere Blicke sich begegnen. Eine Hundertstelsekunde, nicht länger.

Ich bin kein gehässiger Mensch. Seit meiner Kindheit habe ich die Gemeinheiten anderer Leute einfach ignoriert. Niemand hatte Spaß daran, mich zu hänseln, weil ich mich weder prügelte noch herumheulte. Aber als ich jetzt Steven Rytter vor mir sehe und daran denke, was er seiner Frau antut, empfinde ich zum ersten Mal eine Wut, die an Hass grenzt.

Er steht direkt an der Kreuzung.

Als ich aufs Rad steige, stelle ich fest, dass meine Finger am Lenker ganz rot geworden sind.

Aus dem Augenwinkel sehe ich, wie Steven Rytter zu einer jungen Frau geht und sie in den Arm nimmt.

KARLA

Waheeda und ich haben gerade in einem Café in der Nähe des Juridicums gefrühstückt, als Lena anruft.

»Ich habe jetzt mit Regina Rytter gesprochen«, sagt sie. »Stimmt es, dass sich alles geklärt hat?«

»Ja, schon.«

Es wundert mich nicht, dass Lena erstaunt ist.

»Regina Rytter hat gesagt, ihr hättet euch ausgesprochen und vereinbart, dass du weiter bei den beiden sauber machst.«

Ich kann nicht protestieren. Regina ist immerhin so fair gewesen und hat den Ring nicht erwähnt.

»Das stimmt. Wir haben die Probleme gelöst.«

Ein schwerer Seufzer in meinem Ohr.

»Prima«, sagt Lena. »Dann machen wir weiter wie bisher.«

»Ja, genau.«

Ich sehe verstohlen zu Waheeda, die vor einem Schaufenster steht und mit dem Fingernagel zwischen ihren Zähnen herumstochert.

»Wir sollten rübergehen und lernen«, sagt sie, als ich das Gespräch beendet habe.

Sie deutet auf das pompöse Institutsgebäude weiter oben an der Straße.

Eigentlich ist der Kurs online, nur die Abschlussprüfung findet im Juridicum statt, und es fühlt sich so an, als würden wir gegen eine ungeschriebene Regel verstoßen, als wir die breite Steintreppe hochgehen und das Institutsgebäude betreten.

Ich bilde mir ein, dass uns die Leute schief ansehen.

»In ein paar Jahren wissen alle hier, wer wir sind«, behauptet Waheeda.

Sie marschiert durch den Raum, als würde ihr das Gebäude gehören. Die Bücher landen in einem Stapel auf dem Tisch und der Laptop auf den Knien.

Die neue Hausaufgabe in Strafrecht ist bisher die interessanteste im Kurs.

»Mal ehrlich«, sagt Waheeda, die immer ein bisschen zu laut spricht. »Ich verstehe nicht, warum die Todesstrafe so kontrovers diskutiert wird. Es geht nicht darum, Ehebruch oder Diebe mit dem Tod zu bestrafen. Aber was ist mit einem Mann, der eine Frau getötet und verstümmelt oder ein unschuldiges Kind umgebracht hat? Warum sollten wir so jemanden weiterleben lassen? Verdient er eine zweite Chance?«

Sie klingt weniger differenziert, als sie es in Wahrheit ist. Das wird einem bewusst, sobald man ein bisschen an der Oberfläche kratzt. Ich habe festgestellt, dass Waheeda Schwarz-Weiß-Argumentationen liebt. So entlockt man anderen Menschen Reaktionen.

»In diesem Land werden Kriminelle so irre verhätschelt«, sagt sie und öffnet eine Tüte Marshmallows, die sie mir über den Tisch hinweg zuschiebt. »Ich hoffe, du wirst keine Richterin, die mehr die Täter als die Opfer im Blick hat.«

Ich muss an Steven und Regina Rytter denken und werde still und nachdenklich, was Waheeda sofort bemerkt.

»Was ist los? Hab ich was Blödes gesagt?«

Ich klappe das Gesetzbuch zu und nehme mir ein paar Marshmallows.

»Es geht um die Kunden, von denen ich dir erzählt habe. Regina, bei der ich sauber mache. Ich glaube, ihr Mann stopft sie mit Medikamenten voll.«

»Der Arzt? Ich hab's gewusst!«

Dann sprudelt es nur so aus mir heraus. Ich erzähle von meiner Entdeckung im Medizinschrank und dass Regina ihren Mann nicht anzeigen will, weil sie Angst vor ihm hat.

Waheeda haut mit der Hand so heftig auf den Tisch, dass die Marshmallows aus der Tüte fliegen. Die Mädels am Nachbartisch drehen sich um und starren zu uns herüber.

»Dieser verdammte Hurensohn! Du weißt doch noch, was ich gesagt habe, oder?«

Natürlich erinnere ich mich. Wobei das jetzt auch egal ist.

»Findest du, dass ich Anzeige erstatten sollte?«, frage ich. »Gegen den Willen von Regina?«

Waheeda wedelt mit dem Arm.

»Bloß nicht, die Bullen werden einen Scheißdreck tun. Stell dir vor, er flippt total aus und erschlägt Regina!«

Ein Marshmallow bleibt in meinem Hals stecken. Ich huste, und Waheeda klopft mir auf den Rücken.

»Du hast recht«, sage ich. »Eine Anzeige ist zu riskant.«

»Du solltest das alles mal aufnehmen«, sagt Waheeda.

»Wie das?«

Sie klopft mit dem Zeigefinger auf ihr Handy.

»Sprachmemo. Ich nehme ständig Sachen auf. Für alle Fälle.«

»Wie? Was nimmst du auf?«

»Dinge, die die Leute sagen. Man weiß nie, wann man Beweise braucht.«

Ich lache, bin mir aber nicht sicher, wie ernst sie das meint.

»Mich hast du aber noch nicht aufgenommen, oder?«

»Natürlich nicht.«

Waheeda stößt ein heiseres, lautes Lachen aus. Die Mädels neben uns glotzen uns irritiert an.

Ich blättere ein bisschen in den Kursunterlagen, aber es fällt mir schwer, mich zu konzentrieren. Ich finde keine Ruhe, keine Struktur, als wäre mein Gehirn voll. Nach zwei Stunden weiß ich noch immer nicht, wie ich mit der Aufgabe anfangen soll.

»Verdammt«, sage ich mit einem schweren Seufzer.

Das wird nichts mit dem Jurastudium. Was habe ich eigentlich gedacht? Niemand in meiner Verwandtschaft hat je seinen Fuß in eine Universität gesetzt. Ich bin nichts anderes als eine Diebin und das Kind einer Suchtkranken.

»Hallo, reiß dich zusammen«, sagt Waheeda und wirft einen wütenden Blick auf das leere Dokument in meinem Laptop. »Du musst einfach nur loslegen.«

»Aber ich kapiere nicht, was ich lese. Ich kapiere gar nichts.«

»Shit! Hat dir noch nie jemand erzählt, wie verdammt clever du bist? Manchmal denke ich, du weißt gar nicht, dass du in einer anderen Liga spielst als die meisten anderen.«

»Hör auf.«

»Das stimmt aber!«, sagt Waheeda. »Du bist ein Genie, verdammt noch mal! Es ist nur schade, dass niemand es dir bisher verraten hat.«

Ich kann mir ein Lachen nicht verkneifen.

»Hör auf zu lachen und fang an zu arbeiten!«, sagt Waheeda.

Sie überwacht mich wie ein Habicht und weigert sich, mich in Ruhe zu lassen, bis ich am Ende einen ersten Satz hinschreibe. Und als ich angefangen habe, sprudeln die Worte nur so aus mir heraus, und ich weiß genau, wie ich den Text gestalten mus.

»Danke«, sage ich zu Waheeda.

»Wofür?«, fragt sie und knistert mit der leeren Süßigkeitentüte.

»Dass du an mich glaubst.«

Sie knüllt die Tüte zusammen und zielt auf einen Papierkorb in der Zimmerecke. Sie landet voll daneben.

»Sorry«, sagt sie. »Ich glaube nur an Gott. *La ilaha illa Allah.*«

Auf dem Rückweg zur Wohnung rufe ich meine Mutter an. Ich habe schon seit ein paar Tagen nichts von ihr gehört. Ich rufe mehrmals an, aber sie meldet sich nicht. Am Ende schicke ich ihr eine Nachricht.

Hoffe, alles ist ok. Ruf an, wenn du kannst.

Ich schäme mich, weil ich nicht für sie da bin. Jetzt, wo nichts aus dem Methadonprogramm geworden ist, hätte sie mich wirklich gebraucht. Diesmal scheint sie es ernst zu meinen. Sie will mit dem ganzen Mist aufhören. Was bin ich nur für eine Tochter, die nicht nach Hause kommt und ihr hilft?

Bill sitzt auf dem Balkon, versunken in einem zusammenklappbaren Stoffstuhl. Sally scheint nicht zu Hause zu sein.

»Wie geht's?«, frage ich.

Bill trägt ein ausgewaschenes Unterhemd und eine Yankees-Basecap. Er sieht so aus, als hätte er geweint.

»Vielleicht ist es besser, wenn das Jugendamt Sally holt. Ich bin doch sowieso kein guter Papa.«

Er blinzelt in die Sonne und trinkt einen Schluck. Ich berühre vorsichtig seine Schulter.

»Aua, ich habe mir einen Sonnenbrand geholt.«

Rasch ziehe ich die Hand zurück.

»Du bist ein toller Papa. Niemand wird dir Sally wegnehmen.«

Ich bin selbst mit der Angst vor dem Jugendamt aufgewachsen. Meine Mutter hat mir schon früh beigebracht, nie mit der Polizei zu reden, doch das Jugendamt war in ihren Augen am schlimmsten. Im Nachhinein frage ich mich, ob es nicht besser für meine Mutter und mich gewesen wäre, wenn wir das Jugendamt um Hilfe gebeten hätten. Aber ich würde mich wegen Sally nie beim Jugendamt melden, wie Bill es offenbar vermutet hat. Auch wenn seine Finanzen katastrophal sind, geht es Sally tausendmal besser als mir damals.

»Ich bin gestern Abend an der Villa der Rytters vorbeigefahren«, sagt Bill und zieht die Basecap tiefer in die Stirn.

»Ja?«

Nach unserem Gespräch hatte er es auf einmal sehr eilig. Ich dachte, er müsste noch einen Arbeitsauftrag erledigen.

»Es hat sich einfach so ergeben. Ich war in der Gegend, und dann habe ich zufällig Steven Rytter gesehen.«

Ein kühler Windzug trifft mich mitten im Gesicht. Vom Innenhof zieht der Geruch von Gegrilltem herauf.

»Und wo?«, frage ich.

»Er kam aus dem Haus und ist Richtung Stadt gegangen. Ich bin ihm ein Stück gefolgt.«

Bill beugt sich vor und stützt den Ellbogen auf sein Knie. Seine resignierte Stimmung ist durch etwas Scharfes, beinahe Wütendes ersetzt worden.

»Warum hast du das getan?«, frage ich.

Natürlich hat ihn die Sache getroffen. Bill hat zusehen müssen, wie Miranda immer kränker wurde und am Ende starb, während Steven seiner Frau bewusst schadet.

»Er hat sich mit jemandem getroffen«, sagt Bill.

»Mit wem?«

»Er betrügt seine Frau.«

Bill fixiert mich. Seine Augen sind schmal, der Kiefer angespannt.

»Woher weißt du das?«, frage ich.

Er richtet sich so plötzlich auf, dass der Stoffstuhl ins Wanken gerät.

»Ich habe ihn mit einer jungen Frau gesehen. Sie haben sich ziemlich lang umarmt. Es war total offensichtlich.«

Ich sollte eigentlich nicht erstaunt sein. Das erklärt alles.

»Wie sah sie aus?«

»Ich weiß nicht genau. Ich habe sie nur von hinten gesehen.«

Vermutlich ist es dieselbe Frau, die ich am Fenster bemerkt habe. Natürlich betrügt Steven Rytter seine Frau.

»Deshalb also gibt er Regina so starke Medikamente.«

Bill steht auf und legt die Hände auf die Balkonbrüstung. Verbissen späht er auf den kleinen Platz.

Es ist ziemlich logisch. Steven Rytter stopft seine Frau mit starken Medikamenten voll, damit er seine Ruhe hat.

»Wenn nicht in den nächsten Tagen ein Wunder geschieht, werden wir erst keinen Strom und dann keine Wohnung mehr haben«, sagt Bill.

Ich stelle mich neben ihn an die Brüstung. Wir sehen auf den Hof hinunter. Unter den Bäumen stehen ein paar Kinder mit einem langen Springseil. Es dauert eine Weile, bis ich Sally entdecke, die ansteht, um auch zu springen. Kurz bevor sie an der Reihe ist, entdeckt sie uns auf dem Balkon und winkt uns fröhlich mit beiden Händen zu.

»Ich glaube nicht an Wunder«, sage ich. »Aber ich glaube, dass es andere Möglichkeiten gibt.«

Vor mehreren Jahren war meine Mutter in derselben Situation. Mir kommt es vor wie gestern, dass sie verheult auf dem Bett lag und erklärte, sie sei total pleite und der Gerichtsvollzieher könne jeden Moment kommen. Wir würden aus der Wohnung geschmissen werden, und im schlimmsten Fall würde ich in einer Pflegefamilie landen.

Natürlich gab es eine Lösung. Wenn es um Betäubungsmittel und Geld geht, hat es meiner Mutter noch nie an Fantasie oder Initiative gemangelt. Ich zögerte lange, bevor ich mich dazu bereit erklärte. Jetzt zögere ich wieder.

»Welche denn?«, fragt Bill. »Hast du einen Vorschlag?«

Ich sollte besser nichts sagen.

»Guck mal, Karla!«, ruft Sally fröhlich vom Hof herauf. »Ich bin der King!«

Sie hüpft über das Seil, das auf den Asphalt knallt.

»Ich weiß nicht«, sage ich zu Bill.

Auszug aus der polizeilichen Vernehmung von Karla Larsson

Sehen Sie sich das bitte mal an. Das ist ein Dokument, das wir in Bill Olssons Laptop gefunden haben. Erkennen Sie es?

Nein.

Ich werde es Ihnen vorlesen, damit wir das Schreiben auf unserer Aufnahme haben.

An Steven Rytter. Wir wissen, dass Sie Ihre Frau betrügen und dass Sie sie mit Benzodiazepinen vollstopfen. Wenn Sie verhindern wollen, dass die Polizei und Ihre Frau von Ihrem Vorhaben erfahren, befolgen Sie diese Anweisungen: Erzählen Sie niemandem von diesem Brief. Überweisen Sie spätestens am Freitag, den 14. August um 23.59 Uhr 50 000 Kronen in Bitcoins an unsere Bitcoin-Adresse 3PnPi7xFVEv5hV7K.

Ich möchte, dass Sie noch einmal ganz genau nachdenken. Sind Sie sich wirklich sicher, dass Sie dieses Schreiben noch nie gesehen haben?

Nein. Ich weiß nicht. Oder doch …

Was meinen Sie? Kennen Sie den Brief?

Ja.

Wissen Sie, wer ihn geschrieben hat?

Bill.

Warum hat er ihn geschrieben?

Er brauchte ganz dringend Geld, sonst hätte er seine Wohnung verloren. Sie haben ihm gedroht, den Strom abzustellen, und das Jugendamt wollte einen Termin mit ihm wegen Sally vereinbaren. Bill musste in seiner Kindheit selbst ständig umziehen. Er wollte Sally nicht dasselbe zumuten. Er war verzweifelt.

Das sind ja neue Angaben von Ihrer Seite. Warum haben Sie das nicht schon früher erzählt?

Ich habe einen Riesenschreck bekommen, als Sie Bill festgenommen haben. Erst als wir erfahren haben, dass Steven und Regina Rytter tot sind, kam es zum totalen Kurzschluss. Ich habe gar nichts mehr verstanden. Mord? Wer sollte sie umgebracht haben? Es hat eine Weile gedauert, bis mir klar geworden ist, wie das Ganze abgelaufen sein muss.

War es vielleicht nicht eher so, dass Bill Olsson Sie beeinflusst hat?

Wie denn? Bill ist doch in Gewahrsam. Er darf mit niemandem Kontakt haben außer mit seinem Anwalt. Ich wünschte, ich hätte von Anfang an die Wahrheit gesagt, aber jetzt ist es zu spät.

Hat Bill Olsson Sie jemals bedroht oder ist er jemals Ihnen gegenüber gewalttätig gewesen?

Nein, nie. Bill ist nicht so ein Typ.

Es ist nicht das erste Mal, dass Sie an einer Erpressung beteiligt sind. Stimmt das?

Ich bin nicht an einer Erpressung beteiligt. Bill hat diesen Brief geschrieben.

Aber Sie sind schon einmal wegen Erpressung verklagt worden?

Ich war doch noch ein Kind. Vierzehn Jahre alt.

Waren Sie damals auch unschuldig?

Nein.

JENNICA

Nachdem ich zwanzig Minuten im Buch über Entwicklungshilfe geblättert habe, gebe ich auf. Das ist alles total kryptisch. Wenn ich mehr Vorlesungen besucht hätte als nur die obligatorische Einführungsveranstaltung, hätte ich vielleicht dieses Gelaber irgendwie kapieren können, doch jetzt ist es total hoffnungslos. Ich werde mich in verschiedenen Internetforen informieren müssen.

Zum Glück muss ich bald aufhören. Die Arbeit ruft.

Die erste Anruferin an diesem Abend ist eine Frau, die sich noch nie zuvor bei mir gemeldet hat. Wie die meisten, die ich zum ersten Mal in der Leitung habe, erklärt sie umständlich und wenig überzeugend, dass sie eigentlich nicht hätte anrufen sollen und sie auch nicht an mediale Fähigkeiten glaubt.

»Vor einiger Zeit habe ich einen großartigen Mann kennengelernt, der meine Welt auf den Kopf gestellt hat. Aber gestern habe ich erfahren, dass er Frau und Kinder hat. Er hat mich angelogen. Er sagt, er liebt seine Frau nicht mehr und will sie verlassen, doch ich bin mir nicht sicher. Was soll ich tun?«

»Er wird seine Frau nicht verlassen«, sage ich.

In meiner Zeit als mediale Beraterin habe ich mindestens ein Dutzend solcher Gespräche geführt. Mehrere Jahrzehnte lang hat meine eigene Mutter die Augen vor den Seitensprüngen meines Vaters verschlossen. Sie ist weder naiv noch dumm und weiß nur zu gut, wie viel Schmerz es verursacht und wie groß die Konsequenzen sind, wenn sie sich selbst alles eingestehen und etwas dagegen unternehmen würde.

»Wie kannst du dir so sicher sein?«, fragt die Frau am Telefon.

»Ist das nicht egal?«, entgegne ich. »Und wenn er sie wider Erwarten verlassen würde: Woher willst du wissen, dass er dir nicht genau dasselbe antun wird? Wie sollst du ihm je vertrauen können?«

Sie zögert.

»Ja, das habe ich mir auch gedacht. Aber …«

Es gibt immer ein Aber.

Bevor ich mit diesem Job angefangen habe, hatte ich keine Ahnung, wie sehr die Menschen bereit sind, ihre normalen Bewertungen zu relativieren, wenn sie nur ausreichend verliebt sind. Normale, vernunftbegabte Leute können sich vorstellen, jahrelang die zweite Geige zu spielen oder eine Art Notfallambulanz in Liebesdingen anzubieten und wie Luft behandelt zu werden, nur um, sobald erwünscht, Gewehr bei Fuß zu stehen. Männer führen sich wie Urzeittiere auf, lassen sich aber trotzdem die fantasievollsten Entschuldigungen einfallen, damit die Frauen alles vergessen und ihnen verzeihen.

»Hau ab, solange du es noch kannst«, rate ich der Frau am Telefon.

Sie scheint nicht ganz zufrieden mit meinem medialen Ratschlag zu sein, aber das ist mir scheißegal. Ich will keine Telefonanwältin für untreue Ekel und Betrüger werden.

Dann ruft Maggan an und überhäuft mich mit liebevollen Worten und Dankbarkeit, und alles fühlt sich wieder gut an.

Sie und ihre Tochter haben ein Versöhnungsgespräch geführt.

»Ich habe zu ihr gesagt, dass sie aussehen darf, wie sie will«, erklärt Maggan in ihrer unnachahmlichen Art. »Sie kann ein Elefant oder ein Blauwal sein, wenn sie das will. Ich liebe sie genauso, wie sie ist.«

Auch wenn Maggan meinen Rat nicht ganz genau befolgt hat, zählt doch letztlich das Ergebnis, und offenbar haben die beiden ein inniges Gespräch über Jugend und Liebe, Erwartungen und Ansprüche geführt.

»Ohne dich wäre das nie gegangen«, sagt Maggan.

Ich denke an den Placeboeffekt von Medikamenten, der Ähnlichkeiten mit meinem Job aufweist. Menschen müssen nur daran glauben, dass jemand hinter ihnen steht und sie vorbehaltlos liebt. Deshalb widerstrebt es einem wahrscheinlich so, einsehen zu müssen, dass man betrogen worden ist oder sich selbst betrogen hat.

»Die Menschen sind ziemlich simpel«, sage ich zu Hundi. »Angeblich ist es ein Mythos, dass wir nur zehn Prozent unserer Gehirnkapazität nutzen, aber ich bin mir da gar nicht so sicher.«

Hundi kratzt sich an der Nase und dreht mir den Hintern zu.

»Du brauchst gar nicht so selbstherrlich zu sein. Deine Gehirnkapazität ist wirklich begrenzt.«

Ich öffne eine Flasche Wein und sehe mir eine Doku an. Dann meldet sich meine Mutter und fragt, ob ich am Samstag zum Abendessen kommen will. Mein Gehirn schreit »Nein«, aber angesichts meines Kontostandes bringe ich ein »Ja« heraus. Meine Mutter ist normalerweise nicht schwer zu überreden, wenn ich einen kleinen Kredit brauche.

BILL

Ich kann nicht schlafen und sitze in der Küche, während der Tag vor dem Fenster erwacht.

Der Zweifel und die Grübeleien graben sich wie Stacheln ins Gehirn. Zwar bin ich völlig verzweifelt, doch ich habe eine Grenze überschritten, von der ich nie gedacht hätte, dass ich sie je passieren würde. Sobald ich Reue empfinde, stelle ich mir einfach Steven Rytter vor, sein falsches Lächeln, die teuren Anzüge, den Diamantring und die Zwanzigmillionen-Villa.

Wie im Dämmerschlaf schwanke ich ins Wohnzimmer und betrachte verstohlen das Konterfei von Michael Corleone an der Wand. Ihn müssen auch Ängste gequält haben.

Ich klopfe leicht an Karlas Tür. Sie hat einen Energydrink in der Hand und Ringe unter den Augen, weil sie sich vermutlich stundenlang über ihre Lehrbücher und den Laptop gebeugt hat.

»Jetzt hab ich es getan«, sage ich.

Karla setzt sich auf den Holzstuhl vor dem Schreibtisch und schlägt das dicke Gesetzbuch zu.

»Es fühlt sich schrecklich an«, sagt sie mit gesenktem Kopf.

Ich frage mich, was sie im Lauf der Jahre erlebt hat. Sie muss aus einem wirklich kaputten Umfeld kommen. Den Gedanken, Steven Rytter zu erpressen, schien sie schon eine Weile gehabt zu haben, auch wenn sie zögerte und mehrmals einen Rückzieher machen wollte.

»Ich weiß, aber sieh es einfach als Strafe für das, was er Regina antut.«

In einigen Tagen habe ich vermutlich so viel Geld, dass ich mehrere Monate zurechtkomme. Jetzt muss ich nur diese widerliche Wartezeit überstehen.

»Du hättest den Brief nicht abschicken sollen«, sagt Karla und trinkt einen Schluck von ihrem Energydrink. »Wir hatten nicht abschließend darüber geredet.«

Das stimmt nicht. Sie war sogar dabei, als ich den Brief ausdruckte.

»Ich dachte …«

Sie bricht ab.

»Bist du dir sicher, dass man das Geld nicht zurückverfolgen kann?«

»Ziemlich.«

Natürlich bin ich mir nicht hundertprozentig sicher, aber der IT-Experte der Polizei wird wohl eine Weile daran zu knabbern haben. Falls er überhaupt herangezogen wird. Das Risiko ist ziemlich gering, dass Steven Rytter die Polizei einschaltet.

»Wir kriegen das schon hin«, sage ich. Karla antwortet nicht. Sie sieht mich nicht einmal an. »Musst du nicht ins Bett?«

Sie nimmt einen weiteren Schluck.

»Ich muss noch ein bisschen lernen.«

Als sie die Tür schließt, sieht sie mich noch immer nicht an.

Ich lege mich neben Sally ins Bett, kann aber beim besten Willen nicht schlafen. Ich wälze mich herum, während die Gedanken in meinem Kopf kreisen. Dann gehe ich in die Küche und schenke mir ein Glas Cola ein. Vor dem Fenster wird es allmählich hell.

Mein ganzer Körper ist ein einziger Knoten, und meine Haut droht aufzuplatzen.

Später erwache ich benommen auf dem Sofa. Das Morgenlicht malt Streifen auf die Plakate an der gegenüberliegenden Wand.

»Papa«, sagt Sally, die ungekämmt im Schlafanzug vor mir steht. »Ich dachte, wir könnten einen Flohmarkt machen.«

Sie hat einen Pappkarton mit Spielzeug, Kuscheltieren und alten Puzzles gefüllt.

»Wir haben sicher noch mehr Sachen auf dem Speicher, die wir verkaufen können, oder?«

Das stimmt. Miranda und ich haben alle Babysachen verstaut, die noch einigermaßen okay aussahen. Sie liegen noch immer auf dem Speicher. Alles, was für das kleine Geschwister vorgesehen war, das wegen eines bösartigen Tumors nie gezeugt wurde.

»Ich dachte mir, du willst vielleicht auch die alten Sachen von Mama verkaufen?«

Sally spürt, dass das ein sensibles Thema ist. Sie unterbreitet mir den Vorschlag mit einer beeindruckenden Behutsamkeit.

»Wo machen wir den Flohmarkt?«, frage ich und strecke mich.

»Man darf sich samstags an die Södra Esplanaden stellen und verkaufen.«

Ich will ihr nichts versprechen. Wir werden sehen. Die Idee mit dem Flohmarkt ist gut. Allerdings habe ich Mirandas Kleiderschrank seit ihrer Verlegung auf die Palliativstation nicht mehr geöffnet. Alle ihre Sachen sind noch da, wie sie sie zurückgelassen hat. Fast so, als würde die Wohnung auf sie warten.

Vor ihrer Krankheit bin ich ihr immer im Flur entgegengekommen. Sie hat mir immer eine SMS geschickt, wenn sie von ihrer Arbeit losging. Dann hatte ich zwanzig Minuten Zeit, um aufzuräumen und abzuwaschen. Meistens stand ich schon an der Wohnungstür, als der Fahrstuhl draußen anhielt. Es war einer der Höhepunkte des Tages. Sie zu umarmen, die Nase in ihre hellen Locken zu bohren und die Wärme ihres Körpers zu spüren.

Vermutlich werde ich nie genau erfahren, was auf Jennicas fünfundzwanzigstem Geburtstag mit Ricky passiert ist. Der Gedanke nagt tief in meiner Brust, aber ich habe mir vorgenommen, mich mit der Ungewissheit anzufreunden. Ich liebe Miranda bedingungslos, was auch immer geschehen sein mag.

Es fühlt sich schrecklich an, ihre Kleider und Schuhe, ihren Schmuck und andere Dinge auszusortieren. Soll etwa jemand anders dieses schwarz-rote Kleid tragen, in dem ihre Brüste völlig unwiderstehlich aussahen? Die Ohrringe, die ich ihr zum Studienabschluss geschenkt habe? Am liebsten würde ich alles verbrennen.

»Willst du heute den Tag mit mir verbringen?«, fragt Sally.

Ich fange fast an zu heulen. Was ist mit mir los? Irgendwas zerbricht gerade. Dabei habe ich ja nicht einmal geweint, als mein Vater gestorben ist.

»Ich will jeden Tag mit dir verbringen, mein Schatz. Was würdest du gern machen?«

Sally denkt nach.

»Ich würde gern in den Zoo gehen.«

Das klingt teuer und erfordert eine gewisse Planung. Wir machen einen Kompromiss und fahren mit dem Rad zur Kinder- und Jugendfarm bei Sankt Hans backar, wo es Schweine und Ziegen gibt. Ein paar Mädchen trainieren mit den Kaninchen Kanin-Hop, und Sally darf es auch mal ausprobieren.

Es ist so wunderschön, wenn sie vor Freude lacht.

Ich gehe gedankenverloren umher, als Sally angesaust kommt.

»Papa, weißt du noch, was du mir versprochen hast, als Mama operiert wurde?«

Diese ganze Phase ist in Finsternis gehüllt. Ich versuche, mich zu erinnern, aber es ist egal. Kein Versprechen aus dieser Zeit wurde eingelöst.

»Du hast gesagt, dass ich eine Katze kriege.«

»Richtig, ja.«

Ich erinnere mich dunkel, aber der einzige Gedanke, der mir jetzt kommt, ist die Frage, wie teuer so ein Haustier ist.

»Man kann sich nicht einfach so eine Katze zulegen«, sage ich. »Damit ist eine große Verantwortung verbunden.«

Ich will auf keinen Fall ein Vater sein, der alles in Kronen und Öre umrechnet, aber im Moment habe ich keine andere Wahl. Doch Sally hat mich schon verstanden.

»Ich glaube, ich habe es mir anders überlegt. Ich brauche keine Katze«, sagt sie. »Ein Kaninchen geht genauso gut.«

Ich lächele, nehme sie in den Arm. Und verspreche ihr, darüber nachzudenken.

Zum Mittagessen gibt es ein Hotdog auf dem Stortorget. Eine Frau, die ich irgendwoher kenne, geht vorbei. Erst mehrere Minuten, nachdem wir uns gegrüßt haben, geht mir auf, dass sie eine Mitarbeiterin des Krankenhauses sein muss. Eine von den vielen Ärztinnen und Spezialisten, Krankenschwestern und Pflegerinnen, die eine ganze Zeit Teil unseres Lebens waren.

Am Abend will ich Sally ins Bett bringen, doch sie sagt, dass Karla ihr vorlesen soll.

»Karla muss lernen«, erkläre ich. »Sie hat bald eine total wichtige Prüfung.«

»Und was ist mit morgen? Ihr könnt euch doch mit dem Vorlesen abwechseln?«

Ich schiebe eine Locke aus ihrem Gesicht und lache, ehe ich Harry Potter vom Nachttisch nehme.

»Hat sie gut vorgelesen?«

»Total super. Wobei sie ihre Stimme nicht so cool verstellt wie du.«

Ich schaffe nur ein halbes Kapitel, bevor sie schläft. Die kleine Brust hebt und senkt sich in langsamen Wellen unter der Bettdecke. Ich wünschte, ich könnte ihr alles geben, was sie verdient.

Ich küsse sie auf die Stirn und erhebe mich vorsichtig. Auf dem Balkon lege ich meine Füße auf einen Hocker und lehne mich zurück, während die Sonne an der scharfen Horizontlinie im Westen langsam weniger wird. Zwei Minuten lang schließe ich die Augen und lasse zu, dass die Stille jede Ecke meines Gehirns erfüllt.

Bald wird Steven Rytter den Erpresserbrief erhalten. Er wird keine andere Wahl haben. Fünfzig Mille sind Peanuts für ihn, vielleicht ein Monatsgehalt. In *Insomnia* wird Al Pacinos Charakter Will Dormer durch die Erpressung krank vor Angst. Ich stelle mir vor, dass Steven Rytter da ganz anders ist. Er wird zahlen und vergessen. Ein Mann, der seiner Frau kaltblütig starke Medikamente verabreicht, um sie zu betrügen und von dem Geld ihrer Familie zu leben, kann kein ausgeprägtes Gewissen haben.

Ich rufe auf meinem Handy die Mails ab. Eine Assistenzvermittlungsfirma hat mir geschrieben und fragt an, ob ich schon diese Woche zum Vorstellungsgespräch kommen könne.

Ich atme tief durch und genieße die Stille.

Weiche Abendluft erfüllt mich.

Der Knoten in mir beginnt, sich aufzulösen.

KARLA

Ich erwache mit dröhnendem Kopf. Die halbe Nacht habe ich gelernt. Ohne die ständige Ermutigung durch Waheeda hätte ich vermutlich das schwedische Gesetzbuch aus dem Fenster geworfen und wäre Vollzeitputzfrau geworden. Diese verdammte Abschlussprüfung ist unmenschlich.

Außerdem nagt der Gedanke an mir, dass Bill diesen Brief verschickt hat. Auch wenn es vielleicht mein Vorschlag war, hat Bill ihn sofort in die Tat umgesetzt. Er hat was von einem Film gefaselt, den er gesehen hat, und zugegeben, dass er sich auch schon verschiedene Möglichkeiten überlegt hat, wie er Steven Rytter Geld abknöpfen kann. Wenn wir Steven Rytter für das bestrafen würden, was er Regina antue, könnten wir zwei Fliegen mit einer Klappe schlagen.

Aber das Ganze kommt mir übereilt und wenig durchdacht vor. Natürlich wird Steven Rytter mich verdächtigen. Ich bin die Einzige, die mit Regina spricht, die Einzige, die etwas über die Medikamente wissen kann, die sie einnimmt. Wenn er mich anzeigt, sind Hunderte von Stunden verschenkt, in denen ich wie eine Blöde gelernt habe. Mein Traum würde zerplatzen.

Der Grund, weshalb ich überhaupt in Erwägung gezogen habe, Steven Rytter zu erpressen, war Sally. Und außerdem will ich hier wohnen bleiben. Doch je mehr ich darüber nachdenke, desto bescheuerter kommt mir diese Idee vor. Jetzt ist es ohnehin zu spät. Scheiße.

Schließlich zwinge ich mich aufzustehen. Ich erhebe mich aus dem Bett, obwohl es nicht einmal sieben ist. Bill und Sally schlafen bestimmt noch.

Ich habe eine SMS von meiner Mutter bekommen.

Gute Neuigkeiten! Sie lassen mich ins Methadonprogramm, trotz allem. Hab dich lieb.

Ich lese die SMS mehrmals. Ich sollte ihre Anstrengungen nicht verurteilen. Alle sind auf die eine oder andere Art abhängig. Diesmal klappt es vielleicht wirklich.

Nach einer Weile antworte ich ihr, dass ich sie lieb habe und ihr viel Glück wünsche.

Ich melde mich heute Abend.

Als ich im Bus sitze, wird mir plötzlich ganz heiß, und ich ziehe meinen Pullover aus. Das Herz hämmert wie wild, und der Schweiß läuft herab. Ich drehe die Lüftung an der Decke auf die höchste Stufe, aber die Luft ist so stickig, dass ich kaum atmen kann. Am Ende steige ich eine Haltestelle früher aus. Ich beuge mich vornüber und zwinge mich, langsam und tief zu atmen.

Eine Frau bleibt stehen und fragt mich, ob mit mir alles in Ordnung sei.

»Danke, alles gut.«

Die Schweißausbrüche lassen nach, und das Herz schlägt langsamer. Während ich zum Haus der Rytters gehe, stelle ich mir vor, wie Steven mit dem Erpresserbrief in der Hand im Flur steht.

Trotzdem aktiviere ich vorsichtshalber die Diktierfunktion. Dann stecke ich das Handy in die Gesäßtasche und gebe den Türcode ein.

»Hallo?«

Der Flur empfängt mich mit Stille, und ich gehe die Treppe hinauf.

Aus Reginas Schlafzimmer ist leises Gemurmel zu hören.

»Darf ich reinkommen?«, frage ich.

»Ja.«

Sie liegt komplett angezogen auf dem Bett und starrt an die Decke.

»Wie geht's?«, frage ich.

»Furchtbar. Ich habe zwei Tage keine Tabletten genommen, und es kommt mir vor, als würde es im ganzen Körper brennen. Der Kopf vibriert, und beim Atmen sticht es im Hals.«

Ich kenne das nur zu gut. Ich weiß nicht, wie oft ich miterlebt habe, wie sich meine Mutter beim Entzug gequält hat.

»Ich kann nicht mehr«, sagt Regina und umklammert das Bettzeug.

Ich nehme die Tablettenbox vom Nachttisch.

»Du kannst nicht so abrupt aufhören«, sage ich. »Solche Medikamente muss man langsam ausschleichen.«

Ich helfe ihr, den Deckel abzunehmen, und sie schluckt ein paar Tabletten mit großen Schlucken Wasser.

»Du musst jemandem davon erzählen«, sage ich.

Das Wasser spritzt aus dem Glas, als sie es wieder abstellt.

»Das geht nicht. Was soll ich erzählen? Und wem?«

Ihr Blick flackert, die Finger auf den dünnen Laken erinnern an Krallen. Die Schultern erstarren. Ein zischendes Geräusch ganz tief in ihrem Hals.

»Kann ich irgendwas tun?«, frage ich.

Was, wenn sie wirklich gestört ist?

Durch die Medikamente kann sie paranoid geworden sein.

Sie lässt das Laken mit der einen Hand los und packt mich am Arm.

Die ausgedörrten Lippen erinnern an einen Fisch, der nach Luft schnappt.

»Ich glaube, Steven hat eine andere.«

Irgendwas hinter dem Nebel in ihren Augen klärt sich.

»Wie kommst du darauf?«

»Er schreibt ständig Nachrichten. Ich habe sie in seinem Handy gesehen.«

Ihre Stimme ist trocken und staubig. Ich reiche ihr wieder das Wasserglas und versuche, mich möglichst elegant aus ihrem Griff zu befreien.

»Er bemüht sich ja nicht mal, es zu verbergen. Ich habe genau gesehen, was er geschrieben hat. Sie treffen sich ständig.«

Ich denke an die junge Frau mit dem Fahrrad. Vermutlich ist sie es. Wahrscheinlich dieselbe junge Frau, mit der Bill Steven Rytter neulich Abend gesehen hat.

»Es steht doch gar nicht fest, dass er dich betrügt«, sage ich. »Es kann eine andere Erklärung geben.«

Ich höre selbst, wie naiv das klingt. Als ich ungefähr zwölf war, hat der Mann, dem es als Einzigem gelungen ist, dass meine Mutter clean geworden ist, ihr das Herz gebrochen. Ich saß an ihrem Bett und tröstete sie, obwohl ich eigentlich zu klein war, um das alles zu verstehen. Ich bat meine Mutter und Gott im Himmel, dass sie nicht in die Sucht zurückfallen möge. Keiner von beiden erhörte mich.

Reginas Hand gleitet von meinem Arm herab und landet auf der Bettkante.

»Hast du mit ihm gesprochen?«, frage ich.

Sie verdreht die Augen und blinzelt.

»Das kann ich doch gar nicht. Was meinst du, was Steven dann machen würde?«

Auszug aus der polizeilichen Vernehmung von Karla Larsson

Möchten Sie uns mehr über die Erpressung erzählen?

Die Erpressung von Steven Rytter?

Nein, ich meine die andere Erpressung. Die, für die Sie verurteilt wurden. Wen haben Sie damals erpresst?

Ich bereue das alles wirklich sehr. Es war furchtbar von mir. Er war total nett zu mir und hat sich um mich gekümmert, und das habe ich ausgenutzt.

Wer war es denn?

Mein Fußballtrainer.

Sie haben behauptet, er sei aufdringlich gewesen und habe Sie begrapscht?

Eigentlich habe ich die Initiative ergriffen. Heimlich habe ich ein paar kurze Videos aufgenommen und von ihm verlangt, dass er zahlt. Ich habe damit gedroht, ihn sonst anzuzeigen. Ich war erst vierzehn. Wenn die Leute in Boden den Eindruck bekommen hätten, dass er pädophil sei, dann wäre alles für ihn vorbei gewesen. Er hat das Mädchentraining geleitet und auch als Lehrer gearbeitet.

Also hat er gezahlt?

Mm. Die ersten Male schon. Doch irgendwann hatte er genug und ist zur Polizei gegangen.

Schon in der ersten Vernehmung haben Sie alles gestanden?

Ein Pokerface aufzusetzen ist mir immer schon total schwergefallen. Also hab ich die Wahrheit gesagt.

Aber Sie waren erst vierzehn Jahre alt. Warum haben Sie das getan?

Wegen dem Geld. Meine Mutter hatte finanzielle Probleme. Sie hat ein Suchtproblem, solange ich denken kann, und es ist ihr nie gelungen, für längere Zeit einen Job zu behalten. Diesmal war es ein Notfall. Sie hatte schon länger die Miete nicht gezahlt, und wir hätten sonst unsere Wohnung verloren.

Das heißt, Sie haben es für Ihre Mutter getan?

Ja. Schon.

JENNICA

Erst als ich mich schon zurechtgemacht habe, geht mir auf, dass heute Abend nicht nur meine Eltern und ich da sein werden. Die gesamte Geschwisterschar ist eingeladen. Und Tante Birgitta mit ihrem Mann, diesem Pantoffelhelden. Nur wenige Millimeter trennen mich von einer Absage unter dem Vorwand irgendeiner erfundenen Krankheit, doch mein Konto hat das dringende Bedürfnis nach Auffüllung, und mein Gehalt kommt erst nächste Woche.

Irgendein Idiot hat sein Moped so blöd neben mein Fahrrad gestellt, dass ich mich mühsam vorbeiquetschen muss. Ich fluche laut und spucke auf die Erde. Erst als ich mein Fahrrad endlich herausbugsiert habe, merke ich, dass ich nicht allein bin.

»Zähl bis zehn«, sagt Steven. »Es ist nicht gesund, sich so aufzuregen.«

Er steht hinter mir, im Schatten des Müllraums.

»Du hast mir vielleicht einen Schrecken eingejagt!«

Der Lenker gleitet mir aus der Hand, und das Rad kippt um. Steven eilt zu mir und hebt es auf.

»Wo willst du hin?«

»Zu meinen Eltern«, sage ich. »Und was machst du hier?«

»Ich wollte dich überraschen und zum Abendessen einladen.«

Drüben auf dem Wendehammer steht sein Tesla im Parkverbot.

Ein Teil von mir möchte einfach über ihn herfallen. Ich habe mich wirklich nach ihm gesehnt. Aber unangekündigt bei Leuten aufzutauchen ist echtes Boomer-Verhalten.

»Du hättest mir eine SMS schreiben können«, entgegne ich.

»Dann wäre es ja keine Überraschung gewesen.«

Er lächelt vorsichtig, macht einen Schritt auf mich zu und küsst mich auf den Mund.

Entweder verzichte ich auf das Familientreffen und genieße ein gemütliches Abendessen mit Steven. Oder ich gebe ihm eine weitere Chance. Wenn er auch jetzt nicht meine Eltern treffen will, weiß ich ganz genau, was ich von ihm zu halten habe.

»Also, ich habe volles Verständnis, falls du Nein sagst, aber wenn du mitkommen willst, sehr gern. Meine Mutter wäre sicher überglücklich.«

Steven betrachtet mein Fahrrad und dann seinen Wagen. Er spielt mit dem Autoschlüssel herum.

»Ich komme mit«, sagt er schließlich. »Aber dann lassen wir das Rad hier, oder?«

Eine Viertelstunde später rollt der Tesla auf die Einfahrt meiner Eltern. Meine Brüder lehnen sich über den Zaun, um den Wagen genauer in Augenschein zu nehmen.

»Das ist Steven«, sage ich mit meinem schönsten Sonnenscheinlächeln.

Meine Mutter und Tante Birgitta benehmen sich wie kichernde Teenies auf ihrem ersten Boygroup-Konzert. Mein Vater und meine Brüder räuspern sich und wahren eine gewisse Distanz.

»Du musst uns entschuldigen«, sagt meine Mutter. »Jennica ist so eine Geheimniskrämerin. Sie hat dich mit keinem Wort erwähnt.«

»Wir haben … ich habe …«

Steven unterbricht mich vorsichtig, stellt sich vor und erklärt kurz und knapp, wie lange wir schon zusammen sind. Meine Mutter und Birgitta wechseln Blicke.

»Kinderarzt? Das ist ja großartig!«

Das Partyzelt von der Abifeier meiner Nichte ist noch nicht abgebaut, und meine Schwester sorgt dafür, dass schnell für eine weitere Person gedeckt wird.

Meine Familie verhält sich unerwartet zivilisiert und nett. Die Stimmung ist schon bald entspannt. Steven ist ein gesellschaftliches Genie und unterhält sich ebenso locker mit meinen Neffen und Nichten wie mit meinem spröden Onkel. Es wird gescherzt und gelacht. Die Gläser werden gefüllt, und der Geräuschpegel steigt.

Meine Mutter hat Rehrücken und Rosmarinkartoffeln bei einem Cateringservice bestellt, und meine Schwester hat zum Dessert Zitronenkuchen gebacken.

Mit einem Glas Whisky in der Hand zoome ich mich raus und genieße das Zusammensein. Für eine Weile tue ich so, als wären wir eine ganz normale Familie. Hier ist niemand je besoffen gewesen, niemand hat je rumgeschrien, und ich bin nie gedemütigt oder ausgelacht worden.

Dann erkundigt sich mein ältester Bruder, ob Steven Kinder hat.

»Wir haben nie welche bekommen«, sagt er. »Meine Frau ist sehr plötzlich schwer krank geworden.«

Eine würdevolle Stille legt sich über die Veranda. Traurige Mienen und niedergeschlagene Blicke.

»Ich möchte lieber nicht darüber sprechen«, erklärt Steven.

Mein Bruder schämt sich, und meine Mutter unternimmt einen tapferen Versuch, das Thema zu wechseln, verheddert sich aber dabei.

Am Ende rettet Steven die Stimmung und sagt etwas völlig Irrelevantes, was den ganzen Tisch zum Lachen bringt.

Birgitta und ihr Mann fahren mit dem Taxi nach Hause, und als es auf Mitternacht zugeht, bricht auch der Rest der Gesellschaft auf.

Papa schüttelt Steven fest und lang die Hand.

»Was für ein netter junger Mann«, flüstert er, als wir uns zum Abschied umarmen.

Steven fährt langsam die Straße entlang. Ich sehe ihn verstohlen von der Seite an und warte darauf, dass er irgendwas sagt. Stattdessen schaltet er das Radio an.

Wortlos durchqueren wir Lund. Die Leute fahren mit ihren Rädern nach Hause. Einige gehen Arm in Arm. Andere singen und sind fröhlich.

Im Radio erzählt ein Künstler aus Värmland vom Glück, das man in den kleinen Dingen des Alltags findet. Er sagt etwas Kluges über die Schönheit, die in den Details liegt und die man viel zu selten bemerkt, weil man sich einfach nicht genug Zeit nimmt.

Als Steven den Wagen in einer Gasse nördlich vom Mårtenstorget abgestellt hat, bleibt er mit den Händen auf dem Steuer sitzen.

»Ich mag deine Familie«, sagt er. »Die sind doch alle wahnsinnig nett.«

Mein Mund verzieht sich zu einem Lächeln, und ich sinke mit einem erleichterten Seufzer auf dem Sitz zusammen.

»Wir wollen mal nicht übertreiben«, entgegne ich. »Warte mal ab, bis sie ihr wahres Gesicht zeigen.«

Steven lächelt.

Dann dreht er sich um und ist mit einem Mal erschreckend ernst.

Ich befürchte gleich das Allerschlimmste.

»Du«, sagt er. »Da ist etwas, was ich dir sagen muss.«

Ich schließe die Augen. Mein Magen verkrampft sich.

»Schieß los.«

Steven legt die Hand auf meinen Ellenbogen.

»Ich weiß nicht, wo ich anfangen soll.«

In meinem Kopf finden gerade zehn verschiedene Katastrophenszenarien statt. Das alles wäre ja auch zu schön gewesen, um wahr zu sein. Dieser Abend war der entscheidende Tropfen. Es ist klar, dass diese Sache nie halten würde.

»Da gibt es jemanden, der versucht, mich zu erpressen.«

Ich öffne die Augen und bemerke, wie panisch er ist.

»Wie denn? Warum?«

»Als Regina erkrankt ist, haben die Ärzte kein Verständnis für ihr Leiden aufgebracht und sich geweigert, ihr zu helfen. Anfangs haben sie sie nicht ernst genommen. Man hat geglaubt, es sei etwas Psychosomatisches, und hat sie in die Psychiatrie eingewiesen. Dort hat man ihr Antidepressiva verschrieben, aber sie bekam nicht mal ein Beruhigungsmittel oder etwas gegen die Schmerzen. Ich konnte nicht mitansehen, wie schlecht es ihr ging.«

»Ja, und?«

Ich presse mich krampfhaft an die Rückenlehne. Ich verstehe nicht, was das alles mit dieser Erpressung zu tun haben soll.

»Ich habe ihr dann selbst ein paar Sachen verschrieben und ein paar Kollegen überredet, mir zu helfen. Das ist nichts, worauf ich stolz bin. Ich habe gegen alle möglichen Regeln verstoßen, aber ich habe es für Regina getan. Ich habe es nicht ausgehalten, sie leiden zu sehen.«

»Ich verstehe.«

Jeder andere hätte dasselbe getan.

»Aber jetzt gibt es jemanden, der damit droht, alles auffliegen zu lassen. Derjenige hat herausgefunden, dass ich ihr Tabletten verschrieben habe. Ich habe einen anonymen Brief bekommen. Sie verlangen, dass ich fünfzigtausend zahle, sonst wollen sie zur Polizei gehen.«

Ich beuge mich vor und nehme seine Hand. So habe ich ihn noch nie gesehen. Nackt auf eine Art, die mich erschreckt, ihn aber auch anziehend macht. Er hat sich entblößt. Ein neues Level in unserem Verhältnis.

»Das liegt doch schon lange zurück«, sage ich und streichele seine Hand. »Warum kommen sie jetzt damit an?«

»Ich weiß es nicht.«

Auch seine Stimme ist anders als sonst, beinahe jungenhaft.

»Du hast doch nicht etwa vor zu zahlen?«, frage ich.

Steven senkt den Kopf.

»Ich weiß nicht, was ich tun soll.«

Er starrt in die nächtliche Finsternis hinaus.

»Aber wer hat dir den Brief geschickt?«, hake ich nach. »Wer tut so etwas?«

Stevens Hand wird hart und schwer.

»Ich habe da einen Verdacht.«

KARLA

Es ist Vollmond, und ich schlafe maximal drei Stunden. Die Abschlussprüfung beginnt um 9.15 Uhr im Juridicum. Leise leiere ich Fachbegriffe und Paragrafen herunter, während Bill zum Frühstück Spiegeleier brät.

»Ich liebe Spiegeleier«, erklärt Sally und haut ordentlich rein. »Weißt du was, Karla? Am Sonntag fangen Naemi und ich mit Fußball an. Ich darf mir Mohammads Messi-Schuhe ausleihen. Kommst du mit und guckst zu?«

»Du kannst es auf jeden Fall mal ausprobieren«, sagt Bill laut, um die Dunstabzugshaube zu übertönen. »Dann sehen wir, ob es dir Spaß macht.«

»Ich weiß, Papa. Ich weiß.«

Sally wirft mir einen verschwörerischen Blick zu. Diese Papas immer. Als hätte ich auch nur irgendeine Ahnung davon.

»Du darfst Karla jetzt nicht stören«, sagt Bill. »Sie hat heute eine wichtige Prüfung.«

Bevor ich gehe, will Sally, dass ich mich umdrehe, damit sie mir einen Glückstritt in den Hintern geben kann. Ihr kleiner Fuß trifft das Steißbein, und es tut den ganzen Weg durch die Stadt bis zum Juridicum weh.

Im Prüfungsraum ist es mucksmäuschenstill. Ich höre nur Waheeda, die an ihren Fingernägeln kaut. Erst lese ich alle Fragen durch und überlege, ehe ich anfange, sie zu beantworten.

Ich habe ein gutes Gefühl. Die Worte strömen aus mir heraus. Es geht so unverschämt leicht, dass ich mich frage, ob ich vielleicht irgendetwas missverstanden habe.

Dann werfe ich einen Blick über die Schulter und sehe, wie Waheeda sich mit ihrem Stift durch die Locken streicht und auf ihr leeres Blatt starrt.

Komm schon!, will ich schreien.

Als die Zeit um ist und die Blätter eingesammelt sind, gehen wir langsam hinaus auf die sonnenbeschienene Steintreppe. Niemand sagt etwas, es liegt eine intensive Spannung in der Luft.

»Ich sollte wohl besser über eine Karriere bei McFress nachdenken«, sagt Waheeda.

Sie setzt sich mit dem Stift im Mund auf die Treppe.

»Du darfst nicht jetzt schon aufgeben«, sage ich. »Es ist bestimmt besser gelaufen, als du denkst.«

Waheeda kaut auf dem Stift herum.

Wortlos bleiben wir sitzen, während die Leute die Treppe hinunterströmen. So lange hat Waheeda noch nie geschwiegen.

Wie soll ich viereinhalb Jahre Jurastudium ohne sie überleben? Wenn ich überhaupt einen Platz bekomme.

»Wie ist dein Gefühl?«, fragt Bill, als ich zurückkomme.

Er sitzt mit seinem Laptop auf dem Sofa. Die Füße auf dem Tisch, er hat ein Loch im Strumpf.

»Geht so. Ganz okay, glaube ich.«

»Es ist bestimmt total gut gelaufen«, sagt er und lächelt.

Er hat natürlich keine Ahnung.

Ich frage nach Sally.

»Sie ist draußen auf dem Hof und spielt.«

Das passt gut. Ich muss Bill alles erzählen.

»Hast du Zeit? Wir müssen reden.«

Ich setze mich neben ihn aufs Sofa, und er nimmt die Füße vom Tisch.

»Ist irgendwas passiert?«

Er wirkt angespannt, hat die Schultern hochgezogen.

»Ich habe gestern mit Regina gesprochen«, sage ich. »Sie weiß schon, dass Steven sie betrügt. Du hättest nie diesen Brief abschicken sollen.«

Ich bereue, dass ich neulich überhaupt das Thema Erpressung angeschnitten habe. Bill hatte gerade diesen Film gesehen und sprang sofort darauf an, aber wenn ich nichts gesagt hätte, dann hätte er es vermutlich nicht angesprochen.

»Wie kann sie das wissen?«

Bill massiert sich den Nacken.

»Sie scheint in seinem Handy herumgeschnüffelt zu haben«, erkläre ich.

Bills ausgeblichenes T-Shirt hat einen Schweißring an der Achselhöhle.

»Hat sie ihn damit konfrontiert?«

»Das traut sie sich nicht.«

Bill lässt seinen Nacken los und entspannt sich. Er sieht beinahe erleichtert aus. Das macht mich wütend.

»Warum hast du den Brief abgeschickt, ohne noch mal mit mir zu reden?« Normalerweise werde ich nie laut. Es fühlt sich ganz ungewohnt an, aber irgendwie auch gut. »Du hättest nachfragen können, ob ich mir ganz sicher bin. Du verstehst doch wohl, dass Steven Rytter mich verdächtigen wird? Stell dir vor, die Polizei findet DNA-Spuren auf dem Brief?«

Heute bei der Prüfung hatte ich ein so tolles Gefühl. Die Chance ist gar nicht so gering, dass ich einen Studienplatz bekomme. Dieser Brief kann alles kaputt machen.

»Steven Rytter wird nicht zur Polizei gehen«, sagt Bill, klingt aber nicht sonderlich überzeugt. »Und wenn er es doch tut, werden sie nichts finden.«

Er behauptet, es sei alles so gut wie wasserdicht, er habe Handschuhe benutzt und alle Flächen mehrmals abgewischt, aber was weiß er schon über solche Dinge? Er ist ein Nerd. Klar, er hat Tausende von Filmen gesehen, aber jetzt geht es um die Realität.

»Ich bin die Einzige, mit der Regina gesprochen hat«, sage ich. »Und Steven Rytter hat sich neulich schon mal bei mir beschwert. Er wird sich denken, dass ich in die Sache verwickelt bin.«

Bill stützt die Arme auf die Oberschenkel und starrt auf die Tischplatte. Er weiß, dass ich recht habe.

»Du hast doch mit der Firma gesprochen, oder?«, fragt er. »Du kannst nicht weiter bei den Rytters sauber machen.«

Auszug aus der polizeilichen Vernehmung von Bill Olsson

Wir wissen, dass Sie den Erpresserbrief geschrieben haben. Karla Larsson hat es uns erzählt. Sie hat einen Ring gestohlen, den Sie weiterverkauft haben, und dann haben Sie diesen Erpresserbrief geschrieben.

Ich weiß, ich weiß. Ich war verzweifelt. Ja, ich habe ihn geschrieben. Ich habe den Ring verkauft und diesen Brief geschrieben, aber ich habe verdammt noch mal niemanden getötet.

Warum waren Sie so verzweifelt?

Ich habe alle Arbeitsaufträge angenommen, die ich kriegen konnte, aber das Geld hat trotzdem nicht gereicht. Als Karla erzählt hat, wie Steven Rytter seine Frau behandelt, hatte ich beinahe das Gefühl, als hätte er es nicht anders verdient. Er hatte ja trotzdem jede Menge Geld.

Wie ist es gelaufen mit der Erpressung?

Was meinen Sie?

Hat Steven Rytter das Geld gezahlt?

Nein. Nein, natürlich nicht.

Warum nicht?

Ich habe den Brief doch gar nicht abgeschickt.

BILL

»Toll, dass Sie so kurzfristig herkommen konnten.«

Die Frau von der Assistenzvermittlungsfirma heißt Hanna-Linnea. Sie trägt einen Strickpullover in Regenbogenfarben und bietet mir einen lauwarmen Kaffee an, der wässrig schmeckt.

Das Büro liegt in einem heruntergekommenen Raum über einem Dönerladen im Stadtzentrum. Es gibt zwei Arbeitsplätze mit Computern und einen kleinen wackligen Tisch, an dem wir sitzen.

»Diese Woche war hier ein bisschen Chaos«, berichtet Hanna-Linnea. »Zwei von unseren Assistenten haben von einem Tag auf den anderen aufgehört, und es war schwierig, alle Schichten zu besetzen.«

Sie erklärt, dass für den Job, den sie mir anbietet, ein hohes Maß an Geduld und Freundlichkeit erforderlich sei, da der Kunde nicht immer kooperativ sei.

»Die Kommunikation fällt ihm total schwer. Das ist natürlich frustrierend, wenn man nicht rausbringt, was man sagen will.«

Aus irgendeinem Grund bin ich davon ausgegangen, dass die Probleme des Mannes angeboren sind, aber Hanna-Linnea erzählt, dass er einen Schlaganfall hatte.

»Bis vor drei Jahren hat er ein ganz normales Leben geführt. Jetzt ist ihm niemand geblieben – weder seine Frau noch seine Freunde. Wirklich beklemmend. Auch die Kinder besuchen ihn kaum noch.«

Ich denke an Karla und ihre Mutter. An Sally. Es gibt viele Eltern, die falsche Wege eingeschlagen haben, ausgelöst durch traurige Umstände und mit guten Absichten. Einige haben ihre Kinder geopfert. Für manche ist es vermutlich zu spät, für andere ist die Zeit noch nicht abgelaufen.

»Wenn ich es richtig verstanden habe, können Sie auch Nachtschichten übernehmen, oder?«, sagt Hanna-Linnea und kann sich ein Gähnen nicht verkneifen. »Sie würden um zweiundzwanzig Uhr anfangen und ihn ins Bett bringen. Die Nachtschicht endet um halb sieben morgens. Normalerweise ist es ziemlich ruhig. Sie können sich ein Buch mitnehmen oder sich mit Ihrem Handy vergnügen. Eigentlich geht es vor allem darum, dass jemand da ist, falls etwas passieren sollte.«

Die Arbeitsaufgaben beunruhigen mich am wenigsten. Das Gehalt ist auch kein Problem. Doch ich erinnere mich an die vielen Tage, die Miranda im Bett verbringen musste. Ich habe mich krankschreiben lassen und wollte ihr unbedingt helfen. Es war schrecklich frustrierend, nichts tun zu können. Am Ende bat Miranda mich, wieder zur Arbeit zu gehen.

»Das klingt gut«, sage ich.

Es muss eine Lösung geben. Ich habe keine Wahl. Die Stadt hat, soweit ich weiß, einen Hort, der auch nachts geöffnet ist. Sally wird dort schlafen müssen. Im schlimmsten Fall, wenn es nicht funktionieren sollte, muss ich sie mit zum Kunden schmuggeln.

»Und so sieht der Arbeitsvertrag aus«, sagt Hanna-Linnea und liest Zeile für Zeile vom Zettel ab, der vor uns liegt.

Ich höre nicht zu.

Meine Gedanken kreisen um Steven Rytter. Er wird sich natürlich denken können, dass Karla etwas mit der Erpressung zu tun hat, und ich weiß nicht, ob sie wirklich stillhält. Sie sagt selbst, dass sie nicht gut lügen kann. Warum nur musste ich den Brief so überstürzt abschicken? Irgendwie müssen wir das Ganze stoppen. Jetzt habe ich ja bald ein regelmäßiges Einkommen. Die Mietzahlungen und die Stromrechnungen kann ich bestimmt noch ein oder zwei Monate hinauszögern.

»Können Sie schon nächste Woche anfangen?«, fragt Hanna-Linnea. »Normalerweise geht das nicht so schnell bei uns, aber wie Sie sicher verstanden haben, sind wir in der Klemme. Mehrere von unseren sonstigen Vertretungen sind Studierende, die über den Sommer nach Hause gefahren sind. Mir wäre es am liebsten, wenn Sie unseren Kunden so bald wie möglich kennenlernen würden, wenn das für Sie okay ist.«

»Kein Problem«, sage ich und schüttele ihr die Hand. »Das kriegen wir hin.«

Das müssen wir hinkriegen.

»Noch eine Sache. Ich brauche ein erweitertes Führungszeugnis.«

Meine Hand erstarrt. Sie merkt es sofort. Ihr Blick wird wachsam, und sie zieht ihre Hand zurück.

»Das organisiere ich Ihnen«, sage ich und setze ein breites, falsches Lächeln auf.

Den ganzen Abend schwirrt mir der Kopf. Können wir Regina Rytter dazu bringen, den Brief in Empfang zu nehmen und vor ihrem Mann zu verstecken? Vielleicht kann ich ihn davon überzeugen, dass es nur ein schlechter Scherz war. Beim Vorlesen lasse ich versehentlich ganze Sätze aus und vergesse, meine Stimme zu verstellen.

»Was ist mit dir los, Papa?«, fragt Sally.

»Tut mir leid, mein Schatz. Ich bin nur müde.«

In dieser Nacht kann ich nicht einschlafen. Ich gehe auf und ab wie ein ruheloser Geist. Stopfe mir ein belegtes Brot rein, putze mir die Zähne, esse ein Eis und putze die Zähne noch einmal.

Als ich zurück ins Schlafzimmer komme, liegt Sally ganz außen an der Bettkante. Ihre kleinen Finger umklammern eine Ecke des Kissens. Sie zuckt im Schlaf, murmelt und schnalzt mit der Zunge.

Wir haben so viel durchgemacht. Das hier werden wir auch schaffen.

Vorsichtig versuche ich, Sally ein Stück ins Bett zurückzuschieben, damit sie nicht auf den Boden rutscht. Sie wimmert und schlägt verschlafen die Augen auf.

»Was ist, Papa?«

»Nichts«, sage ich. »Du hast geträumt.«

»Ich bin aufgewacht, aber du warst nicht da«, sagt sie. »Das war kein Traum. Das war in echt.«

Ich setze mich auf die Bettkante und streiche ihr über die Stirn.

»Ich war direkt vor dem Zimmer, mein Schatz.«

Sie lässt das Kissen los und nimmt meine Hand.

»Du darfst nicht weggehen, Papa«, sagt sie und sieht mich an.

Alles, was für mich wichtig ist, befindet sich in diesen Augen.

»Ich gehe nirgends hin«, versichere ich.

Dann lege ich den Kopf auf das Kissen neben ihr, bis Sallys Lider schwer werden und sie immer häufiger blinzeln muss.

Leise schwöre ich mir, uns nie wieder in eine solche Situation zu bringen. Es gibt niemanden sonst, auf den ich die Schuld schieben könnte, keine Umstände oder besondere Bedingungen, die mich dazu gezwungen hätten. Ich habe es mir selbst zuzuschreiben. Aber ich werde nie wieder an einen solchen Punkt gelangen.

Hoffentlich ist es nicht zu spät.

Ich gebe Sally einen Kuss und trippele auf Zehenspitzen zur Tür.

Draußen steht Karla. Das Adidas-Logo auf ihrem Pullover leuchtet.

Vorsichtig schließe ich die Schlafzimmertür hinter mir.

»Das … Es ist …«

»Schhh«, flüstere ich und lasse in Zeitlupe die Türklinke los. Sally hat einen extrem leichten Schlaf, wenn sie gerade erst eingeschlummert ist.

Karlas Schultern beben, und sie hat die Augen weit aufgerissen.

»Was ist los?«

Mein Puls geht durch die Decke.

Steven Rytter muss den Brief bekommen haben. Er hat sie enttarnt.

»Ich … ich …«

Sie atmet laut. Die Worte verheddern sich.

Alles ist meine Schuld.

Ich nehme sie in den Arm, ich kann nicht anders.

»Das wird schon wieder«, flüstere ich. »Ich nehme die Schuld auf mich.«

»Lass mich los.«

Sie befreit sich aus meiner Umarmung und stößt mich weg.

»Ich muss nach Hause fahren.«

Durch die Tränen löst sich die Wimperntusche auf.

»Bitte, sag, was ist passiert?«

»Es ist wegen meiner Mutter. Sie hat eine Überdosis genommen.«

JENNICA

Als ich aufwache, riecht die Wohnung nach Sauna. Man kann das Fenster nachts nicht offen stehen lassen, weil die verdammten Vögel ihren sogenannten Gesang von sich geben und der billig erstandene Ventilator wie ein Kernkraftwerk dröhnt. Nachdem ich sechsmal auf *snooze* gedrückt habe, klopft mein lieber Nachbar an die Wand, bis ich mich aus den klebrigen Laken schäle und meinen Fuß in die Schüssel mit Nassfutter stelle.

»Ich werde dich an die Pelzfabrik spenden«, sage ich und werfe Hundi einen wütenden Blick zu. Der Kater lächelt mich von seinem Lieblingsplatz im Bücherregal zufrieden an.

Nachdem ich ein bisschen Sauerstoff ins Zimmer gelassen und mein Blut mit Koffein versorgt habe, blättere ich noch ein bisschen im Buch über Entwicklungshilfe. Aber in meinem Gehirn ist kein Platz für akademischen Nonsens. Es ist angefüllt mit Steven. Er hat mich voll und ganz in Besitz genommen.

Ich bin noch nie einem Mann begegnet, der meine persönliche Zufriedenheit so gesteigert hat. Im letzten Monat habe ich meine Dosis an Antidepressiva halbiert und mich kaum noch mit Chips und Schokolade getröstet. Er hat einfach alles auf den Kopf gestellt. Sogar meine hyperwählerische Familie hat er um den Finger gewickelt.

Ich war gestern noch gar nicht zu Hause, als meine Mutter mir eine SMS mit drei Ausrufezeichen schickte. Sie ist überglücklich. Und meine Schwester hat schon angerufen und mir gratuliert. Sie findet, dass ich so schnell wie möglich um seine Hand anhalten soll.

»Bevor er merkt, was für ein Freak ich eigentlich bin?«, bemerke ich halb im Scherz.

Meine Schwester lacht nicht einmal.

Als wir auflegen, kommt mir der Gedanke, dass sie vielleicht neidisch ist. Ihr eigener Mann ist zwar reich wie Krösus, von Kindesbeinen an Mitglied bei Mensa und vermutlich weder gewalttätig noch untreu. Aber neben Steven sieht er aus wie der Junge in der Parallelklasse damals in der Neunten, mit dem niemand tanzen wollte.

Steven schickt ein Selfie. Er hat seinen Arztkittel an und sieht schicker aus denn je. Mehrere Minuten lang sitze ich mit dem Handy da und ertrinke förmlich in dem Foto. Ich sollte hundertprozentig glücklich sein. Trotzdem regt sich irgendwas im Hintergrund. Ein Gefühl, dass Steven jeden Augenblick merken könnte, was für eine Mogelpackung ich eigentlich bin und wie sehr er sich geirrt hat.

Ich schicke ihm als Antwort ein großes Herz.

Heute Abend werde ich ihn davon überzeugen, die Erpressung bei der Polizei zu melden. Auch wenn Steven der Meinung ist, die frühere Putzfrau stecke hinter dem Brief und es keinen Grund zur Sorge gebe. Die Frau scheint eine verwirrte Drogenabhängige aus Norrland zu sein. Trotzdem finde ich das Ganze so unangenehm, dass man es unbedingt anzeigen sollte. Solche kranken Leute dürfen nicht herumlaufen und seltsame Dinge anstellen.

Nach einer halben Stunde gebe ich den Gedanken ans Lernen auf und rufe Emma an. Ich schlage ein Kaffeetrinken in der Stadt vor, aber sie befürchtet, sie und Silvio bräuchten mehrere Stunden, bis sie das Haus verlassen hätten und mit dem Bus ins Stadtzentrum gefahren seien. Ob ich nicht stattdessen zu ihnen kommen könne?

»Okay. Na klar.«

Eine Busfahrt und einen kurzen Spaziergang später klingele ich an der Tür ihres Reihenhauses in Gunnesbo.

Wir setzen uns zu Silvio auf den Fußboden. Ich wäre seine Patentante geworden, wenn die Taufe nicht mit einer Reise nach Ibiza kollidiert wäre.

»Ich bin gerade so verdammt glücklich«, sage ich, während ich kleine Bauklötze aufhebe und sie Silvio reiche, damit er mit einem Plastikhammer auf ihnen herumschlagen kann.

»Bitte«, sagt Emma. »Die Sprache.«

Seit Silvios Geburt ist sie quasi religiös geworden. Dabei hat sie früher mal schlimmer geflucht als die Jungs in der Maurerklasse.

»Aber ich freue mich sehr für dich«, meint sie lächelnd.

»Er ist so toll«, sage ich. »Ich begreife nicht, dass er mit mir zusammen sein will.«

Emma blickt mich scharf an.

»Hör auf, dich selbst abzuwerten. Du bist ein richtig guter Fang.«

»Danke.«

Ich wünschte, es wäre wahr.

Emma hebt weitere Klötzchen vom Boden auf.

»Und wann darf man diesen Traummann mal kennenlernen?«, will sie wissen.

Ihr hintergründiges Lächeln versetzt mir einen Stich. Steven und ich haben bisher kaum je über meine Freunde gesprochen. Was würde er sagen, wenn ich ihn zu Emma und Antonio mitnehmen würde?

»Du musst uns nur einladen«, sage ich und gebe mich ungerührt. »Ich habe auch schon einen seiner Freunde kennengelernt. Bei einem Pärchenabend im Restaurant.«

Mehr muss sie nicht wissen. Ich will nicht, dass sie einen falschen Eindruck von Steven bekommt. Es war der erste und der letzte Abend, den ich mit Anders Quiding verbracht habe.

»Ich werde mal mit Antonio reden«, sagt sie. »Ich will auch mal zu einem Pärchenabend ins Restaurant.«

Wir lachen. Silvio glotzt uns erstaunt an.

Dann fällt mir wieder die Erpressung ein. Antonio ist Jurist. Er ist zwar nicht im Bereich Strafrecht tätig, aber er muss dennoch eine gewisse Ahnung davon haben. Vielleicht kann er mir einen Ratschlag geben.

»Steven hat mir was total Irres erzählt.« Aus irgendeinem Grund senke ich die Stimme. »Jemand versucht, ihn zu erpressen.«

Emma lässt vor Schreck einen Bauklotz auf den Boden fallen.

Ich erzähle ihr die ganze Story von der Putzfrau, die die Medikamente entdeckt hat, die Steven für seine schwer kranke Frau beschafft hatte.

»Wie grauenhaft«, sagt Emma. »Aber das muss lange her sein. Seine Frau lebt ja nicht mehr.«

»Ja, ist schon seltsam. Glaubst du, dass Antonio uns irgendwie helfen kann? Oder sollen wir zur Polizei gehen?«

Emma kann ihr Misstrauen nur schwer verbergen. Ich hätte die Sache nicht erwähnen sollen. Jetzt kriegt sie einen völlig falschen Eindruck von Steven.

»Wie lange ist es her, dass seine Frau gestorben ist?«, fragt Emma.

Ich weiß es nicht genau.

»Mindestens ein Jahr.«

Emma sieht noch misstrauischer aus.

»Was war eigentlich die Todesursache?«

Silvio quengelt herum und signalisiert mir, dass ich die Klötzchen wieder zurücklegen soll, damit er weiterhämmern kann. Ich versuche, mich zu erinnern, was Steven gesagt hat.

»Ich weiß es gar nicht so genau.«

Wie ein Irrer haut Silvio auf die Klötze ein.

»Du weißt es nicht?«, hakt Emma nach. »Du weißt nicht, woran sie gestorben ist?«

»Es war irgendein Virus. Zumindest hat es so angefangen.«

Die Bauklötzchen kullern weg, und Silvio schlägt frustriert mit dem Plastikhammer auf den Boden.

Am Ende nimmt Emma den Hammer an sich, und er bricht in ein wahnsinniges Geschrei aus.

»Ich habe gehört, dass manche Menschen von einem Grippevirus chronisch krank werden«, sagt Emma, die als gelernte Krankenschwester nun schon eine Weile in Elternzeit ist. »Aber es kommt mir unwahrscheinlich vor, dass sie ein Jahr später daran gestorben sein soll.«

Auszug aus der polizeilichen Vernehmung von Emma Hansdotter

Könnten Sie bitte fürs Protokoll Ihren vollständigen Namen angeben?

Emma Lovisa Ingrid Hansdotter

Können Sie ein bisschen über sich selbst erzählen?

Ich bin vor Kurzem dreißig geworden. Mein Mann Antonio und ich haben einen vierzehn Monate alten Sohn, der Silvio heißt, und ein zweites Kind ist unterwegs. Wir wohnen in Gunnesbo hier in Lund, und ich bin ausgebildete Röntgenkrankenschwester, allerdings bin ich seit Silvios Geburt in Elternzeit.

Und in was für einer Beziehung stehen Sie zu den Personen, die in diesen Fall verwickelt sind?

Also, Jennica Jungstedt kenne ich schon ewig. In der vierten Klasse wurden wir beste Freundinnen und haben fünfzehn Jahre lang jeden Tag zusammen verbracht. Wir waren beinahe wie siamesische Zwillinge, irgendwie total voneinander abhängig, so wie das bei jungen Mädchen manchmal ist.

Sind Sie noch immer mit Jennica Jungstedt befreundet?

Nicht so wie früher. Das klingt sicher klischeehaft, aber wir haben uns wohl auseinanderentwickelt. Jennica führt noch immer dasselbe Leben wie damals, als wir zwanzig waren. Jedes Wochenende Ausgehen, ein Haufen Tinderdates und so. Mit Kindern hat man andere Interessen und Werte.

Aber Sie haben immer noch Kontakt?

Ja, auf jeden Fall. Wir schreiben uns mehrmals pro Woche. Aber wir sehen uns nicht mehr so oft wie früher. Die Zeit rennt nur so davon, und es gibt so viel, was zu erledigen ist. Aber wir haben uns diesen Sommer immerhin ein paarmal getroffen.

Hat Jennica Jungstedt Ihnen von Steven Rytter erzählt?

Na klar! Sie war bis über beide Ohren in ihn verliebt. So habe ich es zumindest aufgefasst. Jennica redet normalerweise nicht über Männer oder Beziehungen, aber als sie anfing, von diesem Steven zu schwärmen … Tja, ich habe es an ihren Augen gesehen.

Wusste sie, dass Steven Rytter verheiratet war?

Natürlich nicht. Er hat zu ihr gesagt, dass seine Frau tot sei.

Doch sie hat entdeckt, dass das nicht stimmte, oder? Sie hat herausgefunden, dass Regina Rytter am Leben war?

Ja, aber erst nach einer Weile.

Wie hat Jennica Jungstedt reagiert?

Sie ist wahnsinnig wütend geworden.

KARLA

Erst am Abend kriege ich Silja wieder ans Telefon.

»Wie geht es ihr?«, frage ich.

Alles, was ich weiß, ist, dass meine Mutter in der Notaufnahme in Sunderbyn gelandet ist. Silja und Bengt haben sie völlig zugedröhnt auf dem Sofa gefunden und konnten keinen Kontakt zu ihr aufnehmen. Immer wieder werde ich in die Vergangenheit zurückgeschleudert. Die Erinnerung an ihren leblosen Körper auf dem Bett und die schlaffe Hand, die auf den Fußboden gefallen ist. Noch nie in meinem ganzen Leben habe ich eine solche Angst gehabt.

»Die Lage ist stabil«, sagt Silja. »Die Ärzte wirken entspannt. Wenn deine Mutter selbst entscheiden dürfte, säße sie schon längst im Zug auf dem Weg nach Hause.«

Ich setze mich mit gekreuzten Beinen aufs Bett.

»Sag ihr, dass sie auf die Ärzte hören soll. Sie darf das Krankenhaus erst verlassen, wenn sie ihr grünes Licht geben.«

»Natürlich«, sagt Silja. »Aber du kennst doch deine Mutter. Wenn sie eine Entscheidung trifft, dann …«

Meine Mutter hasst es, zurechtgewiesen und ermahnt zu werden. Sie kann wie eine bockige Zweijährige sein. Wenn man ihr etwas verbietet, dann will sie es unbedingt ausprobieren.

Sie muss den Ernst der Lage begreifen. Ich will sie nicht verlieren.

»Ich komme morgen mit dem Zug«, sage ich.

Silja glaubt, dass diese Nachricht Mama überglücklich machen wird.

»Wie schön, dass du kommst. Aber dann bleibst du in Boden, oder?«

Ich antworte nicht. Ich weiß es nicht. Einerseits will ich für meine Mutter da sein. Andererseits will ich auf gar keinen Fall zu dem zurückkehren, was ich hinter mir gelassen habe.

Während ich den Koffer packe, laufen mir die Tränen über die Wangen. In dieser kurzen Zeit haben Bill und Sally sich in mein Herz geschlichen. Ich werde sie vermissen. Ich werde Lund, Waheeda und die Fußballmannschaft vermissen. Hoffentlich bekomme ich keinen Studienplatz in Jura. Das würde den Entschluss erheblich vereinfachen.

Aber wenn ich abhaue, wird Regina mich vermutlich wegen des Diebstahls anzeigen. Und was ist mit der Erpressung?

Vorsichtig schleiche ich auf Zehenspitzen durch den Flur, um Sally nicht zu wecken, die gerade eingeschlafen ist.

»Wann fährst du?«, fragt Bill.

Er steht mit dem Rücken zu mir an der Spüle und klappert mit dem Geschirr.

»Morgen Nachmittag.«

Er nimmt einen Kochtopf aus dem Spülbecken und schrubbt heftig darin herum. Er wirkt wütend.

»Ich … ich …«

Ich weiß nicht, was ich sagen soll. Ich hasse es, andere Menschen zu enttäuschen.

»Sie werden uns festnehmen«, sagt Bill. »Wie verdammt bescheuert von mir, diesen Brief abzuschicken.«

»Gib mir die Nummer von diesem Typen, der den Ring gekauft hat«, bitte ich ihn. »Ich muss mit ihm reden. Wenn ich den Ring nicht zurückgebe …«

Ohne Vorwarnung nimmt Bill den Kochtopf und knallt ihn ins Spülbecken. Eine einzige schnelle Bewegung. Es platscht, und sein T-Shirt ist nass.

»Darüber hättest du vielleicht nachdenken sollen, ehe du ihn mitgenommen hast?« Er wirbelt herum und funkelt mich wütend an. Wasser tropft von seinen Händen. »Ehe du gelogen und behauptet hast, er wäre von deiner Oma.«

»Tut mir leid.«

Die Tränen laufen mir übers Gesicht. Ich weiß nicht, wohin mit mir.

Ich wollte alles richtig machen und einfach nur helfen. Meiner Mutter. Bill und Sally. Sogar Regina. Wie konnte das alles nur so enden?

Bill nimmt ein Küchentuch vom Haken und trocknet sich die Hände ab.

»Ich habe auch gelogen«, sagt er. Seine Stimme ist beherrscht, aber er weicht meinem Blick aus. »An dem Abend, an dem ich den Ring verkauft habe, hatte ich plötzlich die Idee, ein bisschen in einem Onlinekasino dazuzuverdienen. Ich habe das ganze Geld verspielt.«

Ich muss mich hinsetzen. Was sagt er da? Mein Geld? Ich dachte, er hätte damit die Stromrechnungen und die Miete gezahlt.

»Du bekommst jede einzelne Krone zurück«, versichert er eilig. »Versprochen.«

Aber das ist nicht das Entscheidende. Es geht um Vertrauen. Ich dachte, dass Bill wirklich Verantwortung zu übernehmen versucht. Ich mache mich für ihn zur Diebin, und dann verzockt er das ganze Geld. Er kriegt wirklich nichts auf die Reihe. Vielleicht hat er trotz allem recht, wenn er sagt, dass Sally woanders besser aufgehoben wäre.

»Es war nicht das erste Mal.« Er dreht mir den Rücken zu und trocknet das Geschirr ab. »Ich habe im Lauf der Jahre ziemlich viel gespielt. Auch als Miranda noch lebte. Manchmal ist es richtig gut gelaufen, ich habe hohe Summen gewonnen, aber es hat jedes Mal in einer Katastrophe geendet.«

Ich seufze schwer und stehe wieder auf. Ich fühle mich hintergangen. Als ich mich umdrehe, steht Sally an der Küchentür.

»Papa?«

Bill lässt sofort das Küchentuch los und eilt zu ihr.

»Schläfst du nicht?«

»Ich bin aufgewacht.« Sie sieht mich verwirrt an. »Irgendjemand hat geschrien.«

»Das musst du geträumt haben«, sagt Bill und geht mit ihr zurück durch den Flur.

Ehe er die Schlafzimmertür hinter sich schließt, begegnen sich unsere Blicke ein letztes Mal. Das Blaue in seinen Augen ist verblasst, und die Trauer sickert hervor.

Wie kleine Tropfen aus Glas.

BILL

Am Ende muss ich auf dem Sofa eingeschlafen sein. Ich erwache davon, dass die Sonne durchs Fenster hereinscheint. Die offene Balkontür lässt eine kühle Brise ins Zimmer. Ich habe mich nicht ausgezogen, und unter der Jeans klebt der Schweiß.

Mein linkes Bein ist eingeschlafen. Ich humpele ins Schlafzimmer und lege die Hand auf Sallys Arm. Sie schlägt sofort die Augen auf und blinzelt.

»Ich habe von Mama geträumt.«

Irgendetwas in meinem Kopf blitzt auf. Rasche, diffuse Streiflichter aus meinem eigenen Traum. Steven und Regina Rytters verzerrte Gesichter.

»Mama hat gelebt, und ich sollte eine kleine Schwester bekommen«, sagt Sally.

Sie strahlt, als könne der Traum die Realität ersetzen, die wir nie erleben durften.

»Erzähl von deinem Traum«, sagt sie und hopst vom Bett in meine Arme.

Eine neue Erinnerung aus der Nacht zieht vorbei.

»Du und Karla habt Fußball gespielt. Ich stand im Publikum und habe euch angefeuert.«

Sally kichert, während ich sie auf den Stuhl setze und eine Unterhose und ein Kleid heraussuche. Als ich aufblicke, hat sich ihr Gesichtsausdruck verändert. Sie hat den Mund verzogen.

»Ich will nicht, dass Karla fährt. Sie kommt doch zurück, oder?«

»Ich weiß es nicht. Sie weiß es offenbar selbst noch nicht. Aber ihre Mutter ist krank.«

Die Frage ist, wie Regina und Steven Rytter reagieren, wenn Karla plötzlich verschwindet.

»Ich hasse es, wenn Mütter krank werden«, sagt Sally.

Ich bleibe vor Karlas Zimmer stehen und lausche. Sie schläft vermutlich. Es ist noch früh, und in der letzten Zeit hat sie Tag und Nacht gelernt und außerdem bei den Rytters geputzt.

Ich serviere Sally Frühstück vor dem Fernseher und bitte sie, die Lautstärke leiser zu stellen. Eine übermotivierte Kindersendungsmoderatorin mit nerviger Stimme erklärt, wie man Slime selber macht. Nach fünf Minuten gehe ich rüber ins Schlafzimmer.

Mirandas Kleiderschrank habe ich seit einem Jahr nicht mehr geöffnet, aber jetzt haben wir endlich einen Platz auf dem Flohmarkt an der Södra Esplanaden reserviert.

Meine Hand umklammert den Griff. Ich starre auf die geschlossene Schranktür und spüre den Druck auf der Brust.

Am Ende tue ich es einfach. Mirandas Duft quillt heraus, und mir steigen Tränen in die Augen. Wie durch einen Nebel nehme ich die Blusen, Oberteile und Kleider wahr, die sie getragen hat. Die Erinnerungen strömen mit einer solchen Kraft auf mich ein, dass ich mich abstützen muss.

Die ersten Monate vor dem Computer. Die Chats. Abende, die zu Nächten wurden. Videoclips und Songs, die wir hin- und hergeschickt haben. Ich erinnere mich an die Sehnsucht in meiner Brust, wenn die kleinen Punkte blinkten, die anzeigten, dass sie gerade eine neue Nachricht schrieb. Dann der Tod meines Vaters und der Umzug nach Lund. Ich hatte irgendwie nie

Zeit zum Trauern. Ich war viel zu verliebt. Wir haben immer zusammen in der Küche von Mirandas Eltern gekocht. Sie hat mir Zutaten gezeigt, von denen ich noch nie gehört hatte: Trüffel, Tapenade, Greyerzer, Gänseleber und Kaviar. Wir saßen im Sonnenuntergang im Stadtpark, tranken Wein und hörten uns Livejazz an. Miranda fror manchmal, dann schob sie ihre Hände unter meinen Pullover. Wenn ich mich anstrenge, kann ich beinahe noch ihre kalten Finger an meinem Bauch spüren.

Während ich ihre Kleider in Pappkartons packe, öffnet sich ein Ventil in der Brust. Etwas Neues wartet. Etwas auszusortieren ist nicht dasselbe wie vergessen.

JENNICA

Ich sitze auf der Bettkante mit dem Laptop auf dem Schoß und zögere es so lange wie möglich hinaus. Vermutlich bilde ich es mir nur ein. Andererseits kann ich meinem Bauchgefühl normalerweise trauen, und diesmal ist es stark. Irgendetwas stimmt nicht.

Im Lauf der Nacht bin ich gefühlt hundert Mal aufgewacht. Die Gedanken kreisten und wirbelten durch meinen Kopf. Am Ende habe ich eine Tablette genommen.

Emma hat alles in Gang gesetzt. Irgendwas stimmt nicht an Stevens Geschichte von Regina. Ich suche im Netz und stelle fest, dass die Sterblichkeit bei Virusinfektionen höher ist als vermutet, aber vor allem bei älteren Menschen, und immer in direktem Zusammenhang mit der akuten Erkrankung. Es gibt viele Leute, die Monate und Jahre später noch an Symptomen leiden, aber da geht es um Schmerzen und Müdigkeit. Nirgendwo steht, dass man ein Jahr später daran sterben kann. Regina muss etwas anderes gehabt haben.

Es ist kurz vor neun, als Steven mir eine SMS schickt. *Guten Morgen, meine Hübsche. Wünsch dir einen wunderbaren Tag!*

Mein Daumen ruht auf der Anruftaste. Aber ich muss jetzt vernünftig sein. Vielleicht bilde ich mir das alles nur ein. Er würde mich für paranoid und komisch halten. Ich darf jetzt nicht alles vermasseln.

Dito. Küsschen!, antworte ich stattdessen.

Dann google ich Regina Lindgren. Wieder taucht die Adresse in der Linnégatan auf. Da steht, dass sie im November vierundvierzig wird. Ich suche in allen sozialen Netzwerken nach Regina Lindgren oder Regina Rytter. Ich probiere unterschiedliche Schreibweisen, aber ohne Erfolg. Als ich *Regina* und *Lund* eingebe, füllt sich der Bildschirm mit Fotos von einer alten Schauspielerin.

Hundi springt vom Regal und streicht an meinen Beinen entlang.

»Was sagst du dazu?«, frage ich ihn. »Soll ich Steven einfach mal fragen, was mit seiner Frau passiert ist?«

Dann fällt mir Stevens Freund Andreas ein. Er hat doch denselben Nachnamen wie diese widerliche Tussi, mit der mein Vater meine Mutter betrogen hat. Quiding. Es kann nicht viele Leute geben, die so heißen.

Volltreffer beim ersten Versuch. Er ist auf Facebook.

Auf dem Profilbild trägt er Krawatte und Jackett und hat das Haar nach hinten gegelt. Mir wird beim bloßen Anblick kotzübel.

Er hat im Lauf der Jahre Hunderte von Fotos gepostet. Ich scrolle sie rasch durch. Auf den meisten hält er ein Glas in der Hand, fast immer trägt er Markenklamotten, man sieht ihn auf großen Schiffen, in edlen Restaurants, den Arm um eine schöne Frau gelegt, über die Motorhaube eines Porsche gebeugt. Teure Uhren und Sonnenbrillen.

Andreas Quiding hat hundertvierzig Facebook-Freunde. Ich gehe sie in alphabetischer Reihenfolge durch, bis ich zu einer Gina Lindgren komme. Mein Herz schlägt schneller. Das pixelige Profilbild zeigt eine gut aussehende Blondine Mitte dreißig. Ich klicke den Namen an, aber das Profil ist nicht öffentlich. Ich komme an keine weiteren Infos ran. Gina Lindgren.

Ich zoome das Bild näher ran und sehe in die hellen Augen. Vergleiche es mit den Fotos von Regina Rytter. Die Frau auf Facebook ist bedeutend jünger, aber sie könnte es sein.

Hundi setzt sich auf meine Füße. Ich beuge mich vor und kraule ihn hinter dem Ohr.

»Ich übertreibe bestimmt. Glaubst du nicht?«

Auch wenn es Reginas Facebook-Profil wäre, heißt das gar nichts. Es ist doch nichts Ungewöhnliches, dass tote Personen noch auf Facebook sind.

Hundi sieht mich mit traurigen Augen an.

Ich stelle den Laptop zur Seite und blättere ein bisschen in meinem Lehrbuch. Versuche, Regina aus meinen Gedanken zu verbannen. Ich esse eine trockene Brotscheibe und trinke ein Glas mit einer aufgelösten Multivitamintablette, nicht wegen der gesunden Wirkung, sondern wegen des Geschmacks.

Das Fenster muss dringend geputzt werden. Ein großer Vogelschiss in der einen Ecke, Spinnweben am Rahmen und Streifen von Regen und Schmutz. Durch die Sonne ist jeder noch so kleine Fleck zu erkennen. Es ist Hochsommer, und ich sehne mich nach frischer Luft und Sonnenschein.

Ich ziehe Leggings und das Rolling-Stones-T-Shirt an, packe eine Decke, eine Sonnenbrille und das Lehrbuch in eine Tasche und hole mein Fahrrad.

Vielleicht kann ich im Botanischen Garten lernen. Wenn ich diese Nachprüfung nicht hinkriege, ist mein Studienplatz weg.

Auf dem Fußballplatz in Smörlyckan laufen ein paar Knirpse in gelben und roten Westen herum und jagen dem Ball hinterher. Ich fahre den Tornavägen entlang, am mathematischen Institut und der Studentenvereinigung Halland vorbei, durch den Östervångsvägen und Professorsstaden.

Ich denke an das Haus in der Linnégatan. Die junge Frau,

die am Fenster stand. Sie schien es plötzlich eilig zu haben, als sie mich auf der Einfahrt sah. Was, wenn Steven das Haus gar nicht an eine Familie aus Stockholm vermietet hat?

Vor mir steht ein riesiger Lkw mitten auf der Straße. Die hinteren Scheinwerfer leuchten, und es piepst. Im letzten Moment entscheide ich mich, links abzubiegen. In der Linnégatan fahre ich automatisch langsamer und sehe verstohlen zu Stevens Haus hinüber.

Auf der Einfahrt steht ein schwarzes Auto.

Ich hebe mich aus dem Sattel und versuche, einen Blick auf die Marke oder das Autokennzeichen zu erhaschen. Mein Herz klopft schneller.

Es ist ein Tesla. Es ist Stevens Auto.

Vor dem Gartentor halte ich an und steige vom Rad.

Es kann eine ganz logische Erklärung geben.

Vielleicht ist er wieder hier, um die Sache mit der Lüftung zu klären. Er wollte einen Handwerker beauftragen. Natürlich muss der Hausbesitzer bei solch einer Reparatur vor Ort sein. Es muss gar nichts Merkwürdiges dahinterstecken.

Das Gartentor ist schwergängig und quietscht. Ich habe gerade erst den schmalen Weg zum Haus betreten, als die Tür auffliegt.

Steven kommt mir mit gerötetem Gesicht entgegen.

»Jennica?«

Ich bleibe stehen und starre ihn an. Steven hält inne und versucht offenbar, meine Miene zu deuten.

»Gibt es wieder Probleme mit der Lüftung?«, frage ich.

Er schüttelt den Kopf.

»Wir müssen reden.«

Das Haus hinter ihm liegt still und verlassen da. Die Fenster unter dem Kupferdach sind alle dunkel und die Jalousien heruntergelassen. Keinerlei Schmuck oder Deko ist zu sehen. Kein einziges Lebenszeichen.

»Sind deine Mieter aus Stockholm umgezogen?«

Steven versetzt mir einen leichten Stoß in die Seite.

»Komm, wir reden.«

Er hält mir das Gartentor auf. Meine Beine fühlen sich wie Pudding an, und ich habe das Gefühl, als würde ich schweben. Alles um mich herum verschwimmt.

»Ich werde dir alles erzählen«, sagt er. »Versprochen.«

Ich schwanke, als wir die Straße zum Botanischen Garten überqueren. Steven nimmt meinen Arm. Es ist klar, dass das alles zu schön war, um wahr zu sein. Männer wie Steven Rytter existieren nicht in der Realität.

An der Infotafel im Eingangsbereich des Botanischen Gartens bleiben wir stehen. Er schiebt die Hände in die Hosentaschen und sieht mich milde an.

»Ich bin ein Arschloch gewesen. Es gibt so vieles, was ich bereue. Wenn ich nur die Uhr zurückdrehen könnte.«

»Was meinst du?«

Eigentlich will ich es gar nicht wissen. Es ist besser, die Zeit anzuhalten. Ich will in dieser Welt weiterleben, in der Steven ein Märchenprinz und alles eitel Sonnenschein und *happy happy* ist.

»Als wir uns damals zum ersten Mal begegnet sind, hätte ich mir nie träumen lassen, dass aus uns beiden etwas werden würde«, sagt Steven und senkt den Blick. »Wenn ich das gewusst hätte, dann hätte ich nie gelogen. Aber nach der ersten Lüge konnte ich meine Aussage unmöglich zurücknehmen.«

Ich verstehe, worauf das Ganze hinausläuft. Es lässt sich nicht mehr aufhalten.

»Inwiefern hast du mich angelogen?«

Er wühlt ein bisschen mit dem Fuß im Kies herum.

Ich erinnere mich daran, wie wir uns zum ersten Mal vorm Restaurant am Stortorget sahen. Mich hatte es sofort erwischt. Nie hätte ich geahnt, dass es so enden würde.

»Meine Frau. Regina.«

Ich drehe mich um, sodass die Sonne mir direkt in die Augen scheint. Rote und gelbe Wolken, Tränen. Ich blinzele hektisch.

»Ist das wahr? Sie lebt also?«

Ich weiß nicht, wie ich damit umgehen soll.

»Sie ist schwer krank«, sagt er. »Letzten Winter bekam sie eine Virusinfektion, und danach hat sie sich vollkommen verändert. Ein ganz anderer Mensch. Ich habe den Verdacht, dass das Virus ihr Gehirn angegriffen hat. Aber die Ärzte, zu denen sie gegangen ist, waren skeptisch und hielten ihren Zustand für psychosomatisch bedingt. Es ging ihr immer schlechter, und ich konnte nicht mit ansehen, dass sie so starke Schmerzen hatte. Deshalb habe ich ihr Tabletten besorgt.«

Er blickt auf. Seine Augen sind feucht.

Alles ist vorbei.

»Du hast gesagt, sie ist tot.«

Ich versuche, mich an die genauen Worte zu erinnern und wo wir uns in dem Moment befanden. Man muss ziemlich gestört sein, um so etwas von seiner Frau zu behaupten.

»Das war schlimm von mir«, sagt Steven. »Wenn ich gewusst hätte, dass die Sache zwischen uns so ernst werden würde … Ich hätte nie gedacht, dass du dich weiter mit mir treffen wolltest. Oder dass ich mich verlieben würde.«

Seine Stimme zittert ein wenig.

Ich sollte ihm ins Gesicht spucken und in die Eier treten.

»Regina hat die Dosis rasch erhöht und war irgendwann süchtig«, fährt er fort und klingt kleinlaut. »Jetzt weiß ich nicht mehr, wie viel davon der Krankheit geschuldet ist und wie viel den Tabletten, aber sie ist nicht mehr der Mensch, den ich damals geheiratet habe.«

Ich sehe ihm direkt in die Augen. Seine Frau liegt also tatsächlich in dieser Luxusvilla und ballert sich mit Beruhigungsmitteln zu.

Mein Bauchgefühl hat mich also nicht getrogen. Ich wusste, dass irgendwas nicht stimmt.

»Aber sie lebt, Steven. Sie lebt!«

Er fährt sich mit der Hand über die Nase. Er scheint sich zu schämen, seine Reue wirkt aufrichtig, aber das ist jetzt egal. Ich kann ihm nie wieder vertrauen.

Untreue Männer. Wie ein Fluch, der mich verfolgt.

»Ich wollte Regina schon lange verlassen, aber es ging nicht. Sie ist total von mir abhängig. Sie hat sonst niemanden. Außerdem bin ich es ja, der ihr die Medikamente besorgt. Ich habe versucht, ihr beim Ausstieg zu helfen. Auf eine Art liebe ich sie ja noch immer, aber ich kann nicht mehr. Ich habe ihr alles über uns beide erzählt und ihr erklärt, dass ich mich scheiden lassen möchte.«

Ich blinzele ein paarmal und richte meinen Blick auf den stillen Park. Die Vormittagssonne streut Silber auf die Baumkronen, und im Westen hängt eine fluffige Wolkendecke wie Zuckerwatte über dem Öresund.

»Was habe ich bloß getan?« Steven legt den Kopf in den Nacken und sieht in den Himmel. »Ich habe alles zerstört.«

Als ich damals auf der Party Rickys Betrug entdeckte, ging er sofort zur Verteidigung über. Er sei besoffen gewesen, er sei verführt worden, er sei gar nicht richtig drin gewesen, also könne man das doch nicht als Untreue bezeichnen. Mein Vater hingegen hat seine Seitensprünge nie verleugnet, aber er hat versucht, davonzukommen, und sie als Bagatellen und bedeutungslose Vergnügungen bezeichnet.

Ein älteres Paar ist auf dem Weg in den Park. Die Frau schiebt den Mann im Rollstuhl vor sich her. Statt Platz zu machen, gehe ich weiter in den Garten hinein.

Es duftet nach Thymian und Basilikum.

»Dann habe ich diesen Brief bekommen«, sagt Steven, der mir folgt. »Regina scheint unserer Putzfrau eingeredet zu haben, dass sie gar nicht krank ist, sondern dass ich sie mit Medikamenten vollstopfe und sie ins Schlafzimmer sperre.«

Ich bleibe vor einer niedrigen Steinmauer stehen. Dahinter wogt ein Meer von wunderschönen Blumen in Rot- und Rosatönen.

»Warum solltest du so etwas tun?«, frage ich.

»Ich weiß nicht, was sie gesagt hat. Vielleicht, dass ich auf das Geld ihres Vaters aus bin. Ich muss mal mit der Putzfrau reden.«

»Tu, was du willst«, sage ich und gehe am Blumenmeer entlang.

Ich bin so oft betrogen worden. Doch so schlimm wie diesmal war es noch nie. Dennoch bleibt die Wut aus. Ich empfinde vor allem Leere.

»Mit unserer vorherigen Putzfrau hat sie auch ihre Spielchen gespielt«, sagt Steven. »Sie hat ihr vorgeworfen, sie würde mit mir ins Bett gehen. Das war kurz bevor sie diese Infektion bekommen hat. Ich glaube, da hat es schon angefangen. Sie ist total paranoid geworden.«

»Aber warum habt ihr dann eine neue Putzfrau? Und obendrein ein junges Mädchen?«

Das wirkt doch völlig absurd. Als wollte man die Probleme geradezu anlocken.

Wir gehen weiter auf dem Kiesweg entlang. Zwei Studenten fahren auf einem E-Scooter vorbei und hinterlassen den schweren, süßlich duftenden Rauch einer E-Zigarette. Hustend laufe ich an den Gewächshäusern vorbei, mit Steven auf den Fersen.

»Regina verlangt, dass mindestens zweimal pro Woche geputzt wird. Am Anfang war das wohl eher eine Art Test, um sicherzugehen, dass ich die neue Putzfrau nicht anfasse. Regina spioniert mir hinterher.«

Das ist ja wohl auch kein Wunder. Er betrügt sie, obwohl sie schwer krank ist. Ich denke an die Fotos von Regina. Das Facebook-Profil. Wenn sie Steven hinterherspioniert, weiß sie vermutlich schon alles.

»Seitdem du von der Untreue deines Vaters erzählt hast, habe ich versucht, einen Weg zu finden, es dir zu sagen.« Steven holt mich ein. »Ich verstehe, dass meine Lügen unverzeihlich sind. Ich habe nie damit gerechnet, jemandem wie dir zu begegnen.«

Ich kann ihn nicht mehr ansehen. Reibe die Scherben eines zerplatzten Traums aus meinen Augen.

»Du wusstest es. Du wusstest ganz genau, was ich von Untreue halte.«

Ein paar Stockenten laufen quakend zum Teich hinüber. Ich biege links zum Parkausgang ab.

»Du sollst nur wissen, dass alles, was zwischen dir und mir passiert ist, echt war«, versichert Steven. »Es war ein wunderbarer Sommer. Ich habe noch nie so für eine andere Frau empfunden.«

Ich schließe die Augen. In Dunkelheit eingehüllt wirbelt in der Ferne ein glühender Punkt. Immer kleiner wird er. Bald ist er kaum noch zu sehen. Ist das meine Zukunft, die auf Nimmerwiedersehen verschwindet?

Am Tor bleibe ich stehen und sehe ihn ein letztes Mal an.

»Ich wünschte, wir wären uns nie begegnet.«

Er weicht meinem Blick aus und macht ein paar schleppende Schritte auf dem Kiesweg. Ich überquere die Straße, und Steven verschwindet in die andere Richtung.

Etwas Hartes, Kantiges bleibt in mir zurück.

Mein letzter Zusammenbruch liegt etliche Jahre zurück. Mein Leben war so stabil wie ein Haus. Eine Mauer, eine Fassade. Doch Menschen sind nicht gebaut, um Erdbeben und Orkane auszuhalten.

Alles wird einstürzen.

Auszug aus der polizeilichen Vernehmung von Petronella Schimanski

Geben Sie bitte fürs Protokoll Ihren vollständigen Namen an.

Ich heiße Petronella Schimanski, aber die meisten nennen mich Petra.

Woher kannten Sie Steven und Regina Rytter?

Wir haben zusammen an der Universität studiert. Regina und ich. Oder Gina, wie sie genannt wurde. Ich war gerade erst nach Lund gezogen, und sie war meine erste und beste Freundin. Eine Weile haben wir sogar zusammengewohnt.

Wie würden Sie Regina beschreiben?

Bevor sie Steven traf? Sie war clever, charmant, lebenslustig. Die Männer sind auf sie geflogen. Einige hat sie natürlich abgeschreckt. Gina ließ sich nicht herumkommandieren. Sie wusste, was sie wollte. Ich glaube, das ist auch der Grund, weshalb es ihr schwerfiel, Beziehungen zu führen. Sie war zu herrisch. Mir gegenüber hat sie gesagt, dass sie einen gewissen Widerstand brauche. Und dann hat sie Steven kennengelernt.

Wo sind die beiden sich zum ersten Mal begegnet?

Bei irgendeiner Wohltätigkeitsveranstaltung, einer Gala oder so. Ginas Vater ist ja Multimillionär. Ich glaube, er hat sich bei einem Projekt engagiert, und es gab ein edles Abendessen. Dort hat sie Steven getroffen.

Und dann hat sie sich verändert?

Nicht sofort. Sie war zwar bis über beide Ohren in Steven verliebt, aber nach einer Weile stellte sich heraus, dass er schon eine Beziehung hatte. Erst war Gina am Boden zerstört, aber Steven hat die andere Frau verlassen, und nach ein paar Monaten sind sie zusammen in dieses große Haus in Professorsstaden gezogen.

Und was ist dann passiert?

Ich glaube, dass sie sich irgendwie zu ähnlich waren. Beide waren Kontrollfreaks und gewohnt, ihren Willen durchzusetzen. Gina und ich haben uns fast nie allein getroffen, Steven war meist dabei. Sie hat sich voll ganz auf ihn eingelassen. Vorher hat sie nie so auf Kunst und Theater gestanden, sie war ein typisches Partygirl, das gern Techno gehört hat. Doch auf einmal hat sie Steven zu klassischen Konzerten begleitet. Sie sind auf Ausstellungen und Vernissagen gegangen. Wenn ich sie gefragt habe, ob sie mit mir ausgehen will, war es immer dasselbe. »Darüber muss ich erst mit Steven reden. Weiß nicht, ob das für ihn okay ist.«

Haben Sie mit ihr darüber gesprochen?

Natürlich. Ich habe es ganz vorsichtig angesprochen, aber Gina ist sofort wütend geworden. Man konnte mit ihr nicht darüber reden. Erst nach der Sache mit der Putzfrau.

Der Putzfrau? Sie meinen Karla Larsson?

Nein, nein, das war lange vor Karla. Das war noch vor Ginas Erkrankung. Steven hat eine Firma beauftragt, die ihnen einmal pro Woche eine junge, niedliche Blondine zum Saubermachen geschickt hat. Zumindest hat Gina das so formuliert.

Eines Tages ist sie früher nach Hause gekommen und hat Steven mit der Putzfrau erwischt. Natürlich hat er alles geleugnet, aber danach war Gina davon überzeugt, dass er sie betrog. Wissen Sie, er hatte seine frühere Freundin ja auch mit Gina betrogen. Einmal untreu und so weiter.

Aber hatte er denn was mit der Putzfrau?

Ich weiß es nicht. Ich glaube auch nicht, dass Gina es ganz genau wusste. Aber sie hat der Putzfrau gekündigt und angefangen, Steven hinterherzuspionieren. Sie hat die Kontrolle verloren.

Und dann ist sie krank geworden?

Genau. Sie meinte, es sei irgendein Virus, aber das klang alles ziemlich komisch. Jedes Mal wenn wir darüber gesprochen habe, wurde es schlimmer. Sie hat wirres Zeug geredet, und ich weiß, dass Steven sie in die Psychiatrie gebracht hat. Am Ende konnte man kaum noch eine normale Unterhaltung mit ihr führen. Für sie gingen Traum und Realität ineinander über. Es war grauenvoll, das mitansehen zu müssen. Sie wurde psychotisch. Paranoid.

Inwiefern?

Sie hat behauptet, dass Steven sie mit Medikamenten vollstopfen würde.

KARLA

Der Bescheid kommt per Mail. Es ist das Ergebnis der Abschlussprüfung.

Ich schließe die App sofort, ohne die Mail zu öffnen. Mein Traum ist so nah und zugleich in weite Ferne gerückt. Ich habe am Telefon mit meiner Mutter gesprochen. Sie klang traurig und schwach, aber freute sich, als ich sagte, dass ich endlich nach Hause kommen würde.

»Ich brauche dich mehr denn je, meine Kleine.«

Sally und Bill sind schon früh wach. Im Flur stehen Stapel von Kisten und Kartons. Sally hat Mirandas alte Kleider an einen Garderobenständer gehängt und mit kleinen roten Preisschildern versehen.

»Seid ihr schon wach?«, frage ich.

Bill hat ein halbes trockenes Toastbrot in der Hand.

»Der Flohmarkt beginnt um halb acht.«

»Kommst du mit?«, fragt Sally. »Du kannst beim Verkaufen helfen. Das macht total Spaß.«

»Ich wünschte, ich könnte mitmachen«, sage ich. »Aber mein Zug geht heute Nachmittag.«

Sally wendet sich ab und schmollt.

Es fällt mir nicht leicht, sie zurücklassen zu müssen. Wenn ich in ihrem Alter nur einen verlässlichen Erwachsenen um mich gehabt hätte, dann könnte heute alles anders sein.

Ich fühle mich wie eine Verräterin.

»Morgen lerne ich den Kunden kennen, bei dem ich arbeiten soll«, sagt Bill. »Danach werden Sally und ich das Rote Häuschen besuchen.«

»Was ist das für ein Häuschen?«, frage ich.

Verstohlen sieht Sally mich von der Seite an. Sie öffnet den Mund, um etwas zu sagen, doch dann fällt ihr ein, dass sie eigentlich beleidigt ist.

»Das ist ein Hort, der abends und nachts geöffnet hat«, erklärt Bill.

Dann kann Sally nicht mehr an sich halten.

»Man kriegt dort Abendessen, und man darf sogar fernsehen.«

Sie kann nicht länger als fünf Minuten beleidigt sein. Das liegt ihr einfach nicht.

»Das klingt gut.«

Wenn ich dageblieben wäre, hätte ich mich um Sally kümmern können, wenn Bill abends und nachts arbeiten muss. Es wäre total gemütlich gewesen. Wir hätten heimlich Popcorn gemacht und Harry Potter gelesen.

»Komm schon, Sally.« Bill schiebt ihr mit dem Fuß ihre Stoffschuhe hin. »Wir müssen los.«

»Eine Sekunde nur«, sage ich.

Beide sehen mich an.

Ich möchte so gern, dass Bill und Sally dabei sind, wenn ich die Mail öffne. Egal, was drinsteht.

»Ich habe das Ergebnis bekommen«, sage ich mit dem Telefon in der Hand.

»Wie? Hast du es dir noch nicht angesehen?«, fragt Bill.

»Sag mal, was drinsteht«, bittet Sally.

Sie beugen sich über mein Handy, während ich die Mail raussuche. Mein Blick gleitet über die Zeilen. Mein Name, die

Personennummer, meine Adresse, jede Menge unnötiger Text. Ganz unten steht das Ergebnis.

Ich bekomme kaum Luft.

Die vielen Abende auf dem durchgesessenen Sessel in unserer Küche. Ich und meine Schulbücher, meine Mutter mit ihren Marlboros. Roxette und Bon Jovi in der Stereoanlage. Die ganze Plackerei hat sich gelohnt. Ich habe alle Hürden überwunden.

Diese Mail enthält nicht nur einen Bescheid. Sie ist zugleich ein Versprechen. Ich muss die Geschichte nicht wiederholen. Ich kann jemand anders werden. Wenn ich nicht wieder zu meiner Mutter ziehe.

Ich blinzele eine Träne weg und reibe mir über die Augen.

»Hast du es geschafft?«, fragt Sally.

Ich reiche das Handy an Bill weiter.

»Note AB«, liest er vor.

»Oh nein!«, sagt Sally. »Kein A?«

Sie umarmt mich, und ich breche erneut fast in Tränen aus.

»Das … das ist …«

»Sei nicht traurig«, sagt Sally. »Du bist trotzdem die Beste.«

Sie drückt mich fest an sich. Die Wärme ihres Körpers tut so gut.

Dann fasse ich mich wieder.

»Ich bin gar nicht traurig. AB ist die Bestnote. Ich hab es geschafft! Ich habe einen Studienplatz.«

In der nächsten Stunde ruft Waheeda dreißig Mal an, aber ich gehe nicht ran, und unser Chat auf Snapchat füllt sich mit ungelesenen Nachrichten. Ich weiß nicht, was ich sagen soll. Was, wenn sie keinen Platz bekommen hat? Ich bin nicht gut in so was.

Ich sitze auf dem Bett in Sallys früherem Kinderzimmer. Der Koffer ist gepackt, die Worte meiner Mutter hallen in meinem Kopf wider. Sie wirkte so glücklich, als ich ihr erzählte, dass ich den Zug gebucht hätte. Ich will sie nicht noch mal im Stich lassen.

Ich suche Waheedas Nummer raus, zögere aber noch. Vielleicht ist sie nicht genommen worden. Ich muss ja total eingebildet wirken, wenn ich einen Platz bekomme und darüber nachdenke, ihn abzulehnen.

Am Ende kann ich es nicht weiter hinauszögern.

»Wo hast du gesteckt?«, schreit Waheeda mir ins Ohr. »Ist dir eigentlich klar, was du mir für einen Schrecken eingejagt hast? Ich dachte, du hast Depris gekriegt oder so!«

»Ich musste es nur verarbeiten.«

»Oh nein. Das ist nicht wahr. Du hast auch keinen Studienplatz?«

»Doch«, antworte ich und atme tief ein.

»Mensch, *bismillah*, du machst Witze! Das ist ja großartig! Du hast einen Platz! Du bist reingekommen, krass!«

Ich muss das Handy ein Stück von meinem Ohr weghalten, weil sonst mein Trommelfell zu platzen droht. Meine Hand zittert, aber ich merke, wie meine Mundwinkel nach oben wandern.

»Du wirst die coolste Richterin der Welt werden«, sagt Waheeda. »Du bist so weise und gescheit. Du hörst den Leuten zu, ohne sie im Vorfeld zu verurteilen. Das ist ja toll!«

»Aber was ist mit dir?«, frage ich.

Jetzt kann ich natürlich nicht erzählen, dass ich eine Fahrkarte nach Boden gebucht habe. Nur ein Idiot würde die offene Tür zu seinem lebenslangen Traum verschließen. Außerdem weiß Waheeda gar nicht, was mit meiner Mutter los ist.

»Ich habe nicht mal bestanden«, sagt sie glucksend. »Ich bin einfach kein Lerntyp. Ich werde stattdessen Polizistin. Mit der Wumme schießen und mit dem Gummiknüppel zuschlagen, so was kann ich gut. Und du verurteilst dann die Kriminellen, die ich einloche.«

Ich kann mir ein Lachen nicht verkneifen, aber im nächsten Augenblick bleibt es mir im Hals stecken. Ich habe so hart dafür gekämpft.

»Wir müssen jetzt auflegen. Ich muss meine Mutter anrufen«, sage ich.

»*What*? Du hast deiner Mama noch nichts davon erzählt? *Yalla emshi*! Dann mal los!«

Sie hat recht. Ich muss gleich mit meiner Mutter reden. Aber ich weiß noch immer nicht, was ich sagen soll.

Ich lehne den Kopf an die Dachschräge hinter mir und beiße den letzten Rest von meinem Daumennagel ab.

In drei Stunden geht der Zug.

Soll ich das alles einfach zurücklassen? Alles, wovon ich geträumt und wofür ich so hart gekämpft habe?

Ich haue den Hinterkopf gegen die Wand.

Und dann rufe ich an.

»Hallo.«

Ich höre sofort, dass sie was genommen hat. Eben noch war sie nach einer Überdosis dem Tode nah, und jetzt hat sie wieder was eingeworfen.

»Ach, Mama.«

Trotz ihres ganzen Geredes vom Methadonprogramm und von Veränderung ist sie total zugedröhnt. Das ist so frustrierend. Aber man darf seine Mutter nicht aufgeben. Abseits der Sucht gibt es eine warmherzige Frau, die mich früher herumgetragen, mit Rosinen und Apfelstücken gefüttert und mir ein nasses Handtuch auf die Stirn gelegt hat, wenn ich Fieber hatte. Diese Frau vermisse ich jeden Tag.

»Wann kommst du?«, fragt sie. »Ich brauch dich hier, Kapierst du das nicht?«

»Der Zug geht in ein paar Stunden«, sage ich.

»Gut. Es wird so schön werden, wenn alles wieder wie immer ist.«

Da bin ich mir nicht so sicher. Ich glaube nicht, dass ich das noch will.

»Mama, ich habe einen Studienplatz in Jura.«

Sie schweigt. Ich betrachte meine Hand. Die Nagelhaut brennt.

»Wo denn? In Lund?«

»Genau.«

»Aber du kommst nach Hause. Du bleibst doch hier?«

Ich denke an den ständigen Streit, das Geschrei und die Tränen, Gegenstände, die auf den Boden und an die Wände geworfen wurden. An den Zigarettenrauch und den Schnapsgestank. Das Schnarchen meiner Mutter auf dem Sofa. Ich will nicht dorthin zurück. Meine Mutter wird sich nie verändern. Wenn es ihr wider Erwarten gelingen sollte, sich irgendwann einmal selbst aus dem Sumpf zu ziehen, dann hat das nichts mit mir zu tun. Das muss ich endlich einsehen.

»Macht das wirklich einen Unterschied?«, frage ich.

»Was meinst du?«

»Was wird besser, wenn ich wieder nach Hause ziehe, Mama?«

Sie murmelt irgendwas, aber das ist auch egal. Wir kennen beide die Antwort.

So viele Jahre lang bin ich eine Mutter für meine eigene Mutter gewesen. Sie braucht mich als Lebensretterin und Mülldeponie, sie braucht jemanden, bei dem sie ihren Mist abladen kann, wenn sie es nicht mehr aushält, jemanden, der abwäscht und den Abfall rausbringt, der beim Sozialamt anruft und Geld organisiert. Ich kann einfach nicht mehr.

»Das ist mein Traum«, sage ich.

Meine Mutter schnieft mir laut ins Ohr.

»Ich wünschte, du könntest froh und stolz sein«, flüstere ich.

Meine Stimme versagt.

Ich schließe die Augen.

Zwischen all dem Schwarzen erahne ich einen schwachen Lichtstreifen.

Als ich die Augen wieder öffne, fließen die Tränen.

»Ich bin stolz«, sagt meine Mutter. »Aber ich vermisse dich.«

Als Bill und Sally vom Flohmarkt zurückkommen, habe ich den Koffer ausgepackt und alle Sachen in den Kleiderschrank zurückgehängt. Außerdem habe ich für uns gekocht.

»Ich dachte, der Zug geht um drei«, sagt Bill.

»Das stimmt.«

Sally rennt durch den Flur und wirft sich in meine Arme.

»Bitte sag, dass du bleibst.«

Als sie die Nase in meinen Hals bohrt, weiß ich, dass ich die richtige Entscheidung getroffen habe. Meine Mutter ist immer noch da, aber im Moment geht es mir in der Gesellschaft von Sally und Bill viel besser.

»Ich bleibe«, flüstere ich an ihrem Kopf.

Bill steht lächelnd im Flur, während ich Sally in meinen Armen herumwirbele.

»Du machst mich glücklich!«, singt sie.

Das ist irgendein Song vom Melodifestivalen.

Morgen rufe ich Lena von der Reinigungsfirma an und kündige. Mein Studium beginnt in zwei Wochen, und dann könnte ich ohnehin nicht mehr so viel putzen. Waheeda hat gesagt, dass sie mir bestimmt ein paar Stunden bei McDonald's organisieren kann.

Bill behauptet, es gibt keine Beweise, die mich mit dem Diebstahl oder der Erpressung in Verbindung bringen. Aber er begreift nicht, was für eine schlechte Lügnerin ich bin, wenn jemand mir das Messer an die Kehle setzt.

Ich hoffe zumindest, dass Regina die Stärke findet, sich von Steven Rytter zu befreien. Ich kann sie nicht retten. Genau wie meine Mutter muss sie selbst die Entscheidung treffen.

Nach dem Essen fragt Sally, ob ich ihr vorlesen möchte. Bill will schon protestieren, aber ich unterbreche ihn.

»Natürlich lese ich dir vor.«

Sally ist wohl noch nie so schnell in ihren Schlafanzug geschlüpft.

Während ich das erste Kapitel lese, schiebt sie ihr Kissen immer weiter heran und rutscht schließlich so nah zu mir, dass jeder kleine Atemzug meine Wange wärmt.

Als sie eingeschlafen ist, decke ich sie sorgfältig zu, schalte die Lampe auf dem Nachttisch aus und lasse die Tür einen Spalt auf, damit Licht in den Raum fällt.

»Schlaf gut«, flüstere ich.

Bill sitzt auf dem Sofa. Aus dem Fernseher erklingen langsame Klaviertöne. Ich stelle mich an die offene Balkontür und sauge die kühle Luft ein.

»Geht es dir gut?«, fragt Bill.

»Ja«, sage ich und bemühe mich, meine gesamte Aufmerksamkeit nach innen zu richten. »Mir geht es gut.«

Die Schultern sind schwer, und ich sehne mich danach, mich hinzulegen und vor mich hinzuträumen. Innerlich fühle ich mich ruhig. Wenn da nicht dieser verdammte Brief wäre.

»Du hast schon mit der Reinigungsfirma gesprochen, oder?«, fragt Bill.

»Morgen. Versprochen.«

Er wirft mir einen scharfen Blick zu.

»Morgen ist Montag. Du wolltest nicht etwa zu den Rytters gehen, oder?«

»Auf gar keinen Fall! Ich werde kündigen.«

Ich putze die Zähne und wasche mich, dann sage ich Bill gute Nacht. In meinem Zimmer setze ich meine Ohrhörer ein und suche im Handy nach Musik.

Auf einmal vibriert das Telefon.

»Ist da Karla Larsson?«

Ich setze mich kerzengerade hin.

Obwohl wir nicht gerade häufig miteinander gesprochen haben, weiß ich sofort, wer dran ist.

»Wir müssen über den Brief reden, den Sie mir geschickt haben.«

»Welchen Brief?«

Meine Stimme klingt piepsig.

Ich denke an das, was Bill gesagt hat. Es gibt keine DNA-Spuren. Dann denke ich an Regina.

»Sie wissen genau, was ich meine«, sagt Steven Rytter. »Wollen Sie lieber, dass ich zur Polizei gehe?«

Ich schließe die Augen und sehe den Bescheid von der Juristischen Fakultät vor mir. Die Bestnote bei der Abschlussprüfung. Der Traum, Richterin zu werden. Alles zieht an mir vorbei. Meine Mutter, Sally und Waheeda. Reginas gequälter Blick.

»Werfen Sie den Brief einfach weg«, keuche ich.

Steven Rytter räuspert sich.

»So einfach ist das aber nicht. Wir müssen das morgen mit Regina besprechen. Weiß noch jemand davon?«

»Nein.«

Ich betrachte die geschlossene Tür. Hoffentlich hat Bill nichts gehört. Ich muss ihn wirklich nicht in diese Sache hineinziehen.

»Gut«, sagt Steven Rytter. »Kein Wort zu jemandem, wir reden morgen.«

JENNICA

Ich fahre mit dem Rad zu meiner Mutter. Es kommt mir vor, als wäre ich wieder zwölf und völlig überfordert. Ich breche zusammen wie ein kleines Mädchen und fühle mich geborgen, während meine Mutter tröstend über meinen Rücken streicht.

Genau wie damals als Kind zeige ich meine Verletzbarkeit gegenüber meinem Vater nicht. Sobald er den Raum betritt, strecke ich mich und reibe die Wimperntusche von meinen Wangen.

»Dieser Dreckskerl«, sagt mein Vater.

Er steht mit seinem dicken Bauch in der Türöffnung. Seine Wut vibriert in der geballten Faust.

»Glücklicherweise hast du es rechtzeitig gemerkt und dich nicht noch tiefer verstrickt.«

Meine Mutter hat ihm natürlich alles erzählt. Ihre Loyalität ist wirklich grotesk.

Eigentlich will ich nicht loslassen. Es besteht noch immer eine Chance für uns.

»Mein kleines Mädchen«, sagt mein Vater. »Ich könnte diesem Kerl den Hals umdrehen. Jetzt ist es wichtig, dass du dich auf dein Studium konzentrierst. Ich hab ja viele internationale Kontakte und werde sehen, was ich machen kann.«

Erst widerspreche ich ihm nicht.

Seitdem ich in der Wiege lag, hat man mir vermittelt, dass nur Ordnung, Disziplin und harte Arbeit zählen – sonst nichts.

Meine Eltern haben nie mit mir gespielt. Meine älteren Geschwister seufzten, als ich bei der Wahl des Gymnasialzweigs darüber nachdachte, Sozialarbeiterin zu werden.

Seitdem habe ich immer gesagt, dass ich nicht weiß, was ich werden will.

Etwas zu *werden* hieß, eine Ausbildung zu machen und einen Beruf zu erlernen. Du bist, was du tust, und so weiter.

Fuck it.

»Danke, aber ich will nichts mit internationalen Beziehungen machen. Ich weiß nicht mal, was das ist. Ich will mit Menschen arbeiten. Ganz normalen Leuten. Denjenigen helfen, die Schwierigkeiten haben.«

»Psychologin?«, fragt meine Mutter und wirft meinem Vater einen unsicheren Blick zu.

Er sieht sie nicht einmal an, sondern hat seine Augen skeptisch zusammengekniffen. Mein Vater hat sich noch nie um jemand anders geschert als um sich selbst. Zumindest nicht ernsthaft.

»So was kannst du in deiner Freizeit machen. Es gibt eine Menge Organisationen, wo man sich engagieren kann.«

Es ist so, als würde er die Ohren verschließen. Er hört nur das, was er hören will.

»Ich habe mich schon entschieden, Papa. Außerdem reise ich überhaupt nicht gern. Ich kann mir durchaus eine Organisation wie Friends vorstellen, die über Mobbing aufklärt, oder das Notruftelefon für Leute mit Selbstmordgedanken – aber nicht nur in meiner Freizeit. Ich will einer solchen Tätigkeit mein gesamtes Leben widmen.«

Mein Vater kocht. Er starrt meine Mutter an, obwohl er mit mir redet.

»Für dich muss es immer was Besonderes sein. Du und deine

fixen Ideen. Kannst du nicht ausnahmsweise einfach nur normal sein?«

»Jetzt wollen wir uns aber nicht streiten«, sagt meine Mutter eine ihrer Standardphrasen auf.

»Fixe Ideen? Normal? Und wer bist du überhaupt, dass du Steven verurteilst?«, sage ich ruhig und blicke meinen Vater unverwandt an.

»Bitte«, fleht meine Mutter.

In all den Jahren hat sie sich hinter Tränen und Verzweiflung versteckt, wenn ich versucht habe, meinen Vater mit seinem Verhalten zu konfrontieren.

Diesmal werde ich nicht klein beigeben.

»Du bist doch mindestens so ein Scheißkerl wie er. Du hast Mama immer und immer wieder betrogen. Du hast sie und den Rest deiner Familie wie Dreck behandelt.«

»Aber Jennica«, sagt meine Mutter. »Es gibt keinen Grund, die Vergangenheit wieder aufzurollen.«

Mein Vater steht noch immer in der Türöffnung. Die Verachtung überwältigt mich. All die betrogenen Frauen, mit denen ich telefoniert habe. Männer wie mein Vater haben das Leben so vieler Frauen zerstört. Nur für seinen eigenen Genuss, ohne einen einzigen Gedanken an seine Nächsten zu verschwenden.

Erst nach dem Vorfall mit Ricky, als ich selbst betroffen war, ist es mir voll und ganz klar geworden. Betrogen zu werden tut so weh. Diese brutale Kränkung. Ein Mensch, den du liebst und mit dem du alles teilen willst, bietet sich selbst und sein Innerstes einem Fremden an. Alles, was Ricky und mich verbunden hatte, verwandelte sich in eine einzige fette Lüge. Es dauerte viele Jahre, ehe ich auch nur in Betracht zog, wieder einem Mann zu vertrauen.

»Steven wollte sich eigentlich scheiden lassen, aber seine Frau ist schwer krank«, sage ich. »Das ist keine Entschuldigung, aber man kann trotzdem nachvollziehen, dass er aus einer sonderbaren Fürsorge heraus gehandelt hat. Hast du jemals an Mama oder mich oder meine Geschwister gedacht, als du dich durch die Gegend gevögelt hast?«

Meine Mutter packt mich am Arm.

»Jetzt reicht es.«

»Kinder sollen sich nicht in das Liebesleben von Erwachsenen einmischen«, sagt mein Vater. »Du bildest dir Dinge ein.«

»Bitte, hör auf!«, sagt meine Mutter flehentlich.

»Ruhe!«, brülle ich. Meine Mutter weicht mit entsetztem Blick zurück und stößt gegen meinen Vater. »Du hast ihn einfach machen lassen. Jedes Mal wenn du ihm verziehen hast, hatte ich das Gefühl, als würdest du dich damit abfinden. Als wärst du nicht mehr wert.«

»Du hast doch keinen blassen Schimmer«, sagt meine Mutter und wischt sich die Tränen von der Wange. »Du hast keine Ahnung, wie es mir gegangen ist.«

Mein Vater legt die Arme wie ein Vorhängeschloss um ihre Taille. Es zuckt unter seinen Augen, als er mich ansieht.

»Hast du mal wieder vergessen, deine Glückspillen zu nehmen?«

Er glaubt, dass sich alles mit Stärke regeln lässt. Dass man stark genug ist, um die Gefühle von sich fernzuhalten, stark genug, um sich nicht beeinflussen zu lassen. Nur Schwächlinge brauchen Hilfe von Therapeuten oder Tabletten.

»Gewisse Dinge muss man verzeihen«, sagt meine Mutter. »So funktioniert das in einer Familie. So ist es, wenn man sich liebt.«

Das habe ich auch lange geglaubt. Meine Sicht auf die Liebe war von Anfang an ziemlich schräg.

»Was weißt du schon darüber, wie es ist zu lieben?« Ich schubse sie zur Seite und drängele mich in den Flur. An der Haustür stehen meine Chucks, und ich schlüpfe hinein.

»Mein ganzes Leben habe ich auf euch Rücksicht genommen. Nichts, was ich getan habe, war gut genug. Ich bin immer das schwarze Schaf der Familie gewesen. Wisst ihr was? Damit ist jetzt Schluss. Ab jetzt müsst ihr mich so nehmen, wie ich bin, oder es bleiben lassen.«

»Liebe, süße Jennica«, sagt meine Mutter.

Sie will mir nachgehen, aber mein Vater hält sie auf.

»Ich bin weder besonders lieb noch süß. Das bin ich noch nie gewesen. Ihr solltet das allmählich akzeptieren.«

Ich rausche hinaus und werfe hinter mir die Tür zu. Das Fahrrad steht unabgeschlossen auf der Einfahrt.

Der Wind zerrt in meinen Haaren, während ich bergauf fahre. Ich erhebe mich aus dem Sattel und trete noch fester in die Pedale. Es schmerzt in den Waden, der Wind beißt in meine Wangen, aber ich strampele wie eine Besessene.

Die Bilder aus meiner Kindheit blitzen und brennen. Die bebenden Schultern und die tränenüberströmten Wangen meiner Mutter. Die nächtlichen Schreie und Streitereien. Türen, die knallten. Schlaf, der sich nicht einstellte.

Schon damals habe ich mich entschieden.

Ich würde nie wie meine Mutter werden. Nie würde ich zulassen, dass ein Mann mich so behandelte.

Mein ganzes Leben lang habe ich Untreue verabscheut und bekämpft. Bei meiner Telefonberatung habe ich den Frauen gepredigt, dass man das Patriarchat nur bestätigt und seine eigene Würde nicht anerkennt, wenn man den Männern ihre Untreue verzeiht. Die Schutzschicht, die ich zu haben glaubte, löste sich langsam auf, als ich Steven begegnete. Alles war so anders mit ihm. So echt. Ich glaubte, ich hätte etwas Neues gefunden. Ich glaubte, es sei Liebe, und merkte nicht, dass ich mich wieder täuschen ließ und in dieselben alten Lügen hineingezogen wurde.

Irgendwann muss Schluss sein.

Irgendwann muss jemand Männern wie meinem Vater und Steven Einhalt gebieten. Und Frauen wie meiner Mutter und Regina.

BILL

Auch in dieser Nacht schlafe ich schlecht und erwache frühmorgens. Sally lasse ich im Bett zurück und schleiche mich hinaus. Im Flur stehen die Sachen, die wir beim Flohmarkt nicht verkaufen konnten. Es duftet nach Miranda. Sofort verspüre ich das beklemmende Schuldgefühl in der Brust.

Sally kommt im Schlafanzug angetrippelt.

»Ich hab einen Albtraum gehabt, Papa.«

Der letzte Albtraum liegt schon lange zurück. Als Miranda krank war und noch mehrere Monate nach der Beerdigung wurde Sally fast jede Nacht von Albträumen gequält.

»Ich habe von Karla geträumt. Es ist was Schreckliches passiert.«

Ich umarme sie, presse ihren kleinen Kopf an meine Brust und tröste sie.

»Es war nur ein Traum. Karla wird nichts passieren.«

»Ich weiß, aber es hat sich so wirklich angefühlt.«

Ich fülle Schokopops in ihre Schüssel. Miranda hat mal gesagt, das sei so, als würde man schon zum Frühstück Naschkram essen. Im letzten Jahr kam das häufig vor.

»Heute gehst du zu Naemi«, sage ich.

Sallys Gesicht hellt sich auf. Sie ist bei ihrer Freundin, während ich den Kunden kennenlerne.

»Naemi und ich spielen Uno«, sagt Sally und holt das Kartenspiel aus der Schublade.

Ich bleibe vor dem Sofa stehen. Miranda sieht mich vom Foto herab an. Ich werde sie immer lieben. Alle paar Minuten taucht sie in meinem Kopf auf. Aber es hat etwas Einengendes, dass sie dort an der Wand hängt.

»Du«, sage ich zu Sally und ergreife den Rahmen. »Was würdest du davon halten, wenn wir das Foto jetzt abnehmen?«

Sally bleibt im Durchgang zum Flur stehen.

»Na ja …«

»Mama ist sowieso immer bei uns«, sage ich.

»Ich weiß.«

Ich umarme sie noch einmal, ehe ich das Foto abhänge.

Als wir uns die Schuhe anziehen, höre ich Karlas Handywecker im Schlafzimmer. Sally betrachtet die geschlossene Tür und dann mich.

»Muss Karla heute nicht arbeiten?«

»Ich glaube, sie hat frei.«

Sie wird auf jeden Fall nicht wie sonst am Montag bei den Rytters putzen.

Sally sitzt hinten auf dem Fahrrad, und die Sonne schiebt sich im Osten über die Hausdächer.

»Ich bin wirklich dankbar«, sage ich, als Naemis Mutter mit einer Tunika bekleidet und einer Kaffeetasse in der Hand öffnet.

»Hör schon auf, Naemi freut sich doch.«

Sally umarmt mich und verschwindet in das freundliche Reihenhaus.

»Wir wollten nach dem Mittagessen einen Ausflug nach Bjärred machen«, sagt Naemis Mutter. »Ist das okay?«

Damit hätte ich natürlich rechnen müssen.

»Ich habe Sallys Badesachen leider nicht mitgenommen.«

Naemis Mutter lächelt beruhigend.

»Wir wollten ehrlich gesagt nur ein Eis essen.«

Dann gerät sie ins Stocken und sieht weg, als hätte sie etwas Falsches gesagt.

Ich habe ihr noch immer nicht das Geld für das Mittagessen überwiesen, zu dem sie Sally neulich eingeladen hat.

»Ich sehe mal nach, ob ich …«, sage ich und wühle in meiner Geldbörse herum.

Naemis Mutter hält mich davon ab.

»Denk nicht dran. So was gleicht sich wieder aus.«

Wir wissen beide, dass das nicht stimmt. Vielleicht gleicht es sich auf eine andere Art aus. Wenn es überhaupt so etwas wie Gerechtigkeit gibt.

Ich meide ihren Blick, als ich aufs Rad steige. Obwohl die Morgensonne scheint, habe ich auf dem ganzen Weg heftigen Gegenwind.

Der Kunde wohnt in Planetstaden im Osten Lunds, ganz in der Nähe der Autobahn nach Malmö. Gegenüber von seiner Eigentumswohnung liegt ein Hotel. Wer übernachtet da wohl?

Hanna-Linnea von der Assistenzvermittlungsfirma wartet am Parkplatz auf mich. Diesmal wirkt sie nicht so gestresst wie beim vorigen Treffen. Sie sagt, ich würde wunderbar in ihr Team reinpassen.

»Sie wirken so ruhig und sicher.«

Ich weiß nicht, warum, es ist beinahe albern, aber mir wird ganz warm ums Herz.

Hanna-Linnea klingelt an der Tür, und wir werden von einer anderen Assistentin in die Wohnung gelassen, einer jungen Frau mit rosa gefärbten Haaren und gepiercter Augenbraue.

»Astor ist drinnen. Wir haben gerade Kaffee aufgesetzt.«

In einer engen dunklen Küche sitzt er in seinem Rollstuhl.

Astor dürfte Mitte fünfzig sein. Seine haselnussbraunen

Augen haben einen sorgenschweren Ausdruck. Er muss den rechten Arm mit seiner linken Hand stützen, als er uns begrüßt.

»Manchmal hat Astor ein bisschen Schwierigkeiten mit dem Sprechen«, sagt Hanna-Linnea.

Astor nickt. Speichel läuft ihm über das Kinn.

»Angenehm«, sagt er unter großer Anstrengung, nachdem ich mich vorgestellt habe.

Er braucht Hilfe bei den meisten Dingen und hat rund um die Uhr Anspruch auf eine persönliche Assistenz. Er kann sich nicht einmal eine Tasse Kaffee kochen. Abends soll ich ihm aus dem Rollstuhl und ins eigens für ihn gebaute Bett helfen. Ich soll ihm die Zähne putzen. Wenn er durstig ist, soll ich ihm Wasser geben. Wenn er seine Notdurft verrichten muss, soll ich ihm die Hose aufknöpfen und ihm auf der Toilette assistieren.

Astor sieht mich nicht an, während Hanna-Linnea die ganzen Anweisungen herunterleiert.

Es muss schrecklich sein, so stark von anderen Menschen abhängig zu sein. In den letzten Wochen war es bei Miranda genauso. Die Palliativstation ist das Wartezimmer des Todes. Dennoch hatte ich bis zum letzten Moment eine vage, völlig irrationale Hoffnung, die im totalen Widerspruch zu dem stand, was alle sagten. Ich nehme an, es gibt Wahrheiten, die man einfach nicht akzeptieren kann, bevor sie Realität geworden sind.

»Haben … Sie … Kinder?«, fragt Astor mich.

Als ich von Sally erzähle, hellt sich sein Gesicht auf, und er tätschelt mir freundlich den Arm.

»Bis bald«, sage ich zu ihm, ehe wir wieder gehen.

Schon am Mittwoch soll ich die erste Schicht übernehmen. Heute Nachmittag fahren Sally und ich zum Nachthort in der

Sölvegatan, nur einen Katzensprung entfernt vom Institut, wo ich Filmwissenschaft studiert habe. Vor einem halben Jahr wäre es für Sally undenkbar gewesen, eine ganze Nacht ohne mich zu verbringen, aber ich glaube, dass es jetzt funktioniert, auch wenn es für uns beide am Anfang schwierig sein wird. Karla hat gesagt, sie könne auch manchmal auf Sally aufpassen.

Sie wird bei der Reinigungsfirma kündigen. Wie Steven und Regina Rytter wohl darauf reagieren werden? Sie haben den Ring noch immer nicht zurückbekommen und können sich ja denken, dass Karla in die Erpressung verwickelt ist. Aber es gibt keine Beweise.

Hoffentlich kann ich mich auf Karla verlassen. Aber ich darf nicht naiv sein. Sie hat sich ziemlich in Regina Rytters unglückliches Leben hineinziehen lassen. Karla gehört zu den Leuten, die allen und jedem helfen wollen, und zwar um jeden Preis.

Als ich auf den Parkplatz komme, ziehe ich mein Handy heraus.

»Bill!« Hanna-Linnea eilt auf mich zu. »Wir haben etwas vergessen.«

Sie lächelt atemlos. Ich weiß genau, was sie meint, und habe versucht, es zu verdrängen.

»Das Führungszeugnis«, sagt sie. »Es ist nur eine Formalie, aber ich muss es trotzdem sehen.«

»Na klar.« Mein Puls steigt. »Leider habe ich es zu Hause vergessen. Ist es okay, wenn ich es Ihnen zumaile?«

»Gar kein Problem. Sehen Sie nur bitte zu, dass ich es vor Mittwoch habe.«

Das verspreche ich ihr. Ich bin mir nicht ganz darüber im Klaren, ob das Führungszeugnis vollkommen makellos sein muss. Das muss ich herausfinden. Es darf nur nicht an so einer Sache scheitern.

Hanna-Linnea winkt und verschwindet zwischen den Autos auf dem Parkplatz. Ich stütze mich mit den Ellbogen auf dem Fahrradlenker ab und schicke Karla eine SMS. Vorsichtshalber.

Was machst du? Wo bist du?

Mit dem Handy in der Tasche und der Sonne im Nacken fahre ich los. Ein beißender Seitenwind bringt das Fahrrad zum Schwanken. Ein weißer Lieferwagen rauscht in hohem Tempo an mir vorbei. Ich kreuze den Tornavägen und durchquere den Park, wo sich zwei besoffene Typen anschreien.

Ich folge dem Dalbyvägen Richtung Zentrum. Von hier ist es nicht weit bis zum Haus der Rytters in der Linnégatan.

Am Verkehrskreisel bleibe ich stehen und schiebe das Fahrrad über die Straße. Ich ziehe mein Handy heraus. Noch immer keine Antwort von Karla. Sie hat mich doch nicht etwa angelogen und ist trotzdem zu den Rytters gefahren?

Vor der Gehörlosenschule tunken die Hängebirken ihre schweren Zweige in den über und über mit Seerosen bedeckten Teich. Im Gras schnattern die Elstern.

Mein Handy vibriert. Endlich. Mit der einen Hand schiebe ich das Fahrrad, während ich versuche, das Display mit der anderen so zu halten, dass ich etwas erkennen kann. Keine SMS von Karla. Nur eine Spam-Mail von einem angeblichen Kundendienst.

Was ist bloß los? Es dauert sonst höchstens eine Minute, bis Karla antwortet. Das Handy ist bei ihr wie ein zusätzlicher Körperteil.

Ich muss wissen, ob alles in Ordnung ist. Ich halte den Lenker mit beiden Händen fest und drücke das Telefon an die Schulter. Das Freizeichen erklingt. Es scheinen Ewigkeiten zu vergehen.

Endlich antwortet sie mit einem leisen: »Hallo.«

»Karla? Wo bist du?«

»Ich kann gerade nicht reden.«

Sie flüstert. Sie kann unmöglich zu Hause sein. Ist sie bei den Rytters? Sie weiß, was für ein Risiko das in sich birgt.

»Ist alles okay?«, frage ich.

Das Fahrrad wackelt, kippt um, und ich verliere die Kontrolle. Langsam gleitet das Handy von meiner Schulter und fällt auf den Boden.

Ich lasse das Fahrrad los und ergreife hastig das Handy.

»Hallo? Karla? Bist du noch da?"

Stille. Sonst nichts.

Auszug aus der polizeilichen Vernehmung von Jennica Jungstedt

Wie sind Sie mit Steven Rytter in Kontakt gekommen?

Wir hatten ein Match auf Tinder. Er war erheblich älter, aber ich habe mich trotzdem auf ein Date eingelassen. Steven war richtig charmant. Nett, intelligent. Im Gegensatz zu anderen Männern, die ich gedatet habe, konnte ich mich mit ihm intellektuell austauschen.

Das heißt, Sie haben ein Verhältnis angefangen?

Das könnte man so sagen, ja. Wir haben uns während des Sommers ziemlich häufig getroffen.

Wussten Sie, dass er verheiratet war?

Nein, das wusste ich nicht. Dann hätte ich mich nicht mehr mit ihm getroffen.

Wie haben Sie es herausgefunden?

Er hat natürlich versucht, es im Internet zu verschleiern. Es gab nur ganz wenig Infos über Regina Rytter. Aber er hat nicht berücksichtigt, dass man sie noch immer unter ihrem Geburtsnamen finden kann. Außerdem wurde sie offenbar Gina genannt.

Was haben Sie getan, als Ihnen klar wurde, dass Steven Rytter verheiratet war?

Ich habe ihn darauf angesprochen. Er hat alles sofort zugegeben. So wie ich es verstanden habe, war er nicht das erste Mal untreu.

Und wie haben Sie reagiert?

Ich war in erster Linie wütend. Natürlich auch traurig. Aber vor allem wütend. Ich habe ihm erklärt, dass ich ihn nie wiedersehen wollte. Das war keine schwere Entscheidung.

Das heißt, Sie haben Steven Rytter danach nicht mehr gesehen?

Genau.

Lassen Sie uns über den Tag reden, an dem Steven und Regina Rytter aller Wahrscheinlichkeit nach umgebracht wurden. Können Sie uns bitte erzählen, was Sie da gemacht haben?

Ich habe bis halb neun oder neun geschlafen. Jetzt im Sommer habe ich keine besonderen Verpflichtungen, außer dass ich für eine Nachholprüfung lernen muss. Nach dem Frühstück bin ich mit dem Rad zum Botanischen Garten gefahren und habe mich dort mit Bill Olsson getroffen.

Warum wollten Sie sich mit Bill Olsson treffen?

Ihm ging es schlecht wegen einer Sache, über die wir uns Anfang des Sommers gestritten hatten. Bill und ich wurden beide vor ein paar Jahren von unseren jeweiligen Partnern betrogen, aber wir haben nie darüber gesprochen.

Warum wollten Sie sich im Botanischen Garten treffen?

Der Weg dorthin war für uns beide ungefähr gleich lang. Und es ist dort nett im Sommer. Wir haben einen langen Spaziergang gemacht und im Café zu Mittag gegessen.

Um wie viel Uhr war das?

Wir haben uns gegen zehn getroffen, glaube ich. Bill war morgens bei irgendeinem Termin gewesen und hatte einen Kunden kennengelernt. Er wollte als persönlicher Assistent arbeiten.

Und wie lange sind Sie im Botanischen Garten geblieben?

Vielleicht bis halb eins. Ich kann mich nicht so genau erinnern. Bestimmt kann man die Banktransaktion im Café überprüfen. Ich zahle immer mit Karte.

Wo sind Sie hingefahren, nachdem Sie und Bill auseinandergegangen sind?

Nein, nein. Wir sind nicht auseinandergegangen.

Nicht?

Nein, ich habe ihn in seine Wohnung am Karhögstorg begleitet.

Wie lange sind Sie dort geblieben?

Bis spätabends. Zehn, halb elf, denke ich.

Und Bill war die ganze Zeit bei Ihnen?

Natürlich.

Gibt es jemanden, der das bestätigen kann?

Im Botanischen Garten dürften uns jede Menge Leute gesehen haben. Und auf dem Weg zu Bill haben wir seine Tochter abgeholt, Sally. Sie war bei einer Klassenkameradin.

Sie meinen also, dass Bill Olsson an dem Tag, als die Eheleute Rytter in ihrem Haus ermordet wurden, von zehn Uhr vormittags bis zweiundzwanzig Uhr mit Ihnen zusammen war?

Ja.

Ihnen ist klar, was das bedeutet, oder? Sie wissen ja, dass wir Bill Olsson verdächtigen. Sind Sie sich ganz sicher, was die Zeitangaben betrifft?

Na klar. Wie könnte ich mich bei so etwas irren?

KARLA

Der Morgen ist ungemütlich. Obwohl es erst Mitte August ist, riechen die Bäume nach Herbst. Ich ziehe den Reißverschluss bis oben hin zu.

Als ich in die Linnégatan komme, merke ich, dass ich dringend mal muss.

Stevens Auto steht auf der Einfahrt.

Am Telefon hat er gesagt, wir sollten den Vorfall klären. Er, ich und Regina. Was hat er zu ihr über die Erpressung gesagt? Bestimmt hat er nicht zugegeben, dass er sie mit Medikamenten vollstopft. Wenn da nicht der Ring und dieser Brief wären, würde ich zur Polizei gehen.

Es ist an der Zeit, Verantwortung zu übernehmen und das Richtige zu tun. Ich bin kein Opfer, ich bin kein bisschen bemitleidenswert. Aber das Ganze muss aufgeklärt werden. Im Herbst beginne ich mit dem Jurastudium, und ich will diese Sache nicht wie ein Damoklesschwert über mir hängen haben.

Ich klingele. Auch wenn ich den Türcode weiß, würde es sich falsch anfühlen, wenn ich einfach reinginge. Ich bin ja nicht hier, um zu putzen.

Als niemand öffnet, beuge ich mich vor und sehe durchs Fenster. Auf dem Schuhregal stehen Stevens Gucci-Sneakers, sein Sakko hängt am Garderobenständer. Ich erinnere mich, wie er im Hausflur stand und mich mit seinem Blick durchbohrte. Ich fühlte mich bedrängt. Er untersagte mir, mit Regina zu sprechen. Das war kurz bevor mir aufging, dass er sie mit Medikamenten zudröhnt.

Ich presse die Oberschenkel zusammen, während der Gong durchs Haus tönt.

Niemand kommt. Nirgends eine Bewegung.

Vorsichtshalber werfe ich einen Blick aufs Handy. Ich hätte vor zwei Minuten hier sein sollen. Ich schaue mich um, aber Steven Rytter ist nirgends zu sehen.

Ich denke an Waheeda und schalte die Diktierfunktion des Handys ein. Man weiß nie.

Dann drücke ich erneut den Klingelknopf, doch noch immer kommt niemand. Zitternd presse ich die Beine zusammen. Meine Blase platzt gleich. Ich sollte wirklich nicht allein reingehen, aber ich kann mich ja schlecht in den Garten hocken. Es brennt regelrecht zwischen den Beinen. Am Ende tippe ich den Code ein und haste in den Hausflur.

»Hallo?«

Ich rufe mehrmals, aber niemand antwortet. Rasch schlüpfe ich auf die Toilette, und mich überkommt ein Gefühl der Befreiung. Zugleich habe ich furchtbare Angst, dass Steven Rytter auftauchen und mich hier finden könnte. Ich wasche schnell die Hände und bin schon auf dem Weg nach draußen, als mich ein lauter dumpfer Schlag aus dem oberen Stockwerk innehalten lässt.

»Hallo? Ist da jemand?«

Ich gehe zur Treppe und lausche.

»Hilfe!«

Ein dumpfer Ruf aus dem Schlafzimmer.

»Regina?«

Ich nehme zwei Stufen auf einmal. Denke an meine Mutter. Wie enttäuscht sie ist, weil ich nicht nach Hause komme, aber gleichzeitig ist sie auch stolz auf das, was ich geschafft habe. Meine Mutter hat ihren Weg zu einem großen Teil selbst gewählt. Im Gegensatz zu Regina, die von einem Psychopathen mit Benzos vollgestopft worden ist.

»Hilf mir!«, keucht sie, und ich laufe die Treppe hinauf.

Das obere Stockwerk ist in Dunkelheit gehüllt. Alle Türen sind geschlossen. Ich klopfe an Reginas Schlafzimmertür.

»Bist du da drin?«

Ich drücke die Klinke hinunter und gehe hinein. Die Jalousien sind wie immer heruntergelassen, es ist kohlrabenschwarz, an den Wänden sind nur Schatten zu erahnen.

»Regina?«

Zwei, drei lange Schritte ins Zimmer hinein. Es dauert einen Moment, bis die Augen sich an die Dunkelheit gewöhnt haben.

Auf dem Nachttisch liegt die Tablettenbox. Ein Laken hängt vom Fußende herunter, aber das Bett ist leer.

»Regina? Wo bist du?«

Die vielen Stunden, die ich in diesem Haus verbracht habe. Den halben Sommer. Ich habe gewischt und in der kleinsten Ecke staubgesaugt. Trotzdem kommt mir alles fremd und kalt vor. Als ich das Schlafzimmer verlasse, weiß ich nicht, wo ich hingehen soll. Es kommt mir so vor, als hätte ich nie einen Fuß in dieses Haus gesetzt. Die geschlossenen Türen und die Wände, die auf mich einstürzen.

»Hier.«

Wieder Reginas Stimme. Sie scheint aus Stevens Schlafzimmer zu kommen.

»Bist du hier?«

Ich klopfe kurz, bevor ich die Tür öffne.

Auch hier sind die Jalousien heruntergelassen, aber auf dem Fensterbrett leuchtet eine kleine Lampe. Am Kleiderständer hängt ein Schlips neben Steven Rytters hellblauem Hemd. Auf dem Hocker in der Ecke liegt die Tagesdecke, die er mit höchster Präzision zusammengelegt hat.

Regina sitzt im Fledermaussessel und hat das Gesicht in den Händen vergraben. Auf dem Bett vor ihr liegt Steven ausgestreckt und reglos da. Ein ruhiger Zug um den Mund, die Augen sind geschlossen. Es sieht aus, als würde er schlafen.

»Was ist passiert?«

Regina reibt sich die Augen.

»Ich habe ihn so gefunden. Er muss Tabletten genommen haben.«

Langsam verstehe ich.

Ich packe sein schlaffes Handgelenk. Die Haut ist kalt. Aus dem Gesicht ist jegliche Farbe gewichen.

»Warum? Ich kapier es nicht.«

Ich taste nach etwas, woran ich mich festhalten kann.

»Er muss begriffen haben, dass alles herauskommen würde«, sagt Regina.

Ihre Augen sind rot und liegen tief in den Höhlen.

Vorsichtig richtet sie sich auf und zeigt auf den Fußboden neben dem Bett. Ich bücke mich.

Unter Stevens rechter Hand liegt ein zusammengefaltetes DIN-A4-Blatt. Es ist so weich auf dem Boden gelandet, dass es die Form eines Hausdaches angenommen hat.

»Ich gehe davon aus, dass er keinen anderen Ausweg mehr gesehen hat«, sagt Regina, als ich das Blatt aufhebe.

Mir ist schon klar, was darauf steht.

»Das warst du, oder?«, sagt sie.

Langsam falte ich das Papier auseinander und lese den Brief, den Bill geschrieben hat.

»Wie konntest du nur?«, fährt Regina fort. »Du hast versprochen, mir zu helfen, und ich habe mich auf dich verlassen. Stattdessen hast du Steven erpresst. Er sollte für dein Schweigen bezahlen.«

»Nein, so war es nicht. Bill hat …«

Ich verliere den Faden. Ich kann die Schuld nicht auf Bill schieben. Es war von Anfang an meine Idee. Aber er hat den Brief abgeschickt, ohne vorher mit mir zu sprechen.

»Ich habe versucht, ihm zu helfen«, sage ich. »Er war so verzweifelt.«

Widerwillig sehe ich zu Steven hinüber. Sein Kopf ist ein wenig zur Seite gedreht. Die Lippen eisig blau. Die ganze Situation hat etwas Unmenschliches.

Genau so etwas habe ich befürchtet, zu Hause in Boden vorzufinden. Bisher habe ich noch nie einen toten Menschen gesehen, aber die Bilder in meinen Albträumen und Horrorfantasien waren gestochen scharf und detailliert. Ich habe vor der Schlafzimmertür meiner Mutter gestanden und mich vorbereitet. Ich weiß über Erste Hilfe und Herzdruckmassage Bescheid, wie man den Puls misst und herausfindet, ob jemand noch atmet. In meinem Kopf war es immer meine Mutter. Jetzt ist es Steven Rytter.

Ich sollte doch nur ein letztes Mal herkommen, damit sich alles aufklärt.

»Du hast mich geopfert«, sagt Regina. Sie stöhnt angestrengt, während sie sich im Sessel vorbeugt. »Weißt du, wie es sich anfühlt, keinen einzigen Menschen zu haben? Ich habe niemanden, Karla.«

Sie umklammert den Kragen ihres Schlafanzugs.

»Das ist nicht wahr«, widerspreche ich.

Aber es ist wahr. Ich habe Regina im Stich gelassen, genau wie ich meine Mutter im Stich gelassen habe. Ich bin eine einzige große Lüge. Und jetzt ist Steven Rytter tot. Er hat sich das Leben genommen. Unseretwegen? Nach dieser Sache kann ich nie im Leben Richterin werden.

»Ich habe wirklich versucht, dir zu helfen.«

Regina erwidert meinen Blick nicht.

Ich knülle den verdammten Brief zusammen und gehe zum Fenster.

»Was sollen wir tun?«, fragt Regina.

Ich sehe zur Tür. Niemand weiß, dass ich hier bin. Ich könnte einfach gehen. Doch trotzdem wird mich diese Geschichte für immer verfolgen. Mein ganzes Leben lang werde ich eine Getriebene sein. Aber die Alternative ist noch schlimmer.

Regina mustert mich. Ihr Blick ist kühl und abwartend. Mühsam erhebt sie sich aus dem Sessel.

»Wir müssen nichts sagen.« Sie streckt mir die Hand hin. »Weder über den Brief noch über den Ring.«

Ihre kalten Finger packen mein Handgelenk mit festem Griff. Sachte tätschelt sie meine Hand, so wie meine Mutter früher, und sieht mich voller Zärtlichkeit an. Trotz meines Verrats ist sie bereit, um meinetwillen die Wahrheit zu verschleiern.

»Es ist nicht leicht, der Angehörige einer Schwerkranken zu sein«, sagt sie. »Die Leute werden verstehen, dass Steven nicht mehr konnte. Wir sagen nichts von den Medikamenten oder der Erpressung. Wir lassen es so, wie es ist.«

BILL

Im Haus in der Linnégatan sind alle Jalousien heruntergelassen. Im Garten ist es still. Nicht einmal die Vögel singen.

Ich drücke auf die Klingel und presse die Nase ans Fenster neben der Tür. Gleich links liegen Karlas Schuhe. Sie ist hier.

Hat Steven sie mit dem Erpresserbrief konfrontiert? Er ist zu allem fähig. Ich sehe auf mein Telefon. Vielleicht sollte ich die Notrufnummer wählen.

Als ich den Kopf hebe, erblicke ich Karla. Sofort weicht die Erleichterung einer neuen Unruhe. Sie hantiert eine Weile mit dem Schloss herum, ehe sie die Tür aufbekommt.

»Was ist?«, frage ich.

Sie wirft einen Blick über die Schulter.

»Was machst du hier?« Sie sieht an mir vorbei, auf die Straße hinaus. »Du musst sofort abhauen.«

Sie kann nicht still stehen. Panik in jeder Bewegung.

»Ich habe mir Sorgen gemacht, das verstehst du doch?«

Sie schüttelt den Kopf. Drückt die Klinke runter und lässt sie wieder los.

»Was ist, Karla? Ist was passiert? Sind sie zu Hause?«

Sie antwortet nicht, sieht nur starr vor sich hin.

»Du machst mir Angst«, sage ich. »Was ist geschehen?«

Karlas Mund zittert und öffnet sich schließlich.

»Bitte, Bill, hau einfach ab.« Ihre Augen werden schmal, und ein paar Tränen laufen ihr über die Wangen.

Ich werfe einen Blick ins Haus. Ein breiter Flur mit dunklen Tapeten und einer großen braunen Kommode. Kristallkronleuchter an der Decke. Staubgeruch. Eine beinahe gespenstische Stimmung.

Karla hat für mich und Sally so viel geopfert. Jetzt ist es an mir, Verantwortung zu übernehmen. Ich werde mit diesem Steven reden und ihm alles erklären. Wir waren verzweifelt, ich habe ein schreckliches Jahr hinter mir.

»Darf ich reinkommen?«, frage ich.

Karla presst ihre Fingerspitzen an die Augen. Die Unterlippe bebt.

»Es ist etwas Furchtbares passiert.«

»Was?«, frage ich.

Mir hätte klar sein müssen, dass sie hierherfährt. Warum habe ich sie nicht daran gehindert?

»Steven ist tot.«

Mein Blick flackert, ich bemühe mich, ihre Worte zu begreifen. Mein Mund ist trocken, und ich habe meine Zunge nicht mehr unter Kontrolle.

»Tot?«

Karla schnieft, während ihr die Tränen weiter übers Gesicht laufen. Ein Geräusch lässt sie zusammenzucken, und sie dreht sich um. Ich folge ihrem Blick. Auf der Treppe steht mit der Hand auf dem Geländer eine Frau im Schlafanzug und mit zerzaustem Haar. Sie sieht aus wie eine lebende Leiche.

JENNICA

An solch einem Sommertag tobt das Leben im Botanischen Garten. Am Magnolienwäldchen steige ich vom Rad und schiebe es den Mittelgang entlang. Im Gras unter den Bäumen sitzen Studierende mit aufgeschlagenen Lehrbüchern auf den Knien. Auf einer Bank im Schatten hängt eine Clique ab. Sie rauchen und trinken Bier.

Alles ist so gechillt.

Doch meine Schritte knirschen im Kies. Ich kann mich kaum zusammenreißen.

Am Südeingang stelle ich das Fahrrad ab. Ein Auto hupt, als ich die Straße in Richtung Linnégatan überquere.

Ich denke an Regina Rytter. Sie muss so jämmerlich schwach sein. Was ist nur mit diesen Frauen los, die zulassen, dass ihre Männer sie wie Scheiße behandeln? Meine eigene Mutter ist genauso.

Die Wut wächst wie ein Geschwür in meiner Brust, als ich Stevens Auto auf der Einfahrt sehe. Mit einer heftigen Bewegung öffne ich das Gartentor und haste den schmalen Weg entlang.

Ich drücke so fest auf die Klingel, dass mein Daumen wehtut.

Ein Schatten flattert im Fenster vorbei. Ein Gesicht.

Ich schirme meine Augen ab und schaue in den Hausflur.

Mehrere Gestalten laufen hin und her. Rastlose, aufgeregte Bewegungen.

Am Ende kommt jemand an die Tür und öffnet sie nur einen Spaltbreit. Auch wenn sie sich radikal verändert hat, erkenne ich Regina Rytter sofort.

»Ja?« Sie mustert mich fragend.

»Ist Steven hier?«, frage ich und versuche, an ihr vorbei ins Haus zu sehen.

»Er arbeitet«, sagt Regina.

Als sie die Tür schließen will, halte ich sie fest.

»Wer sind Sie?«, fragt sie. Etwas an ihrem Blick ist seltsam. Sie blinzelt und kneift die Augen zu. »Was wollen Sie von Steven?«

Regina sieht wirklich nicht gesund aus. Sie hat eine Art Seidenschlafanzug an, ihr Gesicht ist blass und eingesunken.

»Ich glaube, Sie wissen, wer ich bin«, sage ich. »Lassen Sie mich rein, damit wir reden können.«

»Aber Steven ist nicht hier.«

Sie ruckelt zaghaft an der Tür, aber ich lasse sie nicht los.

»Das macht nichts. Wir können uns auch zu zweit unterhalten.«

Sie sieht rasch hinter sich.

»Das geht nicht. Nicht jetzt.«

Ich recke den Kopf und sehe in den Hausflur. Ich erahne die Gestalt eines jungen Mädchens. Obwohl sich unsere Blicke nur kurz begegnen, entgeht mir nicht der entsetzte Ausdruck in ihren Augen .

Was geht hier eigentlich vor?

Neben ihr steht ein Mann. Er sieht aufgeschwemmt aus, die Stirn ist gerötet. Er hat zugelegt. Aber es herrscht kein Zweifel, dass er es ist.

»Bill?«

BILL

Ich schaue zu Karla. Ihr Gesicht scheint nur aus Tränen und Schminke zu bestehen. Regina hat die Haustür geschlossen. Vor mir steht tatsächlich Jennica Jungstedt.

»Was machst du hier?«

Ich habe gehofft, dass ich diese Frau nie wieder sehen muss.

»Steven und ich haben die letzten Monate eine Beziehung gehabt«, sagt sie. »Ich muss mit ihm reden.« Sie wirft einen Blick auf Regina. »Und mit Ihnen.«

Ich versuche, mich an den Abend zu erinnern, als ich zur Linnégatan geradelt bin und Steven Rytter gesehen habe. Seine entschlossenen Schritte beim Überqueren der Straße und die junge Frau, die an der Kreuzung auf ihn wartete. Ich habe ihr Gesicht nicht erkennen können, aber sie war ziemlich lang und dünn. Es könnte Jennica gewesen sein. Sie scheint eine krankhafte Neigung zu haben, sich mit untreuen Männern einzulassen.

»Die Frage ist doch wohl, was *du* hier machst«, entgegnet Jennica.

Sie wirkt verbissen. Hart und kalt.

»Karla ist meine Untermieterin. Sie arbeitet hier«, sage ich. »Sie putzt bei den Rytters.«

Regina will sich Jennica offenbar in den Weg stellen.

»Sie müssen gehen. Steven ist sowieso nicht hier.«

Jennica weicht nicht zurück.

»Ich gehe nirgendwo hin. Nicht bevor wir hier fertig sind.« Sie schlägt Reginas Hand zur Seite und marschiert an ihr vorbei in den Hausflur. »Du kannst auch zuhören, Bill. Du bist ein Teil des Problems.«

»Von welchem Problem redest du?«

Sie richtet den Blick auf die Treppe und sieht sich um, ehe sie direkt auf mich zukommt. Ihre Augen funkeln.

»Du bist ja blind! Genau wie sie.« Jennica zeigt auf Regina. »Solche wie ihr tragen dazu bei, dass es immer weitergeht.«

»Jetzt hör schon auf«, sagt Karla und rennt in die Küche. Ich folge ihr und lege die Arme um ihre bebenden Schultern.

»Es wird alles wieder gut«, flüstere ich in ihre Haare, die schwach nach Shampoo duften.

Das ist eine Notlüge, ein schlechter Trost. Etwas, was ich nur so dahinsage. Wir wissen beide, dass es nicht stimmt. Steven Rytter ist tot.

»Was ist denn passiert?«, fragt Jennica.

Sie und Regina stehen an der Küchentür.

Karla hört auf zu keuchen. Eine kompakte Stille entsteht. Blicke, die hin- und herwandern.

»Die waren das«, sagt Regina.

Sie zeigt auf Karla und mich.

Ich verstehe nicht, was sie meint.

»Steven ist tot«, fährt sie schluchzend fort. »Er konnte nicht mehr.«

Regina senkt den Blick.

»Was meinen Sie?«, fragt Jennica.

»Die sind schuld!«, schreit Regina. »Sie haben ihn erpresst.«

JENNICA

»Er hat jede Menge Tabletten genommen«, stottert das junge Mädchen zwischen den Schluchzern. Sie klingt, als würde sie aus Norrland kommen. »Er liegt oben im Bett.«

Die Wut in meinem Körper zerbröckelt langsam, und eine schwarze Leere tut sich auf. Ein Abgrund, der in die Bedeutungslosigkeit führt. Steven kann nicht tot sein. Eben war er ja noch da. Zusammen mit mir. Im Restaurant und im Theater, in Louisiana und in Mölle. Im Kingsizebett in seiner Wohnung. Der Missionar. Sein Blick beim Aufwachen. Er kann nicht tot sein.

»Ihr habt ihn dazu getrieben«, sagt Regina.

Bill Olsson öffnet den Mund und will protestieren, aber ihm scheinen die Worte zu fehlen. Er ist immer schon unbeholfen gewesen. Steckt er tatsächlich hinter der Erpressung? Er hat Onlinepoker und so gespielt. Und er hat sich Geld von Mirandas Eltern geliehen, um Spielschulden zu begleichen.

Aber Steven würde sich nicht wegen eines Erpresserbriefs das Leben nehmen. Er hat ihn doch gar nicht richtig ernst genommen. Aber er hat gesagt, dass er vor mir noch nie so starke Gefühle für jemanden gehabt hat. Womöglich hat er sich meinetwegen umgebracht? Beim Gedanken wird mir schwindlig.

Die Küche ist so sauber, dass man sich in den Fliesen an der Wand spiegeln kann. An robusten Designhaken hängen Töpfe, Pfannen und Küchenhelfer.

Regina lehnt sich mit unsicherem Blick an die Wand. Was weiß sie eigentlich über mich? Steven hat gesagt, sie sei paranoid und habe ihm jede Menge Vorwürfe gemacht. Aber er hat ihr von mir erzählt und ihr klargemacht, dass er sich scheiden lassen wollte.

»Wir sind nicht schuld«, schluchzt die junge Frau aus Norrland in Bill Olssons Armen. »Steven Rytter war ein Psychopath. Er hat Regina mit Medikamenten vollgestopft und sie über ein Jahr lang hier gefangen gehalten.«

»Du wusstest nicht, dass er verheiratet ist, oder?«, sagt Bill.

Er weiß ja, was ich von Untreue halte.

»Er hat gesagt, Regina sei tot.«

»Wie ekelhaft«, sagt Bill. Versucht er etwa, sein widerliches Verhalten zu rechtfertigen?

Er weiß nichts über Steven. Ich kann es noch immer nicht glauben. Das muss ein schlechter Scherz sein, ein schrecklicher Versuch, sich an mir zu rächen. Ich wende mich an Regina.

»Er hat neulich von Ihnen erzählt«, sage ich, »und gesagt, dass er sich scheiden lassen will.«

Sie verzieht höhnisch das Gesicht.

»Hast du ihm das etwa abgenommen? Hast du allen Ernstes geglaubt, dass Steven von all den Frauen, die er im Lauf der Jahre gevögelt hat, ausgerechnet dich ausgewählt hat?«

Mir wird schwarz vor Augen. Ich blinzele und zwinkere. Die Küche versinkt im Nebel, und ich höre ihre Stimme – weit weg in einem anderen Universum.

BILL

»Es war Karla.«

Regina macht einen großen Schritt vorwärts. Sie hat die Stimme erhoben. Plötzlich wirkt sie nicht mehr schwach und krank.

»Wovon redest du?«, fragt Karla.

»Du hast Steven ermordet.«

Ihr Gesicht ist nur wenige Zentimeter von Karlas entfernt.

»Du spinnst ja. Warum sollte ich Steven umbringen?«

Ich lege den Arm um Karla und sehe zu Jennica, die sich an die Kücheninsel lehnt. Ihr scheint schwindlig zu sein, sie blinzelt mehrmals und fährt sich mit der Hand übers Gesicht.

»Karla saß in seinem Schlafzimmer, als ich aufgewacht bin«, sagt Regina. »Sie muss ihn mit Tabletten gefüttert haben. Erst hat sie mir einen Diamantring gestohlen, und dann hat sie Steven erpresst. Er hat sie erwischt, und sie hat ihn getötet.«

Karla befreit sich aus meinem Arm, während Regina sie weiter mit Vorwürfen überhäuft. Sagt sie die Wahrheit? Karla hat viel Mist erlebt. Vermutlich kenne ich nur einen Bruchteil ihrer Vergangenheit. Jetzt sind ihr Studium und ihr Traum, Richterin zu werden, in Gefahr. Und ich habe mir so furchtbare Sorgen gemacht, Sally zu verlieren. Der Ring, der Brief. Könnte es sein, dass Karla so verzweifelt war?

»Sie lügt«, sagt Karla. »Sie hat vorgeschlagen, dass wir nicmandem sagen, was Steven getan hat. Ich glaube, sie weiß ganz genau über die Medikamente Bescheid, die sie nimmt.«

»Natürlich weiß sie das«, sagt Jennica.

Alle drehen sich zu ihr um. Sie reibt sich die Augen und sieht Regina an.

»Steven war ein untreuer Dreckskerl, aber er hat dich nicht im Haus eingesperrt. Er wollte dir unbedingt helfen. Deshalb hat er die Medikamente besorgt. Und du bist süchtig geworden, oder?«

Karla schiebt die Hand in die Tasche ihrer Jeans.

»Ich habe Beweise.« Sie zieht ihr Handy aus der Tasche. »Ich habe alles aufgenommen.«

Regina starrt das Telefon an. Ihre Augen werden schmal und dunkel.

»Gib es mir«, fordert sie und packt Karla am Handgelenk.

»Lass sie in Ruhe«, sage ich.

Aber Regina ist unerwartet stark. Sie hält Karla mit einer Hand fest, während sie versucht, das Telefon an sich zu nehmen. Karla wirft sich hin und her, und schließlich reißt sie sich los.

»Du hast mich von vorne bis hinten belogen. Du hast mir leidgetan, und ich wollte dir helfen.«

Jennica steht noch immer an der Kücheninsel. Wenn sie recht hat, dann haben wir die Lage völlig falsch eingeschätzt. Das kann doch nicht sein.

Karla macht ein paar Schritte rückwärts, und Regina folgt ihr.

Die Situation droht aus dem Ruder zu laufen.

»Wir müssen die Polizei rufen.«

Karla hebt ihr Handy hoch und wischt mit dem Daumen übers Display.

Im selben Moment blitzt etwas in Regina auf.

Zwei schnelle Schritte, ein Schlag, und das Telefon fliegt über den Fußboden. Regina wirft sich nach vorn und dreht Karlas Arm auf den Rücken. Karla versucht, sich zu befreien, aber Regina umklammert ihren Arm und presst sie mit ihrem ganzen Gewicht auf den Boden.

»Lass sie los!«, schreie ich.

Das Adrenalin strömt durch meinen Körper. Alles steht Kopf.

Wenn das herauskommt, kann ich den Job als persönlicher Assistent vergessen. Ich kann alles vergessen. Die Wohnung ist weg. Und was passiert mit Sally?

Wimmernd liegt Karla da, die Wange an den Boden gedrückt.

Sie schnappt nach Luft, denn Regina hat die Hände um ihren Hals gelegt.

Ein rascher Blick zu Jennica, und ich packe Regina. Ich zerre und ziehe an ihren Armen, aber sie ist unerwartet stark.

Gequälte Geräusche dringen aus Karlas Kehle. Unheimliche, gutturale Laute. Immer wieder schnappt sie nach Luft.

Ich schaffe es nicht allein. Ich bringe es nicht fertig.

»Hilfe!«, rufe ich Jennica zu. »Tu was!«

Aus den Augenwinkeln sehe ich, wie sie mit beiden Händen eine schwere, gusseiserne Pfanne von der Wand nimmt.

Mit voller Kraft versuche ich, Regina wegzuziehen, die noch immer Karlas Kopf auf den Boden presst und mit den Händen ihren Hals umklammert. Schweiß und Geschrei. Ein Ellbogen trifft mich im Gesicht. Ein aufflammender, brennender Schmerz.

Gerade noch rechtzeitig drehe ich mich um.

Hinter mir steht Jennica.

Mit voller Wucht schwingt sie die Eisenpfanne gegen Reginas Kopf.

Ich schließe die Augen. Jetzt ist es vorbei.

Da schlägt Jennica noch einmal zu.

Immer und immer wieder.

Kein externer Täter – Eine Familientragödie

Aftonposten, Lund

Das Ermittlungsverfahren wegen des vermuteten Doppelmords wird eingestellt.

Im August wurden ein 47-jähriger Arzt und seine 43-jährige Ehefrau in ihrem Stadthaus im Zentrum von Lund tot aufgefunden.

Die Polizei bestätigt nun, dass die Frau an ihren schweren Kopfverletzungen starb, worüber Aftonposten *bereits vergangene Woche berichtet hat.*

Der Ehemann, ein sehr beliebter Kinderarzt, ist an der Überdosis eines Schlafmittels gestorben. Laut der Staatsanwaltschaft spricht alles dafür, dass der Tod selbst herbeigeführt worden ist.

Der 33-jährige Familienvater aus Lund, der wegen Mordverdacht in Polizeigewahrsam war, ist jetzt wieder auf freiem Fuß. Bei der heutigen Pressekonferenz wurde bekanntgegeben, dass der Mann von jeglichem Verdacht freigesprochen worden ist.

Laut einem Informanten konzentrierte sich das Interesse der Polizei auf den 33-Jährigen, da seine Lebensgefährtin als Putzfrau im Haus des ermordeten Ehepaars tätig war. Dort wurden Fingerabdrücke des 33-Jährigen gesichert, und da der Mann bereits in der Vergangenheit wegen Diebstahls verurteilt worden ist, hegte die Polizei den Verdacht, dass es sich um einen Raubmord handeln könnte. Die etwa zwanzigjährige Lebensgefährtin des Mannes stand hingegen nicht unter dem Verdacht, eine Straftat begangen zu haben.

Die Polizei stellt nun die gesamten Ermittlungen ein.

»Wir haben eine umfassende Voruntersuchung in diesem Fall vorgenommen«, erklärt der Pressesprecher der Polizei, »und sind gemeinsam mit der Staatsanwaltschaft zu dem Ergebnis gekommen, dass der Täter tot und kein Außenstehender in diesen Fall verwickelt ist.«

Da keine Anklage erhoben wurde, werden die Ermittlungen der Polizei nicht veröffentlicht, was bei manchen Bewohnern zu Unverständnis geführt hat.

»Man hat beinahe den Eindruck, als solle etwas verschleiert werden«, sagt ein Mann, der gerne anonym bleiben möchte.

Die Polizei teilte heute außerdem mit, dass die im Haus aufgefundene Mordwaffe einer ausführlichen kriminaltechnischen Analyse unterzogen wurde. Das Ergebnis der Analyse bestätigt, dass die Frau unter den von Polizei und Staatsanwaltschaft vermuteten Umständen gestorben ist.

»Zum Zeitpunkt, als die Ehegatten starben, befand sich kein Außenstehender im Haus.«

Obwohl es Spekulationen gegeben hat, nicht zuletzt in verschiedenen Internetforen, geht die Polizei nicht näher auf das ein, was zwischen dem Kinderarzt und seiner Frau vorgefallen ist.

»Aus Respekt vor den Hinterbliebenen werden wir keine weiteren Details preisgeben«, erklärt der Pressesprecher der Polizei. »Es gibt viele verschiedene Bezeichnungen für solche tragischen Vorfälle. Diese Form der Gewalt findet in engen Beziehungen statt und ist leider nicht ungewöhnlich. In manchen Zusammenhängen spricht man von erweitertem Suizid und Ähnlichem, ich hingegen würde das Ereignis als eine Familientragödie bezeichnen.«

KARLA

Meine Kehle schmerzt. Ich räuspere mich und huste. Stolpere und stütze mich an der Arbeitsfläche ab. Auf dem Fußboden liegt Regina hinter einem umgekippten Stuhl, den rechten Arm angewinkelt und die Beine leicht gespreizt. Neben ihr die gusseiserne Pfanne.

Alles ist so schnell gegangen. Ich habe noch immer nicht begriffen, was eigentlich passiert ist.

Bill kniet neben Regina.

»Scheiße! Was hast du gemacht?«, sagt er und sieht Jennica verzweifelt an.

»Ich? Du hast doch um Hilfe geschrien. Ich musste irgendwas tun.«

»Hör auf«, sage ich. »Wir müssen einen Rettungswagen rufen.«

Bill wendet sich entsetzt ab und legt vorsichtig die Hand an Reginas Hals. Angeekelt beugt er sich über ihr Gesicht.

Ich sehe Jennica an. Wir halten beide den Atem an.

»Es ist zu spät«, sagt Bill. »Sie ist tot.«

Mein Mund füllt sich mit bitterem Speichel.

»Das kann nicht sein. Was haben wir getan?«

Ich hätte nach Hause zu meiner Mutter fahren sollen. Jetzt ist alles verloren.

Bill wankt durch die Küche und lehnt sich an die Wand. Langsam rutscht er auf den Boden und birgt dabei das Gesicht in den Händen.

Ich lege den Arm um ihn.

»Das war ein Unfall. Sie hat mich angegriffen.«

Vor meinen Augen wird es rot und neblig, und als ich huste, steigt mir Galle in den Mund. Ich sehe durch meine Haare hindurch zu Jennica, die in der Küche auf und ab geht.

»Die Erpressung«, flüstert Bill. »Der gestohlene Ring. Jetzt kommt alles raus.«

Jennica bleibt an der Kücheninsel stehen und starrt ins Nichts.

»Das war Notwehr. Stimmt doch, oder?«

Sie klingt alles andere als überzeugt. Ich weiß nicht, ob sie eine Antwort haben will, aber Bill nickt mir auffordernd zu.

»Was meinst du?«

»Ich weiß es nicht«, sage ich. »Ehrlich gesagt glaube ich nicht, dass es als Notwehr durchgehen würde.«

»Klar war das Notwehr!« Jennica haut mit der Hand auf die Kücheninsel. »Sie hatte gerade Steven umgebracht. Wenn ich nicht eingegriffen hätte, dann wäre dir auch etwas Schlimmes passiert. Das kapierst du doch wohl?«

Sie versteht wohl nicht, wie das Notwehrrecht funktioniert, aber das ist nicht mein Problem.

»Karla studiert Jura«, erklärt Bill.

Jennica starrt mich erstaunt an. Sie hat mich offenbar anders eingeschätzt.

»Aber dann kennst du dich damit ja aus, oder? Mit Notwehr?«

Ich betrachte die Bratpfanne und Reginas leblosen Körper. Ich kann ihr nicht ins Gesicht sehen. Wie viele Schläge waren es? Mindestens drei, vielleicht vier oder fünf. Viel zu viele. Sie hat die Kontrolle verloren.

»Genau, ein Fall von Notwehr«, sagt Bill.

Ich wünschte, es wäre so einfach.

Drei junge, gesunde Menschen gegen eine kränkliche Frau. Man wird feststellen, dass sie mehrere Schläge auf den Kopf erhalten hat. Das dürfte eher als brutaler Übergriff gewertet werden.

Ich denke an meine Diskussion mit Waheeda zum Thema Notwehr. Nie hätte ich gedacht, dass ich einmal in solch eine Situation geraten würde. Schon der Diebstahl des Rings widersprach allem, woran ich glaube und wofür ich stehe. Ich kann das nicht auf meine Mutter oder meine Kindheit schieben. Jeder ist für seine eigene Moral verantwortlich. Ich dachte, ich hätte klare Grenzen, doch ich habe sie eine nach der anderen übertreten.

»Ich habe dich gerettet«, sagt Jennica.

Sie scheint genauso erschüttert zu sein wie ich. Eigentlich hat sie recht. Bill ist es nicht gelungen, Regina von mir wegzuzerren. Ich spüre noch immer den Druck ihrer Daumen an meinem Hals. Wenn Jennica nichts unternommen hätte, wer weiß, wie es geendet hätte.

»Es war Notwehr«, wiederholt sie.

Ich will sie nicht anlügen.

»Im Gesetz ist nicht vorgesehen, dass man sich einfach so gewaltsam verteidigt. Es muss verhältnismäßig sein, und man muss vorher alle anderen Optionen ausgeschöpft haben. Ich bin mir ziemlich sicher, dass dieser Fall nicht als Notwehr durchgeht.«

Bill sitzt neben mir, mit den Ellbogen auf den Knien und den Händen vorm Gesicht. Unser Leben wird nie wieder so sein wie vorher.

Jennica läuft wieder in der Küche auf und ab. Hektisch blickt sie um sich. Sie bleibt stehen und starrt ins Leere, bevor sie sich wieder in Bewegung setzt.

Ich streiche Bill über den Arm. Auf einmal hält Jennica inne. Sie hat etwas entdeckt. Resolut steigt sie über Reginas Leiche und geht zur Spüle. Sie lässt die Jalousien herunter und greift nach einem Microfasertuch. Bill und ich wechseln verwirrte Blicke, während Jennica in die Hocke geht und die Bratpfanne abwischt.

»Was machst du da?«, fragt Bill.

Sie reibt die Pfanne gründlich mit dem Tuch ab.

»Weiß jemand, dass ihr heute hier wart?«

Sie wirft erst mir und dann Bill einen bohrenden Blick zu.

»Was meinst du?« Bill klingt ängstlich.

»Vielleicht gibt es einen anderen Weg«, sagt Jennica.

BILL

Es wird mucksmäuschenstill in der Küche. Meint Jennica das ernst? Sie scheint zu glauben, dass wir irgendwie davonkommen können.

»Der Polizei wird bald merken, dass ihr Steven erpressen wolltet«, sagt sie. »Stimmt es, dass ihr auch einen Ring gestohlen habt?«

Ich werfe ihr einen kurzen Blick zu und drehe mich dann zu Karla. Wir starren uns alle drei an. Ich fühle mich wie bei einer Art Vertrauenstest. Als wollten wir rausfinden, wie verlässlich die anderen sind.

»Passt auf.« Jennica tritt auf uns zu. »Niemand braucht zu wissen, dass wir heute hier waren.«

Ich schließe die Augen. Alles ist schwarz. Ein fast unendlicher dunkler Abgrund. Nur ganz hinten ist eine hellere Stelle zu erahnen, dort, wo die Schatten auseinanderklaffen und einen Riss freigeben. Hinter der Finsternis wartet Sally.

»Es war ein Unfall«, sagt Jennica. »Notwehr.«

Sie hat recht, ganz egal, was das Gesetz sagt. Es gibt auch eine moralische Gerechtigkeit. Niemand von uns hat gewollt, dass es passiert.

»Zumindest ist es durchaus plausibel, dass ich heute hier bin«, sagt Karla. »Ich putze jeden Montag das Haus.«

»Und du?«, wendet Jennica sich an mich. »Was machst du eigentlich hier?«

Ich zögere. Ein Teil von mir möchte sie bitten, zur Hölle zur fahren. Sie hat so viele Jahre von Mirandas Leben zerstört. Jetzt muss sie für die Folgen einstehen. Aber dann sehe ich Karlas Blick und lenke innerlich ein. Alle ihre Zukunftsträume zerplatzen, wenn die Wahrheit ans Licht kommt. Und auch meine Träume. Vielleicht darf ich Sally nie wiedersehen.

»Ich war heute früh bei einem Termin in Planetstaden«, sage ich. »Ich werde als persönlicher Assistent arbeiten. Eigentlich wollte ich nach Hause fahren, aber dann habe ich Karla nicht erreicht und mir Sorgen gemacht.«

Karla berührt dankbar meinen Arm. Doch dann verzieht sie das Gesicht.

»Der Ring«, sagt sie. »Die Polizei kann ihn vielleicht zurückverfolgen.«

Jennica sieht auf ihr Handy.

»Wo ist der Ring jetzt?«

»Ich habe ihn verkauft«, erkläre ich. »Die Anzeige ist seit mehreren Wochen gelöscht. Die Polizei wird ihn nie finden.«

Dieser Ring hat nichts als Unglück gebracht.

»Der Ring ist sicher nicht das Hauptproblem«, sagt Jennica. »Aber der Erpresserbrief. Wenn die Polizei ihn findet …«

»Das wird sie nicht«, sagt Karla und erhebt sich. Sie zieht ein zerknülltes DIN-A4-Blatt aus ihrer Hosentasche.

»Zerreiß es in kleine Stücke, sobald du das Haus verlassen hast«, sagt Jennica.

Ich sollte protestieren. Das ist nicht in Ordnung. Dadurch wird alles nur noch schlimmer.

»Es ist doch besser, wenn wir einfach die Wahrheit sagen«, appelliere ich an Karla.

»Unser Leben wird nie mehr so sein wie vorher«, sagt sie.

Das stimmt. Wir setzen alles aufs Spiel.

»Und was sollen wir deiner Meinung nach tun?«, frage ich.

Jennica sieht sich in der Küche um.

»Glaubst du, dass die Polizei feststellen kann, wann sie genau gestorben sind?«

Karla zuckt mit den Schultern.

»Vielleicht nicht auf die Minute. Das lässt sich wohl nur ungefähr schätzen.«

»Ja, oder?«, sagt Jennica. »Sie werden herausfinden, dass es heute passiert ist, vielleicht morgens oder am Vormittag, aber keine genaue Uhrzeit. Ich sehe ziemlich viel *true crime*. Nur in schlechten Krimiserien kann der Rechtsmediziner die genaue Todeszeit feststellen.«

Ich verstehe nicht, worauf sie hinauswill. Das läuft alles auf irgendwas hinaus, woran ich nicht beteiligt sein möchte.

»Das können wir nicht machen. Jetzt ruf schon die Polizei.«

Jennica stemmt die Hände in die Hüften.

»Wenn die Polizei Stevens Fingerabdrücke auf der Bratpfanne finden würde und wenn er und Regina heute als Einzige im Haus gewesen sind, muss die Sache nicht weiter untersucht werden.«

»Du meinst, dass wir …«

Ich bemühe mich, Karlas Blick aufzufangen. Sie soll damit aufhören. Es reicht.

»Die Polizei wird nicht herausfinden, wer von ihnen zuerst gestorben ist«, sagt sie.

»Aber …«

Das entbehrt doch jeder Vernunft.

»Denk an deine kleine Tochter«, sagt Jennica. »Denk an Sally.«

Ich reibe mir über die Stirn und die Schläfen. Vor meinem

inneren Auge sehe ich Sally. Sie lacht und fragt mich, was ich geträumt habe.

»Und was ist mit den Handys? Die Polizei kann unseren Aufenthaltsort ermitteln.«

»Da finden wir schon eine Lösung«, sagt Jennica. »Du und ich könnten doch den ganzen Vormittag im Botanischen Garten herumgeschlendert sein. Der liegt gleich um die Ecke. Wir haben uns vielleicht getroffen, um uns wegen der Sache mit Miranda und Ricky auszusprechen.«

»Aber … ich weiß nicht …«

Ich hoffe noch immer auf Karla. Ist sie wirklich bereit, dieses Risiko einzugehen?

»Ich lösche die Tonaufnahmen in meinem Handy«, sagt sie und drückt aufs Display.

Jennica stellt sich vor mich und streckt die Hand aus.

»Sie werden unsere Fingerabdrücke finden«, sage ich.

»Wir müssen ganz akribisch sauber machen. Alles abwischen. Sogar das da.« Sie deutet auf Reginas Leiche.

»Eigentlich ist es nicht weiter verwunderlich, wenn sie meine DNA hier im Haus finden«, meint Karla.

Jennica scheint nachzudenken.

»Meine kann man sicher auch irgendwie erklären, wenn es nötig sein sollte. Und wenn die Polizei dich vernimmt, Karla, musst du sagen, dass Bill letzte Woche mal hier war und dich abgeholt hat. Für alle Fälle. Falls sie seine Fingerabdrücke finden sollten.«

Ich ergreife Jennicas Hand und schiebe mich an der Wand hoch. Mir weicht das Blut aus dem Kopf. Verschwommene Wolken versperren mir die Sicht, und ich schwanke kurz.

»Nimm die Bratpfanne«, sagt Jennica und gibt mir das Microfasertuch.

Die schwere gusseiserne Pfanne liegt vor mir auf der Kücheninsel.

»Ich?«

Jennica gibt mir einen kleinen Stoß in den Rücken.

»Wir machen es zusammen, zu dritt. Wir müssen Stevens Fingerabdrücke auf die Bratpfanne kriegen.«

Mein Kopf schwirrt. Die Wolken legen sich wie ein dichter Nebel um meine Gedanken. Irgendwo im Hintergrund hallt Sallys Gelächter wider und wird zu einem wilden Geschrei.

»Komm schon«, sagt Jennica.

Ich drehe mich zu Karla um, die mir mit ernster Miene zunickt.

Dann tue ich es einfach.

Es fühlt sich an, als würde ich auf Autopilot schalten. Ich umwickele den Griff der Bratpfanne mit dem Microfasertuch. Sie wiegt mehrere Kilo. Meine Füße gehen schleppend die Treppe hinauf. Ich schließe die Augen, und Karla hält mich am Arm fest, während wir in das abgedunkelte Schlafzimmer gehen. Der abgestandene Geruch bleibt in der Nase hängen.

Vorsichtig hält Karla mit einem Handtuch die Bratpfanne fest, während ich Stevens Hand hebe und die Finger zum Griff führe.

In der Küche hilft Jennica mir, die Pfanne auf dem Boden neben Regina Rytters Leiche zu platzieren. Ich bemühe mich, der Toten nicht ins Gesicht zu blicken. Zusammen säubern wir jeden Quadratmillimeter, die Spüle, die Kücheninsel, den Tisch und die Stühle.

»Bill und ich gehen als Erste«, sagt Jennica zu Karla. »Du putzt das restliche Haus. Wenn die Polizei dich fragt, sagst du, dass Regina geschlafen habe, als du hier warst. Sie lag doch immer hinter verschlossener Tür in ihrem Zimmer, oder?«

»Ja.«

Jennica öffnet die Haustür. Schwankend folge ich ihr und gehe zu der Stelle, wo mein Fahrrad liegt. Wir überqueren die Straße und schlüpfen in den Botanischen Garten.

»Es ist gut, wenn möglichst viele Leute uns sehen«, sagt Jennica.

Die Sonne steht direkt über uns und schickt ihren gleißenden Schein auf die Rasenflächen. Der Himmel besteht aus klarem, beinahe transparentem Licht, die Bläue verdünnt bis zum Äußersten. Die Strahlen der Sonne schneiden sich in die Atmosphäre, und aus den Rissen bricht die Dunkelheit hervor. Alles, was verborgen gewesen ist, sickert heraus und schäumt über.

Jennica sieht mich an.

Wir sind beide für immer verändert.

Man ist so überzeugt, bestimmte Grenzen niemals zu überschreiten, dass man nicht einmal über die möglichen Konsequenzen nachdenkt.

Im Park legen lachende Menschen mit Sonnenbrillen ihre Decken hin und packen Picknickkörbe aus. Auf einem Baumstamm klettern ein paar Kinder herum, eines lacht, ein anderes weint.

Das Leben geht weiter, als wäre nichts geschehen.

Meine Schritte sind mechanisch, jede Bewegung roboterartig.

»Sollen wir wirklich …?«, sage ich und sehe mich um.

Jennicas Hand liegt auf meinem Rücken.

»Geh einfach weiter«, sagt sie. »Denk an Sally.«

Sie schiebt mich vorsichtig vor sich her.

Von jetzt an sind wir für immer voneinander abhängig. Jennica, Karla und ich. Wir verfügen über das Schicksal der anderen.

Ein Mord an einer Frau ist niemals »eine Familientragödie«

Kriminalkolumne, *Aftonposten*

Von Jonna Jensen

Jedes Jahr werden etwa fünfzehn Schwedinnen von einem ehemaligen oder ihrem derzeitigen Partner getötet. Die meisten Männer, die ihre Frauen ermorden, führen ein ganz normales Leben und sind nicht vorbestraft. Zwanzig Prozent der Mörder nehmen sich unmittelbar nach der Tat das Leben.

In diesem Sommer wurde eine 43-jährige Frau in Lund von ihrem Ehemann ermordet, einem erfolgreichen Kinderarzt, der anschließend Selbstmord beging. Die Polizei führte umfassende Ermittlungen durch, und auf der Pressekonferenz nach der Einstellung des Verfahrens wurde das Geschehene als »eine Familientragödie« bezeichnet.

Für die Polizei heißt das anscheinend, dass es keinen externen Täter gibt, der zur Verantwortung gezogen werden könnte. Der Mörder hat sich das Leben genommen, nachdem er ein Familienmitglied getötet hat. Auch wenn die Polizei für diese Art von Kriminalfällen ein Codewort gebraucht, so ist es höchst problematisch, dasselbe Wort in der Außenkommunikation zu verwenden.

Ein Mord ist niemals Privatsache. Gewalt in engen Beziehungen geht uns alle etwas an. Im Fall des Kinderarztes in Lund gibt es keinerlei mildernde Umstände. Es ist keine »Familientragödie«. Ein Mord ist ein Mord, und ein Mörder ist ein Mörder.

Internetforum Flashback

Thema: Aktuelle Verbrechen und Kriminalfälle

LUND: ZWEI PERSONEN IN WOHNHAUS TOT AUFGEFUNDEN

Neueste Threadbeiträge:

Lundenser1977

Die Schweden sind echt bescheuert. Wieder mal kooperieren Polizei und Rechtswesen, um die Wahrheit zu verschleiern. Keine weiteren Infos?! Alles unterliegt der Geheimhaltung? Was ist eigentlich in diesem Haus passiert? Das werden wir vermutlich nie erfahren.

Smolkie

Verdammter Aluhut!! Die Polizei und die Staatsanwaltschaft haben doch durch die DNA-Spuren den Ablauf genau rekonstruiert. Was daran hast du nicht kapiert?

Mockingbird2

Familientragödie? Das ist keine Familientragödie. Der Mann hat sich eines bestialischen Mordes schuldig gemacht und ist dann so feige gewesen, Selbstmord zu begehen. Eine Familientragödie bedeutet, dass einer unschuldigen Familie etwas Schreckliches widerfährt.

Xtracola

Auf Wiktionary steht unter Familientragödie: »Euphemistische Bezeichnung für Morde an Ehepartnern mit anschließender Selbsttötung des Täters, häufig auch unter Einbeziehung von gemeinsamen oder aus vorhergehenden Beziehungen eingebrachten Kindern.« Ich habe kein Problem damit, wenn man den Begriff so verwendet.

Dovrekönig

Das mag ja ein problematischer Ausdruck sein, aber wenn der Begriff seine eigentliche Bedeutung behalten soll, kann man ihn ja nicht verwenden, wenn es um einen Mann geht, der seine Frau verlässt, weil er sie langweilig findet. Familientragödie passt sogar richtig gut für den schrecklichen Vorfall, der in dieser Familie geschehen ist.

Katti9090

*Ich weiß, dass Steven R*tter ein verdammter Psychopath war.*

JoVaLi

Du weißt gar nichts. Steven Rytter war ein feiner Mensch und ein unheimlich kompetenter Arzt. Er hat ganz vielen Familien geholfen. Das Tragische ist, dass seine Frau nicht richtig behandelt wurde. Offenbar hatte sie eine Virusinfektion, die aufs Gehirn geschlagen hat.

BrutusEtTu

*Man sollte echt mal diesen Bill Ol**on aufsuchen und ein bisschen Gerechtigkeit walten lassen.*

Lundenser1977

In diesem Land gibt es keine Gerechtigkeit!

Katti9090

Es gibt aber den Begriff der moralischen Gerechtigkeit.

BrutusEtTu

Ich glaube, in Lund läuft ein Mörder frei herum.

BILL

Schon eine ganze Weile vor Unterrichtsende stehe ich an der Schule und warte auf Sally. Nach zwei Wochen in Polizeigewahrsam will ich keine Sekunde mit ihr verpassen.

Ihre Haare tanzen im Wind, als sie auf mich zurennt. Sie muss den Rock mit der Hand festhalten. Ihr Gesicht ist angespannt, und als sie sich in meine Arme wirft, brechen alle Dämme, und wir heulen wie die Schlosshunde.

Es kommt immer öfter vor, dass mich die Gefühle übermannen und Tränen fließen. Als würde der ganze Mist, den ich mit mir herumgetragen habe, allmählich aus mir heraussickern. Ich glaube, es bekommt mir gut.

»Papa«, sagt Sally leise an meinem Gesicht. »Papa, Papa.«

Sie wiegt nichts und lächelt nicht vor Glück, sondern vor Erleichterung.

Zwei Wochen ohne sie waren die reinste Folter.

Ich weiß nicht, wie viel sie von dem ganzen Geschehen begriffen hat, aber im Moment ist das egal. Jetzt ist nur wichtig, dass wir zusammen sind, und daran darf sich nichts ändern.

Die Ermittlungen wurden eingestellt. Die Polizei ist zum Ergebnis gekommen, dass Steven Rytter seine Frau getötet und sich anschließend selbst umgebracht hat.

Ganz nach Plan.

Eine Familientragödie hat der Pressesprecher der Polizei es genannt.

Er hat keine Ahnung, was eine wirkliche Familientragödie ist.

Ich schlafe fast gar nicht mehr. Nachts werde ich von einem lauten Knallen gequält. Die schwere Bratpfanne auf Regina Rytters Hinterkopf. Immer und immer wieder.

Ich wälze mich zwischen den verschwitzten Laken, versuche, mich abzulenken und stark zu sein – für Sally. Ich gehe auf den Balkon hinaus und fülle die Lungen mit frischer Herbstluft. Dann sitze ich am Computer oder vor dem Fernseher, während die Uhr langsam Minuten frisst.

Steven und Regina werden nie zurückkehren, aber vielleicht kann die Wahrheit mich von dieser alles verzehrenden Schuld befreien.

Bei den Vernehmungen stand ich manchmal kurz davor, zusammenzubrechen und alles zu gestehen. Ich kann nicht erklären, wie es mir letztlich gelungen ist, durchzuhalten.

Doch jetzt tut jeder Augenblick weh.

Anscheinend habe ich meinen inneren Willen unterschätzt, das Richtige zu tun. Ich kann mich dem nicht entziehen. Moralische Schmerzen können nur auf eine einzige Art und Weise geheilt werden. Die Alternative sind lebenslange Qualen.

Natürlich kann ich Sally jetzt nicht im Nachthort abgeben. Hanna-Linnea war fair und hat mir tagsüber ein paar Einzelstunden organisiert, bei Astor und bei anderen Kunden. Ich war auf das Schlimmste gefasst, als ich ihr das Führungszeugnis überreichte. Ich war ehrlich, sowohl was meine Spielschulden als auch was die Diebstähle im Kino betraf. Hanna-Linnea hat das verstanden. Sie sagt, sie verlasse sich auf mich, bis das Gegenteil bewiesen sei. Jetzt sind Stromrechnungen und Miete bezahlt, und nächste Woche zieht ein Mathematikstudent aus Piteå in Karlas ehemaliges Zimmer.

Manchmal reden Karla und ich miteinander. Wir verstoßen gegen unser Schweigegelübde, aber unsere Gespräche sind ohnehin meist verkrampft und angstbesetzt. Kein einziges Mal nähern wir uns in unseren Gesprächen dem Haus in der Linnégatan.

Auch meine schlaflosen Nächte erwähne ich nicht. Wir schleichen um all das Schwierige herum.

Aber sobald ich Sally abends ins Bett gebracht habe, stürze ich wieder in die Finsternis hinab.

Immer wieder sehe ich es vor mir wie in einem Film. Regina Rytters Hände an Karlas Hals. Jennica, die die gusseiserne Pfanne anhebt und zuschlägt.

Sie schlägt und schlägt und schlägt.

Der Knall ist an meinen Trommelfellen festgewachsen.

Ich höre ihn überall.

Ich werde niemals frei sein.

Nachdem wir Karla allein im Haus zurückgelassen hatten, saßen Jennica und ich im Café des Botanischen Gartens. Auf der Toilette musste ich mich erbrechen. Mehrmals wollte ich aufgeben und die Polizei rufen, aber Jennica überredete mich, stark zu sein. Um Sallys willen.

Sie begleitete mich nach Hause. Sobald Sally eingeschlafen war, saß ich auf dem Sofa und weinte, während die Nacht ihre schonungslose Finsternis über mich ausschüttete. Der Schmerz schlug Wurzeln und breitete sich in mir aus.

Zwei Tage später wurde ich zur Vernehmung geladen. Mein erster Gedanke war, Karla hätte kapituliert und alles verraten, doch es stellte sich heraus, dass die Ermittler meine Fingerabdrücke in Steven Rytters Schlafzimmer gefunden hatten. Sie machten eine Hausdurchsuchung bei mir und beschlagnahmten meinen Computer. Es gelang ihnen, meine Anzeige mit Regina Rytters Ring zu rekonstruieren und den Käufer ausfindig zu machen. Beinahe hätte ich alles gestanden, als ich mich an Mirandas letzte Worte erinnerte.

Was du auch tust, tu es für Sally.

Ihretwegen habe ich gelogen. Und um Sallys willen muss nun die Wahrheit ans Licht.

»Jennica?«, sage ich ins Telefon. »Hier ist Bill.«

Unsere Vereinbarung lautet, dass wir keinen Kontakt mehr zueinander haben. Jetzt habe ich gegen die Übereinkunft verstoßen.

»Spinnst du?«, fragt sie. »Du kannst doch nicht hier anrufen. Es gehen schon genug Gerüchte um.«

Das weiß ich natürlich. Ich habe auch in den einschlägigen Internetforen gelesen.

»Aber ich halte es nicht mehr aus«, sage ich. »Wir müssen die Wahrheit sagen.«

»Hör auf«, zischt Jennica in den Hörer. »Das Schlimmste ist jetzt vorbei. Du hast den Polizeigewahrsam und die ganzen Vernehmungen überstanden. Ich hätte dich nicht für so schwach gehalten.«

Sie klingt überzeugend. Aber Jennica weiß nichts über Schwäche.

Wahre Stärke bedeutet, auch loslassen zu können.

»Du verstehst mich nicht. Ich gehe daran kaputt«, sage ich. »Wir müssen die Wahrheit sagen.«

»Nach all dem, was ich für dich getan habe?« Ihre Wut geht in Verzweiflung über. »Ich habe dir ein Alibi besorgt. Ohne mich wärst du mitsamt der Norrländerin längst hinter Gittern.«

Vermutlich hat sie recht. Aber das ist mir egal.

»Du landest im Gefängnis, Bill. Du bist genauso in die Sache verstrickt wie ich. Karla und du habt dafür gesorgt, dass die Polizei Stevens Fingerabdrücke auf der Bratpfanne findet. Dann habt ihr den Tatort gereinigt und in den Vernehmungen gelogen. Keiner von uns kommt davon.«

Das stimmt natürlich. Die Wahrheit hätte für uns drei enorme Konsequenzen. Wir sind alle drei gleichermaßen beteiligt.

»Ich kann nicht mehr«, sage ich.

Mir steigen Tränen in die Augen.

»Es gibt Therapien, Bill. Bestimmt würde sie bei dir von der Kasse übernommen.«

»Du hast sie nicht mehr alle«, sage ich.

Jennica wird lauter.

»Denk an Sally, verdammt noch mal! Das Jugendamt wird sie dir wegnehmen.«

Sie klickt das Gespräch weg, und die Stille umfängt mich wieder.

Sie hat recht. Ich muss mich zusammenreißen und durchhalten.

Ich denke an Sally. Ich denke immer an Sally.

Alles, was ich tue, tue ich für sie.

KARLA

Ich erwache jede Nacht mit einem Druck auf der Brust und fühle mich, als müsste ich gleich meinen letzten Atemzug tun. Ein Flüstern, und Waheeda streckt ihre Hand vom oberen Stockbett aus. Es reicht, dass ich sie eine Weile festhalte, damit mein Herz sich wieder beruhigt.

Manchmal summt Waheeda ein Wiegenlied aus ihrer Heimat. Sie glaubt, dass die Albträume ein Relikt aus meiner Kindheit sind. Ich habe gesagt, sie würden von meiner Mutter handeln. Die Ungewissheit, wie es mit ihr weitergehen wird, beunruhigt mich noch immer, aber ich muss lernen, damit zu leben. Meine Mutter kann nur sich selbst retten. Wenn sie sich dafür entscheidet, werde ich für sie da sein.

Vor fünf Wochen habe ich mit dem Jurastudium begonnen. Waheeda macht eine Ausbildung. Jeden Morgen fahren wir zusammen mit dem Bus in die Stadt, und ich gehe die Treppe zum Juridicum hoch. Es fühlt sich an, als würde ich eine Traumwelt betreten.

»Total gestört, dass die Polizei Bill verdächtigt hat«, sagt Waheeda eines Morgens. »Er hat es doch gerade mal hingekriegt, sich einen Job zu besorgen. Könnte er jemanden ermorden?«

»Nein«, sage ich. »Das könnte er nicht.«

Ich sehe aus dem Fenster, wo das Herbstlaub im Wind wirbelt.

»Ich habe bei der Vernehmung jedenfalls alles erzählt«, fährt

Waheeda fort. »Wie dieser Psychopath von Arzt seine Frau über ein Jahr eingesperrt und gequält hat. Wenn er nicht schon tot wäre, hätte er echt die Todesstrafe verdient.«

Ich sage nichts dazu, und wir reden nicht mehr darüber.

Tag für Tag bemühe ich mich zu verstehen, wie es überhaupt so weit kommen konnte. Ich versuche, eine Erklärung zu finden, aber tief in mir weiß ich, dass es nicht geht.

Es gibt keine Begründung.

Aber in kurzen Momenten treten andere Dinge in den Vordergrund. Es gibt so etwas wie einen Alltag.

Wie die Abendschichten bei McDonald's.

Der Gestank von den Grillplatten und Waheeda, die ihre Haare unter die winzige Kopfbedeckung quetscht. Unser Teamleiter Momme, der »Ajde, Pommes asap!« brüllt, während ich mir die Finger zum tausendsten Mal an der Fritteuse verbrenne.

Oder wenn wir freitags zusammen ausgehen, in Smörlyckan Fußball spielen oder in unserem neuen Studentenwohnheimzimmer vor dem Spiegel tanzen.

Das stundenlange Lernen und das Blättern in Büchern und Kompendien.

Die Erstsemesterphase mit Erbsensuppe, Partys und der Jagd nach Creditpoints.

Es gibt viele Gelegenheiten, um zu vergessen.

Doch wenn die Nacht niedersinkt und die Dunkelheit sich nähert, kann ich nicht mehr vor diesem Montag in der Küche der Linnégatan fliehen.

Als die Polizei Bill festnahm, war ich total fertig.

Der Gedanke, dass er allein in einem Zimmer in Polizeigewahrsam saß, während Sally vom Jugendamt abgeholt wurde, hat mir Löcher ins Hirn gebrannt.

Ich sollte die Flächen im Haus säubern. Offenbar habe ich Bills Fingerabdrücke in Steven Rytters Schlafzimmer nicht entfernt. Bei der ersten Vernehmung sagte ich aus, dass Bill im Haus und auch oben in den Schlafzimmern gewesen sei. Laut dem Vernehmungsleiter hatte Bill selbst das jedoch geleugnet. Er hatte anscheinend vergessen, was er sagen sollte.

Ich traf eine Entscheidung. In der nächsten Vernehmung würde ich alles gestehen. Wahrscheinlich würde mein Traum, Richterin zu werden, nie in Erfüllung gehen, im schlimmsten Fall würde ich im Gefängnis landen, aber das war zumindest besser, als wenn Bill alles abkriegte.

Zwei Spätsommernächte irrte ich auf den Straßen umher wie ein Zombie. Ich kündigte bei der Reinigungsfirma und sagte zu Waheeda, dass ich Grippe bekommen hätte.

Letztlich war es Jennica, die mich auf andere Gedanken brachte.

Sie stand mitten in der Nacht vor der Tür. Die Haare unter einer Strickmütze, die Augen eiskalt.

Wir hatten beschlossen, nie wieder Kontakt aufzunehmen.

»Kann ich kurz reinkommen?«

Sie sagte, sie mache sich meinetwegen Sorgen.

Natürlich wusste sie, dass ich wieder zur Vernehmung geladen war.

»Vergiss nicht, dass deine Aussage entscheidende Konsequenzen für mehrere Menschen hat. Es geht nicht nur um deine Karriere. Denk an Bill. Und Sally.«

Als sie ging, hatte ich eine neue Entscheidung getroffen.

Der Vernehmungsleiter war ein Mann mittleren Alters mit Pilotenbrille und behaarten Unterarmen. Er trug einen Goldring und hatte die Angewohnheit, meinen Blick extra lange festzuhalten. Adleraugen, denen nichts entging.

Meine Mutter hat immer gesagt, ich sei wie ein offenes Buch.

Ich konnte noch nie die Fassade wahren. Meine Gefühle stehen mir ins Gesicht geschrieben.

Aber ich habe es meiner Mutter gezeigt.

Sie hat sich geirrt.

JENNICA

Ich poste etwas in der Tinderzentrale.

20 h, Klostergatans Vin & Delikatess.

Senior Project Manager bei Tetra Pak, 43.

Dann verschwindet das Handy in der Tasche, während ich an der nächsten Straßenecke abbiege. Unter der roten Markise am Restaurant steht er und wartet. Breitbeinig in schwarzen Jeans, die Mütze über die Ohren gerollt.

»Jennica?«

Immerhin ist er einigermaßen ehrlich gewesen, was seine Fotos betrifft. Ein paar graue Haarsträhnen auf dem Kopf, ansonsten ist er aber für einen Mann über vierzig ungewöhnlich gut erhalten.

»Hallo, ich bin Magnus.«

Sein Händedruck ist entschlossen, genau wie ich es mag. Meine kleinen Finger verschwinden in seiner großen Hand.

Wir folgen dem Kellner durchs Restaurant, und Magnus zieht den Stuhl für mich hervor. Ich gebe acht, als ich mich hinsetze. Das Kleid von Filippa K will ich am Montag wieder zurückschicken.

»Ich freue mich so, dass du dich mit mir treffen wolltest«, sagt Magnus. »Es ist ziemlich nervig, ständig hin und her zu schreiben. Wenn es sich von Anfang an richtig anfühlt, finde ich es am besten, sich so schnell wie möglich live zu sehen.«

Er klingt so, als würde er sich öfter verabreden. Das ist

das Angenehme an der älteren Generation. Die Männer sind irgendwie so geradeheraus und haben keinerlei Interesse an Spielchen und Intrigen.

»Vielleicht klingt das ein bisschen komisch«, sage ich und schiebe mir eine Haarsträhne aus dem Gesicht, ehe ich mich über den Tisch lehne. »Sollen wir eine Vereinbarung treffen? Wenn du mich nicht magst, kannst du einfach aufstehen und gehen. Sag, du musst aufs Klo oder so. Ich will nicht, dass du dich hier stundenlang rumquälst.«

Magnus lacht. Die hellgrauen Augen leuchten.

Wir haben uns höchstens eine Woche lang geschrieben. Schon in der ersten Nachricht war der Ton ziemlich *flirty*, und ich habe ihm Fotos geschickt, die ich meiner Mutter nie im Leben zeigen würde.

»Aber du darfst gern die Rechnung übernehmen«, füge ich hinzu.

Er lacht noch mehr.

»Tatsächlich? Du hast doch geschrieben, dass du Feministin bist.«

Ich lächele und verdrehe die Augen. Laut MrKoll fährt Magnus einen BMW-Jahreswagen, versteuert über eine Million Kronen pro Jahr und besitzt ein Haus, dessen Wert auf achteinhalb Millionen geschätzt wird. Selbstredend soll er die Rechnung zahlen. Steven hat nie über Geld gesprochen. Er hat einfach gezahlt. Weil er mich liebte. Er hatte noch nie so starke Gefühle für eine Frau gehabt.

»Was isst du?«, frage ich.

Magnus lässt den Zeigefinger über die glänzende Speisekarte gleiten.

»Vielleicht den Fisch. Gegrillter Saibling.«

Er kratzt sich am Kinn und denkt nach. Ich hasse Leute, die

sich nicht entscheiden können. Außerdem habe ich keine Ahnung, wie Saibling schmeckt.

»Ich nehme Fleisch«, sage ich und lasse die Speisekarte auf den Teller fallen. »Rinderfilet.«

Magnus wirft mir einen kurzen Blick zu. Dann sieht er wieder auf die Speisekarte. Ich trommele mit den Fingern auf den Tisch.

»Okay, ich nehme auch das Rinderfilet.«

Kein besonders starker Charakter. Ich bemühe mich um ein Lächeln.

»Wie wär's mit einem Tempranillo dazu?«, frage ich. »Vielleicht ein Portia Roble?«

Ich habe meine Hausaufgaben gemacht.

»Okay, das … das ist Rotwein, oder?«

Ich unterdrücke ein Seufzen. Das hat keinen Sinn. Ich kann mich nicht mit anderen Männern treffen, ohne sie mit Steven zu vergleichen. Und niemand wird je sein Niveau erreichen.

Eine blonde Bedienung, die aussieht wie eine Oberstufenschülerin, kommt zum Tisch und lächelt mit ihren etwas zu stark aufgespritzten Lippen.

»Haben Sie schon gewählt?«

»Ja«, sage ich, da Magnus zögert.

Magnus fragt, ob er sein Fleisch ohne Sauce béarnaise bekommen kann. Offenbar verträgt er kein Ei. Außerdem bestellt er sein Rindfleisch *well done.* Steven hätte einen epileptischen Anfall bekommen, wenn er das gehört hätte.

Als die Bedienung davoneilt, bleibt Magnus' Blick ein bisschen zu lange an ihrem Hintern hängen. Ich trinke ein paar Schluck Wasser und räuspere mich.

»Bist du schon lange Single?«, fragt er und betrachtet meine Hände.

»Eigentlich nicht.«

Das ist schon komisch. Kaum haben wir uns hingesetzt, will er unsere früheren Beziehungen diskutieren. Natürlich habe ich im Internet seine Ex-Frau gegoogelt. Sie haben zwei Kinder zusammen, und die Frau scheint in einem Kindergarten zu arbeiten. Trotz Filter sieht sie auf den Fotos ziemlich verhärmt aus.

»Mein Freund ist ums Leben gekommen«, sage ich.

Magnus hustet und presst sich die Serviette an den Mund.

»Das tut mir leid.«

Ich erinnere mich, wie Steven das erste Mal von Regina erzählte. Er erwähnte nur, dass sie tot sei, aber ich habe nach Details gefragt. Natürlich war er konsterniert und musste binnen Sekunden eine Entscheidung treffen, und das war der Moment, als die Lüge geboren wurde. Ich frage mich, ob er das vorher geplant hatte. Er muss sich doch im Vorfeld verschiedene Szenarien überlegt haben.

Was wäre gewesen, wenn Steven von Anfang an die Wahrheit gesagt hätte? Zweifellos wäre ich aufgestanden und nie wieder zurückgekommen. Das hatte Steven natürlich begriffen.

»Alles gut, das konntest du ja nicht wissen«, sage ich zu Magnus. »Ich bin darüber hinweg.«

Das entspricht sogar der Wahrheit. Das Leben geht weiter. Es nützt nichts, in der Vergangenheit zu verharren. Man lernt, mit den meisten Dingen zu leben.

Vielleicht ist es doch ganz gut, dass es so ausgegangen ist. Steven hat die Zukunft für uns alle drei bestimmt. Oder war es Regina? Ich weiß es noch immer nicht und werde es auch nie erfahren. Aber das macht nichts. Denn Regina hat bekommen, was sie verdient hat. Ich habe jeden Schlag mit der Bratpfanne genossen. In meiner Welt war sie ohnehin schon tot.

DANKSAGUNG

Beim Schreiben dieses Romans habe ich viel Unterstützung bekommen. Als Erstes danke ich meiner Agentin Astri von Arbin Ahlander, die meine erste Leserin, schärfste Kritikerin und größte Hilfe ist. Auch Matilda, Kaisa, Christine, Kajsa und Mariya von der Ahlander Agency haben mich auf unterschiedlichste Weise unterstützt. Ein großes Dankeschön an euch alle. Ihr seid großartig!

John Häggblom war mir bei der Arbeit an diesem Buch eine unschätzbare Hilfe. Du machst mich stetig zu einem besseren Schriftsteller. Dasselbe gilt für Teresa Knochenhauer, die mit großer Geduld und niemals nachlassendem Optimismus unendlich viele Textversionen durchgepflügt hat. Meine großartige Redakteurin Lisa Jonasdotter Nilsson hat alle überflüssigen Wörter gestrichen und dafür gesorgt, dass ich meine eigenen Charaktere noch besser verstehe. Ich bin so froh, dass ich mit euren scharfsinnigen Augen und Köpfen zusammenarbeiten darf. Ein großer Dank an alle Mitarbeiter des Bokförlaget Forum.

Danke an Charlotta Larsson, die dafür sorgt, dass meine Bücher wahrgenommen werden. Danke an Peter Hammarbäck, der Fernsehinterviews organisiert und mein Ego streichelt. Danke an Emelie, Pia-Maria, Caroline, Göran, Klara, Jessica und alle anderen Kollegen bei den Bonnierförlagen.

Ein extra großes Dankeschön geht an Birgitta Ekstrand, Monika Weiser und Lotten Glans, die das Manuskript in einem frühen Stadium gelesen und mir äußerst wertvolles Feedback gegeben haben.

Ich danke auch meinen Schriftstellerkolleginnen Johanna Schreiber, auf die Stevens große Hände zurückgehen, und Malin Stehn, die Bills Vergangenheit plausibler gemacht hat. Danke an Petra Holst, Anette Eggert und Mårten Melin fürs Durchlesen, für Gespräche und Unterstützung.

Ich will auch meiner Familie und allen meinen Freunden danken, in Schonen und auf Teneriffa, die während der Arbeit am Buch für mich da waren. Danke, Mama und Papa, für all eure Liebe.

Zu guter Letzt möchte ich mich bei Dr. Emma Lindström für die vielen Tipps bedanken, wie man seine Frau mit Medikamenten außer Gefecht setzen kann – und dass du sie mir gegeben hast, obwohl ich zufällig mit deiner Schwester verheiratet bin.

Fußnote: Die Kriminalkolumne auf Seite 430 basiert auf den beiden Texten *Eine ermordete Frau ist keine »Familientragödie«* von Pernilla Ericson (*Aftonbladet*, 26. August 2020) und *Das Wort »Mord« braucht keine beschönigenden Umschreibungen* von Britta Svensson (*Expressen*, 10. Januar 2018).